UN PARADIS POUR JODELLE

JODELLE

HAWAÏ : SOLDATS D'ÉLITE, TOME 7

SUSAN STOKER

DU MÊME AUTEUR

Un soutien pour Ryleigh

Silverstone

Pour la confiance de Skylar

Pour la confiance de Taylor (1 Septembre)

Pour la confiance de Molly (1 Décembre)

Pour la confiance de Cassidy (1 Mars 2024)

Delta Force Deux

Un refuge pour Gillian

Un refuge pour Kinley

Un refuge pour Aspen

Un refuge pour Jayme

Un refuge pour Riley

Un refuge pour Devyn

Un refuge pour Ember

Un refuge pour Sierra

Forces Très Spéciales : L'Héritage

Un Sanctuaire pour Caite

Un Sanctuaire pour Brenae

Un Sanctuaire pour Sidney

Un Sanctuaire pour Piper

Un Sanctuaire pour Zoey

Un Sanctuaire pour Avery

Un Sanctuaire pour Kalee

Un Sanctuaire pour Jane

Mercenaires Rebelles

Un Défenseur pour Allye

Un Défenseur pour Chloé

Un Défenseur pour Morgan

Un Défenseur pour Harlow

Un Défenseur pour Everly

Un Défenseur pour Zara

Un Défenseur pour Raven

Ace Sécurité

Au Secours de Grace

Au Secours d'Alexis

Au Secours de Bailey

Au Secours de Felicity

Au Secours de Sarah

Forces Très Spéciales Series

Un Protecteur Pour Caroline

Un Protecteur Pour Alabama

Un Protecteur Pour Fiona

Un Mari Pour Caroline

Un Protecteur Pour Summer

Un Protecteur Pour Cheyenne

Un Protecteur Pour Jessyka

Un Protecteur Pour Julie

Un Protecteur Pour Melody

Un Protecteur pour l'avenir

Un Protecteur Pour Les Enfants de Alabama

Un Protecteur Pour Kiera

Un Protecteur Pour Dakota

Delta Force Heroes Series

Un héros pour Rayne

Un héros pour Emily

Un héros pour Harley

1

Jodelle – Jody – Spencer se précipita vers le vieux modèle de Kia garé sur une place au fond du parking de Waimea Bay. Il y avait des voitures sur toutes les places disponibles, et beaucoup de véhicules étaient bloqués par d'autres. C'était toujours ainsi lors des compétitions de surf du North Shore. Il n'y avait simplement pas assez de places pour tous les concurrents, les touristes et les habitants qui venaient participer et regarder. L'autoroute à deux voies de Kamehameha n'était pas adaptée pour gérer toute la circulation non plus, ce qui était extrêmement pénible pour les habitants du coin.

Néanmoins, les compétitions rapportaient de grandes quantités d'argent aux vendeurs et commerçants de la région. En outre, c'était excitant de regarder les athlètes affronter les énormes vagues pour lesquelles la côte nord d'Oahu était connue.

En ce moment, cependant, Jody ne pensait pas aux problèmes de circulation, aux concurrents sur l'eau, ou à la quantité d'argent gagné, elle ne pouvait penser qu'à Ben Miller. C'était un des lycéens qui venaient surfer le matin, les gamins pour lesquels Jody avait un faible. Depuis quelques années, elle se rendait dans cet endroit populaire auprès des surfeurs, apportant des sandwiches pour le petit-déjeuner des jeunes et les encourageant à sortir de l'eau à temps pour aller en cours.

Elle était plus ou moins la maman du groupe quand ils surfaient, désormais. Elle était ravie par leurs réussites et elle faisait de son mieux pour les apaiser quand ils avaient des difficultés à l'école, pour surfer, ou dans leurs relations amoureuses.

Ben Miller était l'un de ses préférés. Avec son mètre quatre-vingt, il était bien plus grand qu'elle et son mètre cinquante-cinq. Il avait les cheveux châtains qu'il gardait coupés assez courts, une silhouette de nageur, de grands pieds dont il se moquait souvent, disant que le surf était le seul sport dans lequel il pouvait à peu près s'épanouir, parce qu'il ne pouvait pas trébucher sur ses pieds quand ils étaient plantés sur la planche. Et il avait un sourire qui illuminait son visage et réchauffait le cœur de Jody quand elle le voyait.

Lorsqu'elle avait appris que quelqu'un avait vu Ben dormir dans sa voiture, au milieu de l'après-midi, pendant une compétition de surf, elle avait été très inquiète. C'était étonnant de la part du jeune homme. Il aurait dû se trouver sur la plage avec ses amis pour interagir avec les surfeurs professionnels, flirter avec les filles, et travailler en tant que bénévole.

À la place, il souffrait apparemment d'une insolation parce qu'il était resté dans sa voiture brûlante.

Jody sentit monter sa détermination pendant qu'elle se précipitait à travers le parking jusqu'à l'endroit où on lui avait dit que Ben se faisait examiner par les secours.

— Du calme, Jodelle, dit Baker d'une voix apaisante à côté d'elle.

Jody avait presque oublié qu'il était là, ce qui aurait pu la faire rire en d'autres circonstances. Oublier Baker Rawlins était virtuellement impossible – et pas seulement à cause de sa taille remarquable.

Il était tout ce dont elle avait toujours rêvé chez un homme... et plus. Il était honorable, et protecteur, et loyal. Sans parler du fait qu'il était magnifique. Ses cheveux bruns parsemés de gris étaient assez longs en haut et plus courts sur les côtés. Il avait une barbe bien taillée et Jody s'était demandé plus d'une fois si elle était douce ou piquante. Des tatouages sombres couvraient ses bras, le haut de son dos et son torse. Il était musclé partout, de ses bras à ses cuisses et même son cul.

En gros... il était un des hommes les plus beaux qu'il lui avait été donné de voir.

Il était aussi taciturne, mystérieux et même un peu effrayant. D'une façon ou d'une autre, cela ne la repoussait pas. Pas du tout.

Mais Baker était tellement bien qu'elle ne pouvait rien espérer. Il avait été Seal dans la Navy, bon sang ! Jody supposait que si la Navy n'avait pas eu de restriction d'âge pour les Seals, il y serait sûrement encore. Il était en forme, même à cinquante-deux ans. Et vu la façon dont il avait aidé ses amis Seals dernièrement, il avait encore de nombreux contacts.

Elle aurait dû se méfier du secret qui entourait tout ce que faisait Baker, car cela lui rappelait un peu trop son ex-mari, qui était incapable de dire la vérité au sujet de quoi que ce soit, même quand il essayait. Pourtant, Baker lui donnait une impression très différente.

Elle n'était pas idiote. Elle était à peu près certaine que tout ce que faisait Baker n'était pas exactement légal, mais comme il utilisait ses connaissances pour aider les autres – au lieu de leur extorquer de l'argent et de vendre des drogues comme l'avait fait son ex – elle n'était pas aussi inquiète.

Il était évident que les amis de Baker le respectaient. Et c'était ce respect qui le rendait *vraiment* différent de son ex. Bobby adorait se faire craindre par les gens... même par elle. La première fois qu'il l'avait frappée, c'était fini pour elle. Elle avait fait ses bagages, ainsi que ceux de Kaimana, et elle était partie.

Elle avait eu peur que Bobby les pourchasse, mais finalement, il avait apprécié ne pas être retenu par une femme et un enfant. Elle n'avait rien demandé pour le divorce et il avait signé les papiers sans problème. Il avait été tué à Honolulu quand Kaimana avait huit ans. Une fusillade avec la police quand ils étaient venus avec un mandat d'arrêt pour trafic de drogue.

Sa mort avait été un soulagement.

Jody regarda Baker du coin de l'œil et elle savait qu'il n'abîmerait pas son corps avec la moindre forme de drogue. Elle ne l'avait même jamais vu boire un soda ou de l'alcool, seulement de l'eau, et il faisait toujours attention à ce qu'il mangeait, lui disant une fois qu'il était trop vieux pour manger de la merde, que ça irait directement lui faire du gras au ventre. Il surfait parfois avec les gamins, et elle devait faire des efforts pour ne pas baver en voyant ses carrés de chocolat et son physique incroyablement tonique.

Non, Baker Rawlins ne se droguerait jamais. Jody était prête à parier tout ce qu'elle possédait là-dessus.

Elle fut tirée de ses pensées quand elle s'approcha de la voiture de Ben. L'adolescent était assis sur le siège arrière, les jambes sur le sable, un secouriste accroupi devant lui.

Jody essaya de se précipiter, mais Baker lui saisit le coude.

— Je dois aller voir comment il va, dit-elle en tirant sur son bras d'un air distrait.

— As-tu obtenu un diplôme médical depuis la dernière fois que je t'ai vue ? demanda-t-il.

Jody fronça les sourcils.

— Quoi ? Non.

— Alors, tu dois rester en retrait et laisser travailler les secours.

— Lâche-moi, Baker, insista-t-elle d'un ton irrité.

En réponse, il la serra plus fort.

Il commençait à l'énerver.

— Sérieusement... lâche mon bras, répéta-t-elle.

Elle fut surprise de noter que Baker fit ce qu'elle demandait et lui lâcha le coude.

Sauf qu'il se plaça derrière elle, qu'il fit passer un bras en diagonale autour de son buste, et qu'il la serra contre lui.

Baker faisait trente centimètres de plus que Jody. Elle avait l'habitude d'être la plus petite dans n'importe quel groupe où elle se trouvait, mais elle lutta intérieurement contre ce qu'elle ressentait. Elle aimait être ainsi dans les bras de Baker. Collée contre lui. Elle était aussi contrariée parce qu'il l'empêchait de rejoindre Ben. De vérifier qu'il allait bien.

— Il est bouleversé, souffla Baker à son oreille.

Quand son souffle chaud passa sur la peau sensible de Jody, elle eut un frisson. Elle s'accrocha à l'avant-bras qu'il avait posé sur son buste.

— Si tu fonces là-bas, il va se renfermer. Laisse le temps au secouriste de lui parler, d'essayer de découvrir ce qu'il se passe avant de faire ta maman ourse.

— Quelque chose ne va pas, Baker, dit Jody en gardant les yeux rivés sur Ben.

Il regardait le sable sous ses pieds. Il tenait une bouteille d'eau dans une main et le secouriste prenait sa pression sanguine.

— C'est un bon gamin. Heureux. Sociable. Mais dernièrement, il est renfermé. Maussade.

— C'est un ado, rétorqua Baker.

Jody secoua la tête.

— Non. Enfin, oui, c'est vrai, mais ce n'est pas ça. Il lui arrive quelque chose. Regarde sa voiture... c'est le bazar. Je sais que beaucoup d'adolescents ont des voitures pleines de désordre, mais pas Ben. Elle est normalement immaculée. Et il a des vêtements partout sur le siège arrière. Ce n'est pas simplement un short de rechange pour après le surf. Et... c'est un *oreiller* ? Je serais presque tentée de dire qu'il vit dans sa voiture. Ce qui signifie que quelque chose se passe très mal.

Elle s'attendait à ce qu'il la contredise, à ce qu'il essaie de la convaincre une fois de plus que ce qui arrivait à Ben venait simplement de ses dix-sept ans. Mais à sa grande surprise, Baker annonça :

— Alors, nous allons découvrir ce que c'est et régler le problème.

Jody tourna la tête et essaya de le regarder. Il continua à la tenir, alors l'angle était un peu compliqué. Elle voulut lui demander ce qu'il voulait dire par *nous*.

Depuis tout le temps qu'elle le connaissait, Baker n'avait jamais donné le moindre signe indiquant qu'il voulait être autre chose qu'une simple connaissance. Il ne s'attardait jamais très longtemps quand il surfait et qu'elle le croisait. Il n'avait pas encouragé son intérêt d'une manière ou d'une autre.

Et voilà maintenant qu'il la tenait dans ses bras et qu'il utilisait le pronom *nous*.

Jody avait la tête qui tournait. Elle était perplexe, mais elle ne savait pas comment lui demander ce qu'il se passait sans se couvrir de honte. Il l'avait sans doute dit sans réfléchir.

Le secouriste se redressa et commença à ranger ses affaires. Ben but l'eau qui restait dans la bouteille et se leva. Il ouvrit la portière du conducteur et se réinstalla dans la voiture.

Jody eut un hoquet consterné. Cette fois, quand elle essaya de le rejoindre, Baker la laissa partir. Elle fit les quelques mètres jusqu'à la voiture en courant et se pencha par la vitre ouverte.

— Ben ! Où vas-tu ? Tu ne devrais pas conduire.

— Je dois partir, mademoiselle Jody, marmonna Ben.

— Que se passe-t-il ? demanda-t-elle.

— Rien.

— Ne me raconte pas n'importe quoi, Ben Miller, le gronda Jody. Parle-moi.

— Il n'y a rien à dire, insista-t-il.

Jody posa la main sur le bras de l'adolescent. Il lui semblait toujours trop brûlant, mais si le secouriste pensait qu'il était en état de partir, elle ne pouvait pas y faire grand-chose.

— Je ne sais pas ce qu'il se passe, mais je suis là si tu veux parler. Je sais que je suis vieille et pas cool, mais écoute-moi bien. Si tu as besoin de *quoi que ce soit*… je suis là pour toi. Sans poser de questions. Je suis sérieuse, Ben. Quelqu'un pour t'écouter, un repas chaud, un endroit où dormir… quoi que ce soit, tu viens me voir. Entendu ?

Ben leva ses yeux noisette vers elle et il croisa son regard.

— Entendu, mademoiselle Jody.

Il y avait de la douleur et de l'incompréhension dans les yeux du jeune homme et Jody avait envie de le traîner hors de la voiture, de le serrer contre elle et de ne jamais le laisser partir. Mais il avait érigé un mur autour de lui et elle ne pouvait pas avoir de discussion franche maintenant. Pas alors que tout le monde les regardait. Pas alors que les touristes et ses amis du lycée traînaient à proximité.

Pendant que les secouristes retournaient vers la plage et que les curieux perdaient leur intérêt pour la scène et commençaient à se disperser, Jody s'écarta de la voiture que Ben démarra. Elle aurait trébuché sur une des bûches qui entouraient le parking si Baker n'avait pas été là pour la rattraper. Cependant, une fois qu'elle eût repris l'équilibre, Baker ne laissa pas tomber la main de sa taille.

Ben croisa le regard de Baker et baissa vite les yeux. Il recula hors de la place, qui fut immédiatement occupée par une voiture contenant six touristes, manifestement ravis d'avoir trouvé un endroit où se garer.

Frustrée, Jody regarda partir la voiture de Ben.

— Depuis combien de temps es-tu ici ? demanda Baker.

Jody leva les yeux vers lui et haussa les épaules.

— Un moment.

Il ricana.

— Ce qui signifie que tu es sans doute arrivée à l'aurore. Il est 15 h. As-tu mangé ?

— Un sandwich, mentit Jody.

Baker se contenta de lever un sourcil sceptique, comme s'il avait un détecteur à mensonges.

— Très bien. Je n'ai pas mangé, mais je n'ai pas faim, lui dit Jody.

Sans un mot, il la fit pivoter vers la plage où elle avait laissé sa glacière.

— C'est toi qui conduis.

— Non ! Je ne peux pas partir, je ne retrouverai jamais une place, lui dit Jody.

— Je sais.

Jody lui jeta un regard noir.

Il gloussa en voyant la tête qu'elle faisait.

— Tu es restée là toute la journée, Jodelle. Tu dois manger, sinon tu seras la prochaine que les secouristes devront examiner. Les gamins que tu as pris sous ton aile vont bien. Et si nous partons maintenant, nous avons une chance d'arriver à Waialua avant tous ces foutus touristes.

Jody observa Baker pendant qu'ils marchaient. Elle n'avait pas peur de trébucher : la main de Baker posée sur sa taille et ses yeux qui balayaient la zone lui indiquaient qu'elle ne tomberait pas.

— Qu'y a-t-il à Waialua ? demanda-t-elle.

— Ma maison, répondit Baker nonchalamment.

Jody arrêta de marcher.

— Quoi ? Qu'est-ce qui ne va pas ? demanda-t-il d'une voix plus dure en regardant autour de lui, cherchant à comprendre pourquoi elle s'était arrêtée.

— Ta maison ?

Il esquissa un sourire en la regardant.

— Oui.

— Euh... pourquoi ?

— Parce que tu as besoin de manger et tu dois te détendre. Et si tu rentres chez toi, tu penseras trop à Ben, et tu auras sans doute la mauvaise idée de sortir pour essayer de le trouver. Si tu es chez moi, je peux faire en sorte que tu avales quelque chose de nourrissant et que tu ne repartes pas dans les horribles embouteillages qu'il y aura quand la compétition d'aujourd'hui sera finie.

Jody ne pouvait pas vraiment le contredire. Elle allait sans doute effectivement jeter un repas surgelé dans le micro-ondes avant de piocher dans le paquet d'Oreos à moitié mangé qu'elle avait dans le placard. Elle ne savait pas trop si Baker essayait de lui faire comprendre qu'elle était en surpoids. Elle allait également s'inquiéter pour Ben, et voir si elle pouvait le trouver n'était pas une mauvaise idée. Elle n'avait pas son adresse, mais elle pouvait sans doute l'obtenir auprès d'un des autres surfeurs avec lesquels il traînait.

— Jodelle, concentre-toi, dit Baker, d'un ton amusé.

Elle leva la tête vers lui.

— Je ne comprends pas.

— Qu'est-ce que tu ne comprends pas, Clochette ?

Jody fronça les sourcils.

— Est-ce que tu viens de m'appeler Clochette ?

— Oui. Tu es comme une petite fée. La fée Clochette.

— Oh, bon sang. Tu sais comme c'est irritant, non ? souffla Jody.

Baker se contenta de sourire.

— Aimerais-tu que je t'appelle Hulk ? Ou Gigantor ?

Baker se pencha, envahissant son espace personnel, et Jody faillit avaler sa langue.

— Tu peux m'appeler comme tu veux, Clochette.

Pendant une seconde, Jody crut que Baker allait l'embrasser, puis il se redressa et plaça les doigts au creux de son dos.

— Viens, allons chercher ta glacière. On verra si on peut trouver tes gamins, leur dire que nous partons et leur rappeler qu'ils doivent être sages. Ensuite, nous filerons d'ici.

Stupéfiée, Jody laissa Baker la conduire vers la table de pique-nique qu'elle avait prise pour quartier général et où elle avait laissé sa glacière. Elle ne savait pas du tout ce qui avait causé ce changement chez lui. C'était étonnant... et excitant. Mais elle ne savait pas ce que ça voulait dire, ce qui lui faisait peur.

Quand ils arrivèrent à la table, Baker attrapa sa glacière et posa nonchalamment l'anse sur son bras libre. Puis il regarda autour de lui pendant un moment, et en voyant Rome, il siffla bruyamment. Le garçon tourna la tête vers eux et Baker lui fit signe de s'approcher.

Amusée, Jody secoua la tête lorsque Rome courut immédiatement vers eux.

— Que se passe-t-il ? demanda-t-il à Baker.

— Jodelle et moi, on s'en va. Ça ira ?

— Oui.

— Tu le feras savoir aux autres ?

— D'accord.

— Super.

— Nous allons surfer au spot de Laniakea au petit matin, mercredi. Tu veux te joindre à nous ? demanda-t-il.

— Je ne raterai ça pour rien au monde, répondit Baker.

Il tendit le poing à Rome et ce dernier lui fit un check.

— Soyez sage, prévint-il. Ne donnez pas d'inquiétudes à Jodelle.

— Oui et non, dit Rome en souriant.

— Ne restez pas trop tard, avertit Jody, incapable de se retenir.

— Promis. Vous venez au dernier jour de la compétition, demain ? demanda-t-il.

Jody ouvrit la bouche pour affirmer que oui, bien sûr qu'elle serait là, mais Baker la devança.

— Non. Vous serez seuls.

— Baker ! s'exclama Jody, mais il garda le regard rivé sur l'adolescent.

— Aucun problème. C'est la finale demain et il nous tarde de regarder, répondit Rome avec un autre sourire.

Baker hocha la tête.

— On te verra plus tard, alors.

— À plus ! cria Rome en retournant au pas de course vers la jeune fille avec laquelle il parlait avant que Baker l'appelle.

Jody secoua la tête en voyant l'énergie apparemment infinie dont disposait le garçon. Ensuite, elle se tourna vers l'homme à côté d'elle.

— Sérieusement, Baker, c'était pas cool.

— Viens, engueule-moi en route et loin de toute cette folie, dit Baker en la guidant vers le parking et le fourgon Volkswagen de Jody.

C'était sa joie et sa fierté... comme celle de Kaimana. Le combi était en parfait état et elle avait fait une folie en le faisant peindre de toutes les couleurs, avec des fleurs et des symboles de paix.

Bien trop vite, elle se retrouva au volant et recula hors de la place de parking qu'elle avait eu la chance de trouver tôt ce matin-là, avant que le soleil se lève et que les touristes commencent à descendre vers la baie de Waimea.

Elle secoua la tête en riant.

— Quoi ? demanda Baker sur le siège à côté d'elle.

Jody lui était reconnaissante de ne pas avoir insisté pour conduire. Personne d'autre qu'elle ne conduisait son bébé.

— Je ne sais pas du tout comment c'est arrivé. Ni même ce qu'il se passe, lui dit-elle.

— Ce qu'il se passe, c'est que j'arrête de déconner.

Jody le regarda, surprise :

— Qu'est-ce que ça signifie ?

— Tu verras.

Jody fronça les sourcils et partagea son attention entre l'homme assis sur le siège à côté d'elle et les conducteurs idiots devant elle. Elle voulait insister pour que Baker donne plus d'informations. Elle voulait qu'il explique de quoi il parlait. Il agissait très différemment aujourd'hui, et c'était perturbant. Jody ne pouvait s'empêcher de sentir aussi un fourmillement excité. Malgré tout, elle refusait de se faire trop d'idées. Baker ne pouvait pas s'intéresser à elle. Elle était trop... normale. Il avait besoin d'une femme qui soit plus sportive, plus jolie, plus sociable, prête à l'aventure. Simplement *plus* que ce qu'était Jody.

Elle allait déposer Baker chez lui, puis rentrer chez elle, dans sa petite maison. Les choses entre eux redeviendraient normales et elle continuerait sa vie quelque peu ennuyeuse et prévisible. Ce qui avait poussé Baker à vouloir veiller sur elle aujourd'hui allait s'estomper dans son esprit, et ce serait terminé.

Jody ressentit une pointe de déception, mais elle refusa de la laisser prendre racine. Elle était devenue très douée pour ne pas montrer ses véritables sentiments.

Elle était l'ombre de la femme qu'elle était autrefois... et ça ne la gênait pas. Pas du tout. La meilleure chose qui lui soit jamais arrivée lui avait été ôtée cruellement, et elle n'avait pas l'intention de risquer son cœur ou son âme en ayant trop d'affection pour quelqu'un d'autre. C'était plus sûr, et plus confortable, de vivre à la marge. D'être simplement une spectatrice. Quand Baker allait oublier la drôle d'idée qu'il s'était mis en tête, il allait passer à autre chose.

Satisfaite par son train de pensée, Jody jeta un coup d'œil vers lui. Elle déglutit quand elle vit qu'il avait le regard fixé sur elle, au lieu de la route devant eux. Mal à l'aise sous son regard intense, elle demanda :

— Tu vas m'indiquer la route quand nous serons plus près, n'est-ce pas ?

— Bien sûr.

Jody hocha la tête et reporta son attention sur la route, refusant de supposer quoi que ce soit en se basant sur ce qu'elle avait vu dans les yeux de Baker.

De la détermination.

De l'entêtement.

Et une tendresse qu'elle n'avait pas vue pour elle depuis sa lune de miel.

2

Baker ouvrit sa porte d'entrée pour Jodelle et ne put s'empêcher de ressentir de la satisfaction quand elle passa devant lui et que la porte fut refermée. Cette petite femme était la première invitée qu'il ait jamais fait entrer dans sa maison... et sa présence lui parut bien.

Depuis l'instant où il l'avait rencontrée, peu après qu'elle commence à se rendre à la plage pour veiller sur les adolescents, Baker avait ressenti une connexion. Il ne pouvait pas l'expliquer, et franchement, ça l'avait mis si mal à l'aise qu'il avait fait son possible pour la traiter comme si elle n'était qu'une simple connaissance. Mais au cours de l'année passée, elle avait encore plus pénétré son cœur sans même essayer. Voir ses amis trouver et épouser l'amour de leur vie... et les voir réellement s'épanouir dans leurs relations... lui avait donné envie de quelque chose de plus dans sa vie.

Il avait eu une seule petite amie de longue durée. Et ça avait suffi à le dégoûter pour de bon des relations. Il avait traité Tabitha comme un trésor, et en échange, elle avait vidé son compte bancaire ainsi que souscrit vingt-trois cartes de crédit à son nom, et elle avait même prévu de le tuer. C'était comme une putain de série criminelle. Elle s'était jouée de lui et il avait si désespérément voulu être aimé à l'époque, désiré trouver ce que tout le monde avait, qu'il avait cru ses conneries.

Elle n'avait même pas été en prison, ce qui le rendait furieux. Son père avait engagé l'avocat le plus cher et le plus doué qu'il avait pu trouver, et elle s'en était sortie avec une peine en sursis et quelques amendes.

À partir de là, Baker s'était juré de ne plus s'intéresser aux femmes. Il refusait de passer plus de quelques nuits avec la même personne avant de l'ignorer. Il était un enfoiré, il le savait... mais maintenant, pour la première fois depuis des années, il voulait davantage.

Il voulait tout.

Jodelle. La première fois qu'il avait entendu son prénom, Baker avait trouvé que c'était le plus beau nom qu'il avait entendu. Elle avait ri la première fois qu'il l'avait appelée ainsi et elle avait expliqué que tout le monde utilisait son surnom, Jody. Mais il s'y refusait. Il allait toujours penser à elle comme étant Jodelle.

Il avait lutté pendant des mois contre son attirance. Des années, en réalité. Et il ne pouvait plus se battre. Il avait espéré que la connexion qu'il ressentait allait s'estomper. À vrai dire, Baker était certain qu'elle allait faire quelque chose pour l'énerver ou l'ennuyer. Quelque chose qui allait prouver qu'elle était exactement comme la plupart des autres femmes qu'il connaissait. Mais à la place, plus il apprenait à connaître Jodelle, plus elle lui plaisait.

Elle était sensible. Parfois introspective. Elle ne ressentait pas le besoin de remplir le silence avec des bavardages inutiles. Elle se souciait sincèrement des écoliers sur lesquels elle veillait. Elle l'avait prouvé à plusieurs reprises. Elle était généreuse, pas prétentieuse, et Baker aimait beaucoup son apparence en maillot de bain. Elle avait des courbes à tous les endroits où une femme devait avoir des courbes.

En somme, il n'avait pas trouvé une seule chose négative au sujet de Jodelle depuis qu'il l'avait rencontrée. Et cela l'irritait autant que ça l'intriguait. Personne n'était aussi vertueux qu'elle semblait l'être. C'était impossible.

Malgré l'attirance qu'il éprouvait, il avait décidé de rester loin d'elle. Elle était trop bien pour lui, c'était très clair. Mais après avoir vu le bonheur de Mustang et Elodie, le bonheur de *tous* ses amis Seals avec leurs femmes, sans parler de l'amour dans les yeux de Pid quand il regardait sa petite fille... l'opinion de Baker avait commencé à changer.

Il avait tendance à garder les gens à distance, les hommes comme les femmes. Mais quand un vieux coéquipier Seal était venu à Hawaï avec une sérieuse rancœur – et qu'il avait utilisé Monica Collins, la femme de l'une de ses connaissances, en tant qu'appât – Baker s'était remis en question.

Il avait compris qu'il ne voulait pas être un vieil homme sans amis. Un crétin trop entêté pour laisser les gens l'approcher. Après tant d'années, l'idée d'être seul ne lui plaisait plus.

Et quand il pensait à son avenir, à la personne avec laquelle il voulait passer du temps une fois qu'il serait vieux et grisonnant, la seule personne qui lui venait en tête était Jodelle. C'était de la folie, ils ne se connaissaient pas, pas vraiment, pourtant Baker ne pouvait s'arrêter de penser à elle.

Puis Ashlyn Taylor, la petite amie d'un autre ami Seal, avait été touchée par balle quelques mois auparavant et Baker avait imaginé Jodelle à sa place.

Il avait paniqué. Ce n'était pas logique. Il ne s'était encore jamais attardé sur l'idée que ses amis pouvaient être blessés. Mais les dernières années avaient prouvé que le danger arrive quand on s'y attend le moins, particulièrement pour ses amis Seals et leurs femmes. Maintenant, il n'arrivait pas à chasser l'image de Jodelle allongée sur un lit d'hôpital, souffrant d'une blessure par balle. Il ne voulait *jamais* voir cela.

Et le meilleur moyen de la protéger... c'était de la garder auprès de lui.

Cette idée ne le faisait pas paniquer. Pour la première fois depuis Tabitha, Baker avait envie d'une relation. Il voulait s'endormir avec une femme à ses côtés et se réveiller de la même façon. Il voulait qu'elle lui envoie des textos pour lui faire savoir comment se passait sa journée et il voulait à son tour raconter ce qu'il se passait dans sa propre vie.

Jodelle n'était pas Tabitha. Elle n'aurait même jamais pensé à lui voler quoi que ce soit. Et prévoir de le tuer ? Impensable.

Baker le savait aussi sûrement qu'il connaissait son propre nom.

Plus tôt dans la journée, quand il avait posé le bras autour de la poitrine de Jodelle pour l'empêcher d'interférer avec l'examen de l'adolescent par le secouriste, Baker avait immédiatement su qu'il était foutu. Elle s'adaptait si parfaitement à son corps. Il n'avait jamais été du genre à apprécier les femmes petites, mais Jodelle lui avait fait changer d'avis. En plus de ses courbes, il aimait ses longs cheveux bruns qui ne voulaient jamais rester coincés dans la coiffure qu'elle choisissait, et ses yeux marron doré qui révélaient une douleur qu'il voulait apaiser. Elle était aussi la femme la plus expressive qu'il ait jamais rencontrée. Il savait exactement ce qu'elle pensait sans qu'elle ait besoin de dire un seul mot.

Mais c'était cette agonie au fond des yeux qui appelait le plus Baker à elle. Cette femme était brisée de l'intérieur. Elle vivait sa vie en mode automatique. Chaque sourire était effacé, chaque éclat de rire teinté de chagrin. Baker avait envie de la serrer contre lui et de lui dire qu'elle n'était pas obligée de se cacher pour lui, qu'il allait la réparer morceau par morceau... mais il devait en acquérir le droit.

Et il était bien déterminé à faire exactement cela.

Baker savait qu'elle avait eu un fils et qu'il était mort, mais il ne connaissait aucun des détails. La mort de son fils devait être ce qui l'avait brisée, et même si Baker ne savait pas exactement ce qu'elle ressentait, il avait lui-même vécu le deuil.

Quand il l'avait retenue alors qu'elle voulait rejoindre Ben, Baker avait pris une décision. Il avait été lâche bien trop longtemps. Il avait peur de laisser qui que ce soit s'approcher de lui. Mais c'était fini. Il avait vu les coups d'œil que Jodelle lui avait lancés. Elle était intéressée, mais elle n'avait absolument aucune intention de faire quoi que ce soit, ce qui la rendait différente des autres femmes. Baker savait que s'il n'essayait pas au moins d'explorer le lien qu'ils avaient, il risquait de le regretter pour le restant de sa vie.

Aujourd'hui était donc le premier pas vers leur guérison à

tous les deux. Il était possible que ça fonctionne, ou bien que ça ne marche pas, mais il avait au moins l'intention d'essayer.

— C'est sympa, dit Jodelle en regardant autour d'elle.

Baker haussa les épaules. Il n'avait jamais trop réfléchi au décor. La maison était fonctionnelle, et c'était tout ce dont il avait besoin. Du carrelage, une petite cuisine et des pièces à vivre. Une chambre de taille correcte avec une salle de bains attenante. Une chambre supplémentaire où il rangeait généralement sa planche de surf et tout le bazar qu'il avait accumulé au fil des ans. Il avait la télévision à écran large requise et un canapé confortable en plus d'un gros fauteuil relax.

Mais en regardant autour de lui, il ne voyait rien de chaleureux. Pas de photos au mur. Pas de babioles. C'était assez froid... ce qui était un exploit, puisqu'il vivait à Hawaï.

— C'est un endroit pour dormir, c'est tout, dit-il à Jodelle en haussant les épaules.

Il savait qu'elle était simplement polie. Le problème était qu'il ne savait pas comment rendre sa maison plus chaleureuse, comment en faire un endroit où elle pouvait avoir envie de passer du temps.

— Viens, dit-il d'un ton un peu plus bourru que voulu. Va t'installer pour que je puisse te nourrir.

— Je vais bien, dit Jodelle quand il posa la main au creux de son dos et la conduisit vers la petite table à côté de la cuisine.

Baker ne se souvenait pas de la dernière fois qu'il s'était assis là. En général, il mangeait debout ou sur le canapé en regardant la télé.

Ignorant ses protestations, Baker ouvrit un des placards de la cuisine et scruta le contenu.

— Je sais préparer des spaghettis qui sont une tuerie. Les pâtes te feront sûrement du bien, parce que ça fait un moment que tu n'as pas mangé.

Il regarda alors à l'intérieur de son frigo.

— Ou bien j'ai des steaks que je peux griller.

En se penchant, Baker aperçut un paquet de poulet à l'arrière. Il l'attrapa et se redressa en cherchant la date de péremption.

— Baker, dit Jodelle depuis sa place à la table.

— J'allais dire que j'avais du poulet, mais je ne peux pas lire la date de péremption et je ne sais plus quand je l'ai acheté. Je ne vais pas prendre le risque de te faire vomir tes intestins plus tard.

Il avança jusqu'à la poubelle et y jeta le paquet de cuisses de poulet, notant mentalement qu'il allait devoir sortir les ordures plus tard afin que ça ne fasse pas puer toute la maison.

— Baker, répéta Jodelle un peu plus fort.

Il tourna la tête pour la regarder.

— Tu n'as pas besoin de faire quoi que ce soit pour moi. Je ne sais toujours pas trop pourquoi je suis ici. Ne te méprends pas, j'ai été heureuse de te ramener chez toi, mais tu as sans doute des choses à faire. Je devrais partir.

Baker s'avança vers l'endroit où elle était assise. Il posa une main sur la table et l'autre sur le dossier de sa chaise. Elle s'était tournée de façon à être assise en travers, et elle était maintenant bloquée par lui. Il se pencha et ne put s'empêcher d'être content en voyant la façon dont elle rougit et le contempla avec de grands yeux.

— La seule chose que j'ai à faire maintenant, c'est m'assurer que tu ne t'évanouisses pas par manque de nourriture. Nous parlerons après avoir mangé. Veux-tu des spaghettis ou du steak ? Malheureusement, ce sont les meilleures options que j'ai en ce moment. Si tu choisis mes spaghettis qui tuent, la sauce devrait normalement frémir pendant au moins six heures pour obtenir l'effet voulu, mais nous ferons avec.

— Euh... les spaghettis.

Baker examina Jodelle un instant.

— Tu manges de la viande ? demanda-t-il.

— Oui. Je veux dire, pas beaucoup. Je n'ai rien contre, mais c'est si facile de trouver des fruits et des légumes frais, ici. Le marché des producteurs à Waialua est fabuleux et j'y vais beaucoup, alors je fais généralement le plein de salades et d'ananas. De plus, ce n'est pas comme si j'avais besoin des calories supplémentaires apportées par des plats lourds et pleins de viande.

— Non, dit Baker.

Elle fronça le nez.

— Non ? Non, quoi ?

— Ne te dénigre pas. Tu es parfaite exactement telle que tu es.

Jodelle rit, mais sans humour.

— Baker, j'ai quarante-huit ans. À ce point de ma vie, je sais ce que je suis et ce que je ne suis pas, et je ne suis pas parfaite. J'ai environ dix… d'accord, sans doute plus quinze kilos de trop. Quand on fait à peine plus d'un mètre cinquante, ces kilos en trop se voient vraiment. Et vivre ici à Hawaï, voir toutes les belles femmes en bikini, ça ne fait que souligner la chose.

— Je n'ai jamais compris le désir des femmes de n'avoir que la peau sur les os.

Le regard de Baker erra sur elle, la dévisageant de haut en bas, s'arrêtant sur ses seins un instant avant de continuer à scruter le reste. Elle portait un short, et il dut faire un effort pour ne pas tendre la main et caresser la peau bronzée de sa cuisse.

— Crois-moi quand je te dis que j'aime ton apparence. Ça te va, si je mets du bison haché dans la sauce des spaghettis ?

Elle leva les yeux vers lui. Baker vit son pouls battre dans sa nuque. Elle finit par inspirer profondément.

— Je n'ai jamais mangé de bison haché. Ça a quel goût ?

— Comme du bœuf, répondit Baker en se relevant lentement.

Il avait terriblement envie de se pencher et de l'embrasser, mais c'était trop tôt.

— Alors, pourquoi ne pas simplement mettre du bœuf haché ? demanda Jodelle en penchant la tête d'un air adorable.

— Parce que le bison est plus maigre, expliqua-t-il en se forçant à retourner à la cuisine.

— Et pourquoi ne pas acheter du bœuf maigre ?

Baker esquissa un sourire. Il ne pouvait pas s'en empêcher. Jamais il n'aurait cru être debout dans sa cuisine à discuter des avantages de la viande de bison par rapport au bœuf.

— Il y a du sélénium dedans, un antioxydant qui aide à

prévenir le stress oxydatif et qui réduit l'inflammation causée par une mauvaise alimentation. Il y a également plus de fer, plus de vitamines et deux fois plus de bêtacarotène.

— Ah, d'accord, alors, dit Jodelle en riant.

Baker la fixa un instant, luttant contre l'envie soudaine de la soulever et de la porter jusqu'à sa chambre. Avait-il déjà ressenti ça pour une femme ?

Non, certainement pas.

— Puis-je t'aider ? demanda-t-elle.

Baker n'avait pas besoin d'aide. Il pouvait préparer la sauce des spaghettis dans son sommeil, mais sa cuisine n'était pas très grande et si Jodelle l'aidait, ils allaient certainement se gêner… et il aurait l'occasion de la frôler.

— Veux-tu faire revenir la viande pour moi ?

Elle se leva immédiatement.

— Bien sûr.

Quarante-cinq minutes plus tard, Baker porta les deux assiettes de pâtes couvertes de sauce jusqu'à la table. Il avait mis moins de piment que d'habitude, car Jodelle avait dit ne pas trop aimer la cuisine épicée. Elle baissa les yeux vers l'énorme assiette de spaghettis et éclata de rire.

— Je ne peux pas manger tout ça.

— Alors, ne te force pas, dit Baker en haussant les épaules. Je mangerai ce qui reste plus tard.

Quand elle continua à fixer l'assiette sans attraper sa fourchette, Baker fronça les sourcils.

— Qu'est-ce qui ne va pas ? Si tu as changé d'avis, je peux toujours nous faire griller des steaks.

Jodelle leva les yeux vers lui, surprise.

— Quoi ? Non. Tu as mis du temps à préparer tout ça, je ne vais pas changer d'avis maintenant.

Baker se pencha en avant et s'appuya sur ses coudes. Il regrettait d'avoir choisi la place en face d'elle au lieu de celle à côté d'elle. Cependant, la table était assez petite et il aurait pu tendre la main et prendre la sienne même depuis sa place. Il se força pourtant à rester immobile.

— Tout ce que tu veux, Jodelle. Je ne veux pas que tu fasses quoi que ce soit avec moi simplement pour être polie. Si tu changes d'avis pour quoi que ce soit, à n'importe quel moment, ça ne me gêne pas du tout.

Elle le fixa un moment, l'appréhension et l'incompréhension tourbillonnant dans ses yeux marron.

— Je ne comprends pas.

Baker savait qu'ils devaient parler, mais d'abord, il voulait vraiment la nourrir. Elle n'avait pas mangé de toute la journée, car elle avait été trop inquiète pour *ses* adolescents. Il regrettait de la faire angoisser. Il recula et inspira profondément.

— D'abord, on mange, puis on parlera.

Ses paroles ne semblèrent pas la détendre, ce qui le fit regretter encore plus d'être trop brutal. Baker n'avait jamais été quelqu'un de subtil. Quand il voulait quelque chose, il l'obtenait. Point final. Mais cette situation n'était pas comme vouloir devenir un Seal. Ou vouloir trouver un terroriste. Ou désirer le dernier gadget. Il était question de Jodelle, et il fallait qu'il se calme, sinon il allait l'effrayer et la faire fuir, ce qui était bien la dernière chose qu'il souhaitait.

— Vas-y, dit-il en essayant d'adopter un ton plus léger. Goûte. Dis-moi ce que tu penses du bison.

Il la regarda inspirer profondément, redresser les épaules, et hocher la tête. Elle ramassa sa fourchette et enroula quelques pâtes autour, prenant soin d'attraper une bonne dose de sauce en même temps. Il attendit en retenant son souffle pendant qu'elle portait la nourriture à sa bouche.

Quand elle eut avalé, elle lui fit un petit sourire et dit :

— C'est vraiment bon.

— Évidemment, répondit Baker avec une certaine fierté.

Il n'était peut-être pas un chef comme Elodie Webber, mais il savait préparer une sacrée sauce à spaghettis.

Jodelle gloussa, puis elle secoua la tête en fixant son assiette.

— Des spaghettis. Existe-t-il un plat que l'on peut manger avec moins de dignité devant quelqu'un qui nous...

Elle s'arrêta brutalement.

Baker espérait fortement qu'elle avait été sur le point de

dire *quelqu'un qui nous plaît*. Comme il ne voulait pas la mettre mal à l'aise, il fit de son mieux pour détourner la conversation de ce qu'elle venait presque de dire.

— Je n'oublierai jamais quand j'étais au Maroc et que mon équipe et moi avons été invités dans la maison du chef d'une tribu locale. Il était extrêmement fier de pouvoir nous servir des spécialités de la région. Il a apporté un repas et nous ne reconnaissions rien. Mais ç'aurait été impoli, et même une insulte, de refuser les plats. J'ai choisi ce que je pensais être l'élément le plus inoffensif de l'assiette. Notre hôte avait un énorme sourire, et j'aurais dû comprendre que cela signifiait que je ne devais surtout pas manger ce que j'avais choisi. Mais en tant que chef d'équipe, il fallait que je prenne sur moi. Notre hôte a pris une des autres boulettes rondes et il l'a mise entièrement dans sa bouche, puis il a hoché la tête vers ce que je tenais dans ma main, comme pour me dire de manger. Je l'ai donc imité.

Jodelle souriait et elle se pencha vers lui comme si elle était fascinée par l'histoire.

— Et ? C'était quoi ?

Baker se rendit compte pour la première fois que le repas n'était sans doute pas le meilleur moment pour cette histoire.

— Euh... on devrait peut-être finir de manger d'abord.

— Oh, non, tu as commencé cette histoire, tu ne peux pas me laisser en plan. Ça ne va pas me dégoûter de ces pâtes incroyables, Baker. Continue.

— D'accord. Eh bien, c'était légèrement mou, alors je pouvais le comprimer avec les dents... mais ensuite ça reprenait sa forme. La seule chose que je pouvais faire, c'était mordre dans la peau molle. Dès que j'ai fait ça, une coulée de liquide gluant a rempli ma bouche et j'ai dû faire de gros efforts pour ne pas tout cracher immédiatement. Mais comme notre hôte hochait la tête et souriait comme si je venais de lui faire le plus beau des cadeaux, je me suis forcé à avaler. Au moins, la chose dans ma bouche n'était plus aussi grosse qu'avant, mais ce qui restait était presque impossible à mâcher. J'avais beau mâcher cette chose, elle ne se défaisait pas et elle était toujours trop grosse pour simplement l'avaler. J'ai donc fait le nécessaire : je l'ai coincée dans ma joue, j'ai fait semblant d'avaler et j'ai souri au chef de tribu. Il a poussé un cri triomphant et m'a fait un grand sourire. Quand il s'est tourné pour attraper un autre plat suspect, j'ai craché le je-ne-sais-quoi dur de ma bouche dans la terre et je l'ai vite enterré.

Baker frissonna.

— C'était une des pires choses que j'ai mangées de ma vie, et crois-moi, j'en ai vu passer de terribles.

— C'était quoi ? demanda Jodelle avec un grand sourire.

— Un œil de mouton. Mais je ne l'ai découvert que plus tard, et c'est une bonne chose. J'aurais sans doute vomi instantanément, si je l'avais su.

Jodelle frissonna théâtralement.

— Alors... les spaghettis ne sont même pas dans le top cinq des choses impossibles à manger avec dignité devant quelqu'un d'autre, lui dit Baker en souriant à son tour.

— Merci de ne pas m'avoir donné des yeux à manger, dit-elle.

— Jamais.

Le reste du repas se passa tranquillement. Baker avait de la peine à croire que Jodelle était ici dans sa maison, mangeant un repas avec lui. Il n'était pas l'homme le plus loquace du monde, mais ça ne semblait pas la déranger. Même quand il y avait de longs silences entre eux, elle ne semblait pas nerveuse ou mal à l'aise. Et encore mieux, elle ne disait pas n'importe quoi juste pour combler ses silences.

Finalement, Jodelle s'appuya contre le dossier de sa chaise en poussant un soupir.

— Je le concède, dit-elle. J'ai mangé autant que je le pouvais.

Baker était impressionné. Il avait mis une belle portion de pâtes et de sauce sur son assiette et elle avait réussi à manger un peu plus de la moitié. Il aimait qu'elle n'ait pas été gênée de manger devant lui. Certaines femmes auraient pris quelques bouchées avant de faire semblant d'en avoir assez.

— C'était bon ? demanda-t-il en se levant et en attrapant son assiette.

— Délicieux.

Satisfait, Baker hocha la tête. Une excitation familière monta en lui. Il avait ressenti cela en accomplissant une mission dans le passé, ou après avoir surfé sur une vague hallucinante, ou quand il avait découvert une information capitale en faisant des recherches sur de sales types... mais il n'avait jamais fait l'expérience de l'émotion ressentie en préparant un repas pour quelqu'un.

Ils travaillèrent ensemble pour emballer les restes et ensuite, Baker annonça :

— Il est encore assez tôt, la circulation va encore être abominable. Si tu pars maintenant, il te faudra une éternité pour atteindre ta maison. Veux-tu attendre ici un moment ?

Jodelle le fixa pendant une seconde, puis elle demanda :

— Tu sais où je vis ?

Baker envisagea de mentir, de dire qu'il supposait simplement qu'elle vivait près de la baie de Waimea, mais il ne voulait pas commencer leur relation en étant malhonnête.

— Oui, dit-il simplement.

Jodelle pencha la tête et le regarda.

— Je ne sais rien sur *toi*, dit-elle au bout d'un moment.

— Mais si, rétorqua-t-il. Tu me connais depuis un moment, maintenant.

— D'accord. Je sais que tu es un sacré surfeur, que tu étais Seal dans la Navy, que tu as des amis plutôt fabuleux... d'après le peu que j'ai vu. Je sais que tu es du genre fort et silencieux, assez autoritaire, et que tu es plus gentil que ce que tu aimerais que les gens pensent de toi.

Baker hocha la tête.

— En dehors de cette dernière chose, tu as tout à fait raison.

— Tu ne penses pas être gentil ? demanda Jodelle.

— Je sais que je ne le suis pas, dit-il hochant la tête vers le canapé. On va s'asseoir ?

Elle acquiesça immédiatement et elle le suivit vers le petit espace du salon. Elle s'installa à un bout du canapé et Baker à l'autre. Il voulait la prendre dans ses bras et se blottir avec elle dans le gros fauteuil relax, mais c'était un peu trop tôt, même pour lui.

— Je pense que tu as sans doute vu des choses assez affreuses quand tu faisais ton service, dit Jodelle en poursuivant leur conversation. Et ça t'a rendu méfiant envers la plupart des gens. Mais je t'ai vu interagir avec les gamins. Tu es dur avec eux, tu ne tournes pas autour du pot quand ils font des bêtises, que ce soit sur les vagues ou à l'école, mais tu n'es pas cruel. Tu leur dis ce qu'ils ont fait de mal et comment le réparer. Ils te respectent pour ça, tu sais.

Baker haussa les épaules.

— Ne te méprends pas, tu es capable d'être con, mais en général, d'après ce que j'ai vu en tout cas, les gens que tu as repris le méritaient.

Baker avait envie de lui dire qu'elle avait tort. Qu'il était tout sauf gentil. Mais il n'était pas non plus idiot, il avait envie de lui plaire. S'il avouait toutes les fois qu'il avait fait des remontrances à des gens qui agissaient comme des enfoirés ou les moments où il avait fait de son mieux pour énerver quelqu'un qui le méritait... ça n'allait pas le faire.

— Je suis content de savoir que tu me vois de cette façon, finit-il par dire.

Il fut surpris lorsque Jodelle éclata de rire.

— Waouh, *ça*, c'était très diplomate.

Baker ne put s'empêcher de sourire.

— Quoi qu'il en soit, tu sais où je vis... que sais-tu d'autre ? demanda-t-elle.

— Je sais que te voir améliore ma journée à cent pour cent. Qu'être auprès de toi me donne moins l'impression d'être un vieux Seal rejeté par la mer et plutôt un homme normal. Que tu as plus de douleur au fond de toi que n'importe qui que j'ai pu rencontrer, et que je n'ai jamais plus désiré une femme que toi.

Jodelle écarquilla les yeux.

— Oh, euh... waouh.

Baker grimaça intérieurement. Merde, il n'était pas doué pour ça.

— Je ne suis pas quelqu'un d'agréable, poursuivit-il. Mais quand je suis auprès de toi, j'ai envie d'être le genre d'homme que tu vois en moi. J'ai cinquante-deux ans. J'ai compris que les choses se passent beaucoup mieux quand j'explique ce que je veux au lieu de tourner autour du pot en restant vague. Je veux apprendre à mieux te connaître, Jodelle. Te fréquenter. Je ne peux pas m'arrêter de penser à toi. C'est fou, je n'ai encore jamais été comme ça, et je veux voir si l'attirance que nous semblons avoir l'un pour l'autre est une fondation sur laquelle nous pouvons bâtir quelque chose, ou bien si c'est une flamme qui brûle vite avant de s'éteindre.

Elle le fixa si longtemps que Baker regretta un peu d'y être allé aussi fort.

— Pourquoi maintenant ? demanda-t-elle.

Baker se détendit légèrement, car elle n'avait pas éclaté de rire ou nié qu'il existait une attirance entre eux, et il expliqua :

— Parce que j'ai déjà glandé trop longtemps. S'il y a bien quelque chose que j'ai appris avec tout ce qui est arrivé à mes amis, c'est que la vie est courte. On pourrait croire que je l'avais déjà compris en étant un Seal, mais récemment j'ai encore plus ouvert les yeux et j'ai compris comme j'ai été idiot.

— Je ne suis pas certaine de vouloir une relation, avoua-t-elle.

Baker la respectait encore davantage pour son honnêteté.

— Je ne suis pas sûr de le vouloir, moi non plus, dit-il.

Elle esquissa un sourire.

— Alors, nous sommes deux personnes qui ne veulent pas sortir ensemble, mais qui vont essayer quand même ?

Baker haussa les épaules.

— Tu es différente, dit-il doucement. Je ne sais pas pourquoi, mais je veux le découvrir. J'ai toujours cru que j'allais être seul pour le reste de ma vie, et ça ne me gênait pas. Ça me suffisait d'éliminer les enfoirés qui pensent pouvoir maltraiter les autres et faire ce qu'ils veulent sans conséquence. Mais au bout du compte, je rentre chez moi dans cette maison vide et sans âme, et j'ai constaté que bien que les gens apprécient ce que je fais... si je disparaissais de la surface de la Terre demain, tout le monde s'en ficherait.

— Ce n'est pas vrai, murmura Jodelle. Tes amis ne s'en ficheraient pas.

— C'est vrai, acquiesça Baker. Pendant quelque temps. Puis ils reprendraient leur propre vie, comme il se doit. Je ne m'exprime pas bien. C'est juste que... j'ai compris que je voulais autre chose dans la vie qu'être celui que les gens appellent quand ils ont besoin d'aide ou quand ils veulent trouver des informations compromettantes pour poursuivre quelqu'un en justice.

— Et tu penses me vouloir, moi ? demanda Jodelle.

— Oui, répondit Baker simplement.

Jodelle secoua la tête.

— Je ne crois pas être capable d'aimer encore quelqu'un, Baker.

Il ricana.

— Vraiment, insista-t-elle.

— Tu as plus d'amour dans ton petit doigt que certaines personnes dans tout leur corps, lui dit-il. Prends ce qui est arrivé à Ben aujourd'hui par exemple. Dès que tu as appris qu'il avait des problèmes, tu n'as même pas hésité à le rejoindre. Et je sais que tu penses encore à lui, même maintenant.

— C'est simplement de la décence, pas de l'amour.

— N'importe quoi, rétorqua Baker. Écoute, je sais que je n'y vais pas de main morte. Je ne sais pas être autrement. Si tu ne veux pas explorer le lien que nous semblons avoir, il te suffit de le dire. Je ne suis pas un de ces types qui refusent de comprendre un rejet. Ce sera désagréable, mais je respecterai tes sentiments.

— C'est que je ne veux pas te mener en bateau. Je suis perturbée, Baker. Sérieusement.

— Ce n'était pas une réponse, Jodelle.

Elle soupira.

— Je ne veux pas non plus te décevoir.

Baker décida qu'il en avait assez de mettre de la distance entre eux. Il se décala jusqu'à ce que leurs jambes se touchent. Il leva la main et la posa dans la nuque de Jodelle. Intérieurement, il bondit de joie quand elle pencha très légèrement la tête contre sa main.

— Tu ne me décevras pas. J'ai surtout l'impression que c'est moi qui dois m'inquiéter de ne pas *te* décevoir.

Il voulait l'embrasser. Tellement. Mais Baker se força à rester immobile. À la regarder dans les yeux et à essayer de déchiffrer les émotions qu'il y voyait tourbillonner.

Puis après une longue pause...

— D'accord.

— D'accord ? demanda Baker. D'accord pour quoi ?

— J'ai été attirée par toi la première fois que je t'ai vu... qui ne le serait pas ? Tu es un bel homme. Mais j'ai vu beaucoup d'hommes beaux dans ma vie. Cependant, plus tu traînais les matins avec mes gamins, plus je comprenais que tu n'étais pas simplement un surfeur canon. Tu es déroutant, un peu effrayant parfois, tu ne tournes jamais autour du pot... mais tu es aussi protecteur, sacrément bon ami, et tu as le genre d'honneur que je n'ai encore jamais vu chez quelqu'un d'autre. Moi aussi, je me sens seule. Mais j'ai toujours cru que c'était une pénitence pour les erreurs que j'ai commises dans ma vie. Je ne suis pas sûre... non, je *sais* que je ne mérite pas quelqu'un comme toi. Mais je suis trop faible pour refuser.

— Tu n'es pas faible, lui dit Baker en fronçant légèrement les sourcils.

Elle ne répondit pas.

— Tu ne l'es pas. Je ne sais pas pourquoi ou comment tu en es venue à penser ça de toi, mais je vais faire tout mon possible pour te pousser à te voir comme je te vois. La vie est dure, Clochette. Elle nous tabasse, puis elle adore nous envoyer un nouveau coup dur quand on est déjà à terre. Être faible, ce serait laisser tomber. Devenir aigrie. Il y a une maxime chez les Seals, le seul jour facile était hier... et c'est tellement vrai. Et pourtant en toi, je vois la même chose que j'ai vue chez mes coéquipiers. Un refus d'abandonner.

— Il y a des fois où c'est exactement ce que je veux faire, rétorqua Jodelle.

— Mais tu ne le fais pas, ce qui te rend très forte. Je te vois, Jodelle Spencer. Et j'aime ce que je vois.

Elle frissonna et leva une main pour attraper le poignet de Baker.

— C'est sans doute une erreur, chuchota-t-elle.

— Tu me désires ? demanda-t-il sans ménagement.

Elle hocha la tête.

— Alors, ce n'est pas une erreur. Je ne sais pas voir l'avenir, mais je peux te dire ça : ce qui arrivera entre nous sera bon. Fabuleux. Et si nous décidons mutuellement de partir chacun de notre côté, nous le ferons. Ça ne sera pas tout un drame, ça arrivera simplement. D'accord ?

Elle poussa un soupir.

— J'aimerais bien. Mais comme tu l'as dit, tu ne sais pas voir l'avenir. Il peut se passer des choses.

— C'est vrai. Mais jamais, au grand jamais, je ne me retournerai contre toi. Tu as ma parole.

— D'accord.

— Parfait, acquiesça Baker en se sentant excité et heureux comme ça ne lui était plus arrivé depuis très longtemps. Tu veux regarder la télé ? Je peux mettre un film. Ou bien nous pourrions aller marcher.

Elle leva ses grands yeux marron vers lui et Baker eut envie de penser qu'il y voyait la même excitation que lui.

— Allons-nous nous embrasser pour conclure le marché ? demanda-t-elle timidement.

— Oui. Mais pas tout de suite. J'ai déjà assez précipité les choses. Tu as besoin de temps pour digérer ce qu'il se passe entre nous.

— Oh.

Baker perdit presque le peu de contrôle qu'il lui restait en entendant la déception dans cet unique mot.

— Nous y arriverons, Clochette. Inutile de nous précipiter.

— C'est juste que...

Elle secoua la tête avant de reprendre :

— C'est difficile pour moi de croire que nous sommes passés de l'état de connaissances à... je ne sais pas ce que nous sommes, maintenant.

— Nous n'avons jamais simplement été des connaissances, et tu le sais.

Elle le regarda et hocha légèrement la tête.

— Une promenade, décida Baker en laissant tomber la main de la nuque de Jodelle à contrecœur. Ça m'aidera à garder les mains loin de toi.

— J'aime avoir tes mains sur moi, avoua-t-elle.

Il ferma les yeux et inspira profondément. Merde. Elle disait tout franchement. Pas de petits jeux, pas de fausse pudeur.

— Baker ? demanda-t-elle, inquiète.

Il ouvrit les yeux et l'observa.

— Moi aussi, j'aime avoir les mains sur toi.

Il se leva alors.

— Viens, Polo Beach n'est pas très loin d'ici. En général, elle n'est pas trop bondée, et ce sera un bon endroit pour éliminer une partie de ces pâtes.

Jodelle se leva avec un sourire et demanda :

— Ça ne sera pas une marche forcée, hein ? Parce que j'ai trop mangé et je pourrais bien vomir si tu me fais marcher trop vite.

Baker s'esclaffa et fit passer un bras autour de la taille de Jodelle.

— Nous avancerons à ton rythme, Clochette.

— Merci. Tes jambes sont beaucoup plus longues que les miennes et avec ton entraînement, tu me dépasserais en quelques secondes.

— Tu penses que je te laisserais derrière ? demanda-t-il en la guidant vers sa porte d'entrée.

— Non. Mais j'ai comme l'impression que tu étais un chef d'équipe assez dur. Je t'imagine aboyer contre tes marins et leur dire de se magner le cul.

Baker éclata de rire, parce qu'elle n'avait pas tellement tort. Il voulait l'attirer contre son torse et l'embrasser passionnément, mais il se contenta de se pencher et de déposer un baiser sur le haut de sa tête.

— Promis. C'est une promenade après dîner paresseuse. Rien de plus.

— D'accord. Baker ?

— Oui ?

— Tout ça est bizarre. Et vraiment inattendu. Mais je ne suis pas contrariée.

Il eut un sourire rayonnant.

— Bien.

Il la lâcha assez longtemps pour ouvrir la porte et quand elle fut fermée et verrouillée, Baker fut ravi que Jodelle lui tende timidement la main. C'était fou comme le simple fait de lui tenir la main lui donnait la chair de poule. Il avait cinquante-deux ans et pour la première fois de sa vie... il était presque grisé à l'idée d'être avec une femme. Il ne savait pas trop s'il devait s'en inquiéter ou simplement suivre le mouvement.

Jodelle leva les yeux vers lui, sourit encore timidement, puis reporta son attention sur le trottoir devant elle.

Baker décida de suivre le mouvement.

3

Le lendemain matin, Jody était allongée sur son lit et elle fixait le plafond. La journée d'hier avait été... intéressante. Les cinq dernières années de sa vie, elle avait profité d'une espèce de routine confortable. Elle veillait sur les jeunes la plupart des matins avant l'école, rentrait chez elle et travaillait un peu, retournait à la plage dans l'après-midi, puis passait la soirée seule chez elle, dînait et travaillait souvent encore, avant de partir au lit et de recommencer le lendemain.

Cette routine avait été très différente de la veille, et elle ne savait pas trop si elle aimait ça. Il y avait une certaine sécurité dans le fait de faire la même chose jour après jour. Jody avait eu assez de surprises et de changements pour toute une vie.

Hier, elle avait été secouée hors de sa zone de confort. Tout d'abord, il y avait Ben. Quelque chose n'allait pas et elle voulait désespérément parler à l'adolescent et voir si elle pouvait l'aider. Elle ne savait pas grand-chose au sujet du garçon, simplement que ses parents étaient riches et qu'il était assez réservé, mais apprécié.

Puis il y avait Baker.

Avec un soupir, Jody ferma les yeux et repassa la veille au soir dans sa tête. Elle avait du mal à croire qu'il s'intéressait à elle. Elle n'avait rien de spécial. Certains jours, elle avait l'impression de tout juste parvenir à garder la tête hors de l'eau.

Pourtant, Baker avait semblé entièrement sérieux en affirmant qu'il voulait voir où mènerait une relation entre eux.

Il était légèrement arrogant, mais Jody savait que si elle avait rejeté ses avances d'une façon ou d'une autre, il l'aurait laissée tranquille. Elle ne l'avait pas fait. Pour la première fois depuis longtemps, elle prenait un risque.

Mana lui aurait dit qu'il était temps.

C'était toujours douloureux de penser à son fils, Kaimana, mais ce matin, l'imaginer en train de lui sourire et de lui donner une tape dans la main ne faisait pas aussi mal que dans le passé. Son garçon déjanté lui manquait plus qu'elle ne pouvait le dire. Ils avaient passé tant de temps tous les deux que c'était encore bizarre de se réveiller sans qu'il soit dans la maison.

Sachant que si elle s'attardait sur cette perte, elle allait déprimer le reste de la journée, Jody se força à repenser à Baker. Elle aimait sa franchise. Il était intense, mais elle savait où elle en était avec lui, ce qui était un soulagement. Elle était trop âgée pour jouer à des petits jeux de séduction.

Leur promenade sur la plage avait été agréable. Ils avaient marché main dans la main et parlé de la compétition de surf de la journée – et combien ils détestaient les embouteillages qui en résultaient – entre autres choses. Baker lui avait un petit peu raconté son époque dans la Navy, et sa décision de rester ici à Hawaï après avoir pris sa retraite. C'était agréable et Jody avait l'impression de le connaître depuis toujours. Elle ne comprenait toujours pas comment ils en étaient apparemment venus à être ensemble après avoir été des connaissances qui se voyaient seulement quelques fois par semaine sur la plage, mais ça ne la contrariait pas, même si elle était encore un peu nerveuse à cette idée.

Baker était... il était difficile de trouver les mots pour le décrire. Tout ce que Jody savait, c'était qu'elle aimait passer du temps avec lui. Il la nourrissait intérieurement alors qu'elle se sentait complètement vide depuis la mort de Mana.

Refusant de sombrer dans la morosité, Jody s'assit et balança les jambes par-dessus le bord du lit. Elle prenait un rare jour de congé en n'allant pas à la plage. C'était le dernier jour de la compétition de surf et ses ados allaient certainement regarder, comme ils l'avaient fait ces derniers jours. Demain, ils allaient récupérer leur plage, surfer au petit matin avant que commence l'école, et Jody y serait pour veiller sur eux.

Elle avait la journée pour elle... ce qui n'était pas exactement ce qu'elle préférait. Mais elle avait quelques travaux de graphisme sur lesquels elle voulait avancer, ainsi qu'un site Web qu'elle devait concevoir. Jody était très reconnaissante envers son travail... il lui donnait quelque chose pour se focaliser quand la douleur de la perte de Mana devenait trop forte, et il lui permettait de rester dans la maison qu'elle avait partagée avec son fils.

Après s'être douchée, Jody attrapa un Pop-Tart au cellier et le mangea dans sa cuisine. Elle savait que ce n'était pas bon pour la santé, pas du tout, c'était une des choses que Mana aimait beaucoup manger, et elle en prenait un au petit-déjeuner chaque matin en souvenir de son fils.

Elle venait de finir sa pâtisserie quand le téléphone annonça une notification. Fronçant les sourcils, car elle ne savait pas qui pouvait la contacter si tôt, Jody s'avança vers la table où elle avait laissé son téléphone la veille.

Lorsqu'elle vit le nom de Baker à l'écran, elle eut des papillons dans le ventre. Ils avaient échangé leurs numéros la veille.

Baker : J'ai passé un bon moment hier soir. Je fais des efforts pour ne pas être lourd, alors je vais résister à l'envie de passer aujourd'hui.

Avec un sourire idiot, Jody s'appuya contre le plan de travail et utilisa ses pouces pour composer une réponse.

. . .

Jody : Tu ne plaisantais pas en disant que tu n'allais pas tourner autour du pot, hein ?

Baker : Non. Tu apprendras ça sur moi. Quand je veux quelque chose, je donne tout pour l'avoir. Quels sont tes plans pour la journée ?

C'était agréable. Elle n'avait pas eu quelqu'un avec qui partager ses projets depuis longtemps.

Jody : Rien de passionnant. Du travail.

Baker : Pas de plage ?

Jody : Tu as dit à Rome que je ne serai pas là, alors c'est ce que je fais. De plus, c'est dimanche. Il n'y a pas école et la compétition continue. Mes gamins vont être trop occupés à essayer d'assimiler les styles de leurs surfeurs préférés pour faire des bêtises.

Baker : Mais tu y seras demain ?

Jody : Oui. Pourquoi ?

Baker : Je voulais juste être sûr de te voir bientôt.

Jody eut la chair de poule. Bon sang, ce type était fatal. Elle se renfrogna soudain. Il pouvait arracher ce qui restait de son cœur et le piétiner. Elle fut prise de doutes. Ceci n'était peut-être pas une bonne idée.

Baker : Il n'y a pas d'urgence et pas de pression, Clochette. Je voulais juste dire ce que je ressens.

C'était comme s'il sentait qu'elle paniquait et qu'il faisait son possible pour la rassurer. Elle inspira profondément et répondit.

. . .

Jody : Je ne peux pas prétendre que ça ne me rend pas nerveuse… mais je me suis effectivement réveillée avec un sourire sur le visage pour la première fois depuis des années.

Baker : Bien. Attends-toi à un coup de fil d'Elodie aujourd'hui.

Perplexe, Jody écarquilla les yeux. Elle savait qui était Elodie. Elle avait épousé un des amis Seals de Baker. Elle en avait rencontré quelques-uns au cours de l'année passée, mais elle ne savait pas pourquoi l'autre femme allait l'appeler.

Jody : Elodie ? Pourquoi ?

Au lieu d'afficher les points de suspension pour indiquer que Baker répondait à sa question, le téléphone sonna dans sa main, faisant sursauter Jody. Elle se moqua d'elle-même avant de cliquer sur l'icône pour décrocher.

— Salut, dit Jody, un peu timide.

— Je déteste les putains de textos, annonça Baker au lieu de la saluer. Et je préfère entendre ta voix dans mon oreille, de toute façon. Bonjour, Clochette.

Les deux derniers mots furent prononcés d'une voix un peu plus douce que les autres.

— Bonjour, dit Jody.

— Elodie va te contacter parce que j'ai parlé à Mustang ce matin, et il se trouve que j'ai mentionné le fait d'avoir passé la soirée avec toi. Il va le dire à sa femme, et je suis certain qu'elle sera super excitée et qu'elle va m'appeler pour demander ton numéro afin de t'accueillir sous son aile…

Jody ne sut pas trop quoi dire à ce sujet.

— Euh… d'accord.

— Elle est comme ça, dit Baker doucement. Elles sont toutes comme ça. Elles sont très curieuses à ton sujet et elles vont vouloir apprendre à te connaître. Si tu veux que je leur dise de garder leurs distances, je le ferai.

— Non ! dit-elle vite. Je suis curieuse à leur sujet également, pour être honnête. Les rares fois que j'ai rencontré certaines d'entre elles, elles avaient l'air sympas.

— Elles le *sont*, la rassura Baker. Elles sont aussi affreusement curieuses, alors si elles te posent une question à laquelle tu préfères ne pas répondre, tu peux ne rien dire. Elles ne seront pas contrariées.

— Je vais peut-être interroger Elodie à ton sujet, le taquina Jody.

— N'hésite pas.

Jody secoua la tête. Évidemment, il n'avait pas peur de ce que ses amis allaient dire sur lui. Cela la rassura.

— Mais sérieusement, Jodelle, si tu ne veux pas encore en arriver là avec Elodie ou une des autres femmes, il te suffit de me faire signe. Je leur demanderai de garder leurs distances, j'expliquerai que nous apprenons toujours à nous connaître et qu'elles doivent attendre que ce soit plus sérieux entre nous avant de t'inviter à leurs soirées pyjama.

Jody éclata de rire.

— Elles font des soirées pyjama ?

— Oui. Généralement à l'appartement-terrasse de Kenna et Aleck. La vue est merveilleuse, là-haut. Bref, Aleck fait en sorte de disparaître et les filles passent la soirée ensemble. Et avant que tu poses la question, les garçons sont très contents de cette tradition. C'est beaucoup moins risqué pour elles que de se mettre sur leur trente-et-un pour sortir et aller boire dans un bar.

Jody se sentit envieuse, et en même temps, elle fut prise de chagrin. Elle ne pouvait s'empêcher de se souvenir des nuits que Mana avait passées avec ses copains quand il était plus petit. Le bruit des rires des garçons s'était depuis longtemps estompé dans sa maison, mais les souvenirs étaient aussi vifs que s'ils avaient eu lieu la veille.

— Clochette ? demanda Baker.

— Pardon, je suis là, dit Jody.

— Merde. Je ne voulais pas te rendre triste.

Elle ne comprenait pas comment cet homme était capable de déchiffrer son humour à travers une ligne téléphonique, mais Jody ne s'y attarda pas.

— Je ne suis pas vraiment triste. C'est juste que ça fait long-temps que je n'ai pas pensé aux soirées pyjama.

— Je te préviens, Clochette… je vais vouloir tout savoir sur ton fils à un moment donné.

Jody ferma les yeux. Elle ne savait pas trop quoi dire. La mort de Mana n'était pas un secret et elle n'était pas surprise que Baker soit au courant.

— Parce que franchement, c'est terrible qu'il soit mort, continua Baker. J'aurais aimé le connaître. Vu comme sa mère est incroyable, je sais qu'il aurait été un homme fabuleux.

Deux larmes tombèrent des yeux de Jody quand elle cligna des paupières en entendant ces mots. Ça faisait longtemps que personne ne lui avait parlé de Mana. La plupart des gens préfé-raient éviter de parler de lui à tout prix. Elle savait que c'était parce qu'ils supposaient que ça allait la bouleverser, mais en évitant le sujet, elle avait presque l'impression qu'ils faisaient de leur mieux pour l'effacer. Mais pas Baker.

— Moi aussi, j'aurais aimé qu'il te connaisse, dit-elle au bout d'un long moment.

— Veux-tu que je dise à Elodie de nous donner… de te donner… un peu de temps ? demanda Baker.

Jody déglutit et s'essuya le visage. Elle venait juste de vivre à peu près toutes les émotions possibles ce matin, et il n'était même pas encore 9 h. Elle s'était sentie engourdie pendant si longtemps, et même si elle n'était pas fan de ces changements d'humeur, elle ne pouvait nier qu'elle ne s'était pas sentie aussi vivante depuis longtemps. C'était comme si elle décongelait lentement après avoir passé des années figée dans la glace. Impossible de savoir pour l'instant si c'était une bonne ou une mauvaise chose.

— Non. Je pense que j'aimerais lui parler, admit Jody.

— D'accord. Je déteste avouer ça… mais je ne sais pas ce que tu fais comme travail.

Contente de ce changement de sujet plus léger, Jody s'esclaffa.

— Je suis graphiste. Je fais tout depuis les logos à la conception de tee-shirts, la mise en place de sites Internet.

— Et tu peux le faire de chez toi ?

— Oui, heureusement. Je fixe mes propres horaires, alors je peux caser du travail quand j'en ai besoin. Parfois, quelqu'un a besoin d'un travail en urgence, mais en général je choisis mon temps de travail et quand.

— Ça me plaît que tes horaires soient flexibles, Clochette.

Elle ne put s'empêcher de sourire. Encore une fois, Baker n'avait pas hésité à dire ce qu'il pensait, et elle commençait vraiment à apprécier cela.

— Moi aussi. Et toi, Baker ?

— Quoi, moi ?

— Que fais-tu comme travail ? Je sais que tu es retraité de la Navy et que tu étais un Seal, mais que fais-tu maintenant ?

— Je te le dirai quand je te reverrai, lui dit Baker après une pause.

Jody fronça les sourcils. C'était un peu inquiétant.

— Dit comme ça, ça fait un peu peur, avoua-t-elle.

— Non. C'est juste difficile à expliquer. Et je préfère que tu ne te méprennes pas sur ce que je te dis. Si je suis en tête-à-tête avec toi pendant cette discussion, je pourrais tout de suite éliminer tes appréhensions.

— Vais-je avoir des appréhensions ? demanda-t-elle.

— C'est possible.

Merde. Jody n'était pas rassurée.

— Mais si c'est le cas, je ferai en sorte que tu n'en aies plus à la fin de la discussion.

Elle ne put s'empêcher de rire de sa suffisance.

— J'aime ça, dit-il doucement.

— Quoi ?

— T'entendre rire. Ma mission dans la vie va être de l'entendre chaque jour.

Un sentiment étrange naquit alors en Jody. Elle ne se souvenait pas de la dernière fois que quelqu'un avait veillé sur elle, s'était inquiété pour ce qu'elle pensait ou ressentait, ou avait voulu vérifier qu'elle mangeait, se reposait, riait... bref, qu'elle soit heureuse.

— Jodelle ? demanda Baker quand plusieurs secondes s'étaient écoulées sans qu'elle parle.

— Je suis là. C'est juste que... ça fait des années que personne ne s'est préoccupé de ce que je fais ou pense.

— Moi, je m'en soucie. Je vais te laisser partir pour que tu puisses travailler avant qu'Elodie t'interrompe. Ne sois pas surprise si tu acceptes d'organiser une soirée Tupperware ou je ne sais quoi pour elle et les autres femmes sans savoir comment elle a fait pour te convaincre.

Jody sourit.

— D'accord.

— Je suis sérieux. Cette femme a des compétences sournoises. Mais, Clochette, si tu n'es pas vraiment prête ou à l'aise, n'aie pas peur de dire non. Ça ne va pas perturber Elodie. Si tu lui dis que tu as besoin de temps ou d'espace, elle te le donnera.

— Très bien.

— Ça va ?

— Oui, Baker, je crois bien que oui.

— Je vérifierai aujourd'hui pour être certain que c'est encore le cas plus tard. Ça te convient ?

— Par « vérifier », veux-tu dire que tu vas regarder par les fenêtres à certains moments de la journée ou frapper à ma porte ?

Ce fut au tour de Baker de s'esclaffer et Jody adorait entendre ce bruit. Elle avait l'impression qu'il ne riait pas tellement non plus.

— Je pensais plutôt envoyer un texto de temps en temps. Peut-être à t'appeler ce soir.

— Ça me va, lui dit Jody. Mais pour info, ça ne m'aurait pas non plus gêné si tu avais dit prévoir de passer.

Ce fut au tour de Baker de rester silencieux un instant.

— Putain. Ça me tue. J'adore que tu ne joues pas à des

petits jeux, Clochette. Je te contacte plus tard. Passe une bonne journée.

— D'accord. Toi aussi.

Jody se rendit compte qu'elle ne lui avait pas demandé ce qu'il faisait aujourd'hui, mais c'était trop tard, maintenant.

— Au revoir.

— Au revoir.

Jody raccrocha, mais elle ne bougea pas de sa place contre le plan de travail. Elle se rendit compte au bout d'une minute ou deux qu'elle souriait encore.

Finalement, elle se rendit dans sa chambre et jusqu'au petit bureau dans le coin. La maison avait deux chambres, mais même après tout ce temps, elle ne pouvait pas se résoudre à transformer la deuxième en bureau. C'était la chambre de Mana. Ce serait toujours la sienne. Elle avait donné la plupart de ses vêtements à des organismes caritatifs et elle avait emballé ses affaires, malgré tout, voir le lit double dépouillé et les autocollants que Mana avait collés sur les tiroirs de sa commode suffisait à la faire craquer, même toutes ces années après. Elle avait envisagé de transformer la chambre en bureau, mais... elle ne pouvait franchement pas imaginer changer quoi que ce soit.

La pièce était donc vide, et elle faisait son travail sur le petit bureau dans le coin de sa propre chambre. Si elle voulait changer un peu, elle prenait son ordinateur portable au salon et elle travaillait à sa table ou sur le canapé.

Jody aurait aimé avoir une belle vue à regarder en travaillant, comme les vagues qui se brisent sur la plage, mais sa maison était petite et coincée derrière une plus grande. Elle ne voyait que la maison des voisins depuis les fenêtres de sa chambre et des arbres depuis les plus grandes fenêtres de son salon. Elle avait un jardin assez grand, ce qui était une bénédiction. Les arbres fruitiers étaient aussi un plus.

L'absence de vue était sans doute une bonne chose, car cela facilitait sa concentration. Mais aujourd'hui, elle avait plus de mal que d'habitude à garder la tête à ce qu'elle faisait... grâce à Baker. Il lui arriva de penser qu'elle hallucinait peut-être, que le bel homme n'avait pas vraiment déclaré son intention d'arrêter de *tourner autour du pot* en ce qui concernait une relation avec elle. Mais il lui suffisait de jeter un coup d'œil à ses textos pour se rassurer qu'elle avait vraiment passé l'après-midi et la soirée d'hier avec lui. Et qu'il semblait s'intéresser à elle.

C'était bizarre. Elle était d'âge moyen, divorcée, perturbée et toujours noyée par son chagrin. À tel point qu'elle arrivait parfois à peine à surmonter la journée. Elle avait aussi bien trop de kilos supplémentaires sur sa petite silhouette et elle avait plus de facilités à s'entendre avec une bande d'adolescents qu'avec des gens de son âge. Qu'est-ce que Baker pouvait bien lui trouver ?

Jody n'était pas convaincue qu'une relation entre eux allait fonctionner, mais elle ne pouvait nier que c'était la première fois depuis des années qu'elle avait envie d'essayer. Elle était fatiguée d'être triste tout le temps.

Inspirant profondément, elle se força à tout chasser de sa tête sauf les graphismes sur lesquels elle devait travailler. Son client avait besoin d'une grande affiche autocollante qui serait placée dans l'ascenseur d'un hôtel pendant une conférence. Il fallait que ça attire le regard et que ce soit facile à lire d'un coup d'œil. Il lui avait donné carte blanche pour créer ce qu'elle pensait être le plus efficace.

Trois heures plus tard, Jody s'appuya contre le dossier de sa chaise et fixa l'écran devant elle, satisfaite. Elle aimait ce qu'elle avait conçu, et elle espérait que son client apprécie également.

Elle était si concentrée, que la sonnerie du téléphone la surprit au point de presque la faire tomber de sa chaise. Jody rit en se disant que c'était assez triste de ne pas avoir entendu son téléphone sonner depuis si longtemps qu'il l'avait fait sursauter deux fois en une seule matinée. Elle décrocha.

— Allô ?

— Salut. C'est Elodie. Est-ce bien Jodelle ?

— Oui, mais s'il te plaît, appelle-moi Jody. C'est ce que fait tout le monde.

— Tout le monde sauf Baker, rétorqua la femme en riant.

— C'est vrai. Je lui ai dit que personne ne m'appelait

comme ça, mais il s'en fiche.

— Ça lui ressemble bien. Comment vas-tu ?

— Bien.

— Je suis désolée de t'avoir ratée à la compétition de surf, hier. Baker a été assez gentil pour demander à un ami de nous laisser passer du temps dans son jardin afin d'avoir une vue d'en haut sans les problèmes de parking. Je ne sais pas comment tu fais.

— Que je fais quoi ? demanda Jody, quelque peu amusée par les bavardages d'Elodie.

Elle aurait presque pu croire que l'autre femme était nerveuse, mais c'était insensé. C'était plutôt elle qui aurait dû être nerveuse, pas Elodie.

— Tu vis là-haut avec toute cette circulation.

— Eh bien, oui, ce n'est pas drôle, mais ce n'est horrible que quand il y a des compétitions de surf. Et est-ce que la circulation de la Hı est meilleure ?

Elodie rit.

— Tu n'as pas tort. Alors… il faut que tu saches que… nous sommes toutes très curieuses à ton sujet.

Jody fronça le nez.

— Je ne suis vraiment pas si intéressante.

— Faux, rétorqua Elodie sans hésiter. Écoute, je connais Baker depuis un moment, maintenant. Il m'a sauvé la vie. Et cet homme ne supporte pas les imbéciles. Il est très sélectif quand il accorde son temps à quelqu'un, et tu fais entièrement partie de ce rare club.

— Il t'a sauvé la vie ? demanda Jody.

— Oui. Et je te raconterai tout – ainsi que sa participation pour sauver les vies de toutes mes amies – si tu veux bien me rejoindre à déjeuner, un jour.

Jody ne put s'empêcher de rire. Bon sang, ça faisait très longtemps qu'elle n'avait pas autant ri.

— Quoi ? C'était drôle ? demanda Elodie.

— C'est juste que Baker m'a prévenu que tu allais me faire accepter d'organiser une soirée Tupperware ou autre chose avant la fin de notre conversation.

Elodie s'esclaffa.

— Alors ? Tu voudras qu'on déjeune ensemble ? Je me disais qu'on pourrait se rejoindre à mi-chemin. Juste au sud de la plantation Dole, il y a un restaurant qui s'appelle Sunset Smokehouse et qui est fabuleux, d'après Scott. Mais si ça ne va pas, nous pouvons aller ailleurs.

— J'y suis déjà allée, le barbecue est fantastique, lui dit Jody.

— Super. Et je vais peut-être dépasser les bornes, mais que dirais-tu de laisser quelques-unes des autres venir aussi ?

— Les autres ? demanda Jody.

— Monica, Lexie, Ashlyn. Tu as déjà rencontré Mo, et salué Lexie quand elle était montée rencontrer Baker, un jour, et Ashlyn est assez soucieuse de protéger Baker... si tu peux le croire. Ça a l'air fou, mais c'est vrai. Kenna et Carly ont très envie de te rencontrer aussi, mais elles ont magnanimement dit qu'elles pouvaient attendre jusqu'à ce que tu descendes pour une de nos soirées pyjama.

Jody était un peu effrayée, mais elle rit encore.

— Baker m'a aussi parlé de vos soirées pyjama.

— Bien. Parce que nous voulons absolument que tu viennes. Bientôt.

— Euh... pardonne-moi si ça paraît un peu méchant, ce n'est pas mon intention, mais vous ne me connaissez pas. Et Baker et moi venons littéralement tout juste d'accepter de nous fréquenter hier soir. Ça ne fait même pas une journée, alors je ne comprends pas comment tes amies et toi vous pouvez être aussi... enthousiastes à l'idée de me rencontrer.

— Eh bien, Jody... Baker est quelqu'un d'incroyable. Il a fait plus pour nous toutes que tout ce que tu peux imaginer. Je ferais n'importe quoi pour cet homme. Mais il ne demandera jamais rien. Il vit dans une bulle. Il est heureux d'aider les autres, mais il ne demande jamais rien pour lui-même. Ça fait longtemps qu'il s'intéresse à toi. Et si Baker est intéressé, ça signifie que tu es une sacrée personne. Quand Scott, mon mari, veut quelque chose, rien ne peut l'en empêcher. Et même si je ne connais pas si bien Baker, je sais qu'il ressemble beaucoup à mon mari.

— Oui, je dois admettre que ça lui ressemble.

Elodie rit encore et Jody se surprit à sourire en réaction.

— Alors, tu viendras déjeuner ?

— Oui, j'aimerais bien.

— Parfait. Que dirais-tu de ce week-end ?

— Oh, euh... d'accord.

— Samedi ? 13 h, ça te va ? Et même si ça me coûte de le dire, ne laisse pas Baker te convaincre de t'accompagner. C'est uniquement un repas entre filles.

— Ça te coûte de le dire ? demanda Jody.

— Baker est mystérieux. Nous n'avons pas vraiment beaucoup traîné avec lui. Il apparaît simplement, puis il disparaît une minute plus tard. Alors oui, j'aimerais beaucoup pouvoir m'asseoir et bavarder avec cet homme quand les choses ne sont *pas* en train de dégénérer, mais d'abord, je veux simplement apprendre à te connaître.

Jody n'était pas rassurée par cette histoire de choses en train de dégénérer, mais elle ne s'y attarda pas.

— C'est noté. Samedi au Sunset Smokehouse. 13 h.

— Ce sera sympa, promis, dit Elodie.

Jody n'en était pas tellement sûre. Elle avait déjà des doutes, mais elle se contenta de dire :

— Il me tarde de rencontrer certaines des amies de Baker.

— Tu as mon numéro, alors tu peux m'appeler ou m'envoyer un texto s'il y a un contretemps. Il me tarde de te rencontrer.

— Pareil pour moi.

— Bon, à plus tard.

— Au revoir.

Jody raccrocha et ajouta immédiatement le numéro d'Elodie à sa liste de contacts. C'était assez triste de voir le peu de gens qu'elle avait dans son carnet d'adresses, et c'était agréable d'ajouter quelqu'un de nouveau.

Sans réfléchir, Jody ouvrit les messages et commença à composer un texto pour Baker.

. . .

Jody : Elodie a appelé. Pas de réunion Tupperware prévue, mais nous allons déjeuner ensemble samedi.

Pas même une minute après avoir appuyé sur *envoyer*, des points de suspension apparurent lorsque Baker répondit. Ça lui ressemblait bien de ne pas la faire attendre.

Baker : Et ça te va ?

Jody : Plus ou moins.

Baker : Explique.

Jody : Elodie a dit que Monica, Lexie et Ashlyn seront là également. J'ai rencontré Monica et elle semblait timide, mais gentille. J'ai vu Lexie une fois aussi, mais elle a dit qu'Ashlyn était très protectrice envers toi.

Baker : Veux-tu que j'appelle Elodie et que je lui explique que c'est trop et trop vite ? Je ne veux pas que tu te sentes assiégée.

Jody ne manqua pas de remarquer que Baker ne répondait pas à sa question sur Ashlyn, mais un texto n'était peut-être pas le meilleur moyen d'en parler, de toute façon.

Jody : Non. Je suis une grande fille, Baker. Je peux gérer.

Baker : D'accord, mais si ce n'est pas le cas, ce n'est pas grave.

Jody : J'ai un peu l'impression de devoir faire des bracelets d'amitié à distribuer samedi.

Baker : LOL

Jody : OMG, tu viens de dire LOL ?

Baker : Tu as des yeux, Clochette. On dirait bien que c'est ce que j'ai fait.

Jody : C'est juste que je ne t'imaginais pas du genre à utiliser le langage SMS.

Baker : Ça n'est pas mon genre.

Jody : Et pourtant tu as écrit LOL.

Baker : C'était soit ça, soit je te disais que je pense que tu es dingue, et que j'adore ça. Et je crois que c'est sans doute un peu trop tôt pour te traiter de dingue et te dire que j'aime quelque chose chez toi. Alors... j'ai choisi LOL.

Jody déglutit et ses bras se couvrirent une fois de plus de chair de poule. Il était incroyable.

Baker : Et maintenant, je te l'ai dit quand même. Et je t'ai fait peur. Pardon.

Jody : Non ! D'accord, peut-être un peu, mais d'une bonne façon. Ça fait très longtemps que je n'ai pas été autre chose que la mère de Mana, ou mademoiselle Jody, ou la graphiste engagée par quelqu'un.

Baker : Tu es tout ça et plus pour moi. As-tu fini ton travail pour aujourd'hui ?

Jody : Non. J'ai terminé un projet, mais j'en ai deux de plus à commencer, et je dois vérifier mes mails pour voir quels projets je veux préparer ensuite.

Baker : Alors, je te laisse travailler.

Jody : D'accord.

Baker : Elodie et les autres sont des femmes bien. Tu n'as pas à t'inquiéter. Je t'appelle plus tard.

Jody : Parfait.

Quand les trois points n'apparurent pas à l'écran, Jody comprit que la conversation était terminée. Elle inspira profondément, secoua la tête en se disant que sa vie semblait folle maintenant, comparée à vingt-quatre heures plus tôt, puis elle se leva pour partir à la cuisine et déjeuner avant de se remettre au travail.

4

Le lendemain matin, Baker partit pour Waimea Bay plus tôt que d'habitude. Il était toujours matinal, mais maintenant il était pressé de voir Jodelle. Il ne savait pas du tout ce qui l'attirait autant chez elle, mais il n'avait plus l'intention de lutter contre cette attirance.

Le parking était bondé, même aussi tôt le matin, mais Baker ne fut pas surpris de voir que le fourgon Volkswagen coloré de Jodelle était déjà là. Il descendit de sa Subaru Crosstrek – un SUV relativement petit, mais une des voitures les mieux notées pour trimbaler des planches de surf – remonta sa combinaison, attrapa sa planche sur la galerie de la voiture et se dirigea vers l'endroit où Jodelle s'installait toujours en veillant sur ses ados.

Il avait fait des recherches la veille, et bien qu'une part de lui se sentait coupable de fouiller dans sa vie privée, Baker l'avait fait, car il ne voulait surtout pas dire quelque chose pour la bouleverser.

Il savait déjà que son fils était décédé environ cinq ans plus tôt, mais c'était tout ce qu'il savait sur le sujet. Il n'avait pas eu de difficultés à découvrir les détails de la mort de Kaimana. Elle était tragique et à vous briser le cœur, et Baker comprenait mieux pourquoi elle se levait tous les jours à l'aurore pour regarder surfer les lycéens.

— Salut, dit-il en s'approchant pour ne pas la faire sursauter en arrivant sans prévenir.

Jodelle se retourna et lui sourit – et là-dessus, la verge de Baker tressaillit. Putain. Quand avait-il pour la dernière fois perdu le contrôle sur son corps ? Jamais. Cela prouvait que c'était la femme pour lui, et Baker allait faire tout son possible pour éviter de faire merder leur relation.

— Bonjour, dit-elle.

Elle tenait un gobelet entre les mains et quand Baker s'approcha, il sentit l'odeur de chocolat.

— Café ? demanda-t-il en connaissant déjà la réponse.

— Non. Chocolat chaud, dit Jodelle. C'était...

Elle s'interrompit, haussa les épaules et ajouta :

— J'aime ça.

— Qu'étais-tu sur le point de dire ? demanda Baker.

— Rien, mentit Jodelle.

Baker appuya sa planche contre un arbre avant de s'approcher d'elle. Elle était assise sur une table de pique-nique, les pieds sur le banc, avec une bonne vue de l'océan. Les vagues étaient encore assez petites. Plus tard dans la journée, elles allaient gonfler comme les monstres qui faisaient la célébrité du North Shore à cette époque de l'année.

Baker se pencha contre elle et secoua la tête.

— Qu'allais-tu dire au sujet de ton chocolat chaud, Clochette ? répéta-t-il.

Pendant un moment, il crut qu'elle n'allait pas répondre. Puis elle dit doucement :

— Juste que c'était une des boissons préférées de Mana et que nous partagions toujours une tasse le matin avant qu'il parte surfer.

— N'ai pas peur de parler de ton fils avec moi, indiqua Baker. Tu n'es pas obligée de surveiller ce que tu dis. Entendre parler de lui ne me mettra pas mal à l'aise. Si quelque chose te le rappelle, je veux le savoir. C'est dommage, mais le seul moyen d'en apprendre plus sur lui, c'est à travers toi. Bien sûr, si ça te gêne ou si ça te fait souffrir, alors, nous pouvons éviter le sujet. Mais je veux que tu saches que tu n'es pas obligée d'avoir peur de l'aborder avec moi.

Les yeux de Jodelle s'emplirent de larmes et elle déglutit avant de hocher la tête, tout en restant silencieuse.

Baker était un peu déçu. Même s'il n'était pas lui-même du genre à partager, il voulait néanmoins qu'elle lui dise ce qu'elle ressentait. Il allait lui laisser du temps. Elle allait apprendre qu'il ne disait jamais quelque chose qu'il ne pensait pas.

Il se pencha, l'embrassa sur le front, puis s'écarta. Il regarda l'eau et fit remarquer :

— On dirait qu'il y a beaucoup de gens au *line-up* ce matin. Il y a qui ?

Le line-up était la zone dans l'eau, à l'écart de la houle, où les surfeurs attendaient leur tour pour prendre une vague. Baker sut que Jodelle connaissait le langage des surfeurs quand elle répondit sans hésiter.

— Tout le monde. Felipe, Rome, Brent, Lani, Kal…

Sa voix s'estompa encore.

— Pas Ben ?

— Non, dit-elle doucement en se renfrognant.

Ce n'était pas dans sa nature de s'aventurer dans une situation alors qu'on ne lui demandait rien, mais comme Jodelle était manifestement inquiète, il était temps qu'il s'implique.

— Je vais voir ce que je peux découvrir.

Elle inclina la tête et le regarda fixement. Juste au moment où il crut qu'elle allait lui poser les questions qu'il voyait au fond de ses yeux, elle se contenta de dire :

— Merci.

Dans toute relation sérieuse, il arrivait un moment où un Seal devait décider combien il allait partager avec sa partenaire. Baker avait connu des hommes qui ne partageaient absolument rien. Il y avait de nombreux détails dont ils ne pouvaient pas parler, même s'ils en avaient envie, mais il savait que certains Seals parlaient à leurs femmes de ce qu'ils avaient fait et vu.

Baker n'avait jamais été tenté de raconter ce qu'il avait fait dans le passé, et ce qu'il faisait encore, à qui que ce soit. Même ses amis ne savaient pas combien il était toujours impliqué dans le monde top secret de la sécurité nationale. Maintenant, pour la première fois, il ressentait l'envie d'expliquer à quelqu'un d'autre exactement ce qu'il faisait pour gagner sa vie. Mais le dire à Jodelle risquait de la mettre en danger, et ce n'était pas ce qu'il voulait. Elle avait traversé assez d'épreuves dans sa vie, Baker ne voulait pas en rajouter.

Malgré tout, il avait l'impression qu'il allait plus s'ouvrir à cette femme qu'il ne l'avait fait de sa vie... et ça ne le gênait pas.

— Connais-tu Ben très bien ? demanda-t-il.

Jodelle haussa les épaules, but une gorgée de son chocolat chaud, puis répondit :

— Autant que les autres gamins, je suppose. Il a commencé à venir surfer ici le matin il y a deux ans. Il a toujours été calme, respectueux. Il a eu une otite à la fin de l'année scolaire dernière, mais il venait quand même ici le matin. Il s'asseyait avec moi et nous bavardions. Jamais rien de très personnel, mais tout de même... je l'aime bien, Baker. C'est un bon gamin. Mais quelque chose cloche. Je le sens.

Baker hocha la tête et répéta :

— Je vais voir ce que je peux apprendre.

— Et tu me le diras ?

Baker fronça les sourcils, surpris.

— Bien sûr.

— Oh, d'accord. J'ai juste pensé que comme tu es si secret, tu pourrais récolter l'information et la garder pour toi.

Baker n'était pas surpris que Jodelle le trouve secret. Il l'était. Il se pencha vers elle, ravi quand elle ne s'écarta pas. Il leva une main et la posa sur le côté de sa nuque, le pouce frôlant sa joue. Elle resta figée à côté de lui, le regardant avec de grands yeux.

— Ceci n'est ni le moment ni l'endroit pour la conversation que je veux avoir avec toi sur ce que je fais, mais je vais t'en donner un résumé. Cependant, il y a beaucoup de choses dont je ne peux pas parler, Clochette.

— Je sais, dit-elle avant qu'il puisse continuer. Tu as été un Seal. Je comprends.

— C'est en partie pour cela. Mais je travaille toujours pour le gouvernement. Quand ils ont besoin d'informations, ils appellent. Je suis doué dans ce que je fais et ce que je fais, c'est rassembler des infos.

Elle le contempla sans cligner des yeux.

— Je ne vais pas partager cette partie de ma vie avec toi. Pas un détail. Et ce n'est pas parce que je suis un con ou parce que je ne veux pas que tu sois au courant. Mais parce que je ne veux pas que cela puisse un jour te retomber dessus. Si nous faisons ceci, dit Baker en utilisant sa main libre pour les désigner tour à tour, il faut que tu le comprennes et que tu l'acceptes.

— C'est le cas, dit-elle sans hésiter.

Baker prit un moment pour respirer profondément. Bon sang, cette femme. Elle ne savait pas du tout combien sa confiance dans ce domaine comptait pour lui. Il aurait pu faire des recherches illégales ou immorales, mais il avait l'impression que ça ne lui avait même pas traversé l'esprit.

— Ça compte beaucoup pour moi, Clochette, lui dit-il. Mais même si je ne partage pas ce sur quoi je travaille pour le gouvernement, je ne cacherai jamais des informations qui te concernent.

— Comme Ben, dit-elle.

— Comme Ben, confirma-t-il.

— D'accord.

Baker attendit. Quand elle ne dit rien d'autre, il leva un sourcil.

— C'est tout ?

— Euh... oui ?

— J'ai vraiment envie de t'embrasser maintenant, annonça-t-il après une longue pause.

La respiration de Jodelle accéléra et elle esquissa un petit sourire.

— Ça me va, même si je ne sais pas trop pourquoi tu ressens ça en ce moment même.

— Et c'est une des raisons pour lesquelles j'en ai envie, rétorqua Baker. Mais je n'ai pas le temps ni l'intimité pour t'embrasser comme je le veux maintenant. Et j'ai l'impression que si je commence, ce sera dur d'arrêter. En outre… c'est trop tôt.

— Il y a un planning pour ce genre de choses ?

Baker rit doucement.

— Non. Mais je ne veux surtout pas que tu penses que je cherche uniquement à te mettre dans mon lit. Tu vaux la peine d'attendre, Clochette.

— Euh, tu ne devrais pas avoir trop d'attentes à ce niveau-là, Baker, fit remarquer Jodelle en détournant les yeux pour la première fois.

Il déplaça la main qu'il avait dans sa nuque sous le menton de Jodelle et lui fit pencher la tête de sorte à l'obliger à croiser son regard.

— Explique, ordonna-t-il.

— Apparemment, je ne suis pas tellement bonne au lit.

Baker resta muet de stupéfaction un instant… puis il rejeta la tête en arrière et éclata de rire. Quand il parvint à se maîtriser et qu'il regarda Jodelle, il vit qu'elle fronçait les sourcils et qu'elle le foudroyait du regard.

— Je suis désolé, Clochette, mais c'est n'importe quoi.

— Tu n'en sais rien.

— Si, insista-t-il.

— Non, pas du tout. Je pense que je m'en souviendrais si nous avions déjà partagé un lit.

— Jodelle, il est inconcevable que tu sois autre chose qu'incroyable dans le domaine du sexe.

Elle parut adorablement perplexe… et fâchée. Baker savait qu'il était fou de trouver ça excitant, mais c'était ainsi.

— Sérieusement, poursuivit-elle. Je te dirais bien de demander à mon ex, mais il est mort, alors tu ne le peux pas. Mais crois-moi, il m'a si souvent dit que le sexe avec moi était merdique, que je n'ai pas eu d'autre choix que de le croire.

— C'est faux, lâcha Baker, tout l'amour ayant disparu de son regard. Tu es la femme la plus sensuelle que j'ai pu rencontrer. Si le sexe avec ton ex était mauvais, c'était entièrement de sa faute, Clochette, pas de la tienne.

— Il me trompait, avoua doucement Jodelle. Il disait que comme il n'obtenait pas ce dont il avait besoin auprès de moi, il devait le chercher chez quelqu'un d'autre. Il m'a aussi dit que c'était de ma faute s'il a fallu aussi longtemps pour concevoir Kaimana.

— Ce crétin était un putain d'idiot en plus d'être un enfoiré, rétorqua Baker. Et s'il n'était pas mort, j'aurais certainement eu une explication avec lui. Je pense que tu sais que ça fait un bon moment que tu me plais, et si ce n'est pas le cas, tu le sais maintenant. Crois-moi quand je dis que tu es faite pour faire l'amour. Depuis ton corps, tes lèvres, à la façon dont tu frottes ton pouce et ton index ensemble quand tu es nerveuse... comme maintenant, dit Baker en souriant et en jetant un regard à sa main, qui faisait exactement ce qu'il venait de décrire. De plus, de nous deux, je pense que c'est moi qui dois m'inquiéter de ma performance dans la chambre à coucher. Ça fait plus d'une décennie que je n'ai pas été avec une femme.

Baker n'avait pas eu l'intention d'avouer cela, mais il était prêt à faire n'importe quoi pour que Jodelle se sente plus à l'aise avec lui. Il n'avait pas honte du fait de ne pas avoir couché depuis si longtemps : c'était par choix. Il ne ressentait simplement pas le besoin ou le désir d'être intime avec quelqu'un. Jusqu'à maintenant.

— C'est juste que... commença Jodelle, mais Baker posa un doigt sur ses lèvres et elle s'arrêta au milieu de sa phrase.

— Non. Fais-moi confiance.

Elle sourit sous son doigt et Baker replaça la main autour de sa nuque.

— Je vais essayer, lui dit-elle.

Baker savait qu'il lui était impossible de cacher son érection, parce qu'il portait une combinaison moulante, mais il s'en moquait. Si Jodelle savait combien il la désirait, c'était encore mieux. Il se pencha en avant et embrassa une fois de plus son front, s'y attardant, inspirant la légère odeur de frangipanier et sachant que s'il faisait échouer cette relation, il allait perdre quelque chose de précieux.

Baker recula après avoir inspiré profondément. Il voulait rester exactement où il était, mais pour découvrir ce qu'il se passait avec Ben Miller, il devait commencer par les gens qui le connaissaient le mieux. Et certains de ces gens étaient en train de surfer sur l'eau... c'était donc là que Baker devait se rendre.

— Je vais aller attraper quelques vagues, dit-il en appréciant le regard perdu dans le vague de Jodelle.

Il aimait savoir qu'il avait un effet sur elle.

— D'accord.

— Combien de temps avons-nous avant qu'il soit l'heure de partir à l'école ? demanda-t-il.

Jodelle regarda son poignet.

— Environ quarante minutes.

Ce n'était pas grand-chose, mais ça allait devoir suffire.

— OK. À bientôt.

Elle lui sourit.

— Je pense que l'époque à laquelle tu devais aller au lycée est révolue depuis longtemps, Baker. Tu n'es pas obligé de quitter l'eau en même temps qu'eux. En fait, tu restes généralement dedans longtemps après.

C'était vrai. Premièrement, parce qu'il aimait ne pas avoir à faire la queue pour attraper une vague, mais aussi parce qu'il essayait de garder ses distances avec Jodelle. Ce n'était plus le cas.

— Je sais, dit-il simplement. Je te verrai dans environ quarante minutes.

Elle lui sourit timidement.

— D'accord.

Baker se força à lui tourner le dos et à attraper sa planche. Incapable de s'en empêcher, il jeta un regard en arrière quand il fut en route vers l'eau, et il eut un sourire satisfait en voyant les yeux de Jodelle rivés sur son cul.

Baker n'était pas quelqu'un de vaniteux. Il restait en forme parce que c'était devenu une routine de s'entraîner quand il était en service, mais il ne pouvait nier qu'il aimait la façon dont elle le regardait. Avec un petit rire, il courut dans l'océan et commença à ramer vers les surfeurs au-delà de la zone d'impact.

Tout le monde le salua chaleureusement et il y eut plusieurs minutes de discussion au sujet de la compétition de surf et de spéculation sur la taille des vagues plus tard dans l'après-midi. Quand Kal attrapa une grosse vague, Baker s'approcha de Brent. Il aurait préféré parler aux adolescents après avoir fait quelques recherches sur Ben et sa famille, mais il n'allait pas gâcher cette occasion.

— Je n'ai pas vu Ben dans les parages. Comment ça se fait ?

— Aucune idée, répondit Brent. Depuis qu'il s'intéresse à la nouvelle, on ne l'a pas beaucoup vu.

— La nouvelle ?

Jodelle n'avait rien dit sur une petite amie de Ben, et elle était en général au courant de tous les ragots du lycée à force de passer du temps avec eux. Mais c'était peut-être nouveau et avec la compétition qui avait rompu la routine habituelle, elle n'avait pas encore appris que Ben s'intéressait à une fille.

— Oui, elle s'appelle Tressa Dixon. Elle est super mignonne. Menue, mais trop timide pour moi. Elle fait aussi partie de l'orchestre de l'école. C'est à peu près tout ce que je sais, dit Brent.

— Vous parlez de Tressa et Ben ? demanda Lani en s'approchant.

— Oui. Baker demandait si nous avions vu Ben récemment et j'ai expliqué qu'il traînait avec Tressa.

— A-t-elle une mauvaise influence sur lui ? demanda Baker.

— Tressa ? Pas que je sache, dit Lani. Mais je vais au lycée de Waialua et eux sont à Kahuku High, du côté nord. J'ai appris par Parker Dunn, un élève de terminale de Waialua, qu'il va y avoir une autre grande fête chez les Miller ce week-end, si tu cherches Ben.

— Une autre ? demanda Baker.

Lani hocha la tête.

— Oui, il y a tout le temps des fêtes chez Ben. Son père est très généreux et cool et ça ne le gêne pas quand les jeunes viennent traîner. Quoi qu'il en soit, Parker sort avec Nora, qui est en première au lycée de Kahuku, et elle a dit que Tressa est magnifique. Elle est aussi en première, elle a de longs cheveux bruns, de grands yeux marron et apparemment tous les types l'adorent. Mais elle est discrète, elle ne parle pas avec grand monde... sauf Ben. Ça énerve Alex Flores, en classe de terminale à Kahuku, et il a dit qu'il allait casser la figure à Ben quand il le verrait... ce qui, comme tout le monde le sait, sera à la prochaine fête chez lui, puisque tout le monde y va.

— Alors, il se fait discret ? demanda Baker.

Ce serait logique. S'il avait appris que quelqu'un voulait lui casser la figure, il était peut-être réticent à se montrer là où il traînait habituellement.

— Pas vraiment, dit Lani. Ben est énervé pour Tressa. Parce que tout le monde sait qu'Alex est un con et qu'il a tendance à frapper ses petites amies. Il a dit des choses sur Tressa dans les couloirs, ce qui n'est pas bien passé avec Ben.

Baker secoua la tête. Bon sang, les drames du lycée ne lui manquaient vraiment pas. Mais il était content d'apprendre que Ben semblait protecteur envers cette jeune fille.

— Alex est un abruti. De plus, ça n'a pas d'importance. J'ai entendu dire que Tressa est vierge, intervint Rome.

Il s'était approché de leur groupe une minute plus tôt et il avait entendu le dernier commentaire de Lani.

— Je l'ai entendu aussi, acquiesça Brent.

— Ça a une importance, merde ? rétorqua Baker, un peu plus brutalement que prévu.

— Eh bien, oui, dit Lani comme si Baker était la personne la plus lente à réagir sur la planète. Ça signifie qu'il est impensable qu'elle cède à un enfoiré comme Alex. Et comme lui et ses crétins de copains ne s'intéressent qu'aux filles faciles, il va finir par se lasser d'embêter Tressa et passer à autre chose.

Baker n'en était pas certain, mais d'un autre côté, ça faisait longtemps qu'il n'avait pas eu seize ans et été au lycée.

— Alors, pourquoi cette histoire de fête ? Si cet Alex menace de lui casser la gueule, et qu'il harcèle sa petite amie, pourquoi Ben organise-t-il une grande fête ? J'ai l'impression que c'est une invitation aux problèmes.

Et tout à coup, les gamins qui avaient été très bavards jusque-là devinrent silencieux.

Après une pause nerveuse, Brent cria :

— Tous à la vague !

Les autres commencèrent immédiatement à avancer vers une vague suffisamment grande pour que plusieurs personnes surfent en même temps.

Merde alors.

Baker resta assis sur sa planche et hocha la tête vers quelques autres lycéens qui attendaient une nouvelle vague, réfléchissant aux ragots qu'il venait d'apprendre.

Ben avait un nouvel amour, qui était vierge, et timide, et quelqu'un voulait lui casser la figure pour elle, et il y avait une grosse fête chez lui ce week-end. Cette dernière partie ne semblait pas logique, ce qui dérangeait Baker. Sans parler du fait qu'il n'avait pas d'expertise avec les adolescents et leurs angoisses. Il préférait de loin un terroriste psychopathe plutôt que ces conneries.

Mais comme Jodelle s'inquiétait pour Ben, il allait faire de son mieux pour découvrir ce qu'il se passait, ne serait-ce que pour la tranquilliser. Baker avait l'impression que le gamin était simplement absorbé par une nouvelle relation potentielle et par ce qu'il se passait avec ceux qui lui cherchaient des crosses, et que c'était sans doute pour cette raison qu'il n'avait pas surfé depuis un moment et qu'il était bizarre.

Cependant, si c'était une simple histoire de drame d'adolescents, pourquoi Lani, Brent et Rome avaient-ils évité sa question au sujet de la fête chez Ben ? Il était possible qu'ils aient juste peur d'avoir des problèmes. Quand il y avait des fêtes, il y avait généralement de l'alcool et potentiellement des drogues.

Encore plus alarmant... pourquoi y avait-il plusieurs tenues de rechange et un *oreiller* dans la voiture de Ben, l'autre jour ?

L'intuition de Baker lui hurlait qu'il n'y avait pas que des problèmes de filles et de rivaux dans ce que vivait Ben en ce moment.

En poussant un soupir, il regarda les jeunes avec lesquels Ben surfait en général se diriger vers la plage. Maintenant, il était certain qu'ils l'évitaient. D'habitude, ils ne partaient pas volontairement avant que Jodelle ne vienne au bord de l'eau pour leur faire savoir qu'il était temps de se préparer pour l'école.

Quand Baker rejoignit la plage à son tour, les amis de Ben s'étaient déjà rincés à la douche et ils partaient vers leurs voitures.

— Eh bien, c'était différent, fit remarquer Jodelle quand il avança vers l'endroit où elle tenait, près de la table de pique-nique.

— Quoi, donc ? demanda-t-il en devinant déjà la réponse.

— Au lieu de traîner des pieds, ils ont tous paru pressés d'aller à l'école. Bizarre, hein ?

— Oui, bizarre, acquiesça Baker dont la curiosité avait été piquée.

Il se passait quelque chose et ce n'était plus seulement Jodelle qui s'inquiétait. Il avait l'impression d'avoir du pain sur la planche. Il était un adulte. Les adolescents n'allaient pas se confier à lui, et ce n'était pas comme s'il pouvait utiliser les techniques habituelles pour obtenir des renseignements auprès d'un informateur réticent.

Jodelle se pencha pour ramasser la glacière, mais Baker la lui prit. Sa planche de surf était une fois de plus appuyée contre un arbre et il l'attrapa avec sa main libre.

— Je te raccompagne à ta voiture, dit-il.

— Je pense que je peux y aller seule sans danger, le taquina-t-elle.

Baker haussa les épaules.

— Peut-être. Mais s'il existe un pour cent de chances que tu te blesses ou que tu es agressée, je ne vais pas prendre le risque. Et puis, ça me donne une minute de plus avec toi.

— Comment pourrais-je me plaindre de ça ? demanda Jodelle.

— Tu ne peux pas.

Ils se dirigèrent vers le parking et son fourgon Volkswagen coloré tout au fond.

— Pourquoi ne te gares-tu pas plus près ? demanda-t-il.

Jodelle haussa les épaules.

— L'habitude, je suppose. Je ne fais pas une tonne d'exercice en restant assise à mon ordinateur pour travailler la majeure partie de la journée. Je me dis donc que les pas supplémentaires ne me feront pas de mal. Et ça laisse des places plus proches pour ceux qui ne sont pas capables de marcher aussi loin.

Sa Jodelle était attentionnée.

Baker ne paniqua même pas en pensant *sa* Jodelle.

Ils arrivèrent bien trop vite à côté de son véhicule. Elle lui prit la glacière et ouvrit la portière arrière pour la déposer sur le plancher.

— Je suis surpris que l'intérieur ne soit pas rempli de petites lumières et de symboles *peace and love*, la taquina Baker. N'est-ce pas une obligation pour conduire un de ces engins ?

Jodelle rit.

— Sans doute, mais je n'ai jamais aimé être prévisible. Et avant que tu poses la question, les sièges sont au garage chez moi, mais je les ai retirés parce que c'était plus facile pour trimbaler des affaires.

— Des affaires ?

Il vit rougir les joues de Jodelle, et il fut tout de suite intrigué. Il pensait avoir compris qui était cette femme, mais chaque fois qu'il était en sa présence, il découvrait encore des choses qu'il ne savait pas.

— Oui. Parfois, je reconduis un des gamins chez lui quand il n'a personne pour le ramener. Je ne veux surtout pas qu'ils fassent du stop... et j'avais besoin de place pour leurs planches de surf à l'arrière. D'autres fois, quand je ne suis pas débordée par le travail, je sors et je ramasse des ordures. Les gens sont tellement sales, à jeter des bouteilles et des canettes par leur vitre en passant. C'est pratique d'avoir la place pour les sacs que je ramasse.

Baker n'était pas surpris qu'elle fasse son possible pour être prévenante. C'était simplement son genre. Il l'avait vu de nombreuses fois au cours de l'année passée. Il avait cru que sa gentillesse se limitait au fait de préparer des en-cas pour les surfeurs adolescents, mais il avait manifestement eu tort.

— Quand je pense devoir transporter plus d'une personne, j'installe le siège. Je n'aime pas que quelqu'un s'asseye à l'arrière sans une ceinture de sécurité.

— Comment installes-tu le siège ?

— Euh… je ne comprends pas la question, dit-elle en fronçant légèrement les sourcils.

— Tu es minuscule, Clochette. Demandes-tu de l'aide à tes voisins pour installer et retirer le siège ?

— Mes voisins sont plus âgés, et les autres sont au travail, répondit Jodelle.

Baker la fixa.

— Bon, d'accord. Ce n'est pas beau à voir, avoua Jodelle, sur la défensive. Il y a beaucoup de jurons et de grognements, mais j'y arrive.

Baker détestait l'idée qu'elle lutte seule avec le siège du fourgon.

— La prochaine fois, fais-le-moi savoir, et je viendrai t'aider.

— Ce n'est pas grand-chose, Baker. J'ai l'habitude.

Il se pencha vers elle jusqu'à ce qu'elle recule contre le côté du fourgon.

— La prochaine fois que tu auras besoin de le mettre ou de l'enlever, préviens-moi et je viendrai t'aider, répéta-t-il.

— Euh… d'accord.

— Je suis sérieux, Jodelle.

— J'ai dit d'accord, protesta-t-elle.

— Mais étais-tu sérieuse ? demanda-t-il en levant un sourcil.

— Oui ?

Baker ne put s'empêcher de rire.

— Bon. Je suis comme ça. Ce n'est pas pour être sexiste ou un enfoiré. Le siège doit être aussi grand que toi. Je veux seulement t'aider.

— D'accord, dit Jodelle d'un ton un peu plus assuré. Mais voilà : j'ai dû apprendre à faire beaucoup de choses par moi-même. Tu ne peux pas toujours être là quand j'ai besoin d'aide.

— Je peux essayer, rétorqua-t-il.

Jodelle secoua la tête.

— Bref, marmonna-t-elle.

Baker se pencha encore et enfouit le nez dans son cou juste au-dessous de l'oreille.

— Euh... Baker ?

— Oui ?

— Qu'est-ce que tu fais ?

— Je te sens.

Elle rit, un peu gênée.

— Il fait chaud ce matin, je suis sûre que ça ne doit pas être agréable.

Baker leva la tête.

— Frangipanier, dit-il.

Quand Jodelle se lécha les lèvres, il eut du mal à ne pas les prendre entre les siennes.

— C'est mon parfum.

— Tu mets du parfum pour aller à la plage ? demanda Baker en cherchant à comprendre.

Elle haussa les épaules.

— C'est une habitude. Quand Mana était petit, il se perchait sur le plan de travail et il me regardait me préparer le matin. C'était notre truc. Il voulait toujours m'asperger de parfum. C'est un autre des petits rituels qui me le rappellent.

Baker leva une main et la passa sur sa tête.

— C'est mignon. Je suis content que tu aies ce souvenir, Clochette.

— Moi aussi, dit-elle doucement.

— Et pour ce que ça vaut... ça sent extrêmement bon sur toi.

Elle sourit timidement.

— Merci.

— Avec plaisir. As-tu une grosse journée devant toi ?

— À peu près normale, pourquoi ?

— Je me demandais si tu allais avoir une folle envie de partir nettoyer l'île, sauver les baleines, protester contre les pailles en plastique, ou trouver des touristes au hasard et leur faire faire une visite guidée d'Oahu aujourd'hui.

Jodelle gloussa.

— Pas aujourd'hui. J'ai trop à faire. Mais – juste parce que je suis curieuse – qu'aurais-tu fait si j'avais avoué en avoir l'intention ?

— J'aurais essayé d'obtenir une invitation pour t'accompagner, lui dit Baker avec sincérité.

— Vraiment ?

— Oui. Pourquoi ça te surprend ?

— Mon ex ne voulait jamais rien faire de ce genre avec moi. Il me disait toujours que j'étais une âme charitable d'un ton qui signifiait clairement qu'il pensait que c'était ridicule.

— Ce n'est pas ridicule, lui dit Baker sans hésiter. Et qu'il aille se faire voir.

Jodelle sourit.

— Oui.

Elle redevint alors sérieuse.

— Quelqu'un avait des informations sur ce qu'il se passe avec Ben ?

Baker soupira et recula légèrement, lui laissant plus de place. Elle ne se décolla pas du fourgon.

— Pas vraiment. Mais je vais me renseigner.

Les épaules de Jodelle s'affaissèrent. Baker voulait lui parler de la fête, mais il avait l'impression que si elle savait, elle allait prendre l'initiative de voir ce qu'elle pouvait découvrir. Et à cause du malaise de Baker au sujet de la fête, il ne voulait surtout pas qu'elle y aille. Il minimisa donc ce qu'il avait appris auprès des lycéens.

— J'apprécie que tu essaies de leur parler, dit-elle. Je vais voir si je peux en faire parler un ou deux cet après-midi. En général, ils ne traînent pas beaucoup sur la plage, car ils sont trop pressés d'aller dans l'eau et d'attraper des vagues.

— Je pense que tu auras du mal, alors, parce que les vagues sont censées être sensass cet après-midi, dit Baker.

Elle sourit.

— Quoi ?

— Le fait que tu dis sensass est assez drôle.

— Pourquoi ?

— Je ne sais pas, c'est comme ça.

Baker ne put s'empêcher de lui sourire.

— Je suis un surfeur, bébé, faut que je parle la langue.

Elle sourit davantage.

— Viens là, ordonna-t-il en tendant les bras et en la tirant vers lui.

Elle s'approcha sans hésiter, posant les bras autour de lui et le serrant fort.

Être si près d'elle fit tressaillir le membre de Baker, mais ça ne semblait pas gêner Jodelle. Elle s'accrocha à lui pendant plusieurs minutes glorieuses, jusqu'à ce qu'elle pousse un soupir et s'écarte.

— Merci.

— Pour quoi ?

— Ça fait longtemps que je n'ai pas eu un câlin. Mana était un gamin très tactile. Chaque fois qu'il quittait la maison, il me faisait un câlin. Cette connexion avec quelqu'un me manque.

— Pour ce que ça vaut, chaque fois que tu as besoin d'un câlin, je suis là pour toi. Mais j'ai l'impression de devoir te prévenir...

— À quel sujet ? demanda-t-elle en plissant adorablement le front quand il ne continua pas tout de suite.

— Tu devrais sans doute te préparer... Elodie et les autres... elles adorent les câlins.

Jodelle s'esclaffa.

— Ah oui ?

— Mm-mm. Au début, je trouvais ça embêtant, mais je m'y suis habitué. Le mieux, c'est de t'avoir dans mes bras, Clochette.

Elle rougit encore. Il adorait avoir cet effet-là sur elle et il avait l'impression qu'elle allait rougir souvent. Il n'était pas le genre d'homme à modérer ses propos... particulièrement au lit.

— Il se fait tard. Tu dois rentrer chez toi, manger un petit-déjeuner et te mettre au travail pour être prête à revenir cet après-midi.

— Je te verrai plus tard ?

Il aimait le fait qu'elle semble pressée de le revoir.

— Je n'en sais trop rien. Je dois voir comment se déroule la journée. Mais si je ne peux pas venir te voir ici, je t'appellerai ce soir.

— D'accord. Baker ?

— Oui, Clochette ?

— Je pense aimer ça. Nous. Je ne suis toujours pas certaine de ce qui a soudain changé, mais je suis contente que ce soit arrivé.

Il allait faire en sorte que dans un avenir proche, elle n'allait pas seulement *penser* aimer ce qu'il se passait entre eux, mais adorer ça.

— Ce qui a changé, c'est que j'ai arrêté de faire le con. Et ça me plaît aussi. On se parle plus tard. Fais attention à toi.

— Promis.

Il caressa sa joue une fois de plus, puis il fit un pas en arrière. Elle grimpa sur le siège conducteur – et *grimper* était bien le mot, car elle était si petite – le salua de la main, puis fit marche arrière et se dirigea vers la route.

Baker retourna sur la plage et attrapa sa planche avant de revenir vers son propre véhicule et d'attacher la planche sur le toit. Après s'être installé au volant, il porta la main à son nez et inspira. Il sentait encore la légère odeur de frangipanier sur sa peau à l'endroit où il avait touché le cou de Jodelle. Il n'allait plus jamais pouvoir sentir cette odeur sans penser à elle... ce qui lui allait parfaitement bien.

Il n'avait pas du tout fait assez de sport ce matin-là. Il n'avait même pas surfé sur une seule vague, alors il devait faire du sport en rentrant à la maison. Mais il allait le faire en réfléchissant à la situation de Ben Miller. Baker ne savait pas si cette Tressa avait un rapport avec ce qui arrivait à Ben. Tous les problèmes venaient peut-être d'Alex la brute. Ou alors, il ne se passait rien du tout et les priorités du gamin avaient simple-

ment changé en passant du surf aux filles. Ce n'était pas inconcevable.

D'un autre côté, les amis de Ben avaient agi de façon très
suspecte ce matin-là, ce qui mettait Baker mal à l'aise. Il lui
fallait creuser un peu, et s'il se passait quelque chose de
louche, il allait découvrir quoi, ne serait-ce que pour apaiser
Jodelle. Si quelqu'un avait bien besoin d'une vie remplie de
calme, c'était elle. Elle avait subi assez d'épreuves au cours de
ses quarante-huit ans. Il allait faire son possible pour qu'elle ne
vive que de bonnes choses, désormais.

5

Jody se redressa brusquement dans son lit et écouta attentivement. Sachant exactement ce qu'elle avait entendu, car elle l'avait entendu plus de fois qu'elle ne pouvait les compter, elle rejeta sa couverture en arrière, sauta du lit et courut vers la porte. Elle l'ouvrit brutalement et se jeta presque sur la porte de la chambre de Mana. Elle émergea dans la chambre, prête à gronder Mana pour être rentré si tard après l'heure autorisée.

Mais au lieu de voir son fils, l'air penaud et souriant, elle ne vit que de l'obscurité. La chambre était vide et froide.

Le bruit des clés de Mana tombant sur sa commode n'était rien de plus qu'un rêve. Son imagination.

Jody trébucha en arrière, la poitrine secouée par un sanglot. Chaque fois qu'elle pensait enfin accepter le fait que son cher fils ne reviendrait jamais, il fallait que son esprit lui joue un tour cruel.

Elle tourna les talons et retourna au lit d'un pas lourd. Sans réfléchir à ce qu'elle faisait, Jody attrapa son téléphone.

La dernière chose qu'elle avait entendue avant de s'endormir était la voix grave de Baker dans son oreille. Elle l'avait vu deux fois cette semaine, les deux fois le matin avant qu'il parte surfer avec les adolescents, mais il l'avait appelée chaque soir. On était maintenant vendredi... enfin, samedi, puisqu'il était minuit passé depuis longtemps, et aujourd'hui elle allait déjeuner avec Elodie, Monica, et Ashlyn. Lexie avait eu un imprévu et elle ne pouvait pas venir.

Jody était excitée, mais aussi nerveuse. Baker l'avait rassurée, expliquant qu'elle n'avait aucune raison d'être angoissée et que tout se passerait bien.

Puis pour une raison qu'elle ignorait, mais peut-être parce que son angoisse avait pris le dessus, elle avait rêvé de Mana pour la première fois depuis assez longtemps. Elle avait l'habitude de rêver de lui tout le temps, et quand cela s'était estompé, c'était à la fois une bénédiction et une malédiction. Son fils lui manquait terriblement, et même si rêver de lui était douloureux, cela lui permettait au moins de le *revoir*.

Cette nuit, elle s'était réveillée à cause du bruit des clés de son fils tombant sur sa commode. Cela avait été clair. Si réel. Et c'était déjà arrivé. En fait, pendant un moment après la mort de Mana, elle l'avait entendu tout le temps : entrant dans la maison, tirant la chasse des toilettes, parlant au téléphone dans sa chambre. Elle l'entendait si souvent qu'elle avait commencé à croire qu'elle était devenue folle.

Le haut-parleur du téléphone fit retentir la sonnerie dans la chambre vide. Juste au moment où Jody commençait à se réveiller vraiment et à se dire que ce n'était pas une bonne idée d'appeler Baker à – elle regarda le réveil – 3 h 24 du matin, il décrocha.

— Qu'est-ce qui ne va pas, Jodelle ?

Étonnamment, il semblait complètement réveillé et vigilant. Il était trop tard pour raccrocher et faire semblant de ne pas avoir rappelé, maintenant.

— Je... rien, dit-elle.

— Parle-moi. Maintenant, insista Baker avec sévérité. Tu as deux secondes avant que je monte dans la voiture pour te rejoindre.

— J'ai fait un cauchemar, chuchota Jody en se sentant bête de l'avoir réveillé.

— Quoi ?

— Un cauchemar. Ou une hallucination. Je ne sais pas comment tu appellerais ça. Je suis désolée, je ne voulais pas t'inquiéter. Je vais bien. Autant que possible. Je vais te laisser te rendormir. Je ne sais pas pourquoi je t'ai appelé.

— Ne raccroche pas, ordonna Baker d'un ton plus détendu qu'une seconde auparavant. C'était à quel sujet ?

— Comme d'habitude, soupira Jody.

— Mana, devina Baker.

— Oui.

— Raconte.

Se surprenant elle-même, c'est exactement ce que fit Jody. Elle avait *besoin* de parler à quelqu'un. De ne pas se sentir si seule, pour une fois.

— Ça arrive de temps en temps. C'est toujours pareil. Je dors et je pourrais jurer entendre le bruit des clés tombant sur sa commode : c'était une habitude pour lui. Quand il rentrait à la maison, il allait tout droit dans sa chambre et les faisait tomber sur sa commode. Il a appris ça de moi. Je pose toujours les clés au même endroit en rentrant à la maison, sinon je les perds. Mana a dû m'aider à les chercher si souvent que nous avons fini par faire un pacte pour toujours les poser au même endroit dès que nous rentrions à la maison. Les miennes sont dans un bol sur le plan de travail de la cuisine. Les siennes, sur sa commode.

Jody ferma les yeux et sourit tristement, se souvenant comme il avait été difficile pour eux de s'habituer à poser leurs clés à l'endroit désigné.

— Tu as entendu ça, cette nuit ?

— Oui, murmura Jody. Mon cerveau me dit que sa mort était un rêve horrible. Il est à la maison. Je saute de mon lit avant d'être vraiment réveillée. Je cours vers sa chambre, prête à le gronder parce qu'il est rentré trop tard, mais tout ce que je vois, c'est cet endroit vide. En l'espace d'un battement de cœur, je passe du bonheur à l'effondrement. Ça fait encore mal, Baker. Tellement.

— Tu as froid ? demanda Baker.

Jody ne comprit pas pourquoi il posait cette question avant de se rendre compte que tout son corps tremblait. Elle claquait même des dents. Il avait dû l'entendre dans sa voix.

— Je suis gelée, lui dit-elle.

— Où es-tu ?

— Allongée sur mon lit.

— Mets-toi sous la couverture.

Baker recommençait à être autoritaire, mais Jody n'était pas tout à fait elle-même, alors ça ne la gênait pas vraiment. Elle plia les jambes et les glissa sous la couverture qu'elle remonta en s'allongeant.

— Tu es dessous ?

— Oui, chuchota-t-elle.

— Ferme les yeux.

— Baker, je suis sûre que tu as de meilleures choses à faire, je vais juste...

— Chut, lui dit-il, non sans gentillesse.

Jody se tut.

— Je ne sais pas quelles sont tes croyances au sujet de Dieu, le paradis, ou ce qui arrive quand nous mourons, mais je vais te dire ce que je pense.

Jody hocha la tête. Il ne pouvait pas la voir, mais apparemment, il n'en avait pas besoin pour continuer à parler.

— Tu ne fais pas des hallucinations. Et tu n'es pas folle. Ton fils et toi vous partagiez un lien unique. Vous étiez proches, très proches, et je crois que son âme est toujours là... à veiller sur toi. Le fait que tu rêves de lui, ou que tu entendes des choses comme ses clés tombant sur sa commode, c'est sa façon de te faire savoir qu'il est tout près. Qu'il te protège. Je crois aussi que lorsque nous naissons, nous sommes chargés d'apprendre quelque chose sur la vie. Ça peut être l'amour, l'amitié, ce que c'est que d'être parents, ou lutter dans l'adversité et apprendre à la surmonter. Quand nous mourons, la vie que nous avons menée est évaluée... Si nous avons appris ce que nous étions censés apprendre, nous passons à une autre vie, une autre chance d'apprendre quelque chose de nouveau. Si nous n'avons pas appris notre leçon, nous recevons une deuxième chance d'apprendre ce que nous étions censés comprendre dans la vie suivante.

— Tu parles de réincarnation ? demanda Jody.

— Oui. Je pense aussi que les âmes se réincarnent ensemble. Alors, les gens que tu aimes le plus apparaissent dans ta vie suivante d'une façon ou d'une autre. En tant qu'amis, enfants, époux ou professeurs qui t'émeuvent d'une certaine façon. Je pense que les âmes sont liées... ce qui signifie que Mana t'attend, Jodelle. Ces rêves sont sa manière de te faire savoir qu'il est là, qu'il veille sur toi, qu'il attend que vous puissiez être réunis et recommencer ensemble à un moment dans l'avenir.

Jody réfléchit aux paroles de Baker. Certaines personnes les rejetteraient immédiatement comme étant bidon ou perchées... mais elle aimait l'idée d'être à nouveau avec Mana dans un avenir qu'elle espérait assez lointain. Cependant, une chose la gênait au sujet de ce que Baker avait dit.

— Je ne suis pas certaine que mon garçon a eu le temps d'apprendre la leçon qu'il devait apprendre, avoua-t-elle.

— Quelles étaient ses meilleures qualités ?

Jody n'eut même pas besoin d'y réfléchir.

— Il était une des personnes les plus attentionnées que j'ai eu la chance de rencontrer. Il devenait l'ami de tout le monde. Il voulait toujours que j'arrête la voiture pour qu'il puisse donner de l'argent à une personne sans domicile. Un jour, il a même retiré ses propres chaussures quand il a vu qu'un SDF n'en portait pas. Il a aidé les enfants plus jeunes à apprendre à surfer, et je jure que je ne l'ai jamais entendu dire du mal de qui que ce soit.

— Je me dis que la puissance supérieure qui règne sur nous avait d'autres plans pour ton fils, confia Baker doucement. Son travail n'était peut-être pas d'apprendre une leçon dans sa vie, mais d'être une leçon pour les autres, d'apprendre aux autres à accepter, à ne pas juger, à être gentils.

Des larmes montèrent aux yeux de Jody. Elle aimait ça. Beaucoup. Pas la partie où Mana devait mourir beaucoup trop jeune, mais le fait que d'autres avaient peut-être appris la compassion en suivant son exemple.

— De mon point de vue, continua Baker, tu ne devrais pas avoir peur de tes rêves ou d'entendre Mana bricoler dans la maison. Profites-en, trouve de la joie dans le fait que son âme est toujours là et qu'elle attend jusqu'à ce que vous puissiez être réunis.

Les larmes débordèrent sur ses joues.

— J'en ai envie, mais il me manque tellement, Baker.

— Je le sais, Clochette. Je suis désolé de ne pas avoir pu le rencontrer.

— Moi aussi. Tu lui aurais plu, dit Jody.

Elle repensa alors à autre chose que Baker avait suggéré plus tôt.

— Alors... les âmes se réincarnent ensemble ?

— C'est ce que je crois, dit Baker.

— Tu penses que nous nous connaissions dans une vie antérieure ?

Baker n'hésita même pas une seconde avant de répondre :

— Oui.

— Alors, j'aurais pu être ton professeur ou ton père ?

— Potentiellement, mais je ne pense pas.

Quand il ne poursuivit pas, Jody demanda :

— Pourquoi pas ?

— C'est sans doute trop tôt pour cette conversation, avoua Baker en évitant de répondre d'une façon qui ne lui ressemblait pas.

— Je suis désolée d'avoir appelé si tard... ou si tôt.

— Ce n'est pas ce que je voulais dire. C'est juste que... nous commençons à apprendre à nous connaître. Je ne veux pas te faire paniquer.

— Baker, je t'ai appelé au milieu de la nuit pour te dire que j'avais entendu mon fils décédé jeter ses clés sur sa commode... si quelqu'un doit paniquer, c'est sans doute toi, répondit Jody.

Étonnamment, elle se sentait cent fois plus calme que lorsqu'elle avait attrapé son téléphone. En général, après un incident comme celui-ci, elle tombait dans une dépression si profonde qu'il lui fallait plusieurs jours pour en sortir. Mais après avoir parlé avec Baker, après avoir entendu ce qu'il pensait de la vie après la mort, elle se sentait déjà mieux.

— Si tu as besoin de moi, tu m'appelles. Quelle que soit l'heure, dit Baker fermement. Compris ?

— Oui. Et même si je ne peux pas imaginer une situation dans laquelle tu aurais besoin de *moi*, ça vaut pour toi aussi.

— Parfois, entendre une voix douce, une voix qui ne demande rien d'autre que de parler, c'est le cadeau le plus précieux que l'on peut recevoir.

— Baker, chuchota-t-elle, appréciant et détestant tout autant ces mots.

— Des âmes sœurs, dit-il doucement. Parfois, il existe une personne faite pour toi. Qui a été avec toi vie après vie. C'est carrément dur de la trouver, surtout quand il y a des leçons à apprendre dans chacune des vies qui nous est offerte. Mais je pense que dans chaque vie, on se croise, et si nos yeux sont ouverts à la possibilité, on se réjouit d'avoir trouvé l'autre moitié de notre âme. On s'accroche à cette personne et on s'y attache de toutes ses forces. Peu importe les obstacles en chemin, on s'accroche… et en retour, on est récompensé par un amour si fort, si pur, que rien ne peut nous séparer.

Jody déglutit. Elle n'aurait jamais cru avoir une telle conversation au milieu de la nuit avec Baker Rawlins. Elle n'était pas sûre de vraiment croire ce qu'il disait, mais une flamme au fond d'elle semblait grandir à chaque mot qu'il prononçait.

Sous des extérieurs rugueux, son comportement bourru et parfois effrayant, c'était un romantique. La dichotomie était carrément sexy.

— Je sais que ça paraît fou, poursuivit Baker. Et il m'a fallu bien trop longtemps pour comprendre, mais je crois sincèrement que tu es cette personne pour moi, Jodelle. Dès que nous nous sommes rencontrés, quelque chose en moi s'est déclenché. J'ai résisté à notre lien, car j'avais l'impression qu'après la vie que j'avais menée, j'étais destiné à être seul, mais je ne peux plus le nier. Ça ne veut pas dire que nous allons nous précipiter, cependant. Tu as besoin de temps pour croire que ce qui existe entre nous est réel, et je vais te donner tout le temps dont tu as besoin. Nous allons donc prendre les choses au jour le jour. À petits pas, Clochette.

— D'accord.

— Tu as encore froid ? demanda Baker.

Jody réfléchit une seconde avant de répondre :

— Non.

— Bien. Tu veux dormir ou continuer à parler ?

— Tu as dit que tu allais à Honolulu demain matin pour aller voir un ami.

— Oui.

— Tu dois dormir un peu pour pouvoir le faire, lui dit Jody.

— Je préfère te parler, m'assurer que tu vas bien. Je ne pourrai pas dormir si je m'inquiète pour toi, de toute façon.

Jody se blottit un peu plus sous ses couvertures, elle se tourna sur le côté et remonta ses genoux pour se rouler en boule.

— Vas-tu me parler de l'ami auquel tu vas rendre visite ?

— Bien sûr. Mais avant ça... tu es nerveuse au sujet de demain... ou plutôt, d'aujourd'hui ?

Jody se rendit compte que Baker faisait ça tout le temps. Il retournait la conversation de façon à parler d'elle et de ce qu'elle faisait. Ça ne la gênait pas, et c'était agréable de savoir qu'il s'y intéressait, mais parfois, elle avait envie de parler de lui.

— Oui, mais d'une façon agréable.

— Que veux-tu dire ?

— Ça fait très longtemps que je ne suis pas sortie avec des amies. Je me suis éloignée de celles que j'avais quand je me suis mariée et que j'ai eu Kaimana. Et puis quand j'ai divorcé, j'arrivais à peine à prendre soin de mon fils et de moi. J'avais l'impression d'avoir tout juste la tête hors de l'eau. Pendant que Mana était petit, je me suis fortement impliquée dans mon travail, essayant de gagner assez d'argent pour donner à mon fils tout ce dont il avait besoin et tout ce qu'il voulait. Quand il est mort, me lever chaque matin était un défi. Et quand j'ai enfin commencé à guérir, je me suis encore occupée avec le travail et en allant à la plage les matins et les après-midi pour veiller sur les gamins. Alors, je suis nerveuse, mais aussi excitée. Je suis intriguée par les femmes de tes amis et j'ai envie qu'elles m'apprécient.

— C'est déjà le cas.

— Elles ne me connaissent pas, protesta-t-elle.

— Aucune importance. Elles savent que tu es avec moi et ce n'est pas pour être arrogant, mais elles m'apprécient, Clochette, et elles savent que je ne suis pas un idiot. Si tu me plais, ça veut dire que tu es fabuleuse. Tu n'as donc pas à t'inquiéter du fait qu'elles t'apprécient. À vrai dire, c'est moi qui devrais m'inquiéter qu'elles veuillent prendre tout ton temps libre et que je reste sur le carreau.

Jody éclata de rire.

— Euh, ça n'arrivera pas, Baker.

— Tant mieux. Ce sont des gens bien, dit-il avec douceur. Elles savent ce que c'est que d'avoir peur. Ce que c'est de se sentir seule au monde. Tu te souviens de ce que j'ai dit au sujet des âmes qui se réincarnent ensemble ? Ce sont des personnes comme toi, Jodelle. Ça paraît ridicule, mais je te jure que c'est vrai. Il te suffit d'être la personne que tu es déjà. Tu sais pourquoi Mana était aussi gentil et attentionné, n'est-ce pas ?

— Pourquoi ? lâcha Jody, encore une fois presque submergée par l'émotion.

— Parce qu'il l'a appris auprès de sa mère. Je t'ai vue avec les gamins sur la plage. Et les autres. Les sandwiches que tu prépares ne sont pas seulement pour les ados que tu surveilles. Ils sont pour tous ceux qui ont faim. Et ne crois pas que je n'ai pas vu le sac de claquettes que tu gardes dans ton fourgon au cas où tu croiserais quelqu'un qui ne peut pas se permettre de remplacer ses chaussures usées.

Jody ferma les yeux et inspira profondément.

— L'ami que je vais voir demain ? Il s'appelle Theo. Il vit à Barbers Point près de Food For All, où travaillent Elodie, Lexie, et Ashlyn. Il a environ quarante-cinq ans, il était sans domicile auparavant, et il a sauvé la vie de Lexie. Il a un problème mental, mais c'est l'artiste le plus talentueux qu'il m'ait été donné de voir et d'une façon ou d'une autre, alors que nous sommes des opposés... nous sommes amis.

Jody sourit, n'étant pas surprise que Baker ait pris Theo sous son aile. Elle posa des questions sur lui, sur Food For All, comment il avait commencé à surfer et d'autres sujets de conversation plus faciles. Avant de s'en rendre compte, une autre heure s'était écoulée.

Quand elle bâilla pour la dixième fois en l'espace de cinq minutes, Baker demanda doucement :

— Tu penses pouvoir dormir maintenant, Clochette ?

Les paupières de Jody étaient lourdes et ça faisait longtemps qu'elle n'avait pas été aussi détendue.

— Oui.

— Bien. J'aime ça, Jodelle.

— Quoi ?

— Te parler jusqu'à ce que tu sois toute molle et endormie. Ce sera un rêve devenu réalité quand nous pourrons le faire en personne.

— Quoi ?

— T'apaiser après une mauvaise nuit. J'aimerais beaucoup mieux pouvoir te serrer dans mes bras en le faisant.

Jody était certaine qu'elle allait aimer ça aussi.

Baker ne lui donna pas l'occasion de répondre.

— Passe un bon moment, demain. Fais attention sur la route. Tu me préviendras quand tu seras rentrée à la maison ?

Encore une fois, elle se sentit réchauffée de l'intérieur à l'idée que quelqu'un se soucie de l'endroit où elle se trouvait et si elle était bien rentrée chez elle.

— Tu me le diras quand tu seras rentré après ta visite chez Theo ? Je vais m'inquiéter, parce que je t'ai empêché de dormir.

— Oui, Clochette. Je te le dirai. Je voudrais aussi que tu rencontres Theo un de ces jours. Il va être extrêmement curieux à ton sujet.

— Tu vas lui parler de moi ? ne put-elle s'empêcher de demander.

— Bien sûr.

— Ça ne fait qu'une semaine depuis que nous avons décidé d'être plus que des amis, hésita Jody en lui rappelant quelque chose dont il avait évidemment conscience.

— Les âmes sœurs, dit simplement Baker. Va dormir, Clochette. Je te parlerai demain. Tu pourras me raconter ton déjeuner et quand vous avez prévu votre soirée pyjama avec les filles.

Jody s'esclaffa.

— Je ne suis pas certaine que notre première rencontre fera de nous les meilleures amies au monde et qu'une soirée pyjama soit organisée immédiatement après.

— Ne sous-estime pas le pouvoir d'Elodie et sa bande, dit Baker avec un éclat de rire. Amuse-toi demain. Dors bien.

— Toi aussi.

— Bonne nuit.

— Bonne nuit, dit-elle avant de raccrocher.

Elle resta allongée en boule pendant un moment avant de rouler de l'autre côté, de poser le téléphone sur la table de chevet à côté du lit, puis de se retourner. Elle ferma les yeux et chuchota :

— Bonne nuit, Mana. Je t'aime.

Se sentant un million de fois mieux que quand elle s'était réveillée plus tôt, Jody ferma les yeux et plongea immédiatement dans un sommeil profond et sans rêves.

6

————————

Jody se gara sur le parking du Sunset Smokehouse et ne put s'empêcher de sourire quand elle vit les trois femmes debout près de l'entrée, en train de parler. Elle reconnut Monica parce qu'elle l'avait rencontrée une fois, et supposa que les deux autres étaient Elodie et Ashlyn.

Elle était soulagée de voir qu'elle avait correctement choisi sa tenue. Jody avait décidé de mettre une tenue décontractée, mais pas trop. Elle portait la robe en coton qu'elle avait achetée sur un coup de tête en faisant les courses à Honolulu environ deux ans auparavant. Elle avait des mancherons, une taille empire, et elle descendait jusqu'à ses genoux. Elle était noire avec des fleurs violettes et jaunes. Elle était plus bariolée que ce qu'elle portait d'habitude, mais Jody aimait sa coupe, et elle se sentait même jolie en la portant.

Elle avait complété la tenue par des chaussures ouvertes à semelles compensées avec une fleur en perles brillantes aux orteils. Mana s'était toujours moqué de ces chaussures trop *girly*, mais il avait avoué une fois qu'il les trouvait mignonnes. Jody pensait à lui chaque fois qu'elle les portait... ce qui expliquait qu'elle ne les avait pas mises depuis sa mort. Mais aujourd'hui, après avoir réfléchi à ce que Baker avait dit pendant la nuit, elle avait l'impression que c'était une bonne chose de l'emporter avec elle pour rencontrer celles qu'elle espérait être ses nouvelles amies.

Avant de descendre de la voiture, elle sortit son téléphone et composa un texto rapide, faisant savoir à Baker qu'elle était arrivée en sécurité au restaurant. Il ne le lui avait pas demandé, seulement qu'elle le prévienne en rentrant chez elle, mais il avait envoyé un message un peu plus tôt pour la rassurer qu'il était arrivé sans problème à Barbers Point et que même s'il était fatigué, il n'était pas *trop* fatigué. C'était attentionné et elle s'était effectivement inquiétée pour lui. Maintenant, elle voulait lui rendre la pareille.

Jody : Je suis là. Les filles m'attendent devant l'entrée, mais je voulais te faire savoir que je suis bien arrivée.

Baker : Merci, c'est gentil. Amuse-toi bien.

Son texto était court et droit au but, mais Jody n'était pas vexée. Il était sans doute occupé avec son ami et c'était sympa qu'il ait répondu immédiatement. Elle rangea son téléphone dans son sac, prit une grande inspiration, et descendit de son fourgon.

Les trois femmes la regardèrent pendant qu'elle s'avançait vers elles. Elles n'avaient sans doute pas raté son combi Volkswagen coloré sur le parking.

— Salut, dit Jody en s'approchant. Je suis Jody.

Les trois femmes souriaient. La brune s'avança quand Jody fut plus près et dit :

— Moi, c'est Elodie. Je suis très contente de te rencontrer enfin.

Puis elle déstabilisa complètement Jody en écartant les bras et en la serrant longuement contre elle.

Monica dit :

— C'est bon de te revoir, Jody, et la serra aussi dans ses bras.

Et enfin, la grande femme qui devait être Ashlyn la salua et fit de même.

Baker n'avait pas menti, ces femmes aimaient les câlins... et c'était merveilleux. Jody ne put s'empêcher de sourire bêtement.

— J'ai du mal à croire que tu es vraiment là ! Nous ne pensions pas que Baker allait un jour arrêter de faire l'abruti et te proposer un rendez-vous, annonça Elodie en souriant.

Ashlyn affichait toujours un sourire amical, mais Jody savait instinctivement qu'elle allait être la plus difficile à impressionner de la bande. Jody se souvenait qu'Elodie lui avait dit au téléphone qu'Ashlyn se sentait très protectrice envers Baker. Au lieu d'être irritée, Jody trouvait cela rassurant. Elle aimait que quelqu'un le soutienne, parce qu'elle avait l'impression qu'il était le genre d'homme qui veillait toujours sur les autres.

Elles entrèrent toutes dans le restaurant et Jody inspira profondément. Ça sentait si bon... il lui tardait d'entamer le bœuf fumé qui embaumait la salle. Elles firent la queue et Jody choisit de la poitrine de bœuf, tout comme Elodie. Monica prit un effiloché de porc et Ashlyn commanda les travers de porc. Elles firent une grosse commande de salade de pommes de terre à partager et des haricots pinto épicés. Une fois qu'elles furent installées, un serveur leur apporta un panier de petits pains briochés.

— Je n'arrive pas à croire que je ne connaissais pas l'existence de cet endroit, lâcha Ashlyn quand tout le monde eut commencé à manger. Les barbecues à la texane sont vraiment ce que je préfère.

— C'est tellement bon, acquiesça Jody. Ils font aussi traiteur et de la vente à emporter... même si c'est sans doute un peu loin de Barbers Point pour que tu ailles le récupérer.

— Je suis sûre que ça ne gênerait pas Slate de venir jusqu'ici. Je veux dire, regardez tout ça... ça vaut carrément le trajet.

Elle leva un des travers de porc. Ses doigts étaient couverts de sauce et il y en avait même sur une de ses joues. Tout le monde rit.

— C'est tout à fait vrai, dit Jody.

— Je suis sûre que Baker roulerait jusqu'ici pour vous en

acheter aussi, non ? suggéra Elodie avec une lueur dans les yeux.

Jody savait qu'elle rougissait, mais elle fit un petit sourire à l'autre femme.

— Peut-être.

— Alors... vous êtes enfin ensemble ? demanda franchement Elodie.

Jody était impressionnée qu'elle ait attendu si longtemps pour aborder le sujet de Baker. Mais elle ne pouvait pas lui en vouloir... elle avait bien conscience que cette visite n'était pas seulement pour que les autres femmes apprennent à la connaître, mais pour avoir les détails de leur nouvelle relation.

— Je le suppose, dit-elle.

— Attends... tu le supposes ? demanda Ashlyn. Elodie a dit que vous étiez ensemble.

— Je veux dire, je suppose que nous le sommes, mais il a été occupé, tout comme moi, et nous ne sommes même pas encore sortis pour un rendez-vous, dit Jody.

Elodie poussa un soupir et s'appuya contre le dossier de sa banquette en soufflant.

— Celui-là, alors, dit-elle en secouant la tête.

— J'imaginais que Baker était le genre d'homme qui ne traînait pas... c'est un peu décevant d'apprendre que ce n'est pas le cas, intervint Monica.

Jody n'aimait pas que les autres aient une mauvaise opinion de lui.

— Il m'a dit qu'il pense que je suis son âme sœur, lança-t-elle.

Elodie et Monica sourirent en entendant cela.

— C'est déjà mieux, dit Elodie.

— Je l'imagine bien dire quelque chose du genre, songea Monica.

— Et toi ? Qu'en penses-tu ? voulut savoir Ashlyn.

Heureusement que Jody avait le contenu de son assiette pour la distraire, sinon elle aurait tremblé comme une feuille. Elle avala les haricots qu'elle venait de placer dans sa bouche quand Ashlyn lui avait posé la question, puis elle la regarda dans les yeux.

— Je pense que Baker est ce qui m'est arrivé de mieux depuis longtemps. Avec lui, je me sens en sécurité, il me fait rire, et il est la première personne à me demander comment je vais – et à être sincère – depuis des années. Je pense aussi ne pas être assez bien pour lui. Il mérite quelqu'un qui ne se réveille pas triste, puis se couche dans le même état la plupart des jours. Quelqu'un qui n'est pas aussi... brisé. Mais je sais déjà que je vais faire tout ce qui est en mon pouvoir pour être le genre de femme qui le mérite. Je ne sais pas du tout si j'en suis capable, mais je vais essayer. Je crois aussi qu'il doit être tout aussi incroyable que ce que je pense, si vous le soutenez toutes les trois.

Pendant son petit discours, l'expression du visage d'Ashlyn perdit de sa réserve et quand elle eut fini de parler, Elodie avait les larmes aux yeux. Elle prit la main de Jody dans la sienne et la serra.

— Il m'a sauvé la vie, dit-elle doucement.

— Et la mienne, ajouta Monica.

Jody regarda alors Ashlyn.

— Il n'a pas sauvé la mienne. Mais il s'est tellement senti coupable de ne pas avoir la capacité de savoir ce qui allait se produire à l'avenir, et de ne pas avoir été à la maison de mon ami James quand cet enfoiré d'aide à domicile a pété un câble et m'a tiré dessus, qu'il était assis sur la plage au milieu de la nuit, à stresser. Ce qui n'est pas une bonne idée, et je le lui ai dit. Je lui ai aussi fait savoir que son complexe de culpabilité était ridicule, mais il est le genre d'homme qui déteste voir souffrir ses amis, et qui déteste encore davantage ne pas pouvoir aider.

— Euh... waouh... d'accord, dit Jody en essayant de digérer tout ce qu'Ashlyn venait de dire. On t'a *tiré* dessus ? Tu vas bien maintenant ?

Le visage d'Ashlyn se détendit encore plus.

— Je vais bien, dit-elle doucement.

— Et le type qui t'a tiré dessus ?

— Mort.

— D'accord.

— Est-ce que Baker t'a dit quoi que ce soit sur nous ? demanda Elodie.

— Pas vraiment. Juste que vous étiez toutes fabuleuses et qu'il pensait que vous étiez très fortes, expliqua Jody.

— Ça ne m'étonne pas. Alors, de mon côté, j'ai fui un mafieux qui voulait me tuer parce que quand j'étais sa chef cuisinière, j'ai refusé d'empoisonner les plats pour tuer un de ses invités. Je me suis cachée un moment sur un navire-cargo, mais des terroristes en ont pris le contrôle. J'ai rencontré Scott, je suis venue à Hawaï, j'ai cru que j'étais en sécurité, mais le tueur à gages du mafieux m'a retrouvée et m'a laissée au milieu de l'océan pour que je meure d'une mort lente et horrible.

Jody écarquilla les yeux avec un hoquet de surprise. Elle avait oublié son assiette et fixait Elodie.

— Merde !

— Oui. Mais Baker est allé à New York, il a rencontré le nouveau chef de la mafia qui avait pris le relais quand l'enfoiré qui voulait ma mort a été tué, et ils ont *discuté*. Baker m'a assuré que j'étais en sécurité.

— Sérieusement ?

— Oui

— Puis un des anciens coéquipiers Seal de Baker est venu à Hawaï et m'a enlevée pour m'utiliser comme un appât afin d'attirer Baker et de le tuer. Baker n'a pas non plus hésité à se mettre en danger pour s'occuper de ce connard, dit Monica.

— Oh, mon Dieu. Un de ses *coéquipiers* ? demanda Jody, incrédule.

— Oui. Je suppose qu'en tant que chef d'équipe, Baker a fait un mauvais rapport sur lui, ou je ne sais pas comment ils appellent ça, et comme le type était fou – et qu'il méritait entièrement ce rapport – il a ruminé pendant des années là-dessus avant d'agir. Mais ne t'inquiète pas, il a brûlé dans la lave sur Big Island... comme il l'avait prévu pour Baker.

Jody arrivait à peine à croire ce qu'elle entendait.

— Un de ses coéquipiers a essayé de le tuer. Avec de la lave.

— Oui, répondit Monica très sérieusement. Mais évidemment, il n'a pas réussi.

Jody baissa les yeux sur son assiette, ne voyant plus vraiment le barbecue délicieux.

— Que peut-il bien voir en moi ? chuchota-t-elle. Je suis tellement ennuyeuse comparée à ce dont il a l'habitude.

— Je pense que Baker mérite un peu d'ennui, dit Ashlyn.

Jody leva la tête et la regarda dans les yeux.

— Et je ne dis pas ça de façon péjorative, précisa-t-elle vite. Baker se donne beaucoup de mal pour aider nos hommes chaque fois qu'ils en ont besoin. Il fait des recherches pour les missions, ou quand ça dégénère pour leurs femmes, et tout ce qu'il peut faire pour eux. Il a besoin de quelqu'un qui lui apporte un peu de normalité. Je pense qu'il est sans doute ravi par l'ennui, étant donné tout ce qui est arrivé au cours des deux dernières années.

Jody n'était pas sûre d'être d'accord.

— Est-ce qu'il t'a dit ce qu'il fait comme métier ? demanda Elodie.

Jody secoua la tête.

— Non. Pourquoi ? Quel est son métier ?

— Zut. J'espérais que tu pouvais nous le dire, avoua Elodie avec un sourire. Nous savons qu'il a des contacts impressionnants... il a pris un avion pour New York et a pu rencontrer un chef de la mafia, carrément. Mais aucune de nous ne sait exactement quel est son travail.

— Est-ce que ça a une importance ? demanda Jody.

Pour une fois, les trois femmes semblèrent sans voix.

Enfin, Ashlyn s'esclaffa.

— Non, ça n'a absolument aucune importance. Nous aimons Baker parce qu'il est un humain fabuleux. Il nous a toutes aidées, ainsi que nos hommes, quand nous en avions le plus besoin. Ce qu'il fait comme travail n'a vraiment aucune importance.

Jody fut soulagée de l'entendre, car elle ressentait la même chose. Plus elle en apprenait sur Baker, plus elle était admirative.

— Eh bien, je ne suis pas poursuivie par des chefs de la mafia, d'après ce que je sais du moins, et je ne crois pas risquer d'être enlevée bientôt. Je suis simplement une graphiste qui reste assise devant son ordinateur à la maison la plus grande partie de sa journée, une ancienne maman, et quelqu'un qui passe les matinées et les après-midi à la plage pour veiller sur les surfeurs lycéens qui se retrouvent là-bas. S'il aime l'ennui, il a touché le jackpot.

— Une ancienne maman ? demanda Monica. Je ne suis pas sûre que ça existe.

— Mon fils est mort, annonça Jody sans ménagement.

Elle vit la surprise dans les yeux de Monica, puis la douleur quand celle-ci digéra ses paroles.

— Je suis vraiment désolée, dit-elle en tendant la main au-dessus de la table pour toucher celle de Jody. Je viens d'avoir mon premier enfant, Charlotte, il y a un peu plus d'un mois, et je ne peux imaginer rien de pire que de la perdre.

— Il n'existe rien de pire, acquiesça Jody.

Elle s'attendait à ce que ce soit la fin de la conversation, mais elle fut surprise lorsqu'Ashlyn demanda :

— Comment s'appelait-il ?

— Kaimana.

— C'est un très joli nom, dit Elodie avec douceur.

— Ça signifie *le pouvoir de l'océan* dit Jody avec un petit sourire. Ce qui est approprié, parce que dès l'instant qu'il a appris à nager, il a adoré être dans l'eau. C'était un très bon surfeur. C'est sur une planche parmi les vagues qu'il se sentait le mieux.

— C'est la raison pour laquelle tu y passes du temps maintenant ? demanda Monica.

Cela lui faisait un peu bizarre de parler de Mana, mais c'était agréable. Personne ne lui avait parlé de son fils depuis tellement longtemps, mais avec Baker et ces femmes, il était dans ses pensées plus que d'habitude.

— Oui et non. Il est mort un matin pendant qu'il surfait. Un contre-courant est sorti de nulle part et a commencé à traîner les gens vers la mer. Un jeune surfeur a paniqué et a essayé de nager jusqu'à la rive au lieu de rester sur sa planche, et Mana l'a suivi, lui donnant sa propre planche quand il a vu que le garçon avait du mal à rester la tête hors de l'eau. Il a commencé à traîner le garçon sur sa planche parallèlement à la rive, pour essayer de quitter le contre-courant, et il réussissait. Mais une énorme vague s'est écrasée sur eux et Mana a été coincé dans le rouleau. Il s'est cogné la tête, a été désorienté, et il s'est noyé.

Un silence s'installa autour de la table et Jody regretta immédiatement d'en avoir trop dit. Elle n'avait pas eu l'intention de plomber l'ambiance.

— Je vais à la plage et je veille sur les gamins parce que si quelqu'un avait été présent le matin de la mort de mon fils, il aurait pu appeler à l'aide. Mana ne se serait peut-être pas noyé.

— Tu es leur ange gardien, dit Elodie doucement.

Jody haussa les épaules.

— Ça, je ne sais pas. Je veux simplement éviter qu'une autre mère souffre comme moi.

— Parle-nous de lui, demanda Monica.

Jody la regarda, surprise. Et quand elle jeta un coup d'œil vers les deux autres femmes, elles hochèrent la tête en souriant.

— Je... que voulez-vous savoir ?

— Ce que tu veux bien nous raconter. J'ai l'impression que ton fils était incroyable, dit Ashlyn.

— Il l'était.

— Quel âge avait-il ? demanda Elodie.

— Dix-sept ans. Il était en première.

— Je parie qu'il était un séducteur, dit Monica.

— Pas vraiment. Il aimait plus le surf que les filles, indiqua Jody avec un sourire. Mais je l'ai convaincu de se rendre à un bal pas très longtemps avant qu'il meure. Après, il a même avoué avoir passé un bon moment.

Pendant les trente minutes qui suivirent, elle continua à répondre aux questions des autres femmes et à parler de son fils. Quand la conversation se tourna naturellement vers la fille de Monica, et le fait que son mari était beaucoup trop protecteur envers elle, Jody ne put s'empêcher de fermer les yeux et de savourer les sentiments inhabituels qui la traversaient.

— Jody ? Ça va ? demanda Elodie.

Elle ouvrit les yeux et hocha la tête.

— Ça va. Très bien, même. Je voudrais toutes vous remercier de m'avoir laissé parler de Mana.

— Pourquoi ne l'aurions-nous pas fait ? s'étonna Monica.

— En général, les gens sont mal à l'aise, même en le mentionnant en passant. Ils pensent que s'ils évitent le sujet, je ne serai pas triste. Mais je suis *toujours* triste. Parler de lui, me souvenir des bons moments, ça me permet de me sentir bien pendant un court moment.

— C'était une personne vivante qui mérite que l'on se souvienne d'elle, affirma Monica.

— Exactement, alors merci de m'offrir ça, dit Jody.

— Quand tu as envie de parler de lui, n'hésite pas. Ça ne nous mettra pas du tout mal à l'aise, la rassura Elodie.

— C'est tellement bizarre, dit Jody en essuyant les larmes qui avaient réussi à s'échapper.

— Quoi donc ?

— Au cours de la semaine dernière, je suis passée d'une femme solitaire d'âge moyen qui est restée dans son coin pendant les cinq dernières années, à une femme qui intéresse un homme fabuleux, parle constamment de son fils – alors que je le mentionne rarement à voix haute, parce que j'ai peur de mettre les autres mal à l'aise – et qui est assise dans un restaurant avec trois femmes que j'aimerais vraiment, *vraiment* avoir pour amies.

— Nous sommes déjà amies, assura immédiatement Ashlyn.

— Non seulement ça, mais il y a trois autres femmes qui seront terriblement jalouses de ne pas avoir pu passer du temps avec toi aujourd'hui, dit Elodie en souriant.

— Oh, je suis sûre que Kenna prévoira immédiatement une soirée pyjama après avoir entendu parler de ce déjeuner, s'esclaffa Monica.

— Baker m'a parlé de ces soirées pyjama légendaires, dit Jody.

— C'est génial, admit Elodie. Attends de voir la vue depuis

le balcon de Kenna. Elle est à se damner. Kenna est pétillante et magnifique, mais tu ne peux même pas lui en vouloir parce qu'elle est la personne la plus gentille qui soit, et toujours prête à partager sa vue.

— Je pense être trop vieille pour une soirée pyjama, avoua Jody, un peu gênée. J'ai quoi, vingt ans de plus que vous ? J'étais mariée avant même la naissance de certaines d'entre vous.

— Et alors ? demanda Elodie. L'âge n'est rien d'autre qu'un nombre. En outre, nous aurons sans doute besoin de tes conseils avisés concernant la maternité... et bien sûr, nous voulons tout savoir sur Baker et s'il embrasse bien ou pas.

Tout le monde rit.

— Évidemment qu'il embrasse bien, dit Ashlyn. C'est *Baker*.

Tout le monde regarda Jody, dans l'expectative.

Jody haussa les épaules et annonça :

— Si vous attendez que je vous dise comment il embrasse, j'ai bien peur de vous décevoir. Sauf si vous voulez savoir comment il peut faire flancher mes jambes en touchant mon front avec ses lèvres.

Tout le monde la dévisagea un moment, puis Monica suggéra :

— Il ne veut pas aller trop vite.

Jody hocha la tête.

— Il sait qu'il ne faut pas précipiter les choses quand il veut quelque chose d'important, acquiesça Ashlyn.

— Et pour info, c'est toi, termina Elodie.

— Et juste pour te prévenir... les autres aiment parler de sexe, ajouta Ashlyn. Elles n'insistent pas, mais elles ne se retiennent pas non plus. Si ça te met mal à l'aise, ce n'est pas un problème, tu n'es pas obligée de te joindre à elles, mais je voulais te prévenir avant notre prochaine soirée pyjama.

— Ça ne me gêne pas de parler du sexe en général, mais je ne vais pas parler de Baker, dit fermement Jody.

Elle ne voulait pas se mettre ces femmes à dos alors qu'elle avait l'impression qu'elle venait d'obtenir leur respect et leur amitié, mais elle ne voulait surtout pas colporter les ragots.

— Je suis certaine qu'il aime avoir sa vie privée, et je ne veux pas parler dans son dos et briser sa confiance.

Toutes les trois femmes lui firent de grands sourires.

— J'aime ça pour lui, souffla Ashlyn.

— J'aime que tu sois là pour lui, rectifia Elodie.

— Je pense que tu es exactement ce dont il a besoin, acquiesça Monica. Merci d'être venue nous rencontrer aujourd'hui. Merci d'être toi-même. Et merci de ne pas être offensée par nos questions.

— Merci à vous de me laisser entrer dans votre cercle, rétorqua Jody. Je savais quand je t'ai vue sur la plage ce jour-là que tu étais quelqu'un de bien, dit-elle à Monica.

— Ne me fais pas pleurer, se plaignit cette dernière en battant rapidement des paupières.

Le reste du repas fut relativement banal en comparaison des sujets à émotions fortes qu'elles avaient déjà couverts. Jody en apprit plus au sujet de Lexie, Kenna et Carly, et elle promit de descendre rendre visite à Food For All et d'aller dîner chez *Duke's* un jour ou l'autre. Elodie proposa qu'elle reste chez elle si la soirée s'éternisait et cela déclencha une dispute sur qui allait faire dormir Jody chez elle, car Monica et Ashlyn l'invitèrent également.

C'était agréable d'être désirée, mais Jody mit fin à l'argumentation en disant que Baker allait sans doute insister pour la ramener à la maison au North Shore, peu importe à quelle heure le dîner se terminait... et qu'elle avait confiance en lui pour la ramener chez elle en sécurité.

Heureuse et avec l'estomac bien rempli, Jody suivit les autres hors du restaurant dans le merveilleux après-midi hawaïen. Elle échangea son numéro de téléphone avec Ashlyn et Monica, et enregistra même ceux de Lexie, Kenna et Carly sur l'insistance d'Elodie. Cela fit sourire Jody de voir tous ces noms dans sa liste de contacts précédemment très vide.

Ashlyn la serra dans ses bras, tout comme Monica, puis Elodie s'accrocha longuement à elle.

— Merci d'être venue, murmura cette dernière.

Quand elle s'écarta, elle garda les mains sur les bras de Jody.

— Je sais que c'était sans doute bizarre, mais nous voulons toutes vraiment ce qu'il y a de mieux pour Baker. C'est quelqu'un de bien. Mystérieux est parfois un peu effrayant, mais nous ferions n'importe quoi pour lui. Nous sommes heureuses qu'il ait enfin eu le courage de poursuivre ce qu'il voulait de façon très évidente.

Jody rougit.

— Moi aussi. Moi-même, je pensais qu'il était assez incroyable depuis longtemps.

— Fais attention sur la route, lui dit Monica. Peut-être que, si ça te va, la prochaine fois que nous déjeunerons ensemble, je pourrais prendre Charlotte ?

— J'aimerais beaucoup la rencontrer, dit Jody sincèrement.

Elle adorait les bébés et elle avait rarement l'occasion d'en côtoyer.

— Je peux aussi descendre à Honolulu ou Barbers Point.

— C'est assez loin, songea Elodie.

Jody sourit.

— Ce n'est pas *si* loin. Il faut une journée entière pour traverser le Texas... venir en ville, ce n'est rien en comparaison.

— C'est vrai, admit Elodie. Je suppose que je suis simplement trop gâtée, maintenant. Je pense que tout trajet de plus de vingt minutes prend une éé-ter-ni-té, dit-elle en étirant théâtralement le dernier mot.

Tout le monde rit.

— Conduisez prudemment, leur dit Jody.

— Promis. Toi aussi, répondit Ashlyn.

Elles firent au revoir de la main et Jody se dirigea vers son van. Le voir la fit sourire. Les autres femmes s'étaient extasiées sur son véhicule, et elles adoraient le fait qu'elle ait une poupée de danseuse hawaïenne sur le tableau de bord. Jody avait insisté en affirmant qu'il était impossible d'avoir un combi Volkswagen classique sans danseuse de hula.

Dès qu'elle monta dans sa voiture, elle baissa les vitres pour avoir un peu d'air frais et elle sortit son téléphone de son sac. Elle vit que Baker avait envoyé un message pour dire qu'il était rentré à la maison. Elle composa une réponse rapide.

Jody : On a fini de manger et je suis sur le point de rentrer.
    Baker : C'était bien ?
    Jody : Tu as des amies incroyables.
    Baker : Je suppose donc que ça s'est bien passé ?
    Jody : Tout à fait. Il n'y a eu qu'un seul problème.

Jody se sentait très bien après ce déjeuner réussi. Et elle se sentait courageuse.

Baker : Quoi ? Faut-il que j'appelle les gars et que je leur dise de demander à leurs copines de te lâcher ? Ou de s'excuser ?

La tendresse qu'elle ressentait augmenta en voyant son inquiétude immédiate.

Jody : Non.
    Baker : Alors, qu'est-ce qui ne va pas ?
    Jody : Les filles ont voulu savoir si tu embrassais bien. Et j'ai dû admettre que je n'en avais aucune idée.

Il fallut une minute entière pour que les points de suspension apparaissent à l'écran, juste assez de temps pour que Jody regrette d'avoir été courageuse. Elle était sur le point de lui dire d'oublier ce qu'elle avait écrit et de mourir de honte quand sa réponse apparut à l'écran.

· · ·

Baker : On rectifiera ça la prochaine fois que je te verrai.

Jody : Je ne voulais pas te mettre la pression.

Baker : Tu ne l'as pas fait.

Jody : Il t'a fallu trois ans pour répondre à mon commentaire stupide.

Baker : Ce n'était pas stupide. Et il m'a fallu aussi longtemps parce que depuis l'âge de quatorze ans, je n'ai pas eu d'érection spontanée comme quand j'ai lu tes mots. J'essayais de reprendre le contrôle de mon corps.

Jody poussa un soupir de soulagement.

Jody : Je sais que tu as dit vouloir attendre.

Baker : Je voulais attendre que tu sois à l'aise avec la direction que nous prenions. Je sais déjà où je veux aller. Et après hier soir, et le fait que tu ne paniques pas quand j'ai parlé d'âmes sœurs, et que tu as non seulement envoyé un message en arrivant au restaurant, mais aussi quand tu étais sur le point de rentrer chez toi, je pense que tout va bien entre nous.

Jody : Effectivement

Baker : Alors, la prochaine fois que je te verrai, tu auras quelque chose à raconter aux filles.

Jody : Je ne raconte pas d'histoires sur ma vie intime.

Baker : Si tu as envie de leur dire que j'embrasse mieux que tous tes amants précédents, ça me va.

Jody éclata de rire. Si quelqu'un la regardait, il aurait pu croire qu'elle était folle : assise dans sa voiture à rire toute seule. Ça lui était égal.

Jody : Tu as à ce point confiance en toi ?

Baker : Non. J'ai confiance en *toi*, Clochette. Tu vas m'épater, j'en suis absolument certain. Fais attention sur la route en rentrant.

Jody : Promis. Tu as passé un bon moment avec Theo ?

Baker : Oui. Je t'en parlerai plus tard.

Jody : OK.

Baker : Je suis content que tu aies passé un bon moment.

Jody : Moi aussi.

Baker : Elles ont prévu cette soirée pyjama ?

Jody : Ha ! Pas encore, mais ça a été mentionné.

Baker : Je t'avais prévenue. Bon, je vais te laisser partir, maintenant. À plus tard.

Jody : À plus.

Elle reposa le téléphone dans son sac et sourit. S'était elle déjà sentie ainsi avec le père de Kaimana ? Non. Pas du tout. Il y avait peut-être du vrai dans la théorie des âmes sœurs de Baker. C'était une pensée effrayante, mais agréable. Jody avait toujours peur que ça ne fonctionne pas entre eux, mais elle allait faire son possible pour donner une chance à cette relation.

Il n'existait pas de règles du jeu précisant que les gens ayant la quarantaine ou la cinquantaine ne pouvaient pas trouver l'amour. Elle n'avait peut-être pas cherché d'autres relations, mais elle n'était pas assez bête pour tourner le dos à un homme comme Baker.

Elle sourit tout le long du trajet en direction du nord et de sa maison.

7

Ce soir-là, Baker était assis en face de Jodelle et il sourit intérieurement. Elle avait appelé quand elle était arrivée chez elle et demandé s'il voulait venir dîner. Baker n'était pas idiot, il avait accepté son invitation en moins de deux secondes et demie. À son arrivée, il vit tout de suite qu'elle était angoissée. Il n'arrivait pas à savoir si c'était parce qu'ils avaient dit qu'ils allaient s'embrasser, ou si c'était autre chose.

Quand, au bout d'environ quinze minutes, elle avait eu le courage de lui demander s'il allait l'embrasser, il avait dit :

— Oui. Mais pas tant que tu angoisses autant. Détends-toi, Clochette.

Ses mots n'avaient pas entièrement détendu l'atmosphère, mais elle avait au moins semblé se décontracter un peu.

Baker aimait sa petite maison. Elle n'était pas très sophistiquée, mais elle en avait fait son foyer. Partout où il regardait, il y avait des photos de son fils prises depuis qu'il était bébé jusqu'à une qui devait dater de peu de temps avant sa mort. Il portait un costume-cravate et il surplombait Jodelle, le bras autour de ses épaules, et ils riaient tous les deux. C'était magnifique et très triste à la fois.

Il aimait qu'elle n'ait pas caché son fils. Il faisait autant partie de sa vie maintenant que quand il était en vie.

Jodelle avait préparé un gratin qu'elle avait sorti du four

après son arrivée. Maintenant, ils étaient assis à sa petite table, en train de manger.

Ils parlèrent un peu de sa visite chez Theo et Baker expliqua le rôle qu'avait joué l'ancien sans-domicile fixe dans le drame de Lexie, et comment elle avait loué un studio pour lui près des nouveaux locaux de Food For All à Barbers Point. Il avait ajouté que même s'il avait maintenant un endroit où loger, il aimait parfois toujours dormir dans la rue. C'était ce qu'il connaissait et ce avec quoi il était à l'aise.

— Tu le respectes, fit remarquer Jodelle.

— Bien sûr. C'est un homme bien.

— Il n'y a pas de *bien sûr* qui tient. Beaucoup de gens le regarderaient de haut parce qu'il dort parfois dans la rue et qu'il a une espèce de déficience mentale.

— Je ne fais pas partie de ces gens-là, affirma Baker.

Jodelle sourit.

— J'aimerais beaucoup le rencontrer, un jour.

— Il veut te rencontrer aussi, lui dit Baker.

— Super.

C'était effectivement super. Baker ne pouvait s'empêcher d'être soulagé que Jodelle n'hésite même pas après avoir appris son amitié avec Theo.

— C'est incroyable, dit-il en pelletant une autre fourchette de gratin dans sa bouche.

— Merci. C'était le repas préféré de Mana.

Elle fronça alors le nez et ajouta :

— Pardon.

— Pour quoi ? demanda Baker.

— Je parle constamment de lui.

Baker posa sa fourchette, se pencha et plaça la main sous le menton de Jodelle, puis il tourna son visage vers lui afin de voir ses yeux.

— Je l'ai déjà dit et je continuerai à le répéter jusqu'à ce que tu m'entendes vraiment. Ne t'excuse jamais de parler de Mana. Il a fait partie de ta vie, une partie merveilleuse... et il en fait encore partie. Tu n'as pas à être désolée de parler de lui.

— Parfois, les gens se sentent mal à l'aise quand je le fais, avoua-t-elle sincèrement. Ils pensent que j'aurais dû passer à autre chose.

— Ça ne fait que cinq ans, fit remarquer Baker avec douceur. Et s'ils sont mal à l'aise, c'est *leur* problème, pas le tien.

Elle le récompensa d'un petit sourire.

— Je suppose que parler de lui aux filles pendant le déjeuner m'a fait penser à lui plus que d'habitude. Sais-tu comment il est mort ? demanda Jodelle.

Baker profita de l'occasion pour caresser la peau incroyablement douce de la joue de Jodelle avant de laisser tomber sa main. Elle avait quelques rides sur le visage, mais pour lui, il s'agissait de médailles d'honneur. Jodelle n'avait pas vécu une vie facile, particulièrement les cinq dernières années, mais le fait qu'elle était toujours aussi gentille en disait beaucoup sur sa résilience et sa force. Cela lui plaisait beaucoup.

— Oui. J'ai fait des recherches pour t'épargner de parler des détails, admit Baker.

— C'est sans doute une bonne chose. Ça ne me gêne pas de parler de Mana, mais pas de ce jour-là.

— C'était un héros, dit Baker avec douceur.

— Je sais. Et la seule chose qui me fait me sentir un peu mieux au sujet de ce qui est arrivé, c'est que je sais que Mana aurait été fier de ce qu'il a fait. Il aurait préféré mourir à la place de cet autre gamin.

— Tu sais, c'est ce que j'ai ressenti chaque fois que je suis parti en mission en tant que Seal. Si ma mort pouvait sauver ne serait-ce qu'une personne, elle en valait la peine.

Jodelle leva les yeux pour le regarder.

— Je suis contente que tu ne sois pas mort, chuchota-t-elle.

Baker dut faire un effort monumental pour ne pas repousser sa chaise, soulever Jodelle et la porter jusqu'à sa chambre pour lui sauter dessus. Il choisit de dire simplement :

— Moi aussi. Ne serait-ce que pour être ici à cette seconde précise, à manger ce repas fabuleux, à côté de la femme la plus belle qui soit.

Elle rougit et détourna le regard, se concentrant sur l'assiette devant elle.

— Tu n'es pas obligé de me flatter.

— Je ne flatte personne, affirma-t-il d'un ton qui était sans doute un peu trop dur pour la conversation en cours. Je dis les choses comme elles sont. Tu es magnifique, Jodelle.

Elle rougit encore davantage.

— Baker, la dernière fois que j'ai porté du maquillage, c'était en mille neuf cent quatre-vingt-dix-neuf. J'ai trop de rides à force d'être si souvent au soleil. Je suis plus ronde que svelte, et ma taille laisse beaucoup à désirer.

— Et je suis un Seal échoué avec plus de rides que de bon sens. Les muscles dont j'étais si fier commencent à s'affaisser et je fronce les sourcils plus souvent que je ne souris. Quand les gens me voient, ils traversent la rue parce qu'ils ont peur. Nous sommes *plus* que notre enveloppe corporelle, Jodelle, mais je ne cherche pas à te flatter en disant que tu es belle. Penses-tu que je veux quelqu'un de plus jeune ? Quelqu'un qui met des heures à se couvrir le visage de merde avant de sortir de la maison ? Quelqu'un qui refuse d'aller nager spontanément parce que ça gâcherait le maquillage ? Au cas où tu ne le saurais pas, la réponse à ces questions est *non*. Je te désire. Pas quelqu'un *comme* toi, mais toi, Clochette. J'aime tes courbes, énormément. Et ta taille est parfaite. Tu t'adaptes à mon corps comme si tu étais faite pour moi... et tu sais déjà ce que je pense de ça. Quand je te dis que tu es magnifique, je veux que tu me croies.

— Je... c'est difficile de croire quelque chose que l'on n'a jamais entendu de toute sa vie, avoua Jodelle au bout d'une minute.

— Tu es en train de me dire que Kaimana n'a jamais dit à sa mère qu'elle est jolie ? demanda Baker d'un ton sceptique.

Jodelle haussa les épaules.

— C'était un gamin.

— Peut-être. Mais il n'était pas bête. Je ne l'ai jamais rencontré, mais d'après tout ce que tu m'as raconté, je le sais sans l'ombre d'un doute.

— Non, il n'était pas bête, acquiesça Jodelle.

— Sommes-nous vraiment en train de nous quereller au sujet de ta beauté ? souffla Baker en secouant la tête.

Jodelle esquissa un sourire.

— Je suppose que c'est mieux que de se disputer au sujet d'autres choses plus stupides, lâcha Baker en enfournant une grosse bouchée de gratin au fromage, de bœuf haché et de pommes de terre.

Après avoir avalé, il annonça :

— Nous devons parler de ce que je fais comme travail.

Cela attira l'attention de Jodelle. Elle hocha la tête.

— D'accord.

— Pas maintenant, après avoir mangé. Nous nous installerons sur ton canapé et nous aurons cette discussion. Si ce que je te raconte te convient, nous pourrons trouver un film ou une série à regarder pour nous détendre.

Jodelle le regarda droit dans les yeux.

— Si ce que tu me racontes me convient ? s'étonna-t-elle.

— Oui.

— C'est mauvais ?

Baker haussa les épaules.

— Ça dépend.

Quand il ne précisa rien de plus, Jodelle demanda :

— De quoi ?

— Si tu es le genre de personne qui voit le monde en noir et blanc, ou si le gris te paraît acceptable.

Jodelle l'examina pendant un long moment gênant.

— Très bien, finit-elle par dire avant de reporter son attention sur son assiette.

Baker avait envie de lui demander ce qu'elle pensait, mais c'était lui qui avait voulu parler après le repas. Il ne leur fallut pas longtemps pour finir le plat et mettre les couverts au lave-vaisselle. Quand Jodelle se tourna vers lui et se mordit la lèvre inférieure comme si elle hésitait, Baker demanda :

— Tu es à l'aise ?

— Euh... quoi ?

Il hocha la tête vers elle.

— Qu'est-ce que tu portes d'habitude pour traîner chez toi le soir ? À mon avis, ce n'est pas un short moulant et une chemise à volants. Même si j'aime beaucoup voir tes jambes, Clochette, je veux que tu sois à l'aise.

— Je voulais être bien habillée pour notre premier rendez-vous, avoua-t-elle.

— Ce n'est pas un rendez-vous, rectifia Baker.

— Ah bon ? C'est drôle, nous avons mangé, tu veux traîner ensemble et regarder un film. Ça ressemble à un rendez-vous, selon moi, le taquina-t-elle.

Baker gloussa.

— D'accord, tu n'as pas tort. Mais à mes yeux, un rendez-vous c'est quand je t'emmène quelque part pour te montrer et rendre les autres hommes jaloux. Ensuite, on roule jusqu'à une plage et on reste assis à regarder le coucher du soleil en s'embrassant. Je te ramène à la maison, je demande si je peux entrer, puis on ne peut pas s'empêcher de se toucher avec les mains et la bouche et on finit au lit, où on fait lentement l'amour pendant toute la nuit.

— Euh... waouh, lâcha Jodelle en se balançant d'un pied sur l'autre. On dirait que tu es un véritable expert.

— Ce n'est pas le cas, rétorqua-t-il. Tu te souviens que j'ai dit ne pas avoir couché avec une femme depuis une décennie, non ? Mais quand je pense à t'inviter, c'est ça que j'imagine.

— Dans ce cas, c'est quoi, ça ? demanda-t-elle en faisant un geste de la main pour englober Baker et elle, ainsi que la maison en général.

— C'est moi qui apprends à te connaître, dit Baker. À te mettre à l'aise en ma présence sans la pression du sexe. À parler de ce que je fais afin qu'il n'y ait pas de secrets entre nous. À me rassurer que nous pouvons continuer sans qu'il y ait de méprises ou de surprises. À faire passer ce premier baiser pour que tu puisses raconter à tes amies que ton copain n'est pas un paresseux dans ce domaine et pour prouver que nous sommes plus que compatibles.

Jodelle le fixait avec de grands yeux. C'était terriblement mignon, mais Baker voulait d'abord se débarrasser de ce qu'il avait à dire, afin de passer à une partie plus agréable de la soirée... à savoir la serrer dans ses bras pendant qu'ils étaient blottis sur le canapé. Ça ne lui faisait même pas bizarre de n'avoir jamais, de toute sa vie, eu le désir de se *blottir* contre une femme, alors qu'il en avait terriblement envie maintenant.

— Oh, murmura-t-elle.

Même ça, c'était carrément adorable.

— Ceci n'est pas un rendez-vous, et nous avons déjà vu que tu n'as pas besoin de faire quoi que ce soit pour m'impressionner, parce que je suis déjà impressionné et je pense que tu es très belle. Tu peux donc aller mettre un jogging ou un legging et un tee-shirt ou je ne sais quoi, puis revenir ici. On trouvera quelque chose à regarder à la télé pour nous détendre.

Jodelle sourit. Cela aurait dû soulager Baker... à la place, quelque chose dans son expression le rendit nerveux.

— D'accord. Je vais me changer en ce que je mets d'habitude quand je suis seule et que je passe du temps à la maison le soir.

— Bien.

— Et pour info ? dit-elle.

Quand elle ne poursuivit pas, Baker leva un sourcil.

— Oui ?

— Je n'ai pas peur de ce que tu vas me dire. Il est évident que ça t'angoisse, et ça me rassure que tu ne fasses pas ton travail à la légère, et que tu te soucies de ce que je vais penser. Sinon, tu te contenterais de le dire et d'affirmer que je n'ai qu'à m'en contenter. Alors... moi aussi, je suis prête à me débarrasser de cette discussion.

Sur ces mots, elle se tourna et se dirigea vers le couloir et sa chambre.

— Merde, souffla Baker en posant la main sur son membre en essayant de l'ajuster.

Il ne pouvait pas se mettre à l'aise avec une telle érection. Ça faisait très longtemps qu'il n'était pas sorti avec une femme et ça n'avait jamais été ainsi. Baker avait toujours été très tendu, inquiet de mettre les pieds dans le plat et d'énerver les femmes qu'il fréquentait. C'était agréable d'être avec une femme plus âgée et qui ne cherchait pas à interpréter chaque petite chose de ce qu'il disait.

Jodelle avait raison, il était nerveux à l'idée de ce qu'elle allait penser de son travail. C'était potentiellement rédhibitoire. Il n'allait pas arrêter, et il fallait qu'elle l'accepte pour qu'ils aient une quelconque relation. Il vivait dans un monde grisâtre où le bien et le mal étaient souvent flous. Il faisait son travail pour le bien de son pays, et pour les gens qu'il aimait, mais ce n'était pas toujours légal. Jodelle allait devoir garder pour elle ce qu'il lui raconterait. Autrement, il n'y avait aucune chance pour que leur relation fonctionne. Qu'ils soient des âmes sœurs ou pas.

Et c'était ce qui stressait Baker. C'était pour cette raison qu'il avait fait de son mieux pour ignorer son attirance envers elle. Mais ce n'était plus une possibilité. Après tout ce qui était arrivé avec les femmes de ses amis, il en avait assez de ne prendre aucun risque. Il allait tout mettre en jeu ce soir, et soit Jodelle allait l'accepter tel qu'il était, soit c'était fini.

Baker avait été si perdu dans ses pensées qu'il n'avait pas remarqué que Jodelle était revenue dans la pièce. Quand elle s'éclaircit la gorge, il leva brusquement le menton... et la fixa, incrédule.

— Tu te fous de moi, hein ? demanda-t-il d'une voix rauque.

Jodelle gloussa.

— Tu as dit de me mettre à l'aise. De mettre ce que je portais habituellement le soir.

— Merde, marmonna Baker, s'avançant déjà vers elle.

Jodelle souriait, mais quand elle vit ce qui devait être un regard intense sur le visage de Baker, son sourire s'estompa lentement et elle commença à reculer.

C'était malin, mais trop tard. Il l'avait déjà en ligne de mire.

Elle toucha le mur avec son dos et Baker l'encercla immédiatement. Il posa l'avant-bras contre le mur au-dessus de Jodelle et se pencha vers elle. Il baissa la tête et enfouit le nez au creux de son cou. Elle inclina la tête d'un côté pour le laisser passer pendant qu'elle remontait les mains et attrapait son tee-shirt.

— Baker ? demanda-t-elle.

— Tu sens délicieusement bon, murmura-t-il et son souffle chaud contre sa peau la fit frissonner. C'est sucré et irrésistible.

— Merci, chuchota-t-elle.

— Tu portes vraiment ça pour dormir ? demanda-t-il.

— Oui, je n'aime pas avoir chaud en dormant.

Baker parvenait à grand-peine à se maîtriser. Elle portait un shorty fin qui ne cachait absolument rien, et un débardeur qui moulait ses courbes comme une seconde peau. Elle s'efforçait clairement de le perturber.

Baker leva la tête et laissa son regard glisser sur elle. Ses seins étaient magnifiques, il l'avait toujours pensé, mais les voir ainsi moulés par le débardeur lui mit l'eau à la bouche. Il vit les tétons durcir sous ses yeux. Il lui fallait toute la maîtrise qu'il avait apprise en tant que Seal pour rester sur place et ne pas arracher le tissu afin de poser les lèvres sur sa peau nue.

Se forçant à détourner les yeux de ses tétons, il vit qu'elle avait un petit ventre, mais au lieu d'être répugné, il pensa qu'elle allait être très douce contre ses surfaces dures.

Elle avait les cuisses épaisses, et une fois de plus, il pensa au sexe, à la façon dont ses jambes allaient l'envelopper en se serrant autour de sa tête et de ses épaules quand il lui ferait un cunnilingus. Il ne voyait pas ses fesses, parce qu'elles étaient tournées vers le mur, mais Baker les avait déjà beaucoup relu-quées dans le passé. Il savait qu'elles étaient aussi exquises que le reste. Les pieds de Jodelle étaient minuscules, et ses chevilles fines ne donnaient pas l'impression de pouvoir soutenir tout ce corps délicieux.

— Tu sais que tu vas me faire craquer, hein ? souligna-t-il une fois que ses yeux furent remontés en haut de son corps.

— Je n'ai fait que suivre tes instructions, rétorqua-t-elle avec un sourire en coin. Mais si ça peut te rassurer, ces couvertures sur le dossier du canapé ne servent pas à décorer. J'aime me blottir dessous pendant que je regarde la télévision.

— Heureusement, souffla Baker en se disant qu'il survivrait peut-être à la soirée si elle se couvrait.

Jodelle rit encore.

— Si tu préfères, je peux aller chercher un jogging.

— Non.

Le mot s'était échappé de la bouche de Baker sans même qu'il y réfléchisse.

Elle sourit paresseusement.

— Tu vas toujours me garder sur le qui-vive, hein ? demanda-t-il en se penchant à nouveau vers elle pour inspirer sa bonne odeur.

Le frangipanier et Jodelle. Il n'y avait rien de comparable au monde.

— Je ne voudrais pas être ennuyeuse, lui dit-elle.

— Jamais. Viens, on va t'installer sous l'une de ces couvertures, proposa Baker.

Il entrelaça leurs doigts et écarta Jodelle du mur en se dirigeant vers le canapé.

— Est-ce que ça va ? Tu marches bizarrement, fit remarquer Jodelle, dont l'étonnement s'entendait dans la voix.

Baker la regarda encore d'un air incrédule.

— Sérieusement ?

— Euh... oui ?

— Clochette, j'ai une telle érection que c'est douloureux de marcher, lui dit-il en indiquant son membre d'un geste de la tête.

Elle rougit tellement que Baker ne put s'empêcher de rire.

— À quoi t'attendais-tu en te promenant presque nue ?

— Je ne suis pas nue ! protesta-t-elle immédiatement.

— Clochette, ce débardeur pourrait aussi bien être peint directement sur ta peau. Et cette culotte ? Elle ne cache absolument rien.

— Je... eh bien...

Elle poussa un soupir et reprit :

— Bon, d'accord, j'espérais qu'après avoir parlé de ce qui t'angoisse... je pourrais te convaincre de faire plus que regarder un film.

Baker s'assit sur le canapé et tira Jodelle vers lui. Elle poussa un petit cri de surprise lorsqu'il la souleva sur ses genoux. Il attrapa une couverture sur le dossier du canapé et l'enveloppa autour d'eux. Puis il s'installa dans le coin du canapé extrêmement confortable, avec un bras autour du dos de Jodelle et l'autre posé sur ses cuisses enveloppées dans la couverture.

— Apparemment, je vais m'asseoir ici. Est-ce que… je te fais mal ? demanda-t-elle en bougeant sur les genoux de Baker.

— Je te veux près de moi afin de déchiffrer ta réaction quand on parlera, lui dit Baker franchement. Et le fait que tu sois assise sur ma queue ne me fera jamais mal. Est-ce que ça te gêne ?

— Euh… non.

— Bien. Alors, ignore-la.

Elle s'esclaffa.

— Je doute que ce soit possible, Baker.

— Elle finira par redescendre… peut-être. Il faut que tu saches quelque chose sur moi.

Quand il ne continua pas, elle demanda :

— Quoi ?

— Je suis entêté. Je suis vieux et figé dans mes habitudes. Et je suis vieux jeu.

Un air horrifié s'installa sur le visage de Jodelle.

— Oh, mon Dieu, ne me dis pas que tu es sur le point d'expliquer que tu ne veux pas de sexe avant le mariage.

Baker écarquilla les yeux de surprise, puis rejeta la tête en arrière et rit si fort qu'il en eut les larmes aux yeux.

Quand il parvint plus ou moins à se maîtriser, il regarda Jodelle, ravi de voir qu'elle n'était pas contrariée de le voir rire.

— Carrément pas, dit-il en secouant la tête. Mais je ne suis pas non plus le genre d'homme à sauter dans le lit avec quelqu'un juste parce que c'est possible. À mon âge, je veux que ça signifie quelque chose. Et avec toi, ce sera plus que quelque chose, ce sera tout. Je veux que nous sachions tous les deux que quand nous ferons l'amour, c'est parce que nous *sommes* amoureux.

— Oh, d'accord… mais…

— Mais quoi ? l'encouragea-t-il quand elle ne finit pas sa phrase. Sois franche avec moi, Clochette. Tu l'as été jusqu'ici, et j'aime le fait que tu ne joues pas à des petits jeux.

— Et si on ne tombait pas amoureux ? Si on se plaît beau-coup, et qu'on se désire vraiment, vraiment, mais qu'on n'est pas sûrs d'être amoureux ?

— Alors, nous ne le ferons pas.

Jodelle poussa un soupir.

— C'est un peu insensé, Baker.

— Pas du tout. Écoute, j'ai cinquante-deux ans, tu en as quarante-huit. Nous ne rajeunissons pas, mais je n'ai pas besoin d'être avec quelqu'un pour être heureux. Ça fait un moment que je suis seul, et toi aussi. Je peux me donner des orgasmes à moi-même, comme toi. Je ne vais pas me contenter d'une relation foireuse, et je ne veux pas que tu t'en contentes non plus. Tu me plais énormément, eh oui, je peux m'imaginer tomber amoureux de toi, mais je n'aime pas l'idée du sexe juste pour le sexe. Je veux davantage. Je veux tout.

Baker fixa Jodelle en priant pour que ça ne soit pas la fin avant même qu'ils aient commencé.

— Je… tu as raison.

— Je sais.

Jodelle leva les yeux au ciel.

— Et tu es assez pénible.

— Oui. Je pense que le sexe entre deux personnes doit être plus que la simple jouissance. Et je veux profiter du fait d'ap-prendre à te connaître avant que nous agissions en fonction de notre attirance. Fais-moi confiance, ça rendra les choses bien meilleures sur le long terme.

— Si tu le dis.

— Oui. Mais ça ne veut pas dire que nous ne pouvons pas… nous amuser.

Le regard de Jodelle s'éclaira.

— Je vois que ça te plaît, affirma Baker.

— Évidemment. Je sors avec l'ancien Seal et as du surf le plus canon jamais vu sur le North Shore.

Baker rit.

— N'exagérons pas, Clochette.

— Bref. Alors... débarrassons-nous de ça pour passer à autre chose. Que voulais-tu me dire ?

Baker n'était pas certain d'être prêt, mais Jodelle avait raison. Il fallait qu'il arrête de tourner autour du pot et qu'il parle.

— Tu sais que j'étais un Seal, commença-t-il.

Quand Jodelle hocha la tête, il continua :

— Quand j'ai pris ma retraite, j'ai découvert que je m'ennuyais à mourir... alors j'ai parlé avec mon ancien commandant et j'ai proposé mon aide pour la collecte d'informations avant les missions. Il m'a embauché.

— Et ? demanda Jodelle quand il s'était arrêté pour rassembler ses idées.

— Il s'avère que je suis très doué pour trouver des informations. Au fil des ans, j'ai accumulé beaucoup de contacts, à la fois aux États-Unis et à l'extérieur. J'ai des informations confidentielles sur des gens qui ne veulent surtout pas qu'elles soient révélées, alors ils acceptent de me dire ce que j'ai besoin de savoir en échange de mon silence. Et je n'ai pas peur d'utiliser les informations dont je dispose dans ce but. En retour, je leur rends des services également. Je fais passer des choses que j'apprends et qui pourraient les intéresser. Je vis dans un monde où il faut donner pour prendre, un monde sombre rempli de choses terribles.

Baker retint sa respiration pendant que Jodelle digérait ce qu'il lui racontait.

— Alors... tu es un intervenant extérieur pour le gouvernement ?

Baker haussa les épaules en ricanant.

— Oui, quelque chose du genre.

— Tu découvres des informations sur de sales types, histoire que les gentils puissent sortir et travailler.

— À peu près.

— D'accord.

Baker fronça les sourcils.

— D'accord ? Quoi, d'accord ?

— D'accord. Tu m'as dit ce que tu faisais comme travail. C'est tout ?

— Je crois que tu ne comprends pas, Clochette. Il m'arrive de soudoyer des gens pour obtenir des informations. Je côtoie des hommes et des femmes assez horribles. J'ignore les choses illégales et immorales qu'ils font histoire d'avoir des infos sur d'autres qui sont encore pires.

— Comme le patron de la mafia que tu as rencontré pour régler la situation d'Elodie ? demanda Jodelle.

— Exactement.

Elle hocha la tête, mais ne dit rien d'autre.

— Je crois que tu ne comprends pas, lâcha Baker, frustré.

— Mais si, rétorqua Jodelle calmement. C'est juste que ça m'est égal.

Baker la fixa, perplexe.

— Je ne suis pas idiote. Je sais comment fonctionne le monde. Et pour répondre à ta question de tout à l'heure... apparemment, les zones grises ne me gênent pas. Je ne suis pas non plus naïve. Parfois, il faut se salir les mains pour sauver les autres. Comme dans la pédopornographie, par exemple. Je sais que souvent les inspecteurs qui enquêtent là-dessus doivent ignorer les gens au bas de cette échelle dégoûtante, les laisser partir afin d'attraper un type plus haut dans la chaîne alimentaire. C'est nul, mais sur le long terme, c'est ce qu'il faut faire. Pour supprimer les chefs, il faut laisser partir les plus petites cibles.

Elle leva une main et la posa dans la nuque de Baker avant de se pencher.

— Je vais te dire une chose, si j'étais un jour enlevée contre une rançon par un mafieux taré, ça ne me gênerait absolument pas que tu ailles voir le frère ou le cousin ou je ne sais qui de ce type et que tu fasses un marché pour me trouver. Je sais qu'il ne faudrait pas réparer une injustice par une autre, mais si tu me sauves la vie en le faisant, alors, ça me va.

— Tu ne vas pas te faire enlever, grogna Baker.

Il avait sous-estimé sa Jodelle et il n'avait pas l'intention de recommencer. Il aurait dû savoir qu'elle n'allait même pas tiquer en apprenant les merdes dans lesquelles il était impliqué. Même si elle ne savait pas exactement de quoi il s'agissait, elle savait que ce n'était pas beau, et pourtant elle s'en moquait.

— Je sais, c'était juste un exemple, dit-elle d'un ton un peu irrité.

— Je suis sérieux. Les merdes que je fais ne doivent pas te toucher. Jamais. Je ne t'impliquerai pas, je n'en parlerai pas, je ne partagerai rien.

— Très bien.

— Si quelqu'un envisage de t'utiliser pour essayer de m'atteindre, je le détruirai.

— J'ai dit d'accord, Baker.

Il la fixa, essayant toujours de se remettre du fait qu'elle avait réduit son travail à celui d'intervenant extérieur. Bon sang. Elle était faite pour lui... et il allait faire son possible pour la faire sienne.

— Je vais t'embrasser, maintenant, avertit-il.

— Il était temps, souffla Jodelle avec une lueur dans les yeux.

— Ceci est ton unique chance de mettre fin à tout ça, annonça Baker. Si tu as des inquiétudes ou des doutes au sujet de ce que nous faisons, dis quelque chose maintenant. Sinon, je ne te laisserai plus partir.

— Jamais ?

Il avait envie de dire non, jamais, mais ce serait un peu trop autoritaire, même pour lui. Elle ne lui donna pas l'occasion de répondre à sa question.

— Je t'accepte, Baker Rawlins, exactement tel que tu es. Tu es quelqu'un de bien, même si tu viens de faire de ton mieux pour me convaincre du contraire. Est-ce que tu es parfait ? Non. Mais ce n'est pas grave, parce que moi non plus. Je fais et je dis des choses idiotes tout le temps. J'ai des regrets, je pense que tu sais à quel sujet, mais j'essaie de ne pas être paralysée par eux. Je veux avancer, je veux être heureuse à nouveau. Et au cours de la dernière semaine, j'ai été plus heureuse que pendant les cinq dernières années. En fait, je suis ravie que tu aies tous ces contacts. Oui, ils peuvent être dangereux, mais en même temps, c'est rassurant de savoir que s'il se passe quelque chose – avec moi, toi, tes amis, leurs femmes ou une équipe de Seals à l'étranger qui fait de son mieux pour nous protéger tous – tu peux faire appel à ces contacts pour les aider.

Là-dessus, Baker eut fini de la prévenir. Il posa la main à l'arrière de la tête de Jodelle, son autre main lui serrant la taille pendant qu'il se penchait.

Jodelle le rejoignit à mi-chemin.

Leurs lèvres se touchèrent et ce premier baiser il n'eut rien d'hésitant ou de doux. Baker ferma les yeux et inspira pendant qu'il la dévorait. Jodelle ne resta pas non plus passive dans ses bras. Elle serra ses biceps et enfonça les ongles dans sa peau pendant qu'il l'embrassait comme si sa vie en dépendait.

Leurs langues se battirent en duel alors qu'ils apprenaient le goût et la sensation de l'autre. C'était jouissif. Baker se dit que c'était ridicule, mais il était certain que c'était la dernière femme qu'il allait embrasser de sa vie.

Il leva la tête, ravi lorsque Jodelle gémit et s'efforça de garder le lien avec lui. Il attendit qu'elle ouvre les yeux et qu'elle le regarde avant d'annoncer :

— Mon âme attendait de trouver la tienne depuis plus de cinq décennies. Je n'étais pas certain de l'avoir trouvée jusqu'à il y a environ deux secondes.

— Baker, chuchota-t-elle, mais il ne lui donna pas l'occasion d'en dire plus.

Il baissa encore la tête et cette fois, il fournit un effort pour être tendre et non passionné de manière incontrôlable.

Baker n'aurait su dire combien de temps ils restèrent à s'embrasser sur le canapé. Cela pouvait être une minute ou une heure, car le temps semblait s'être arrêté. Tout ce qu'il savait, c'était qu'il était perdu dans ses sensations. Il mémorisa les petits bruits qu'elle faisait au fond de la gorge. Nota comment elle aimait qu'il mordille sa lèvre inférieure, puis qu'il apaise la légère douleur avec sa langue. Constata qu'elle frissonnait de plaisir quand il lui mordillait l'oreille et se cambrait contre lui lorsqu'il suçait le petit bout de peau.

Il trouvait plus satisfaisant d'embrasser Jodelle que de coucher avec d'autres femmes. Il aurait littéralement pu embrasser la femme dans ses bras toute la nuit et être satisfait. Mais lorsque les mains de Jodelle commencèrent à se balader sous son tee-shirt, il sut qu'ils devaient s'arrêter.

À contrecœur, il écarta une nouvelle fois ses lèvres de celles de Jodelle. Il la fixa, mémorisant ses lèvres gonflées par ses baisers, et l'air rêveur dans ses yeux. À un moment, il avait bougé de façon à ce qu'ils se retrouvent allongés sur le canapé, Jodelle au-dessous, Baker l'enfermant entre ses bras. Même perdu dans le plaisir, il savait combien elle était plus petite que lui et ne l'avait pas écrasée par son poids. Sa queue était dure comme l'acier et impossible à cacher, appuyant contre l'intérieur de la cuisse de Jodelle. La seule chose qui l'empêchait de s'enfoncer en elle était son propre jean et le petit bout de tissu entre les jambes du shorty de Jodelle.

— Euh… waouh, dit-elle en levant les yeux vers lui.

— Oui.

— Je peux franchement dire que je n'aurais aucun problème à faire savoir aux filles que mon homme sait *embrasser*.

Baker éclata de rire. Il s'assit brusquement, emportant Jodelle avec lui. Il s'installa de nouveau dans le coin du canapé, plaça Jodelle sur ses genoux, et les enveloppa une fois de plus dans la couverture. Ensuite, il tendit la main et attrapa la télécommande posée sur la table près du canapé.

— Y a-t-il quelque chose que tu as envie de regarder ? demanda-t-il.

Jodelle le fixa un instant, puis secoua la tête en souriant.

— Évidemment, il fallait que je sorte avec un homme qui fait véritablement ce qu'il dit. Nous allons vraiment rester assis là à regarder la télé ?

— Oui.

Elle soupira, puis se blottit contre lui, descendant jusqu'à pouvoir poser la tête sur son épaule.

— D'accord, mais ne va pas me faire porter le chapeau si tu as des fourmis dans les jambes.

Il n'y avait aucune chance que cela arrive, alors Baker se contenta de grogner.

— Et peu importe ce que nous regardons. Tant que je peux le faire ici sur tes genoux, je suis contente.

Baker avait l'impression que cette affirmation était entièrement correcte.

— D'accord, Clochette. Je vais trouver quelque chose.

— Baker ?

— Oui ?

— J'aime t'avoir ici. Et même si je déteste l'admettre… je suis contente que la pression du sexe ne soit pas encore d'actualité. Crois-le ou non, même si je suis sortie en pyjama tout à l'heure, je ne pense pas être prête à aller plus loin.

— Je sais, affirma Baker.

Et c'était vrai. Sa Jodelle faisait peut-être bien semblant d'avoir confiance en sa sexualité, mais le fait qu'elle n'avait aucune idée de sa propre beauté démentait cette idée. Ça ne le gênait pas de progresser lentement. Elle valait la peine de faire des efforts et d'y consacrer du temps.

Jodelle s'endormit après moins de vingt minutes du match de foot qu'il avait mis à l'écran. Baker resta assis sur son canapé avec les bras autour d'elle et il n'aurait su dire qui avait gagné le match même si sa vie en dépendait. Il était entièrement concentré sur Jodelle. La façon dont elle respirait, bougeait dans son sommeil et fronçait le nez quand la foule à la télévision faisait trop de bruit. Il mémorisa chaque petit détail, jusqu'à être certain qu'elle était entièrement gravée dans son esprit et son cœur.

Quand le match prit fin, Baker se leva avec Jodelle dans les bras. Elle s'éveilla.

— Quelle heure est-il ?

— Tard, lui dit-il en marchant vers sa chambre.

Il se pencha et la posa doucement sur les couvertures.

— Glisse-toi dessous.

Toujours à moitié endormie, elle fit ce qu'il demandait, permettant à Baker de tirer le drap et la couverture sur Jodelle.

Il repartit dans l'autre pièce, trouva son téléphone et le ramena. Il le posa sur la table à côté de son lit.

— As-tu besoin de te lever pour quelque chose demain matin ?

— J'ai du travail, mais en général, j'essaie de faire la grasse matinée le dimanche.

— Bonne idée. J'ai l'impression que tu travailles trop.

— Lundi, je voudrais aller à la plage, dit-elle. Je veux voir si Ben y sera et si je peux le faire parler.

— Ça t'embête si je te rejoins ? demanda Baker.

— Non, j'aimerais beaucoup.

Une fois de plus, Baker apprécia sa franchise.

— D'accord. Je t'appellerai pour vérifier que tu es debout. Ça te va ?

— Parfait.

— Je vais aussi voir ce que je peux découvrir sur lui.

Là-dessus, Jodelle ouvrit entièrement les yeux.

— Je ne sais pas trop si tes contacts auront quoi que ce soit sur un élève de terminale au lycée qui n'a sans doute jamais rien fait de mal dans sa vie.

— Moi non plus. Mais s'il y a quelque chose à découvrir, je le trouverai.

Il ne mentionna pas les fêtes à la maison de Ben ni la gêne des amis de ce dernier à l'idée d'en parler.

— Je le sais, soupira Jodelle. Mais j'espère qu'il n'y aura rien.

— Moi aussi, Clochette. Moi aussi. Essaie de ne pas t'inquiéter.

Elle souffla.

— Me dire de ne pas m'inquiéter au sujet d'un de mes gamins, c'est comme me demander de ne pas respirer.

— Je sais. C'est pour ça que je m'en occupe.

Elle passa une main dans ses cheveux.

— Tu as les cheveux longs.

— Oui, je suis trop paresseux pour les couper.

— Ça me plaît. Je peux emmêler mes doigts dedans, lui dit-elle.

— J'ai remarqué, admit Baker avec un sourire.

Quand ils s'étaient embrassés plus tôt, elle avait enfoncé les mains dans ses cheveux et elle s'y était accrochée pendant qu'il la dévorait. Ou était-ce quand *elle* l'avait dévoré ?

— Fais attention sur la route.

— Ce n'est pas si loin, précisa Baker avec un sourire.

— Je sais. Mais quand même.

— Promis. Veux-tu que je t'envoie un message en arrivant à la maison ?

— Oui. Je serai sans doute en train de dormir, mais quand je me réveillerai au milieu de la nuit, je pourrai regarder mon téléphone et savoir que tu es bien rentré. Je te préviens, s'il n'y a pas de texto, j'appelle la cavalerie.

— *Quand* tu te réveilleras au milieu de la nuit ? demanda-t-il.

— Oui. Je me réveille toujours au moins une fois. Je pense que c'est à force de me lever pour vérifier si Mana est déjà rentré.

Baker n'aimait pas ça pour elle et il se promit de faire son possible pour briser cette habitude. Il ne pouvait pas ramener son fils à la vie, mais il pouvait sûrement la mettre suffisamment à l'aise avec ses souvenirs, et sa vie actuelle, pour qu'elle ne ressente pas le besoin de se réveiller.

— D'accord, j'enverrai un message.

— J'ai passé un bon moment pour notre soirée qui n'était pas un rendez-vous, Baker.

— Moi aussi.

Il se pencha alors et l'embrassa doucement sur le front, inspirant profondément une dernière fois avant de s'écarter.

— J'aime ta façon de me sentir tout le temps.

— Bien. Parce que je ne vais pas arrêter de le faire dans l'immédiat.

— Vas-y, ordonna-t-elle. Je suis sûre que tu as un président de club de motards à faire chanter demain et tu dois dormir pour être au top de ton travail.

Baker gloussa en secouant la tête.

— Dors bien, Clochette.

— Toi aussi, Baker.

— Je t'appelle très vite.

— Bien.

— Bonne nuit.

— Bonne nuit.

Là-dessus, Baker se força à reculer et à se diriger vers la porte.

— Baker ?

Il résista à l'envie de revenir à côté du lit. Il avait réussi à atteindre la porte, ce qui était un petit miracle, alors il n'allait pas davantage mettre sa maîtrise de lui à l'épreuve.

— Oui ?

— Il y a une clé sous le cinquième pot de fleurs devant la maison. Le violet avec les fleurs jaunes. C'était le préféré de Mana. Tu peux fermer la porte avec et la remettre.

Cela lui réchauffa le cœur. Il avait bien conscience qu'elle ne lui donnait pas une clé de sa maison, mais il aimait qu'elle lui fasse assez confiance pour lui confier où elle était.

— D'accord. Merci de me laisser fermer à clé. Je n'avais pas envie de seulement tirer la porte.

— Mana disait toujours la même chose. C'est pour ça qu'il insistait pour cacher la clé à l'extérieur. Il n'aimait pas la porter sur son porte-clés au cas où quelqu'un la lui vole. Il disait toujours que quelqu'un pouvait prendre sa voiture et que ce n'était pas grave. Mais savoir que cette même personne pouvait entrer dans la maison était inadmissible.

Baker ne put rien dire... parce qu'il avait la gorge serrée. Il détestait ne pas avoir eu la chance de rencontrer Kaimana Spencer. Il aurait été un homme génial. Il *avait été* un jeune homme génial.

— Bonne nuit, Baker.

— Bonne nuit, parvint-il à dire avant de se tourner et de longer le couloir.

Il attrapa ses clés dans le bol sur le plan de travail – le même bol dans lequel Jodelle gardait les siennes, où elle les posait toujours en rentrant – et il sortit. Il trouva le pot de fleurs et attrapa la clé. Après avoir verrouillé la porte d'entrée, il fixa un instant la clé dans sa main. Puis il ferma les yeux, leva la tête et dit une prière silencieuse pour Kaimana, se promettant de veiller sur sa mère et de s'occuper d'elle comme le jeune garçon l'aurait voulu.

Il glissa la clé sous le pot avant de repartir à sa voiture. Il avait des choses à faire – il avait pris du retard au cours de la semaine écoulée, car il avait passé beaucoup de temps à penser à Jodelle et à parler avec elle –, mais il avait le temps d'aller surfer lundi matin.

Baker sourit à l'idée de revoir Jodelle si vite et il se sentit plus léger qu'il ne l'avait été depuis des années. Et c'était grâce à une petite tigresse.

8

— Tu es déçue, dit Baker lundi matin après avoir salué Jody.

— Eh bien, oui. J'espérais que Ben serait là et que je pourrait lui parler.

— Je suis désolé, Clochette.

— Moi aussi.

— J'ai commencé à me renseigner sur lui samedi soir, annonça Baker.

Jody fronça les sourcils. Elle était assise à sa place habituelle sur la table de pique-nique, les pieds sur le banc, afin de regarder les gamins dans les vagues.

— Mais tu es parti assez tard.

— Oui.

— Baker, il faut que tu dormes suffisamment.

Il gloussa.

— Tu t'inquiètes pour moi ? demanda-t-il.

Jody fronça encore davantage les sourcils.

— À vrai dire, oui. Ça te pose un problème ?

— Carrément pas. Ça fait longtemps que personne ne se soucie de mon sommeil. En général, ils veulent simplement savoir si je peux leur trouver les informations nécessaires.

— Eh bien, je ne suis pas *ils*, qui qu'ils soient. Et tu ne peux pas aller conclure des marchés avec des gens malveillants si tu es fatigué.

Baker gloussa.

— D'accord. Quoi qu'il en soit, j'aurais dû me renseigner sur lui il y a une semaine, mais j'ai été distrait. J'ai décidé d'arrêter de remettre ça à plus tard. En partie parce qu'après tout ce que tu m'as dit sur Ben la semaine dernière, je m'inquiète aussi pour lui. Mais aussi parce que je sais que si je ne découvre pas ce que je peux, il est probable que tu partiras en mission de reconnaissance par toi même.

— C'est un gamin, dit Jody doucement. Je sais qu'il pourrait y avoir de nombreuses raisons pour lesquelles il a changé sa routine et ne vient plus à la plage avant l'école... mais j'ai un mauvais pressentiment.

— Oui.

— Alors ? Qu'as-tu découvert ?

— Pas le temps de parler maintenant. J'ai des vagues à attraper et je veux toute ton attention quand nous en parlerons. Et je sais que tu n'aimes pas être distraite pendant que tu veilles sur tes gamins. Je t'appellerai donc plus tard. Je te laisse faire un peu de travail d'abord.

— Les nouvelles sont si mauvaises ? ne put-elle s'empêcher de demander.

Baker pinça les lèvres.

— Ce n'est pas mauvais... en soi. Mais ça ne veut pas non plus dire que c'est bien. C'est... inhabituel. Et c'est en partie la raison pour laquelle ça m'intéresserait beaucoup de discuter avec Ben.

— Zut, lâcha Jody.

Baker sourit.

— Quoi ?

— C'est comme ça que tu jures ?

— J'ai été une maman, protesta-t-elle. Je ne pouvais pas jurer comme un charretier.

— Tu es une maman, rétorqua Baker.

— Quoi ?

— Tu *es* une maman, répéta-t-il.

— Baker, chuchota Jody, presque submergée par l'émotion.

— La mort de Mana ne te retire pas ce titre, Jodelle. Et

puis... regarde-toi. Tu es ici au petit matin à veiller sur un tas d'enfants que tu n'as pas fait naître. Tu les nourris, tu fais en sorte qu'ils arrivent à l'école à l'heure. Tu t'inquiètes pour Ben. Je n'ai jamais rencontré plus maman que toi.

Maintenant, elle pleurait vraiment.

Baker posa une main sur son cou et se pencha vers elle.

— Ne pleure pas, Clochette.

— Je ne peux pas m'en empêcher, tu es trop gentil, ce matin.

— Tu ferais mieux de t'y habituer, parce que je pense que tu as besoin de plus de gentillesse dans ta vie.

— Il faut que tu ailles surfer.

— J'y vais. Quand je saurai que tu vas bien.

— Je vais bien, dit Jody sans hésiter.

Et incroyablement, c'était le cas.

— D'accord. Combien de temps ont-ils tous ?

Comme Baker n'avait pas laissé tomber sa main, et qu'elle ne voulait pas qu'il arrête de la toucher une seconde avant ce qui était nécessaire, Jody leva le bras et regarda sa montre.

— Environ une heure.

— Je ferai de mon mieux pour les rassembler quand ce sera l'heure.

Jody lui sourit.

— Merci.

Il y avait eu des jours où il était impossible de les faire quitter l'eau, particulièrement quand les vagues étaient bonnes. Ce matin, elle ne pensait pas que ce serait un problème, car elles étaient assez désordonnées, irrégulières et imprévisibles. Pas des conditions idéales pour surfer.

Baker se pencha et l'embrassa sur les lèvres. Ce ne fut pas un long baiser passionné comme ce qu'ils avaient déjà partagé, mais il n'en fut pas moins intense.

Il s'écarta largement avant que Jody soit prête et il l'examina longuement. Elle ne savait pas du tout ce qu'il cherchait, ou ce qu'il vit quand il hocha la tête, satisfait.

— Ça n'annonce rien de bon pour moi, dit Baker mystérieusement.

— Quoi, donc ? demanda Jody.

— Que l'odeur de frangipanier me donne une érection. J'imagine bien l'avenir : je m'occupe de mes affaires, je passe près d'un frangipanier et *boum*, une érection.

Jody s'esclaffa.

Baker lui sourit.

— J'aime mieux le sourire plutôt que les larmes, dit-il en caressant sa joue avec un pouce avant de laisser tomber sa main et de s'écarter.

— Fais attention sur l'eau, lança Jody qui ne put s'empêcher de le prévenir.

— Promis. À tout à l'heure.

Jody le regarda attraper sa planche qu'il avait plantée dans le sable et courir vers l'océan. Elle poussa un soupir. Baker était vraiment un bel homme. Elle l'imaginait tout à fait vêtu d'une tenue de Seal, se glissant dans l'océan pour placer une bombe sur un bateau ou se faufilant autour des vagues pour rassembler des informations sur les méchants. D'accord, elle n'avait aucune idée du travail des Seals dans l'eau. Elle n'avait que ce qu'elle avait vu dans les films comme *Piège en haute mer* et *Rock*.

Un cri lui parvint depuis la zone où les gamins étaient alignés pour atteindre la vague et Jody se raidit. Elle comprit alors qu'ils saluaient simplement Baker. C'était assez impressionnant que les lycéens apprécient qu'il surfe avec eux. Ils ne traînaient pas avec d'autres adultes dans l'eau, et il était évident que Baker avait mérité leur respect. C'était encore une raison de plus pour laquelle il plaisait à Jody.

Elle supposa qu'elle aurait dû s'inquiéter de la vitesse à laquelle les choses progressaient entre eux, comment ils étaient passés d'à peine quelques mots échangés à un lien presque permanent. Mais Jody connaissait Baker depuis un bon moment, désormais.

Elle savait quel genre d'homme il était simplement en le regardant interagir avec les gens autour de lui. Un homme bon. Le genre d'homme pour lequel n'importe quelle femme aurait tout fait. Et même si Jody était longtemps restée seule, elle ne pouvait nier qu'avoir Baker à proximité était... plutôt merveilleux.

Pendant qu'elle regardait les surfeurs et que le soleil montait lentement dans le ciel, ses pensées se tournèrent vers Ben. L'inquiétude la reprit. Elle se creusait la cervelle pour trouver d'autres raisons pour lesquelles il dormait dans sa voiture au milieu de l'après-midi, et pourquoi il était si fatigué qu'il avait ignoré les débuts d'une insolation. Il s'était peut-être simplement couché trop tard la veille et il était complètement épuisé. La possibilité qu'il ait de mauvaises fréquentations et qu'il commence à se droguer ou à boire pouvait être une autre raison.

Jody secoua la tête. Non. Ben n'était pas comme ça. Elle avait souvent pensé qu'il lui rappelait Mana. Il était toujours respectueux et elle n'avait vraiment pas l'impression qu'il se tournerait vers les drogues, quoi qu'il se passe dans sa vie.

Mais elle ne pouvait s'empêcher de s'inquiéter au sujet des vêtements, de l'oreiller et des tonnes d'emballages de fast-food qu'elle avait vu dans sa voiture alors qu'il se faisait examiner par un secouriste. Désormais, elle était encore plus certaine qu'il avait vécu dans sa voiture, et cela lui faisait très peur.

Le fait que Ben dorme dans son véhicule n'avait aucun sens, il avait une famille et une maison ici au nord de l'île. Il n'y avait absolument aucune raison pour qu'il se retrouve sans domicile.

Sauf si ses parents avaient déménagé et qu'il refusait de changer d'école. Ou bien il était arrivé quelque chose à sa famille et il était seul. Ou alors, il s'était disputé avec ses parents.

Jody se sentit plus déterminée. Il fallait qu'elle le trouve. Elle ne savait pas pourquoi il dormait dans sa voiture, mais si Mana et elle s'étaient disputées, elle n'aurait pas passé une nuit sans chercher à le retrouver. Elle s'inquiétait aussi du fait que ses parents ne semblent pas être à sa recherche. Sinon, ils seraient sûrement venus à la plage à un moment donné, puisque c'était un des endroits où il traînait régulièrement.

Il était vrai qu'elle ne connaissait pas la dynamique de sa

famille, mais quelque chose clochait. Il avait besoin que quelqu'un se soucie de ce qu'il lui arrivait... et c'était donc elle.

Elle avait un projet qu'elle devait finir ce matin pour un client, mais tout le reste pouvait attendre. Elle allait partir et voir si elle pouvait trouver Ben.

Il devait être à l'école, mais si elle n'y trouvait pas sa voiture, elle allait jeter un coup d'œil sur tous les parkings des endroits populaires pour surfer, même les plages touristiques. Il devait bien être quelque part et plus elle allait le retrouver vite et lui parler, mieux elle se sentirait.

Maintenant qu'elle avait un plan, elle se détendit en partie. Elle n'allait pas le mentionner à Baker, car elle savait qu'il allait vouloir l'accompagner. Et même si ça ne la gênait pas, elle savait aussi qu'il avait son propre travail. En outre, ce n'était pas comme si elle faisait quelque chose de dangereux. Elle cherchait simplement un adolescent qui avait peut-être besoin d'aide pour se remettre sur la bonne voie.

Cinquante minutes plus tard, les gamins commencèrent à revenir vers la plage. Jody était prête quand ils s'avancèrent vers elle. Elle se leva pour attraper la glacière et distribua les sandwiches à mesure qu'ils passaient devant elle, faisant attention à saluer chacun de ces adolescents, leur faisant savoir à sa façon qu'elle se souciait de leur sort.

— Tiens, prends en deux, Rome. L'eau était assez horrible ce matin. C'est une nouvelle combinaison, Felipe ? Elle me plaît. J'ai fait celui-ci spécialement pour toi, Brent. Pas de viande, juste des œufs et du fromage. Bon courage pour ton contrôle de mathématiques aujourd'hui, Lani ! Est-ce que tu as encore pris deux centimètres depuis la dernière fois que je t'ai vu, Kal ? Je jurerais que tu grandis chaque jour !

Tout le monde sourit et plaisanta avec elle en rinçant l'eau salée sous les douches extérieures. Ils mangèrent les sandwiches du petit-déjeuner que Jody avait préparés en se dirigeant vers les cabines pour quitter leurs combinaisons et enfiler leurs vêtements pour l'école.

Un bras passa autour de sa taille et Jody sursauta jusqu'à ce qu'elle comprenne qu'il s'agissait de Baker.

SUSAN STOKER

— Tu es douée avec eux, fit-il remarquer.

Elle haussa les épaules.

— Ce sont de bons gamins.

— Tout le monde ne penserait pas ça. Les gens les regarde-raient et se diraient que ce sont des bons à rien qui passent leur vie sur la plage. Qu'ils n'iront nulle part dans ce monde parce qu'ils veulent seulement surfer.

— Eh bien, ces gens auraient tort. Lani est inscrite en cours avancés de maths. Je pense que c'est pour cette raison que c'est une si bonne surfeuse : elle parvient à calculer les angles et les trajectoires des vagues et à savoir lesquelles sont bonnes et lesquelles elle doit laisser passer. Rome veut devenir ingé-nieur. Brent veut travailler avec les tortues de mer. Et Kal est un génie en ce qui concerne les voitures. Ce sont de bons gamins, Baker, et ceux qui les voient comme des fainéants sont des idiots.

— Et voilà la maman ourse qui ressort, souffla Baker dans son oreille.

Jody frissonna. Elle aimait être dans ses bras de cette façon. Contre lui. Elle n'eut pas l'occasion de répondre, car les enfants commencèrent à sortir des toilettes. Tout le monde la salua avant de se diriger vers le parking.

— Attention sur la route ! cria Jody.

— Promis ! crièrent-ils tous en réponse.

Jody leva la tête et se tourna vers l'homme derrière elle.

— Tu veux un sandwich de petit-déjeuner ?

— Oui.

Baker la relâcha et Jody plongea la main dans sa glacière.

— Je t'en ai fait un avec toutes les garnitures. En général, les enfants n'aiment pas trop de choses dessus, ils s'en tiennent aux ingrédients de base.

Elle sortit un sandwich qu'elle avait fait juste pour lui. C'était assez bête, mais si l'amour d'un homme passait par la satisfaction de son estomac, elle allait travailler là-dessus.

Elle lui tendit un sandwich dans une pochette en silicone réutilisable.

— Et je ne veux rien entendre sur le sac réutilisable. Il y a bien trop de plastique dans nos océans et dans nos déchetteries. Je ne veux pas contribuer au problème.

— Je n'allais rien dire, promit Baker en sortant le sandwich.

Jody attrapa la pochette et la jeta dans sa glacière. Elle se tourna quand Baker souleva le morceau de pain supérieur pour voir ce qu'il allait manger.

— C'est une sorte d'omelette dans un sandwich. Œuf, bacon, poivrons verts, tomates, des tranches de provolone et de pepper jack, de la laitue et une tranche de jambon pour bien faire. Il y a aussi de la sauce salsa pour rehausser le goût.

Baker leva alors les yeux vers elle et Jody ne sut déchiffrer l'expression de son visage.

— Tu es sérieuse ? finit-il par demander.

— Euh... oui ?

Il mordit alors dans un gros morceau de sandwich, ferma les yeux et grogna en mâchant.

Jody se mordit la lèvre en le regardant. Même en mangeant, cet homme était ridiculement sexy.

Dès qu'il eut avalé, Baker dit :

— Épouse-moi.

Jody éclata de rire.

— J'en déduis que le sandwich n'est pas mauvais ?

— Non, carrément pas. Il est incroyable. Et parfait après avoir passé du temps sur les vagues.

— Tant mieux.

— Tu as mangé ? demanda Baker.

Jody haussa les épaules.

— Je mangerai quelque chose en arrivant à la maison.

Elle n'avait pas l'intention d'avouer à Baker, qui était mince et fabuleux devant elle dans sa combinaison moulante, qu'elle mangeait un Pop-Tart tous les matins.

Il avança d'un pas et lui tendit le sandwich.

— Tiens, croque.

— Ça va, dit-elle en secouant la tête.

— Fais-moi plaisir, insista Baker d'un ton qu'elle ne comprenait pas.

Elle le fit donc. Elle attrapa le poignet de Baker pour immobiliser sa main, puis elle se pencha en avant et prit une bouchée beaucoup plus petite que lui. Les saveurs de la combinaison d'ingrédients explosèrent sur ses papilles et elle sourit en mâchant.

— Merci, dit-elle après avoir avalé.

Baker mangea une autre bouchée, puis lui tendit à nouveau le sandwich. Ils ne parlèrent pas en partageant ce repas, néanmoins Jody n'avait pas partagé de moment aussi intime avec un autre être humain depuis des années.

Quand il eut avalé le dernier morceau de sandwich et léché ses doigts, Baker tendit les mains vers elle et la serra contre lui. Jody sentait chaque centimètre de son corps dur contre elle. L'humidité de sa combinaison imprégnait son tee-shirt, mais ça lui était égal. Elle était déjà mouillée parce qu'il l'avait serrée contre lui plus tôt, de toute façon.

— Je ne mangerai jamais devant ma partenaire si elle ne mange pas aussi, annonça Baker.

— Baker, j'ai préparé ce sandwich pour *toi*.

— Ça m'est égal. Enfin, ça ne m'est pas égal que tu aies fait des efforts pour me préparer le meilleur sandwich que j'ai jamais mangé, mais je ne vais pas m'empiffrer en te laissant avoir faim. Jamais.

— Je n'avais pas faim, souffla Jody.

— Ça n'arrivera pas, Clochette.

Elle le fixa un moment et vit qu'il n'allait pas céder là-dessus.

— La prochaine fois, j'en ferai deux, finit-elle par dire.

— Merci. Écoute... tu n'as peut-être eu personne pour veiller sur toi pendant les cinq dernières années, mais maintenant, si.

Jody aimait ça. Beaucoup. Pas parce qu'elle avait besoin que l'on veille sur elle, pas vraiment. Mais parce que Baker reconnaissait que Mana avait fait son possible pour prendre soin de sa mère.

— Tu as bien dormi ce week-end ? demanda-t-il.

Jody hocha la tête.

— Est-ce que tu t'es réveillée ?

— Non.

— Bien. Quand j'aurai cherché un peu plus d'informations sur Ben et sa famille, il faudra que je descende à la base navale, annonça Baker.

— D'accord, lui dit Jody, sans trop savoir pourquoi il lui en parlait.

— Je me suis dit que je pouvais m'arrêter à la pâtisserie Leonard et prendre des malasadas au retour. Ça t'intéresse ?

— Des malasadas ? À ton avis ? lâcha Jody avec un sourire.

Baker le lui rendit.

— Je ne comprenais pas, avant.

Jody attendit qu'il développe, mais quand ce ne fut pas le cas, elle demanda :

— Qu'est-ce que tu ne comprenais pas ?

— Pourquoi Mustang et les autres faisaient-ils tant de détours pour récupérer des choses pour leurs femmes ? Mais je comprends, maintenant. Je ferais n'importe quoi pour voir ce sourire sur ton visage.

Jody fondit contre lui.

— Tu n'es pas obligé de m'acheter des choses pour me faire sourire, Baker. Tu le fais rien qu'en étant toi-même.

— Content de l'apprendre, mais j'aime te gâter. Quand as-tu mangé des malasadas de chez Leonard pour la dernière fois ?

— Eh bien... des années ?

— Alors, ça te va si je passe en revenant plus tard ? voulut-il savoir.

— Oui.

Le visage de Baker s'adoucit.

— Pas d'hésitation. Tu n'as même pas demandé quand je pense être de retour.

— Baker, si tu as envie de passer, peu importe quand, tu as une invitation permanente. Si je dois travailler, je te le dirai. Je suppose que comme tu as un demi-siècle, tu es capable de t'occuper jusqu'à ce que j'aie terminé. Ensuite, nous pourrons parler, manger, regarder la télé ou je ne sais quoi.

— C'est pareil pour toi, Clochette. Tu as une invitation ouverte à venir chez moi.

Jody sourit.

— Merci.

— Sauf que ta maison est plus sympa.

— Baker, c'est presque la même que la tienne.

— Non. La tienne a ton odeur.

Jody leva les yeux au ciel.

— Et elle contient ton ordinateur, dont tu as sûrement besoin à cause des logiciels de graphisme.

C'était vrai.

— De plus, Mana est là-bas, alors c'est davantage une vraie maison.

Il n'avait pas tort. Mana y était effectivement. Pas physiquement, mais spirituellement. Elle l'avait de plus en plus senti depuis sa conversation avec Baker au sujet de la réincarnation. Sans parler du fait que partout où elle se tournait, Jody voyait son visage sur les photos qu'elle avait.

— Tu vas encore me faire pleurer, l'avertit-elle.

— Ce n'est pas ce que je veux. Que dirais-tu de m'embrasser et de partir ? J'ai des recherches à faire sur Ben, une réunion, et des malasadas à acheter.

Jody se leva immédiatement sur la pointe des pieds et pencha la tête en arrière. La main de Baker appuya dans le creux de son dos pour l'aider à tenir en équilibre pendant qu'il baissait la tête.

Cette fois, leur baiser fut plus profond qu'auparavant, mais pas tout à fait aussi charnel que sur son canapé quelques nuits plus tôt. Jody découvrait qu'elle aimait toutes les sortes différentes de baisers que Baker lui donnait.

Elle s'écarta bien avant d'y être prête, mais elle ne pensait pas qu'une plage publique était le bon endroit pour faire tomber son nouveau petit ami sur le sable et lui faire subir les derniers outrages.

— J'aime ton regard, Clochette, mais nous avons tous les deux des choses à faire.

— Zut, chuchota-t-elle.

Baker rit avant de redevenir sérieux.

— Je vais prendre soin de toi, dit-il.

— Puis-je prendre soin de toi en retour ? demanda-t-elle.

— Ab-so-lu-ment.

— Très bien, alors.

— Très bien, alors, répéta Baker.

Jody se lécha les lèvres, percevant le sel, le sandwich et Baker.

— Fais attention sur la route jusqu'à Honolulu, aujourd'hui.

— Promis. Je t'enverrai un message quand je pars, quand j'arrive là-bas et quand je serai en route pour rentrer.

— Tu n'es pas obligé, précisa-t-elle, inquiète qu'il commence à trouver cela pénible et qu'il n'ait pas envie de lui dire tout le temps où il était.

— Je le sais. Tu vas t'inquiéter ?

Jody se mordit la lèvre. C'était certain.

— Très bien. Alors, j'enverrai un texto, ajouta-t-il sans qu'elle ait besoin de répondre.

— D'accord.

Baker se pencha et l'embrassa vite et fort avec les lèvres fermées. Puis il s'écarta.

— Viens, je vais te raccompagner jusqu'à ton fourgon.

— Je peux y arriver seule, ne put-elle s'empêcher de faire remarquer.

Bon. Elle supposait que c'était encore une des façons dont il voulait *prendre soin d'elle*. Ça ne la gênait pas. Il attrapa la glacière et passa le bras autour de la taille de Jodelle lorsqu'ils commencèrent à retourner vers le parking. Pendant qu'elle grimpait sur le siège conducteur et qu'elle baissait sa vitre, il posa la glacière à l'arrière, refermant la porte coulissante.

— À très vite, dit-il.

Jody hocha la tête.

Baker tendit la main et la posa doucement à l'arrière de sa tête. Il la fit approcher pour un autre court baiser, puis la relâcha en passant la main dans ses cheveux. Ensuite, il hocha la tête vers elle et fit un pas en arrière.

Ce hochement de tête. Mon Dieu. C'était tellement masculin. Elle serra les cuisses. C'était bête d'être excitée par un si petit détail, mais voilà.

— Tu vas partir, ou tu vas rester à me fixer toute la journée ? demanda-t-il.

— J'y vais, j'y vais. Baker ?

— Oui, Clochette ?

— Merci.

Elle ne savait pas trop pour quoi elle le remerciait. Peut-être parce qu'il était si doué avec les adolescents. Peut-être parce qu'il appréciait qu'elle lui fasse le sandwich. Peut-être parce qu'il était le genre d'homme qui trouvait normal de dire à une femme qu'il allait prendre soin d'elle. C'était peut-être tout, emballé dans un paquet ensorcelant.

Mais c'était typique de Baker : il ne lui posa pas la question. Il dit seulement :

— Tu en vaux la peine.

Oui, il était évident que Jody était en train de tomber amoureuse de cet homme.

Elle le salua de la main comme une idiote, puis sortit de sa place de parking et rentra chez elle. Elle avait beau aimer être avec Baker, elle avait besoin de finir un travail urgent en cours, puis de chercher Ben. Elle n'avait pas oublié le jeune homme. Elle priait pour que tout aille bien. Pour qu'elle trouve sa voiture à l'école et que ses inquiétudes disparaissent.

Mais au fond d'elle, elle pressentait que ça n'allait pas être le cas.

Lorsqu'elle regarda dans son rétroviseur, elle vit Baker debout à l'endroit où elle l'avait quitté. Il n'était pas immédiatement retourné vers sa planche de surf ; il était resté sur place, attendant jusqu'à ne plus pouvoir la voir.

Elle eut un autre frisson. Oui, Baker avait peut-être essayé de la convaincre qu'il n'était pas vraiment quelqu'un de bien en lui expliquant ce qu'il faisait pour gagner sa vie... mais il avait tort.

9

Il était 11 h et demie et Jody n'avait pas trouvé Ben. Elle était frustrée. Elle s'était d'abord rendue à son lycée et elle n'avait pas trouvé sa voiture sur le parking. Elle savait qu'elle avait sans doute l'air très louche, à parcourir lentement le parking, mais ça lui était égal.

Ensuite, elle avait roulé jusqu'à la côte, s'arrêtant à toutes les plages. Elle priait pour que Ben sèche simplement l'école pour aller surfer, mais elle n'avait pas réussi à trouver sa voiture dans un des bons spots de surf. Son estomac avait commencé à gargouiller plus tôt, alors elle s'était arrêtée pour acheter un de ces tacos à la crevette qu'ils vendaient dans les nombreux food trucks le long de l'autoroute de Kamehameha. Elle venait de terminer de manger et elle jetait ses ordures, quand le téléphone sonna.

Baker lui avait envoyé un texto en expliquant qu'il partait pour la base navale. Puis il lui avait fait savoir qu'il était arrivé. La réunion ne devait pas avoir duré très longtemps s'il l'appelait maintenant.

— Salut, dit Jody en décrochant. La réunion est terminée ?

— Non, mais nous faisons une pause pour déjeuner et comme je n'ai pas eu l'occasion d'en parler avant et de te faire savoir ce que j'avais découvert sur Ben, je voulais le faire maintenant.

— Tu vas pouvoir manger quelque chose si tu me parles ?

Baker s'esclaffa.

— Oui, Clochette. J'ai déjà acheté quelque chose. C'est agréable que tu veilles sur moi.

— Il faut bien que quelqu'un le fasse, rétorqua Jody qui se sentit tout émue par ce compliment.

— Bien. Alors, notre garçon a de bonnes notes. Des notes excellentes, même. Il n'a jamais eu de problèmes, aucune exclusion ou punition. Il ne fait pas beaucoup d'activités extra-scolaires, cependant, ce qui me semble bizarre. La plupart des gamins de son âge travaillent à améliorer leurs CV, pour ainsi dire, afin de faire bonne impression à la fac. Mais il semblerait que Ben ne s'en soucie pas tellement.

— Tous les lycéens ne veulent pas aller à la fac, rétorqua Jody qui se sentait obligée de le préciser. Ils peuvent vouloir s'engager dans l'armée ou devenir artisans. Le monde a besoin de mécaniciens, de poseurs de lignes électriques et de plombiers.

— Je ne te contredis pas, Clochette, mais après m'être renseigné sur ses parents, ça ne me donne pas l'impression que c'est une voie que Ben choisirait.

— Qu'est-ce qui ne va pas avec ses parents ? demanda Jody, inquiète.

— Rien. C'est juste qu'ils sont très riches. Enfin, son beau-père.

— Son beau-père ?

— Oui. Son père biologique est mort quand Ben était bébé. Sa mère a eu des difficultés quand il était petit. Ils vivaient dans un appartement misérable à Honolulu et elle avait des problèmes de santé mentale. Elle a fait un ou deux séjours en hôpital psychiatrique et une voisine veillait sur Ben pendant ce temps. Cependant, on dirait qu'elle a fait du mieux qu'elle pouvait pour lui. Elle avait deux emplois pour essayer de garder un toit au-dessus de leurs têtes et de la nourriture dans le ventre.

— Oh, Baker, c'est affreux.

— Ce n'est pas si inhabituel.

Peut-être, mais ça ne rassurait pas Jody.

— Quoi qu'il en soit, la vie a changé quand elle a rencontré Al Rowden. Il s'est arrêté à la station essence où travaillait la mère de Ben et apparemment, il a aimé ce qu'il a vu. Ils se sont mariés moins de cinq mois après leur rencontre. Al a fait emménager Emma et Ben dans sa maison par ici, lui a obtenu un travail administratif dans un cabinet médical, et les choses se sont améliorées pour Ben et sa mère.

— C'est une bonne chose, non ?

— Je le pense, acquiesça Baker. Al Rowden est un juge pour enfants à la cour d'Hawaï. Il gagne bien sa vie, fait des heures raisonnables, et il est respecté. Il est responsable des affaires contre les mineurs délinquants et il doit décider de la punition pour leurs actes.

— Pourquoi ai-je l'impression que tu vas me dire quelque chose qui ne va pas me plaire ?

— Parce que tu es intelligente, dit Baker. Voilà. En surface, je ne trouve rien qui indique que Rowden soit corrompu ou un mauvais juge. Il semble dur, mais juste. Beaucoup d'anciens gamins avec lesquels il a eu affaire n'ont que de bonnes choses à dire sur lui, comme quoi il les a aidés à voir plus clair et leur a donné une chance de revenir dans le droit chemin.

— Mais ? demanda Jody.

— Je ne trouve presque personne ayant à se plaindre de lui. Ce qui est bizarre. Je veux dire, on pourrait croire qu'il y a beaucoup de personnes furieuses d'avoir été condamnées à de la prison, de la liberté conditionnelle ou encore des travaux d'intérêt général. Mais non. C'est presque uniquement des compliments.

— Ce n'est pas normal, intervint Jody inutilement. Même moi, j'ai eu quelques critiques négatives sur le travail que j'ai fait. Je ne suis pas d'accord avec, mais elles existent.

— Jodelle, les mauvaises critiques à ton sujet sont des conneries. La plupart de tes clients le savent.

— Tu les as lues ?

— Oui. Et encore une fois, c'est n'importe quoi. J'ai jeté un coup d'œil au site Internet que tu as conçu pour cette femme au sujet de ses foutues poules, et il est magnifique. Facile à parcourir et pas un seul lien n'était rompu. Ses plaintes étaient ridicules.

— Merci. Ce travail a mis quatre mois de plus parce qu'elle n'arrêtait pas de changer d'avis au sujet de ce qu'elle voulait et elle m'envoyait des photos différentes. C'était difficile de travailler avec elle et encore plus difficile de lui faire plaisir.

— Tu aurais dû la laisser tomber au milieu du projet et l'obliger à trouver quelqu'un d'autre pour supporter ses conneries.

— Alors, elle aurait *vraiment* eu de quoi se plaindre, rétorqua Jody. Quand j'accepte un travail, je veux le terminer.

— Parce que tu es toi. Quoi qu'il en soit, le fait qu'il n'y a pas plus de quelques plaintes au sujet du juge Rowden est extrêmement suspect en lui-même.

— Qu'en est-il de la mère de Ben ? Elle travaille toujours ?

— Non. Elle a démissionné il y a environ un an et demi. Et au cours de la semaine dernière, elle a été hospitalisée deux fois. Elle a presque passé dix ans sans avoir de problèmes, et maintenant elle fait soudain une rechute ? Ça n'a aucun sens.

— Hospitalisée pour des problèmes mentaux ? demanda Jody.

— Oui. Et contre sa volonté. C'est son mari qui l'a amenée les deux fois, disant qu'elle était suicidaire et qu'elle voyait de petits hommes verts. Il a affirmé qu'elle était un danger pour elle-même et son fils. La deuxième fois, elle est restée la durée maximale de soixante-douze heures, puis elle a demandé un séjour plus long et elle a fini trente jours à l'hôpital.

Jody n'était pas certaine de ce qu'il fallait en penser. Elle choisit donc de demander :

— Quel est le rapport avec Ben ?

— Je ne sais pas, répondit Baker. Mais j'ai un mauvais pressentiment.

Jody savait que ce n'était pas une bonne chose. Baker continua à parler :

— Les notes de Ben ont chuté au cours des derniers mois. C'était un étudiant avec beaucoup de A, mais dernièrement, il a séché l'école et n'a pas rendu ses devoirs. Au dernier trimestre, il a eu quatre C, un D et un B. Je pense que tout ne va pas bien à la maison et que ça affecte ses notes.

— Je le pense aussi. Je n'ai pas vu sa voiture sur le parking de son lycée ce matin, expliqua Jody.

— Tu étais au lycée ?

Jody se mordit la lèvre. Elle ne lui avait pas parlé de son plan pour chercher Ben, non pas parce qu'elle essayait de le cacher, mais parce qu'elle ne voulait pas qu'il s'inquiète pour elle alors qu'il avait d'autres choses à faire.

— Oui. J'ai besoin de le trouver, Baker.

— Tu es encore en train de le chercher ?

— Oui.

— J'aurais aimé que tu me le dises, Clochette.

— Je ne voulais pas t'embêter.

— Tu ne m'embêtes *jamais*, rétorqua Baker avec sévérité. Même si tu as légèrement la nausée, je veux le savoir. Si tu as envie de faire un tour en voiture, je veux le savoir. Si tu veux manifester sur la plage avec des panneaux *arrêtez l'utilisation du plastique* et *sauvez les tortues*, je veux le savoir. Ça ne veut pas dire que j'essaierai de t'arrêter, c'est juste que je veux savoir où tu es afin de faire le nécessaire si les choses dégénèrent.

— Baker...

— Non, l'interrompit-il avant qu'elle puisse continuer. Je suis un con paranoïaque. Je ne peux pas être autre chose après toutes les merdes que j'ai vues et faites. Je connais le mal qui existe, Jodelle, et je ne peux pas supporter l'idée que ça t'affecte. J'ai vu les femmes de mes amis être enlevées, battues, laissées pour mortes au milieu de l'océan, et trop d'autres choses. Je ferai tout mon possible pour empêcher que ça t'arrive, et si jamais c'est le cas malgré tout, je le ferai payer très cher à quiconque osera poser les mains sur toi. Mais je ne peux pas te rejoindre, te protéger, si tu ne me parles pas et si tu ne me dis pas quels sont tes plans.

C'était beaucoup, et Jody ne pouvait nier que c'était très agréable tout en étant inquiétant.

— J'ai vécu seule très longtemps, Baker. Je sais me débrouiller.

— C'est ce que Carly a affirmé avant d'être fourrée dans le coffre d'une voiture et emmenée au milieu de l'océan, rétorqua Baker.

Jody ferma les yeux. Il n'avait pas tort.

— Je n'essayais pas de te cacher des choses...

— Je sais, Clochette. C'est juste que... merde, je ne supporterais pas qu'il t'arrive quelque chose.

— Il ne va rien m'arriver. Je fais simplement un tour en voiture pour essayer de trouver Ben. Il doit être ici quelque part. Sa voiture était en bazar. Je suis de plus en plus certaine qu'il vit dedans.

— Oui, si les choses se passent mal à la maison, ce n'est pas une mauvaise supposition.

Jody poussa un soupir de soulagement parce que Baker n'allait pas continuer à la sermonner.

— Où as-tu regardé jusqu'ici ? demanda-t-il.

Elle lui parla des plages et de quelques endroits populaires mentionnés par les lycéens.

— Essaie de jeter un coup d'œil aux supermarchés et à d'autres lieux plus peuplés. Il peut croire qu'il se fera trop remarquer à la plage. S'il se rend sur un parking où les gens font constamment des allées et venues, personne ne verra que sa voiture y reste des heures, parce que les clients ne restent pas aussi longtemps.

— Bonne idée.

— Il est sans doute assez malin pour ne pas se rendre aux endroits habituels. Même s'il est probable qu'il se trouve dans un endroit bondé, il est aussi possible qu'il veuille de l'espace pour réfléchir sans trop de monde. Peut-être est-il en train de faire de la randonnée, de se cacher pendant la journée, histoire que personne ne lui demande ce que fait un adolescent qui devrait être à l'école.

— D'accord.

— Appelle-moi si tu le trouves, ordonna Baker.

— Promis.

— Peu importe ce que je serai en train de faire, je prendrai ton appel, continua-t-il. Son beau-père a beaucoup de pouvoir sur cette île et si Ben a l'impression d'être coincé et que personne ne peut rien faire pour l'aider, il ne va pas vouloir être retrouvé.

— Je sais, chuchota Jody.

— D'après ce que je vois, il est proche de sa mère. Pas tellement de son beau-père. Il n'a jamais pris son nom, il a gardé le nom de jeune fille de sa mère. Si tu le trouves, ce sera ton moyen de communiquer avec lui. Pose-lui des questions sur sa mère.

Jody n'aimait pas ce qu'elle ressentait à l'idée d'un moyen pour communiquer avec Ben, mais Baker avait raison. Il était évident qu'il en savait beaucoup plus qu'elle sur les moyens de faire parler quelqu'un. Elle ne voulait pas réfléchir à la façon dont il avait obtenu ces connaissances.

— Très bien.

— Jodelle ?

— Oui ?

— Tu le trouveras. Et il te fera confiance parce que tu es *toi*. Mais sois prudente.

Sa confiance en elle était agréable.

— Promis.

— Je devrais être à la maison vers 15 h environ.

— Est-ce que ça inclut le temps qu'il te faudra pour récupérer les malasadas ? Parce qu'il y a toujours beaucoup de monde chez Leonard, précisa Jody.

— Cela inclut le temps qu'il me faudra pour récupérer les malasadas, parce qu'il n'y aura pas d'attente pour moi. Quand je te dis que j'ai des contacts, Clochette, je suis sérieux… et ce ne sont pas tous des mafieux malveillants. Certains sont les propriétaires de super restaurants qui ont toujours une place pour moi si je la veux… ou des malasadas brûlantes qui sortent de la friture quand je passe.

— Ai-je envie de savoir ce que tu as fait pour ne pas être obligé de faire la queue chez Leonard ? demanda Jody.

— Oui, tu as envie de savoir, mais non, je ne te le dirai pas.

Mon travail et toi au quotidien, vous n'existez pas dans le même monde, je te l'ai déjà dit.

— Je ne veux pas m'asseoir et bavarder avec un terroriste que tu laisses vivre parce qu'il te donne des infos sur un autre terroriste qui est encore pire, mais je pense que le propriétaire local d'un restaurant, c'est une autre histoire, rétorqua Jody.

— Et c'est pour cette raison que tu es comme tu es, et que je suis comme je suis. Personne n'est immunisé contre les merdes dans le monde. Personne.

— Très bien. Mais est-ce que c'est mal de ne pas être perturbée par ton travail si ça veut dire que je reçois des mala-sadas toutes fraîches et brûlantes sans avoir à attendre une heure de plus pour les avoir ?

— Non.

— D'accord. Dans ce cas, il me tarde de te voir plus tard avec mes sucreries.

Baker rit et Jody se détendit. Elle n'aimait pas le contrarier, et elle savait qu'elle l'avait fait en ne lui disant pas qu'elle partait chercher Ben. Elle aurait dû l'avertir. Il ne lui avait pas reproché ses actes, mais simplement le fait de ne pas avoir prévenu. Et il avait de très bonnes raisons. Il ne cherchait pas à être autoritaire. Il n'essayait pas d'être un enfoiré. Il s'inquiétait pour elle. Elle pouvait s'en accommoder. D'autant plus que personne n'avait pensé à sa sécurité depuis la mort de Mana.

— J'espère que je le trouverai, soupira Jody.

— Tu y arriveras, répondit Baker. Tiens-moi au courant.

— D'accord. Bonne fin de réunion.

Baker gloussa.

— Ce n'est pas le genre de réunion où on passe un bon moment, Clochette.

— Elle se passe mal ?

— Non. C'est simplement une réunion au sujet d'informations que j'ai rassemblées pour aider à veiller sur les hommes et les femmes qui protègent notre pays.

— Très bien. Alors, va partager tes connaissances.

Au bout d'un instant, il répondit :

— J'ai attendu trop longtemps.

— Pardon ?

— J'aurais dû me réveiller plus tôt. J'ai manqué beaucoup de moments fabuleux avec toi, Clochette.

— J'aurais pu rassembler le courage de t'inviter à sortir, lui dit-elle.

— C'est sans doute une bonne chose que tu n'y sois pas arrivée, car j'aurais certainement refusé, je t'aurais vexée, et maintenant tu ne me parlerais même plus. Il faut que j'y aille. Fais attention là-bas, Clochette. Si tu penses ne serait-ce qu'une seconde que quelque chose cloche ou que tu n'es pas en sécurité, tu pars. OK ?

— C'est un gamin, Baker.

— Il fait presque trente centimètres et quarante-cinq kilos de plus que toi. C'est peut-être un gamin, mais ça ne veut pas dire qu'il n'a pas des problèmes sérieux. Il est sans doute en colère. Je ne te demande pas de ne pas l'aider, juste de t'éloigner si nécessaire, jusqu'à ce que je puisse t'aider à trouver comment faire.

— Compris. Promis, dit Jody.

— Merci. J'étais sérieux quand j'ai affirmé que j'allais détruire quiconque te ferait du mal. Cela inclut les garçons de dix-sept ans.

Jody fronça les sourcils.

— Tu ferais du mal à Ben ?

Baker marqua une pause, puis il dit :

— Je sais que je devrais dire non, parce que c'est ce que tu veux entendre, mais je ne le peux pas. Cependant, j'analyserai soigneusement la situation. Si je dois lever la main sur quelqu'un pour te protéger, je le ferai. Mais il y a d'autres moyens de s'acharner sur une personne sans violence physique.

Jody n'était pas certaine de comprendre ce que Baker lui disait, mais elle appréciait sa franchise.

— À cause de tes contacts ? demanda-t-elle.

— À cause de mes contacts, acquiesça-t-il. Je ne me balade pas en cassant la figure aux gens, Jodelle.

— Je n'imaginais pas que tu le faisais, lui dit-elle franchement.

— Merde, nous devrions avoir cette conversation en face à face, maugréa Baker. Je ne suis pas un enfoiré. Je n'aime pas la violence et je préfère être compris de façon plus subtile et plus durable. En frappant les gens là où ça fait le plus mal : leur compte bancaire. L'argent fait parler, Clochette, et je suis très doué pour faire disparaître ce qui a de la valeur pour les gens. Ceci étant dit, la violence ne me gêne pas quand elle est requise.

— Comme avec Monica et cette histoire de lave ?

Il poussa un soupir.

— Elle t'en a parlé ?

— Oui.

— Alors, oui, comme ça. Tout ce que je dis, c'est que je n'aime pas l'idée que quelqu'un touche à un cheveu sur ta tête. Peu importe leur âge ou leur sexe. Et je ferai le nécessaire pour montrer que ça ne sera pas toléré.

— D'accord, Baker.

— Tu es d'accord avec moi parce que tu es choquée et que tu veux raccrocher le téléphone pour remettre en question notre relation, ou tu es d'accord avec moi parce que tu sais que c'est normal pour un homme qui se soucie de sa copine ?

— La deuxième réponse.

— Bien. Parce que je tiens à toi, Jodelle. Et je ferai le nécessaire pour te rendre heureuse *et* te protéger.

— Puis-je faire la même chose pour toi ?

— Oui. Tant que ça ne te pousse pas à être physiquement violente avec quelqu'un ou à te mettre en danger.

— Ça ne me semble pas très juste, fit remarquer Jody.

— Non.

Elle poussa un soupir.

— C'est vrai que tu es assez pénible.

— Oui. Mais je suis pénible en tenant à toi et en voulant que tu restes exactement comme tu es. Et si quelqu'un te faisait du mal, ça te changerait et me rendrait furieux. Alors oui, ça n'arrivera pas.

Jody ne put s'empêcher de rire.

— Tu es un véritable homme des cavernes.

— On m'a déjà traité de pire, admit Baker. Et maintenant, je dois vraiment partir. Tu as déjeuné ?

— Je viens de manger des tacos à la crevette achetés à un food truck.

— Bien. Sois prudente, Clochette. Tiens-moi au courant si tu trouves Ben.

— D'accord.

— À plus tard.

— Au revoir, Baker.

Jody raccrocha le téléphone et resta assise dans sa voiture sur la petite aire au bord de la route pendant une longue minute. Cette conversation avait été à la fois agréable et quelque peu inquiétante. Elle n'avait pas peur de Baker, mais elle s'inquiétait plus du sort de quelqu'un qui oserait lui faire quelque chose que Baker n'appréciait pas. Les gens étaient tout le temps cons et elle était devenue très douée pour ignorer les comportements ignorants et crétins, refusant de se laisser abattre par les autres. Mais elle se dit qu'en présence de Baker, personne n'allait oser être méchant avec elle plus d'une fois.

Jody décida de s'occuper des tendances trop protectrices de Baker au moment où elles feraient leur apparition, et elle baissa les yeux sur son téléphone et la carte du côté nord de l'île. Les suggestions de Baker étaient bonnes. Si elle était une adolescente cherchant à rester cachée, elle essaierait aussi de se mêler à la foule. Elle avait eu tort de le chercher dans tous les endroits normaux où traînaient les gamins. Il fallait qu'elle cherche des lieux isolés, ou bien des parkings bondés sur lesquels il pensait pouvoir passer inaperçu.

Jody ne savait pas du tout ce qui n'allait pas dans la vie de Ben chez lui, mais elle était bien décidée à le découvrir. Elle voulait qu'il sache qu'il avait une amie et qu'il pouvait compter sur elle pour l'aider.

Plus déterminée que jamais, elle s'engagea à nouveau sur l'autoroute. Ben était là quelque part et elle allait le trouver.

CHAPITRE 10

Il fallut une heure de plus, mais quand Jody se gara sur le parking du sentier de randonnée de Ka'ena Point, elle reconnut immédiatement le vieux modèle de Kia de Ben. Il y avait environ une dizaine de voitures, mais elle ne s'intéressait qu'à celle de Ben. Jody se gara directement derrière et inspira profondément avant de sortir.

Elle regarda à l'intérieur de la voiture et vit qu'il n'y était pas. Ses épaules s'affaissèrent. Et maintenant ? Il n'y avait pas tellement d'endroits où il pouvait être. Soit en bas vers la plage de Mokulē'ia Rock, ou alors il avait longé le sentier jusqu'à la pointe nord-ouest d'Oahu, Ka'ena Point. En regardant ses tongs, Jody poussa un soupir. Elle n'avait pas mis les bonnes chaussures pour faire de la randonnée, mais maintenant qu'elle avait presque trouvé Ben, elle n'avait pas l'intention d'abandonner.

Jody ferma son fourgon à clé et pria pour qu'il ne se fasse pas cambrioler pendant son absence. Trop de voitures se faisaient casser les vitres et dévaliser alors qu'elles étaient garées dans des endroits touristiques.

Elle s'engagea sur le sentier relativement plat de quatre kilomètres, souriant aux quelques marcheurs qu'elle croisait. L'océan qui s'écrasait contre les rochers à sa droite la fit soupirer. Elle aimait vivre à Hawaï. Certaines personnes avaient suggéré qu'elle guérirait peut-être plus vite si elle retournait sur le continent, si elle s'éloignait des souvenirs de Mana, mais les souvenirs étaient la raison principale pour laquelle Jody avait voulu rester.

Oui, c'était douloureux de penser à son fils, mais elle ne voulait *pas* l'oublier. Et son moyen de rester proche de lui, c'était d'être près de toutes les choses qu'il aimait le plus... particulièrement la mer.

Le soleil était chaud et Jody regretta de ne pas avoir pris un chapeau avant de quitter la maison, ce matin. La brise venant de l'océan l'empêchait de surchauffer, mais elle savait qu'elle aurait sans doute un coup de soleil en rentrant à la maison. Elle pria pour retrouver Ben après tout ça.

Finalement, elle atteignit la pointe... et poussa un soupir de soulagement en voyant une personne seule assise sur le côté d'un grand rocher de lave.

Ben.

— C'est un des meilleurs endroits de l'île pour observer les baleines, dit Jody doucement, à environ trois mètres derrière lui.

Il tourna la tête pour la regarder et Jody ne put déchiffrer l'expression de son visage.

— Ça fait longtemps que je ne t'ai pas vu, dit-elle quand il s'était retourné pour fixer les vagues qui s'écrasaient sur la côte.

Elle tenta sa chance et s'avança pour s'installer à côté de lui.

— Tu es difficile à trouver.

— Vous n'allez pas me gronder parce que je ne suis pas à l'école ? demanda-t-il.

— Non, répondit Jody en remontant les jambes, posant les pieds à plat sur le rocher devant elle et serrant les bras autour de ses genoux.

Il la regarda du coin de l'œil.

— Pourquoi pas ?

— Parce que je ne sais pas pourquoi tu es ici et pas là-bas. Ce serait présomptueux de ma part de te gronder pour quelque chose que j'ignore.

Ben parut surpris et poussa un soupir.

— Je pense que tu aurais pu trouver un endroit plus ombragé, quand même, fit remarquer Jody. Tu sais, histoire de pas faire une rechute et reprendre une insolation.

— Je vais bien, dit Ben.

— *Toi*, peut-être, mais moi je suis vieille, plaisanta Jody.

— Sans vouloir vous vexer, je ne vous ai pas vraiment invitée à venir ici.

— Non, c'est vrai, acquiesça-t-elle. Mais quand on s'inquiète pour un ami, on ne laisse pas les mauvaises chaussures ou l'absence de chapeau nous retenir.

Ben ne dit rien pendant au moins trois minutes entières. Jody lui laissa le temps de digérer le fait qu'elle était là et qu'elle se souciait de lui avant de dire :

— Je m'inquiète pour toi, Ben. Ceci ne te ressemble pas. Tu es un bon élève. Responsable. Alors, quand tu sèches l'école et que tu dors dans ta voiture au lieu de traîner avec les surfeurs... quelque chose ne va pas... et je veux t'aider.

— Je ne rentrerai pas à la maison, dit-il vivement.

— D'accord, acquiesça Jody tranquillement.

Il la regarda en fronçant les sourcils.

— Quoi ? Si tu ne veux pas rentrer chez toi, il doit y avoir une bonne raison. Nous trouverons une autre solution.

— Pourquoi êtes-vous si calme à ce sujet ? C'est bizarre. La plupart des gens me diraient que je ne suis pas assez vieux pour vouloir vivre ailleurs qu'à la maison.

— Je ne suis pas la plupart des gens, rétorqua Jody simplement. Parle-moi, Ben.

Il secoua la tête et regarda à nouveau les vagues.

Jody ne pensait pas qu'il serait facile de lui faire dire ce qu'il se passait, mais elle allait quand même essayer. Son objectif principal était de faire en sorte que le jeune garçon soit en sécurité et en bonne santé. Et d'après son apparence, il vivait à la dure. Elle avait vu les emballages et les ordures dans sa voiture en jetant un coup d'œil à l'intérieur avant de s'engager sur le sentier. Les vêtements étaient sales et il ne sentait pas très bon. Elle se dit que c'était parce que ses habits n'avaient pas été lavés depuis plusieurs jours, peut-être une semaine ou plus. Il pouvait se doucher dans une des nombreuses installations publiques sur les plages, mais c'était plus difficile de laver ses vêtements.

— Je ne suis pas là pour te casser les pieds, dit Jody avec douceur. J'étais inquiète pour toi. Je ne t'ai pas vu ce matin et après ce qui est arrivé à la compétition de surf… je ne sais pas ce qu'il se passe, mais je veux t'aider, répéta-t-elle.

— Vous ne le pouvez pas, dit Ben dont les épaules s'affaissèrent.

— Essaie toujours.

L'adolescent poussa un soupir.

Jody ne se vexa pas. Les gamins de son âge étaient naturellement très théâtraux. La plus petite chose pouvait les déprimer, tout comme cela pouvait les exciter pendant des jours. Elle se souvenait de ce que c'était quand Mana était en vie. Jody savait aussi que c'était hormonal. Une phase. Ils finissaient par grandir. Il lui suffisait d'être patiente.

— Vous êtes-vous déjà retrouvée entre le marteau et l'enclume, mademoiselle Jody ?

Au moins, il utilisait son prénom, maintenant.

— Oui.

— Alors, vous savez que ce n'est pas agréable.

— C'est vrai, dit-elle. Je sais aussi qu'avec un peu de temps, les choses finissent souvent par s'arranger.

Ben regarda ses mains.

— Ma voiture n'a plus d'essence et je n'ai pas l'argent pour faire le plein. Je n'ai pas mangé depuis une journée. Je sens horriblement mauvais, alors je refuse de voir la fille qui me plaît. Ce qui est déprimant, parce qu'elle est vraiment merveilleuse. Ça ne se passe pas bien à l'école, et c'est pire à la maison. Je suis coincé. Je ne peux pas avancer, mais je ne peux pas revenir en arrière et changer certaines des choses que j'ai faites. J'aimerais, pourtant.

— Tu as raison, tu ne peux pas revenir en arrière. Je pense que tu sais que moi, plus que les autres, j'aimerais que ce soit possible, dit Jody.

— Je le connaissais, vous savez, souffla Ben. Votre fils. Mana.

Jody était surprise, mais elle fit de son mieux pour le cacher.

— Ah bon ?

— Oui. C'était un moniteur à l'école de surf que j'ai fait quand j'étais en CM2.

— Je m'en souviens. Il adorait ça, sourit Jody.

— C'était un très bon prof. Et non seulement ça, mais quand je le voyais en dehors des cours, il était gentil avec moi, contrairement aux autres enfants, qui faisaient comme si je n'existais pas. Il m'aidait à me placer sur la planche et il m'a appris exactement quoi chercher en choisissant une vague. Il était patient et drôle, et ça lui était égal si ses amis le chambraient parce qu'il travaillait avec un *grom*.

Le sourire de Jody s'élargit.

Elle n'avait pas entendu ce terme de surfeur désignant un jeune surfeur inexpérimenté depuis des années.

— C'était Mana, dit-elle simplement.

— Je suis désolé qu'il soit mort.

— Moi aussi, Ben, moi aussi. Que dirais-tu de ça : tu viens à la maison avec moi. Tu pourras te laver ainsi que tes vêtements, manger un repas sain… puis tu pourras réfléchir aux étapes suivantes. Tu peux rester avec moi aussi longtemps que tu le veux. Je préfère ça, plutôt que tu dormes dans ta voiture. C'est dangereux, Ben.

Il gloussa, mais ce n'était pas vraiment un bruit amusé.

— Dangereux. Oui, je sais. Pourquoi faites-vous tous ces efforts pour m'aider ? demanda-t-il.

— Parce que tu en as besoin. Et que je t'aime bien.

— Allez-vous appeler ma mère, si je vous accompagne ?

— As-tu envie que je l'appelle ?

— Non.

— Alors, je ne le ferai pas. Mais j'ai l'impression de devoir dire ceci : c'est ta mère. Elle est sans doute morte d'inquiétude pour toi. Je sais que si Mana vivait dans sa voiture et que je ne savais pas où il était, je serais devenue dingue. Je ne sais pas ce qu'il se passe, et j'espère que tu finiras par être assez à l'aise pour me le dire, mais ma proposition d'aide n'a aucune condition.

— Tout a des conditions, mademoiselle Jody. Tout le monde a des arrière-pensées.

— Pas moi, dit-elle fermement.

Ben ne répondit pas et Jody lui donna du temps pour réfléchir à sa proposition. Pendant qu'elle attendait, son téléphone sonna. Elle le sortit de sa poche. C'était Baker.

— Baker m'appelle. Je peux décrocher ? Il sait que je te cherchais et il s'inquiète sûrement.

Ben haussa les épaules.

Jody prit cela pour un accord et elle cliqua sur le nom de Baker.

— Salut.

— Tu l'as trouvé ?

— À vrai dire, oui, je l'ai trouvé.

— Bonne nouvelle, Clochette.

— Oui.

— Où était-il ?

— À la pointe de Ka'ena.

Baker ne dit rien pendant un instant. Puis il demanda :

— Comment l'as-tu trouvé là-bas ? Il était sur le parking ?

— Sa voiture était dans le parking, mais il est assis au bout du sentier.

— Tu as marché jusque-là ?

— Ce n'est pas si loin, Baker.

— Il y a quatre kilomètres, Jodelle. Ce n'est pas exactement une petite balade.

— La piste est assez plate. Ce n'était pas si terrible.

— Où es-tu maintenant ? demanda Baker.

— Toujours là-bas avec Ben. Il réfléchit à ma proposition de venir chez moi.

Quand il ne répondit pas, Jody demanda :

— Baker ? Tu es toujours là ?

— Je suis là. Tu l'as invité à venir chez toi ?

— Oui.

Elle regarda Ben et vit qu'il la fixait.

— Il a besoin d'une amie, et c'est moi. Il n'a pas mangé de repas décent depuis je ne sais combien de temps et il lui faut un endroit sûr pour dormir et rassembler ses idées.

— Il a dit ce qu'il se passe ?

— Non.

— Attends... tu dis que tu es encore à la pointe ? Tu as un chapeau ou de la crème solaire ?

Jody ne put s'empêcher de sourire.

— Non. Mais je vais bien.

— Merde, tu portes sûrement des tongs aussi, hein ?

— Comment le sais-tu ?

— Clochette, c'est ce que tu portes toujours. Merde. Je suis trop loin pour venir te chercher.

— Tu n'as pas besoin de venir me chercher. Je vais bien, Baker.

— Tu es sans chapeau, sous le soleil brûlant, et tu as déjà fait quatre kilomètres quasiment pieds nus. Tu ne vas pas bien.

— Si, insista-t-elle, même si son inquiétude était agréable.

— Et tu dois encore retourner jusqu'à ta voiture.

— Baker, arrête. Tout va bien.

— Non. J'aurais dû quitter la base après t'avoir parlé tout à l'heure et j'aurais dû t'accompagner pour chercher Ben. Je suis désolé.

— Dites-lui que je vous aiderai à rentrer en toute sécurité, indiqua Ben.

Jody leva brusquement les yeux vers Ben.

— Je l'ai entendu, lâcha Baker. Dis-lui que je lui en serai reconnaissant.

— Euh... Baker t'entend et il dit qu'il te sera reconnaissant pour ça, répéta Jody.

.

Ben hocha la tête.

— Je peux l'entendre aussi. J'espère que ce n'est pas un problème. Le son de votre téléphone est assez fort, fit-il remarquer.

— Alors, tu entends qu'il est trop protecteur, ironisa Jody.

— Vous êtes ensemble ? demanda Ben.

— Oui, répondit Jody.

— Cool.

— Mets le téléphone sur haut-parleur, Clochette, ordonna Baker.

— Pourquoi ? Il t'entend déjà.

— Fais-le, s'il te plaît.

— Très bien, soupira Jody en appuyant sur le bouton. Voilà. C'est fait.

— Ben ?

— Oui, monsieur ?

— Je ne sais pas ce qui se passe avec toi, mais mon conseil est d'accepter l'aide de Jodelle.

— Je ne devrais pas, dit Ben.

— Si. Tu as des problèmes avec ton beau-père ?

— Comment connais-tu Al ? demanda Ben en sursautant.

— Je ne le connais pas. Mais d'après ce que j'ai découvert, il ne me donne pas l'impression d'être un joyeux drille.

— C'est un juge respecté. Tout le monde l'aime, soupira Ben.

— Je ne respecte pas les gens pour le titre qu'ils ont dans leur travail, répondit Baker calmement. Je les respecte en me basant sur leurs actes. J'ai un ami qui était sans domicile fixe auprès duquel je chercherais de l'aide avant d'aller voir la plupart des autres gens soi-disant respectables sur cette île. J'ai une question... non, deux. Tout d'abord... est-ce que si tu vas chez Jodelle, ça pourrait la mettre en danger ?

Ben déglutit et le cœur de Jody se mit à battre plus fort dans sa poitrine.

— Je... je ne sais pas.

— Merci pour ta franchise. Deuxième question : y a-t-il de l'ombre là où vous êtes, à la pointe ?

Il avait manifestement surpris le garçon avec cette question.

— Euh... pas vraiment.

— D'accord. Alors, j'apprécierais que vous commenciez à retourner vers le parking afin que Jodelle sorte du soleil. Jodelle ?

— Je suis là.

— J'ai fini ma réunion et Leonard travaille à me préparer une boîte de malasadas pendant que nous parlons. Quand vous arriverez chez toi, je devrais déjà y être. Dans le cas contraire, attendez-moi avant d'entrer.

— Avant d'entrer dans ma maison ? demanda Jody, perplexe.

— Oui.

— Pourquoi ?

— Parce que tu n'es pas seule. Sans vouloir te vexer, Ben.

— Baker ! Ben ne va pas me faire de mal.

— Nous avons déjà eu cette conversation, Clochette.

— Il a raison, l'interrompit Ben. Nous attendrons dehors, Baker.

— Merci. Prenez votre temps pour retourner aux voitures. N'en faites pas trop.

Jody aurait bien levé les yeux au ciel, mais Baker avait réussi quelque chose qu'elle n'avait pas pu faire. Ben avait plus ou moins accepté d'aller chez elle. Il avait dit : *Nous* attendrons dehors.

— Je n'ai pas assez d'essence pour aller jusqu'à la maison de mademoiselle Jody, indiqua Ben.

Baker resta silencieux un instant, puis il annonça :

— Je m'en occuperai. Laisse les clés sous le tapis à l'arrière, du côté passager.

— D'accord.

Waouh, Ben n'hésita même pas. Jody était stupéfaite. Baker avait de grands pouvoirs de persuasion. Elle allait devoir s'en souvenir pour plus tard. Rester vigilante. Sinon, elle allait accepter tout ce qu'il voulait.

Elle chassa vite cette idée comme étant illogique. Baker ne lui demanderait jamais de faire quelque chose qui lui aurait causé du tort, mentalement ou physiquement.

— Et si vous commenciez à retourner au parking, histoire de sortir tous les deux du soleil afin que Jodelle puisse s'occuper de toi ? suggéra Baker.

— J'ai dix-sept ans. Je n'ai pas besoin que l'on s'occupe de moi, rétorqua Ben.

— C'est faux. Tu l'apprendras avec le temps, mais nous avons tous besoin de quelqu'un pour veiller sur nous, dit Baker. Et quand tu trouves cette personne, tu fais tout ce qui est en ton pouvoir pour nourrir et protéger son bon cœur. Compris ?

— Oui, monsieur.

— Bien. Jodelle ?

Elle avait envie de faire une remarque sarcastique parce qu'il se souvenait enfin qu'elle était là, mais elle se sentait trop émue par ce qu'il venait de dire.

— Oui ?

— Tu as bien fait.

Son compliment la réchauffa.

— Maintenant, file hors du soleil et pense à boire beaucoup d'eau en retournant à ton fourgon. Je sais que tu as une glacière remplie d'eau fraîche là-dedans, non ?

Jody sourit.

— Évidemment.

— Bien. Envoie-moi un texto quand vous serez arrivés à la voiture.

— Promis.

— À tout à l'heure.

— Au revoir.

Jody raccrocha le téléphone et pour rompre le silence quelque peu gêné entre Ben et elle, elle expliqua :

— Il est plutôt ultra protecteur.

— Comme il se doit, dit Ben, puis il se leva et tendit la main. Venez, nous devons sortir du soleil et retourner à votre fourgon pour que vous puissiez boire de l'eau.

Jody eut envie de lever les yeux au ciel, mais elle aimait le fait qu'il répète les paroles de Baker, qu'il veuille s'assurer qu'elle soit en sécurité. Cela prouvait qu'il était le bon gamin qu'elle avait imaginé. Elle ne savait toujours pas pourquoi Ben se cachait ou fuyait, mais il avait au moins accepté de venir chez elle.

Quand Ben la releva, vérifiant qu'elle était en équilibre stable avant de laisser tomber sa main, l'esprit de Jody se remplit de tout ce qu'elle devait faire pour son invité. Elle avait de quoi manger à la maison, mais si Ben restait plus d'une journée ou deux, elle devait se rendre au supermarché et refaire les stocks. Il était en pleine croissance et s'il était comme l'avait été Mana, il allait beaucoup manger. Il allait aussi avoir besoin de savon et de shampooing ; ses produits de toilette pour femmes n'allaient pas lui convenir. Il fallait qu'elle mette des draps propres sur le lit de Mana...

Non. Ce n'était plus son lit.

— Mademoiselle Jody ? demanda Ben pendant qu'ils marchaient lentement le long du sentier.

— Oui ?

— Merci d'avoir essayé de me trouver.

— Avec plaisir.

— Je ne pensais pas que quelqu'un allait remarquer mon absence. Enfin... peut-être Tressa.

— J'ai remarqué, dit inutilement Jody. Et, je suis certaine que Tressa aussi.

Elle trébucha alors sur un caillou au milieu du sentier.

— Attention, avertit Ben en lui prenant le bras pour la stabiliser.

Il était évident que Ben Miller était un bon garçon. Jody se promit de découvrir ce qui le tracassait. Entre Baker et elle, elle était certaine qu'ils allaient trouver et rendre à Ben sa routine normale.

CHAPITRE 11

Baker rejoignit la petite maison de Jodelle moins de dix minutes après qu'elle lui eût envoyé un texto pour lui faire savoir que Ben et elle étaient arrivés.

Il se gara derrière son fourgon, coupa le moteur et sortit immédiatement. Il avança tout droit vers Jodelle qui se tenait à côté de Ben. Il hocha la tête en direction de l'adolescent, mais toute son attention était focalisée sur la femme à côté de lui.

Elle avait les joues roses, manifestement à cause du soleil. Ses pieds étaient sales, couverts de la poussière du sentier de Ka'ena Point. Les cheveux sur la tempe et derrière ses oreilles étaient mouillés par la sueur, mais il n'avait jamais vu plus belle femme. En plaçant un doigt sous son menton, il demanda :

— Ça va ?

— Évidemment, lui dit-elle avec un sourire. Mais j'irais mieux si tu me donnais ces malasadas que tu étais censé ramener.

Lorsqu'il l'entendit plaisanter, Baker se détendit pour la première fois depuis qu'il avait reçu le coup de fil annonçant qu'elle avait trouvé Ben. Il se pencha en avant et l'embrassa brièvement, lui faisant savoir sans parler qu'il était soulagé qu'elle aille bien. Puis il se retourna, gardant un bras autour de Jodelle, et il tendit la main vers Ben.

— C'est bon de te voir.

Ben hocha la tête et secoua la main de Baker.

Le jeune garçon n'avait pas bonne mine. Baker n'avait pas été ravi que Jodelle l'invite chez elle, mais maintenant qu'il le voyait, il sut qu'elle avait eu raison. Ben ne s'en sortait clairement pas bien tout seul. L'adolescent souffrait, même s'il allait sûrement contredire cela. Et vivre dans sa voiture avait apparemment été plus difficile que prévu.

— J'ai appelé un ami. Il mettra de l'essence dans ta voiture et il la ramènera dans la soirée, annonça Baker.

Ben déglutit.

— Merci.

— Aucun souci. Mais je ne t'aide pas de bonté de cœur, lui dit Baker.

Jodelle se raidit contre lui et essaya de s'écarter, mais Baker ne la laissa pas faire.

— Que veux-tu, alors ?

— Je veux que tu obtiennes ton diplôme. Je veux que tu te souviennes de ce moment et que tu fasses ton possible pour aider les autres comme on t'aide aujourd'hui. La vie n'est pas facile. Elle est carrément dure, putain. Mais je veux que tu trouves la force de dépasser la merde que tu vis et de devenir encore plus fort.

— Baker, ne jure pas, le gronda Jodelle.

— Clochette, je jure tout le temps.

— Je sais. Et en général, ça m'est égal, mais Ben est un enfant et il n'est pas obligé d'entendre ce genre de langage.

Baker croisa le regard de Ben et il vit que l'adolescent était tout aussi amusé que lui par ce que disait Jodelle.

— Ce n'est pas un enfant et je pense que rien de ce que je dis ne va le perturber.

— Peut-être, mais quand même, insista Jodelle.

Comme elle était totalement adorable, Baker promit :

— Je ferai de mon mieux pour éviter de jurer.

— Merci.

— Je peux faire tout ça, dit Ben doucement à Baker. Mais je

ne vis pas dans ma voiture parce que je fais un caprice, précisa-t-il.

— Je n'en doute pas. Tu es un jeune homme bien. Tu as la tête sur les épaules. Mais les problèmes que l'on partage sont plus facilement résolus.

Ben parut sceptique, mais Baker décida de ne pas s'acharner. Le jeune homme allait se sentir mieux après s'être lavé, avoir mangé et fait une bonne nuit de sommeil. Une nuit sans être sur le siège arrière de sa voiture, craignant que quelqu'un le trouve et lui fasse du mal.

— Veux-tu attraper le carton de la pâtisserie Leonard sur le siège passager ? demanda Baker à Jodelle.

Le regard de cette dernière s'illumina.

— Oui !

Baker laissa tomber son bras et elle se dirigea immédiatement vers la portière de sa voiture. Il savait qu'il n'avait que trente secondes environ avant qu'elle revienne, alors il parla vite. Il regarda Ben dans les yeux et dit :

— Ne la fais pas souffrir. Je peux tolérer beaucoup de choses, mais pas qu'elle souffre. Compris ?

— Oui, monsieur, répondit Ben immédiatement. Je partirai dès que ma voiture arrive ici.

Merde, ce n'était pas ce que Baker voulait dire.

— Si tu pars, ça va *certainement* la faire souffrir. Elle va s'inquiéter.

Ben parut perdu et effrayé.

— Je... Mon beau-père n'est pas quelqu'un de bien.

— J'avais compris. Nous nous occuperons de ça. Il faut juste que tu me donnes les informations nécessaires pour la protéger.

— Ils sentent si bon ! s'extasia Jodelle en s'approchant avec le carton de la Pâtisserie Leonard dans la main, le couvercle ouvert et le nez enfoncé dans la boîte.

— Tu es dingue, dit Baker avec un sourire.

— Ce sont des malasadas, rétorqua Jodelle. Tout le monde est dingue des malasadas. Viens, Ben, tu pourras te doucher et m'aider à les manger.

Elle sourit à l'adolescent, puis elle se dirigea vers la porte d'entrée.

— J'essaie aussi de protéger d'autres personnes, expliqua Ben d'une voix assez basse pour que Jodelle ne l'entende pas.

Baker hocha la tête. Il le comprenait et son admiration pour l'adolescent monta d'un cran.

— Je sais que c'est nouveau, et que tu ne me connais pas vraiment en dehors du surf, mais tu découvriras que je suis parfaitement capable de protéger tes arrières et d'empêcher les problèmes de s'étaler. Pendant que tu apprends ça, j'aimerais beaucoup que tu restes discret sur l'endroit où tu dors.

— Oui, bien sûr, acquiesça Ben.

— Bien. Quand tu seras prêt, je serai là pour t'écouter. J'espère simplement que tu ne mettras pas trop longtemps.

— Vous venez ? cria Jodelle depuis la porte ouverte.

Baker se retourna et se dirigea vers elle. Les choses avaient changé. Son planning pour charmer Jodelle venait de passer à la vitesse supérieure. Ça ne le contrariait pas vraiment : plus il passait du temps avec cette femme, plus il la désirait. Et pas seulement dans son lit. Dans sa vie. Dans sa peau. Entremêlée avec sa psyché au point de ne plus jamais pouvoir la déloger.

Baker entra dans la maison de Jodelle et sourit quand il l'entendit pousser des cris d'admiration au sujet des malasadas. Il jeta la clé dans le bol sur le plan de travail et se sentit satisfait en voyant que les clés de Jodelle s'y trouvaient déjà.

— Je suis désolée, mais je n'ai pas pu attendre, avoua cette dernière en parlant d'une voix étouffée par la pâtisserie qui emplissait sa bouche. Ils sont tellement bons !

Baker éclata de rire.

— Waouh, je ne suis pas sûr qu'il faut manger quelques cuillerées de sucre juste après avoir passé toute la journée au soleil.

Jodelle leva les yeux au ciel.

— N'importe quoi.

Elle se tourna alors vers Ben.

— La douche d'abord, ou les malasadas ?

Il sembla mal à l'aise.

— Je devrais me doucher, mais je n'ai rien d'autre à me mettre.

Jodelle posa la pâtisserie et essuya sa main sur son short, ce qui fit ricaner Baker.

— J'ai quelques affaires de Mana que tu peux porter jusqu'à ce que nous ayons lavé et séché les tiennes.

— Oh, je ne pourrais pas, mademoiselle Jody.

— Si, dit-elle fermement avant d'adoucir la voix pour continuer. Quand Mana est mort, j'ai donné la majorité de ses vêtements à des organisations caritatives. Mais il y avait un carton dont je n'arrivais pas à me séparer. Il contient tous ses tee-shirts, ses sweats et ses jeans préférés. Je pense maintenant qu'il y avait une raison pour laquelle je n'ai pas réussi à les donner. Ils sentent peut-être un peu le renfermé, et ils ne seront pas tout à fait à ta taille, même si tu ne dois pas en être loin. Tu te sentiras beaucoup mieux si tu te changes, Ben.

— Je ne veux pas vous faire de la peine, avoua l'adolescent. Je peux attendre si ça vous fait souffrir de me voir avec ses vêtements.

Baker vit trembler les lèvres de Jodelle, mais elle maîtrisa ses émotions et dit :

— Je pense que ce sera bien plus douloureux de rester ici en sentant ton odeur dans ces vêtements, mon pote.

Elle lui fit un clin d'œil.

— Le carton est dans le placard dans... la chambre d'amis. Sers-toi. Sérieusement. Ça me fera plaisir que ses habits servent à quelque chose.

— Si vous en êtes sûre, concéda Ben, hésitant.

— J'en suis sûre, confirma Jodelle. Il y a un savon dans la salle de bains. Ce n'est pas du shampooing ou du gel douche, mais ça fera l'affaire jusqu'à trouver quelque chose de plus approprié. Je pense aussi qu'il y a une brosse à dents neuve dans le tiroir, et du dentifrice. Prends ton temps.

— Si je mets trop longtemps, il n'y aura peut-être plus de malasadas pour moi, plaisanta Ben.

— C'est vrai. Tu ferais mieux de te dépêcher, alors.

Ben et Jodelle échangèrent un sourire.

— Merci, mademoiselle Jody.

— Avec plaisir.

Ben tourna les talons et longea le couloir comme s'il avait vécu là toute sa vie.

Baker n'attendit même pas qu'il soit hors de leur vue pour reprendre Jodelle dans ses bras. Elle s'approcha sans hésiter, se blottit contre lui et appuya son visage contre son torse. Ils ne dirent rien pendant une minute entière. Ce ne fut que lorsque la porte de la salle de bains se referma derrière Ben que Jodelle leva les yeux vers lui.

— Quelque chose ne va pas du tout, chuchota-t-elle en fronçant les sourcils.

Ce n'est qu'à ce moment-là que Baker comprit que son comportement enthousiaste et joyeux depuis qu'ils étaient arrivés à la maison n'avait été qu'une apparence. Elle était malade d'inquiétude au sujet de Ben, et maintenant qu'il n'était pas dans les parages, elle baissait ses gardes. Avec lui.

— Nous allons découvrir de quoi il s'agit et régler le problème.

Et subitement, une partie du stress qu'elle retenait s'estompa. Elle se colla encore davantage contre lui.

— Oui. Monsieur *Je connais des gens* pour régler ça.

— Exactement, dit-il avec un petit sourire.

Il redevint alors sérieux et caressa sa joue rose.

— Ça fait mal ?

— Non.

— Tes pieds ?

— Sales, mais pas d'ampoules.

— Bien. Pourquoi n'irais-tu pas te doucher aussi ?

— Tu prétends que je sens mauvais ? le taquina-t-elle.

— Jamais. Mais il est vrai que je préfère ton parfum au frangipanier.

Jodelle rit.

— Tu es obsédé par cette odeur.

— Non. Je suis obsédé par toi, avoua Baker.

— Tu ne vas pas manger toutes les bonnes malasadas

pendant mon absence, hein ? demanda-t-elle en penchant la tête.

Baker s'esclaffa.

— Non.

— D'accord. Baker ?

— Oui, Clochette ?

— Je suis contente que tu sois là.

Il hocha la tête.

— Je n'aimerais pas être ailleurs. Vas-y. Mets-toi à l'aise. Et je parle d'un tee-shirt et d'un pantalon de jogging, pas de ton pyjama.

Elle leva les yeux au ciel.

— Je ne porterais jamais ça en présence de Ben, dit-elle en secouant la tête. Seulement pour l'homme qui me fait craquer et que j'ai envie d'essayer de séduire.

— Tu n'essaies pas, tu y arrives, Clochette.

Elle sourit.

— Un bisou avant que j'y aille ?

Il n'hésita pas. Il se pencha et prit ses lèvres entre les siennes. Ce ne fut pas un baiser chaste comme auparavant. Il était profond, possessif, et il essaya de lui montrer exactement combien elle comptait pour lui, comme il avait été inquiet pour elle aujourd'hui.

Quand il s'écarta, elle dit :

— Waouh.

Baker sourit.

— Va te doucher, Jodelle. Laisse-moi faire une pause. Je n'ai pas du tout envie de faire la conversation avec Ben alors que je bande.

Elle appuya les hanches contre lui, comme si elle avait besoin de confirmer qu'il ne mentait pas. Quand elle sentit son érection contre son ventre, elle sourit.

— Ça a l'air douloureux.

— Il y a la douleur, et puis il y a la douleur.

— Tu parles comme un véritable soldat.

— Un marin... eh oui.

Elle sourit encore avant de s'écarter. Elle tendit la main vers la malasada dont elle avait mangé un morceau plus tôt et la montra avec un sourire.

— Pour la route.

Baker se contenta de secouer la tête. Elle était gourmande. C'était adorable.

Elle prit une autre grande bouchée, puis elle se tourna et s'enfonça dans le couloir.

Dès qu'elle fut hors de vue, les épaules de Baker se raidirent. Merde. Il était partagé entre l'excitation de pouvoir passer plus de temps avec Jodelle et le stress au sujet de la menace inconnue qui semblait peser sur les épaules de Ben. Baker était un homme qui n'aimait pas ne pas avoir les informations nécessaires pour prendre les bonnes décisions. Il avançait à l'aveuglette jusqu'à ce que Ben se sente assez à l'aise pour lui parler. C'était de cette façon qu'il arrivait des problèmes.

Ben n'était pas un terroriste ou un tueur, et même si Baker s'inquiétait de ce qui l'avait conduit à vivre dans sa voiture, il ne pensait pas que c'était une situation de vie ou de mort. Du moins, il l'espérait. Il n'était pas naïf au point de penser que le danger ne pouvait pas s'infiltrer dans son coin de paradis – il avait beaucoup d'expérience prouvant le contraire –, mais il priait pour que ça ne soit rien comme ce qui était arrivé aux femmes de ses amis. Que ce genre de choses affecte Jodelle, après tout ce qu'elle avait déjà vécu, cela lui donnait envie de l'enfermer dans la maison et de jeter la clé.

Mais ça ne risquait pas de la rendre heureuse. Cela tuerait la lumière qui brillait si vivement en elle, même après la douleur causée par la perte de son fils. Le mieux était donc de découvrir ce que Ben essayait de régler par lui-même et de l'aider, permettant ainsi à Jodelle de se détendre.

* * *

Des heures plus tard, Ben était propre, il avait le ventre rempli par les trois hamburgers qu'il avait mangés, sa voiture était dans la rue devant la maison, ses vêtements au sèche-linge, et il était affalé, à moitié endormi, d'un côté du canapé pendant que Baker et Jodelle étaient blottis l'un contre l'autre à l'opposé.

Jodelle leva les yeux vers Baker et annonça :

— Il se fait tard. Tu es sûrement fatigué après tes réunions d'aujourd'hui. Tu devrais rentrer à la maison.

— Je ne rentrerai pas. Je reste ici, lui dit Baker.

Jodelle fronça les sourcils et se redressa contre lui.

— Quoi ?

— Je reste.

— Mais… euh… nous ne sommes pas… mince. Baker, nous ne nous fréquentons que depuis une semaine.

— Je vais dormir sur le canapé, Clochette. Détends-toi.

— Oh, mais…

— Je reste, dit-il fermement.

Baker percevait le regard de Ben sur lui, mais il se focalisa sur Jodelle.

— Je pense pouvoir faire confiance à Ben, mais je ne serais pas l'homme que je suis si je te laisse seule dans ta maison avec un type deux fois plus grand et plus lourd que toi.

— Baker, il ne va pas me faire de mal.

Il haussa les épaules, pas du tout perturbé.

— Je ne pense pas non plus, c'est vrai.

— Alors, tu n'es pas obligé de rester.

Il ne répondit pas, soutenant son regard en un combat silencieux de leurs volontés. Elle allait perdre, mais Baker respectait le fait qu'elle tente le coup.

— Il a raison, intervint Ben depuis l'autre côté du canapé. Encore.

Jodelle se tourna vers lui.

— Tu vas me faire du mal ? demanda-t-elle un peu sèchement.

— Non.

— Tu vois ? dit-elle en se retournant vers Baker.

— Il vous protège, comme il se doit, reprit Ben. Je peux le répéter jusqu'à être à bout de souffle, mais les actes sont plus marquants. Les gens mentent tout le temps, mademoiselle Jody. Ils disent ce que l'autre personne veut entendre, puis ils font ce qu'ils veulent de toute façon. C'est plus malin que Baker reste ici.

Jodelle poussa un soupir.

— Eh bien, j'ai confiance en toi, Ben.

— Merci. Mais il a toujours raison, précisa l'adolescent.

Jodelle leva encore les yeux vers Baker.

— Le canapé n'est pas tellement confortable. Il n'est même pas convertible.

— Ça ira très bien. Crois-moi, j'ai dormi dans des endroits pires au cours de ma vie.

Le front de Jodelle se plissa une fois de plus.

— Je ne suis pas sûre que ça me rassure, dit-elle. Maintenant, j'ai en tête une image de toi allongé sur un sol froid et humide, en train de trembler pendant que des coups de feu résonnent au-dessus de ta tête, marmonna-t-elle.

Baker ne put s'empêcher de rire. Il aurait aimé pouvoir la rassurer en disant que ce n'était jamais arrivé, mais il ne le pouvait pas.

— Je peux dormir ici, proposa Ben.

— Non, rétorquèrent Baker et Jodelle en même temps.

Elle lui sourit.

— Tu as du sommeil à rattraper, dit Baker à l'adolescent. Demain, tu pourras prendre tes repères, mais ensuite, il te faudra retourner à l'école.

Ben fronça les sourcils et regarda ses genoux.

— Nous pourrions aller surfer, si tu veux, suggéra Baker. Peut-être au milieu de la matinée. Rien n'éclaircit mieux les idées qu'une bonne vague.

— Je n'ai pas ma planche, dit Ben en parlant toujours tête baissée.

— J'en ai une supplémentaire chez moi, expliqua Baker. Je sais que ce n'est pas la même chose que d'avoir la tienne, mais c'est mieux que rien.

Baker retint son souffle, puis se détendit légèrement quand Ben relâcha enfin la tête.

— Bien. C'est vrai qu'il se fait tard et tu as sans doute des merdes... euh... du travail à faire demain, Clochette, dit Baker.

Tu ronflais plus ou moins dans mes bras, alors ne me dis pas que tu n'es pas fatiguée.

— Je ne ronflais pas, protesta Jodelle.

— Si tu le dis, la taquina-t-il.

— Je... tu es sûr que ça ira ici ? Attends, as-tu tes affaires pour la nuit ?

Baker gloussa.

— Mes affaires pour la nuit ?

— Oui, un pyjama, des vêtements pour demain, la brosse à dents, ce genre de choses ?

— Clochette, je dors en boxer et je pense pouvoir remettre les mêmes vêtements qu'aujourd'hui assez longtemps pour me rendre à la maison et mettre des affaires propres.

— Et la brosse à dents ? insista-t-elle.

— Est-ce qu'il t'en reste une autre ?

Elle se mordit la lèvre.

— Oui.

Puis elle rajouta vite :

— C'est parce que j'en reçois toujours une gratuite quand je vais chez le dentiste, mais je n'aime pas celles qu'ils nous donnent. J'aime acheter la mienne. Alors je mets les autres dans un tiroir... au cas où.

— Je ne cherchais pas à savoir pourquoi tu avais des brosses à dents supplémentaires, Clochette, mais je suis soulagé d'entendre que tu ne les récoltes pas parce que tu invites spontanément des gens à passer la nuit chez toi de façon régulière, dit Baker.

Ben rit à côté d'eux et Baker était ravi d'entendre que l'adolescent s'était suffisamment détendu pour trouver quelque chose drôle, mais il garda le regard rivé sur Jodelle.

— Ce n'est pas ce que je fais. Je pense que c'est la première fois depuis la mort de Mana que quelqu'un passe la nuit ici. C'est juste que... je veux que tu sois bien installé.

— Ce sera le cas. Promis.

— D'accord. Mais je maintiens que ce n'est pas utile.

— Et moi, que ça l'est, rétorqua Baker.

— Et je suis d'accord, intervint Ben.

— D'accord, d'accord. Je suis en infériorité numérique, j'ai compris ! souffla Jodelle.

Ben se leva du canapé et se tint au milieu de la pièce, un peu mal à l'aise.

— Je vais aller me coucher, alors. Encore merci pour tout, mademoiselle Jody.

— Bien sûr, mon chéri. Je suis contente de t'avoir ici et tu es bienvenu aussi longtemps que tu le veux. Même si ça dure des mois. Je suis sérieuse, Ben.

Baker vit des larmes briller dans les yeux de l'adolescent avant qu'il ne baisse la tête.

— Merci, répéta-t-il doucement.

— À demain matin, dit Jodelle, et Baker comprit qu'elle avait également vu les larmes et qu'elle rajoutait quelques mots afin qu'il ne se sente pas gêné d'être ému.

Ben hocha la tête et sortit du salon.

Baker attendit jusqu'à ce que la porte de la chambre d'amis se referme avant de demander à Jodelle :

— Ça va ?

Elle fronça les sourcils.

— Pourquoi ça n'irait pas ?

— Parce que la chambre de Mana est occupée par quelqu'un d'autre que lui pour la première fois depuis son décès.

Jodelle ferma les yeux un instant avant de les ouvrir.

— Oui. J'ai cru que ça allait être difficile, et j'ai eu un petit moment compliqué quand je préparais le lit tout à l'heure, mais je l'ai surmonté. C'est la bonne chose à faire et je sais que Mana serait ravi de savoir Ben ici. Il le connaissait.

Il fallut une seconde à Baker pour comprendre ce qu'elle voulait dire.

— Mana connaissait Ben ?

— Oui. Ben me l'a dit tout à l'heure. Il a expliqué que Mana était son animateur à l'école de surf. Et quelque chose que j'ai entendu un jour m'est revenu en tête quand je mettais les draps sur le lit. Une personne essayait de me réconforter, et elle avait dit que tout arrivait pour une raison. Et quand j'avais entendu ça, j'étais si fâchée. Je n'imaginais pas quelle pouvait être la raison pour que mon enfant meure. Ça n'avait aucun sens et j'avais l'impression que c'était une de ces conneries que disent les gens quand ils ne savent pas quoi dire d'autre. Mais... je commence à comprendre que c'est vrai. Bien sûr, j'aimerais toujours avoir mon fils, mais si Mana n'était pas mort, peut-être que le gamin qu'il a sauvé n'aurait pas survécu, alors il y a ça. Et d'autres petites choses aussi. Je n'aurais pas commencé à traîner sur la plage le matin, je ne t'aurais pas rencontré, je ne serai pas ici avec toi en ce moment. Je n'aurais pas non plus rencontré Ben ni remarqué que quelque chose n'allait pas. Je ne l'aurais pas cherché et il aurait été coincé là-bas à Ka'e-na Point sans essence, mort de faim et sans doute effrayé. Il ne serait certainement pas ici maintenant et je n'aurais jamais su qu'il connaissait Mana ni l'impact que mon fils a eu sur sa vie. Alors... même si je continue à souhaiter que mon fils soit présent, je commence enfin à ouvrir les yeux sur certaines des bonnes choses qui se sont produites à cause de sa mort. Est-ce que ça fait de moi quelqu'un de mauvais ?

— Non, affirma Baker, extrêmement fier d'elle. Je pense que c'est une façon saine d'envisager la vie.

— Mana voudrait que je veille sur Ben. Que je lui donne son lit, ses vêtements, un endroit sûr pour reprendre ses esprits et savoir où il en est.

— Je suis d'accord, acquiesça Baker. Ça ne te gêne pas que je reste ?

— Pas du tout. Mais est-ce trop osé de dire que j'aimerais que tu ne dormes pas sur le canapé ?

Les muscles de Baker se raidirent.

— Merde.

— Trop tôt ? demanda Jodelle.

— Oui... et non. Je ressens la même chose, mais je cherche à montrer l'exemple. Même si je suis certain que Ben n'aurait pas d'objection.

— Je pense que tu pourrais sans doute mieux me protéger si tu étais juste à côté de moi, dit Jodelle un peu timidement.

— Merde...

Jodelle se lécha les lèvres et lui sourit.

— D'accord, d'accord. Je suis désolée. J'arrête. Mais Baker, je suis une adulte. Pas une gamine. Et il est évident que tu me plais... du moins, je le crois. Je sais que nous ne sommes pas ensemble depuis très longtemps, mais j'ai l'impression de te connaître depuis toujours. Je sais que tu es un homme digne de confiance. Tu ne vas pas me baiser puis me laisser tomber le lendemain. Alors, si tu as une espèce d'idée préconçue selon laquelle il te faut attendre un mois ou deux, ou je ne sais quoi avant de consommer cette relation... tu dois peut-être y réfléchir à deux fois.

Baker bougea de façon à ce que Jodelle se retrouve sur le dos, ses cheveux bruns étalés sur le coussin sous sa tête, pendant qu'il était allongé entre ses jambes.

— Consommer ? demanda-t-il en souriant.

Elle leva les yeux au ciel.

— Oui.

— Alors, non, Clochette. Je n'ai pas de planning en tête pour notre *consommation*, mais je voulais vraiment te laisser le temps d'apprendre à me connaître – mon côté que la plupart des gens ne voient jamais – avant de faire ça. Je ne suis pas un homme facile à vivre et il faut que tu le comprennes avant de me donner ton corps.

— Je ne veux pas la facilité. Les gens faciles à vivre sont ennuyeux.

— Tu le dis maintenant, mais j'ai bien vu comment tu me contredisais ne serait-ce que parce que je voulais te protéger en restant dormir ici cette nuit, rétorqua-t-il.

— Je pense que tu n'as pas vu comme je trouve ça agréable. J'aime que tu te soucies suffisamment de moi pour vouloir me protéger.

Baker s'immobilisa en la regardant. Elle avait raison : il ne l'avait pas vu.

— Et non seulement ça, mais tu me respectes assez pour ne même pas envisager de dormir dans mon lit ce soir. Oui, tu es obstiné, entêté, et trop protecteur, mais j'ai vécu seule pendant des années, Baker. J'ai dû élever un fils par moi-même : ce n'est pas facile, pas du tout. J'ai été responsable de lui et aussi de moi-même pendant presque toute ma vie d'adulte. Je peux supporter le fait que tu ne sois pas un homme facile, si je sais également que tu tiens assez à moi pour ne pas vouloir me laisser seule dans ma maison avec quelqu'un d'autre, même si cette personne ne me faisait pas plus de mal que mon propre fils.

— J'ai fait beaucoup de choses terribles dans ma vie, l'avertit Baker.

Jodelle leva les yeux au ciel.

— Évidemment, tu étais un Seal.

Il n'avait pas fait ces choses-là seulement en tant que Seal. Il continuait à faire des choses dont il n'était pas vraiment fier, mais c'était toujours dans l'intérêt général.

— J'essaie de te donner une dernière porte de sortie, lui dit-il.

— Je n'en veux pas, affirma Jodelle. Baker, je te désire depuis le premier jour que je t'ai rencontré. Tu donnes l'impression d'être assez intense, mais d'une façon ou d'une autre, je savais que tu ne me ferais pas de mal. Ni aux enfants avec lesquels tu surfes tous les jours. Et plus je te voyais, plus ça m'a été prouvé. Même quand tu essayais de faire le dur avec Monica le jour où tu l'as rencontrée, tu le faisais parce que tu voulais protéger ton ami.

— On dirait que tu as omis des choses en me parlant de ton déjeuner avec les filles, ironisa Baker.

Jodelle lui sourit.

— J'étais là ce jour-là, tu t'en souviens ? Et quand Monica a paniqué en voyant ton tatouage, tu as fait ton possible pour éviter qu'elle se blesse. Tu lui as parlé, tu l'as apaisée. Je n'entendais pas ce que tu disais depuis l'endroit où j'étais assise, mais je voyais bien que tu détestais le fait qu'elle ait peur de toi. C'est ça, l'homme que je veux. L'homme dont je rêve quand je suis seule dans mon lit la nuit. L'homme que je peux laisser dormir sur mon canapé et utiliser son réseau pour m'acheter des malasadas fraîchement cuites. Mais... la moitié de ma vie est passée. Je n'ai pas l'intention de rester à jouer à une espèce de jeu de séduction idiot jusqu'à ce qu'un temps arbitraire se soit écoulé que quelqu'un, quelque part, estime être le temps approprié avant le sexe.

Baker l'examina longuement.

— D'accord. Ce soir, je dors sur le canapé. Demain, dans ton lit. À partir de là, nous prendrons les choses au jour le jour.

Jodelle lui fit un grand sourire.

— Parfait.

— Heureusement que tu n'aimes pas la facilité, Clochette, parce que j'ai l'impression que je vais très souvent t'irriter.

— Sans doute, admit-elle en souriant toujours.

Elle glissa alors les mains sous le tee-shirt de Baker et fit remonter ses paumes chaudes dans son dos.

— Mais je pense que le sexe de réconciliation sera inoubliable.

— Merde, jura Baker quand il sentit son membre se dresser.

Elle l'avait senti également, car elle se cambra légèrement de façon à ce qu'il soit fermement placé entre ses cuisses.

Elle appuya dans son dos, essayant de le faire descendre vers elle. Quand il resta au-dessus d'elle, elle fit la moue.

— Baker.

— Oui ?

— Embrasse-moi, supplia-t-elle.

Il ne put pas résister.

Ils s'embrassèrent quelques longues minutes sur le canapé, jusqu'à ce que Baker sache qu'il devait arrêter ou bien perdre le contrôle. Il avait la main sous le tee-shirt de Jodelle, avait descendu son soutien-gorge et tenait son sein. Son téton était tout dur, pointant dans sa main pendant qu'il suçait et léchait la peau juste sous son oreille. Elle avait la tête tournée, lui offrant son cou, et une de ses mains agrippait les fesses de Baker pendant qu'elle se balançait lentement contre lui.

L'autre main commença à triturer la boucle de sa ceinture.

Baker inspira profondément, remit le soutien-gorge en place et retira la main de son tee-shirt. Il saisit la main de Jodelle qui essayait de défaire sa ceinture et la porta à sa bouche. Il embrassa sa paume et attendit qu'elle le regarde.

Elle respirait fort et il voyait que le haut de sa poitrine était rougi par le désir. Baker avait terriblement envie de voir si le reste était aussi devenu tout rouge.

— Il me tarde de tout essayer avec toi, souffla Baker.

— Moi aussi, répondit-elle en haletant.

— Mais surtout, il me tarde de te tenir pendant que je dors. De m'endormir avec ton odeur de frangipanier dans le nez, de savoir que d'une façon ou d'une autre, après tout ce que j'ai fait, j'ai trouvé mon âme sœur.

Les yeux de Jodelle s'emplirent immédiatement de larmes.

— Ne pleure pas, la gronda Baker. Ceci est un moment de bonheur.

Elle inspira profondément.

— C'est aussi un moment très frustrant, répondit-elle quand elle parvint à maîtriser ses émotions.

— Oui. Mais nous sommes vieux et sages, nous arriverons à surmonter ça.

Elle sourit brièvement, puis elle avoua :

— Je n'ai encore jamais dormi dans les bras de quelqu'un.

— Sérieusement ? Tu as été mariée, s'étonna Baker.

— Il n'aimait pas les câlins. Il disait que ça le rendait claustrophobe.

— Quel crétin, lui dit Baker.

— Je pense que je vais aimer être dans tes bras.

Baker regretta d'avoir dit qu'il allait dormir sur le canapé. Il voulait lui montrer comme c'était agréable de dormir avec quelqu'un. Juste dormir.

— Et je pense que tu devrais sans doute profiter de ta dernière nuit seule dans ton lit.

— Elle va être longue.

— La plus longue nuit qui soit, acquiesça Baker. Mais que dit-on, déjà ? Que l'attente améliore tout ?

— Je ne sais pas qui est ce *on*, mais c'est un crétin aussi, se plaignit Jodelle.

Baker éclata de rire.

— Tu as certainement raison.

Il fit alors une des choses les plus difficiles qu'il ait eues à faire depuis longtemps, et il s'écarta du corps doux et accueillant de Jodelle. Il la fit asseoir, puis la releva de façon à ce qu'elle se tienne debout devant lui.

— Va dormir, Clochette.

— Tu penses que je peux dormir *maintenant* ?

— Tu as intérêt. Je ne veux pas que tu sois à la ramasse demain soir.

Elle sourit, puis elle fronça le nez.

— Maintenant, je me demande si c'est très bien de dormir avec toi alors que Ben est au bout du couloir.

— Même si j'ai très envie de t'avoir entre mes jambes, il me tarde aussi de simplement te tenir dans mes bras, Clochette. En outre, Ben n'est pas idiot. Il n'a pas non plus cinq ans.

— Je sais, mais quand même.

— Nous verrons bien. Si nécessaire, nous irons chez moi.

— Vraiment ? Tu le laisserais tout seul chez moi ?

— Pas ce soir. Pas demain. Mais au bout d'un moment, quand il aura prouvé que nous pouvons lui faire confiance ? Oui. Si tu es plus à l'aise pour faire l'amour quand il n'est pas à la maison, et je sais que tu ne vas pas le jeter dehors très prochainement, alors c'est ce que nous ferons. Mais pour ce que ça vaut, je ne vais pas avoir besoin de te sauter dessus chaque soir comme si j'avais vingt ans. Je suis trop vieux pour ces conneries. Parfois, c'est plus intime de rester allongés dans les bras l'un de l'autre que de baiser.

Jodelle le serra contre elle.

— Je suis tout à fait d'accord avec ça.

Baker ne put s'empêcher de l'embrasser encore. Il posa ensuite les lèvres sur son front et la serra dans ses bras.

— Je vais attraper un oreiller et une couverture, dit-elle.

— Je veux le tien.

— Mon quoi ?

— Ton oreiller, précisa Baker.

Jodelle rougit encore, mais elle hocha la tête.

— Je veux te sentir pendant que je dors, ajouta Baker, même si elle n'avait pas demandé d'explication.

C'était un miracle qu'il ne l'avait pas encore fait fuir. Il allait très vite en besogne, mais elle n'avait pas été surprise : encore une preuve qu'elle était parfaite pour lui. D'un autre côté, elle avait avoué qu'elle s'intéressait à lui depuis qu'elle l'avait vu. C'était pareil pour lui, mais comme un idiot, il avait hésité à agir. Baker allait s'en vouloir de ne pas avoir cherché plus tôt à savoir où tout ceci pouvait le mener. Il avait perdu au moins deux ans pendant lesquels il aurait pu avoir Jodelle à ses côtés, dans son lit et dans la peau.

Il allait peut-être vite maintenant, mais il avait beaucoup de temps à rattraper, et il n'avait pas l'intention de gâcher un jour de plus.

Baker relâcha Jodelle afin qu'elle puisse lui attraper un oreiller pour son lit. Il resta dans le salon, car il avait peur de ne pas dormir sur le canapé s'il la suivait. Il fit aussi de son mieux pour ne pas donner l'impression qu'il allait lui sauter dessus à son retour.

— Bonne nuit, dit-elle doucement.

— Bonne nuit, Clochette.

— À demain matin.

Baker hocha la tête, serrant les dents pour se maîtriser. Jodelle le fixa un instant du regard, puis elle tourna les talons et retourna dans sa chambre.

Baker dut rester immobile à l'écouter se préparer dans sa chambre pendant cinq bonnes minutes avant qu'il se détende suffisamment pour bouger. Ensuite, il avança vers la porte d'entrée, vérifia qu'elle était fermée à clé, et jeta également un coup d'œil aux fenêtres. Il souleva l'oreiller que Jodelle lui avait donné et inspira profondément.

Baker soupira en grimaçant à cause de la réaction immédiate de sa verge à l'odeur du frangipanier. La nuit allait être longue, mais bizarrement, il ne se souvenait pas avoir été aussi satisfait depuis très longtemps. Il avait l'impression d'être à sa place sous le même toit que Jodelle, même s'il n'était pas à ses côtés. Il était là où il était censé être, il en était certain.

Il lui avait fallu cinquante-deux ans pour y arriver, mais maintenant que c'était le cas, Baker n'avait pas l'intention de partir.

CHAPITRE 12

Jody n'avait pas bien dormi. Elle n'avait pas arrêté de rêver de Baker. Elle s'était réveillée plusieurs fois, consciente qu'il se trouvait à quelques pas de la porte de sa chambre. Il lui aurait suffi de lui dire qu'elle avait fait un cauchemar et il se serait glissé dans son lit. Elle le savait, mais elle avait refusé de jouer à ce genre de jeux avec lui. Baker était... différent. Très différent de son ex, qui ne se préoccupait que de lui-même. Différent des quelques hommes qu'elle avait fréquentés au cours des années passées. Il semblait la comprendre à un niveau jamais atteint par quelqu'un d'autre. Elle pouvait lui parler de Mana sans que Baker devienne gêné ou ennuyé qu'elle n'accepte pas simplement la mort de son fils.

Kaimana allait toujours faire partie d'elle. Elle refusait de l'oublier ou de retirer ses photos.

Un bruit venant de la chambre de son fils poussa Jody à se redresser brusquement. Était-ce... ?

Pendant une fraction de seconde, quand elle entendit le plancher craquer dans l'autre chambre, elle fut submergée par la joie. Mais ce bonheur fut de courte durée. Mana était parti et ce qu'elle entendait n'était pas son fils, mais Ben.

Jody se laissa retomber sur le lit et fixa le plafond, dissé-quant les émotions en elle. Était-elle bouleversée ? Elle ne le pensait pas. Son manque de sommeil lui avait fait penser un instant qu'elle entendait Mana, mais savoir que Ben était présent la... rassurait. Elle savait que Mana serait heureux qu'elle l'aide. Même si Jody ne savait pas ce qui avait mal tourné dans la vie de Ben, pour le moment il suffisait de lui offrir un endroit sûr où dormir, de quoi manger, une amitié sans condition.

Elle entendit couler de l'eau dans la salle de bains et elle se rassit, puis elle se dépêcha d'aller se préparer pour la journée dans sa propre salle de bains attenante. Elle voulait faire un gros petit-déjeuner pour Ben... et pour Baker. Ce n'était pas souvent qu'elle ratait le petit-déjeuner à la plage avec les gamins du surf, mais elle pouvait faire une exception ce matin.

En se regardant dans le miroir, Jody vit qu'elle souriait. C'était très agréable de ne pas se réveiller seule. Elle y était habituée, mais ça ne voulait pas dire qu'elle aimait ça. Elle attacha ses cheveux en un chignon vite fait, mit un legging et un grand tee-shirt. Ensuite, elle se précipita hors de sa chambre, espérant commencer le petit-déjeuner avant que Ben ait fini sa douche.

Elle se concentrait tellement sur son trajet vers la cuisine et sur ce qu'elle avait comme ingrédients disponibles, qu'elle ne fit pas attention en sortant dans le couloir qui menait à la pièce de vie.

Tout l'air quitta ses poumons quand elle rebondit littéralement contre Baker. Elle serait tombée à la renverse s'il ne l'avait pas attrapée par la taille.

Il l'attira tout contre lui et rit doucement. Le bruit donna la chair de poule à Jody. Elle regarda ses yeux verts de jade et elle ne put reprendre son souffle pendant une seconde. Bon sang, même au petit matin, Baker était canon. Il avait les cheveux ébouriffés, presque dressés sur la tête. Il avait un pli sur une joue biseautée à cause de l'oreiller qu'il avait utilisé, et le jean qu'il portait tombait sur ses hanches parce qu'il ne l'avait pas encore boutonné.

Jody l'avait souvent vu en combinaison de plongée, ce qui ne laissait pas beaucoup de place à l'imagination, mais le voir ainsi... alors qu'il venait manifestement de se réveiller, le pantalon à peine enfilé, le torse nu sous ses mains... c'était complètement différent. Plus intime.

— Bonjour, Clochette, dit-il d'une voix rauque qui la rendit immédiatement humide entre les jambes.

Mon Dieu, cet homme était fatal.

— Salut, parvint-elle à dire.

Il la dévisagea tranquillement de la tête aux pieds, et d'après la sensation de son érection contre son ventre, il aimait ce qu'il voyait.

— Bien dormi ?

Elle haussa les épaules.

Baker fronça les sourcils.

— Non ? Qu'est-ce qui ne va pas ?

— Tout va bien, dit-elle en caressant son torse avec les pouces sans s'en rendre compte. Je suis restée seule dans cette maison pendant si longtemps que mon subconscient devait savoir qu'il y avait à nouveau du monde. Il me faudra un peu de temps pour m'y habituer, c'est tout.

Baker se détendit légèrement et hocha la tête.

— Je comprends. Je me suis réveillé plusieurs fois moi-même. Je me suis levé pour surveiller la maison, vérifier que tout allait bien. C'est une habitude. Je suis désolé si tu m'as entendu marcher et si ça t'a réveillé.

— Tu fais ça souvent ? demanda-t-elle.

— Oui. C'est un effet secondaire de mon passé, dit-il en haussant les épaules, comme si ce n'était pas grave qu'il ne puisse pas dormir toute une nuit sans avoir l'impression de devoir se lever et chercher des monstres.

Consciente qu'elle n'était pas ravie d'entendre ce qu'il avait dit, Baker leva une main et enfonça les doigts dans les cheveux de Jodelle, ce qui détacha son chignon.

— Ce n'est pas grave. En général, je me rendors tout de suite après. Waouh, j'adore tes cheveux.

Surprise par le changement brutal de sujet, Jody ne se plaignit pas quand Baker se pencha et inspira profondément.

— Tu es tellement bizarre, lui dit-elle, savourant secrètement le fait qu'il aime son odeur.

— Certainement, marmonna-t-il sans lever la tête.

Il la stupéfia en se mettant à se balancer doucement pendant qu'elle était dans ses bras.

— Tu fais quoi ?

— Je danse, dit Baker.

Le cœur de Jody se mit à fondre. Elle se transforma en énorme tas de gelée au milieu de son salon. Elle déglutit et ferma les yeux, laissant Baker la guider dans un slow.

Plusieurs minutes s'écoulèrent pendant qu'ils avançaient et reculaient dans les bras l'un de l'autre... jusqu'à ce que la voix perplexe de Ben rompt le sortilège.

— Que se passe-t-il ?

Jody tourna brusquement la tête sur le côté et elle vit Ben qui les regardait, stupéfait.

— Nous dansons, répéta Baker qui ne semblait pas gêné ou ennuyé.

— Il est – Ben regarda la montre à son poignet – 7 h et demie du matin.

— Oui, dit Baker.

— D'accord... bref, maugréa-t-il. Je me suis dit que j'allais sortir.

Jody s'extirpa des bras de Baker en entendant cela.

— Quoi ? Où ? Je n'ai pas préparé le petit-déjeuner.

Ben détourna la tête.

— J'ai déjà pris assez de choses, mademoiselle Jody. Je ne veux pas être un parasite.

— Benjamin Miller, tu n'es pas un parasite, dit-elle vivement.

Elle se tourna vers Ben, les mains sur les hanches et en fronçant les sourcils.

— Si tu vas surfer aujourd'hui avec Baker, tu as besoin de te nourrir. À mon avis, ça fait un moment que tu n'as pas eu de bon petit-déjeuner. Si tu ne veux pas être un *parasite*, tu peux m'aider, mais tu ne partiras pas tant que je ne t'ai pas donné à manger.

Ben esquissa un sourire. Il regarda Baker.

— Elle est assez autoritaire.

— Oui, dit Baker avec un sourire.

Il posa les bras autour de Jody, par-derrière.

— Je *suis* autoritaire, affirma Jody. Tu peux mélanger la pâte à gaufres pendant que je prépare le bacon.

— Je suppose que je reste, alors, soupira Ben.

— Tu as ta combinaison ? demanda Baker au jeune homme.

— Oui, je l'ai prise hier soir.

— Bien.

— Je dois nettoyer ma voiture… jeter les ordures et tout le bazar, dit-il d'un ton hésitant, comme s'il avait honte.

— Tu pourras le faire après avoir mangé, insista Jody. Tu as bien dormi ?

— Oui.

— Bien.

— Mademoiselle Jody ?

— Oui, Ben ?

— Je… merci beaucoup de m'avoir laissé dormir ici cette nuit.

Jody quitta les bras de Baker et s'avança vers l'adolescent. Il n'était pas tout à fait aussi grand que Baker, mais pas loin. Elle leva une main et la posa doucement sur la joue de Ben.

— Comme je te l'ai dit hier soir, tu peux rester ici aussi longtemps que tu le souhaites.

— Merci, chuchota-t-il.

Jody inspira profondément et laissa tomber sa main.

— Bien, avant que je me transforme en tas de mièvrerie, nous avons un petit-déjeuner à préparer pendant que Baker se douche.

— Je vais à la plage pour surfer, lui rappela Baker.

— Et alors ? demanda Jody en se tournant vers lui. Tu veux que ta puanteur contamine l'océan et tue les tortues ?

Baker s'étrangla avec un éclat de rire. Jody savait qu'elle était particulièrement autoritaire et ridicule, mais elle voulait du temps en tête-à-tête avec Ben. Baker semblait le rendre nerveux et elle voulait que son invité se détende autant que possible.

Baker hocha la tête comme s'il avait compris.

— D'accord, mais je vais utiliser la salle de bains de ta chambre.

Jody fut prise d'un frisson à l'idée de Baker nu dans sa douche.

— D'accord, mais si tu sors avec mon odeur de parfum, je vais vraiment me poser des questions sur toi.

Baker s'esclaffa.

— J'aime sentir l'odeur sur *toi*, Clochette, pas me baigner dedans.

Il hocha la tête en direction de Ben et tourna les talons vers la chambre de Jody.

Quand elle entendit la porte se fermer, elle se tourna vers Ben.

— Maintenant qu'il est parti... ne lui dis pas, mais je crois qu'il nous faut une malasada pour nous ouvrir l'appétit.

Ben rit.

— Vous êtes folle.

— Oui, dit Jody avec un sourire, ravie de voir Ben sourire aussi.

Quand Baker sortit de la douche – Jody avait l'impression qu'il avait volontairement pris beaucoup de temps –, le petit-déjeuner était prêt. Avant de s'asseoir, elle ouvrit le garde-manger et en sortit un Pop-Tart à la fraise qu'elle posa à côté de son assiette.

— Les gaufres, le bacon et les malasadas ne suffisent pas ? demanda Baker d'un ton amusé.

Jody était bien déterminée à ne pas avoir honte de son rituel.

— Mana prenait toujours un Pop-Tart pour le petit-déjeuner. Littéralement chaque jour. À la fraise. Sauf... sauf ce matin-là.

Elle inspira profondément avant de continuer :

— Je sais que c'est bête, mais...

Sa voix s'estompa.

Baker se pencha et posa une main dans sa nuque avec douceur. Il l'attira vers lui.

— Si tu veux manger un Pop-Tart tous les matins, tu peux manger un Pop-Tart tous les matins. Ça n'a rien de bête, dit-il doucement en appuyant le front contre celui de Jody.

Ils restèrent assis ainsi pendant une seconde jusqu'à ce que Jody hoche la tête.

Elle ne pensait pas que Baker allait se moquer d'elle ou lui dire en levant les yeux au ciel que Mana n'était pas mort parce qu'il n'avait pas mangé de Pop-Tart ce matin-là, cinq ans auparavant. Au fond d'elle, elle le savait aussi. Mais ça ne l'empêchait pas de profiter de la gourmandise préférée de son fils chaque matin, parce qu'elle avait l'impression d'être plus près de lui.

Les gaufres étaient délicieuses et Jody fut ravie de voir Ben en manger plusieurs. Baker en avala également une portion non négligeable. Elle allait très vite devoir faire les courses.

Ben sembla se détendre encore plus pendant qu'ils mangeaient. Baker maintint une conversation légère et naturelle, et il n'insista pas pour que l'adolescent raconte ses problèmes. Quand ils furent prêts à partir surfer, il ressemblait presque au gamin que Jody avait rencontré quelques années auparavant, à la plage.

— Y a-t-il quelque chose en particulier que vous aimez manger ? Je vais aller au supermarché pendant que vous batifolez dans l'océan ce matin, annonça Jody.

— Tout me va, dit Ben doucement, manifestement mal à l'aise à l'idée de se faire nourrir.

Il se dirigea vers la porte.

Baker attrapa son porte-monnaie et en sortit une carte de crédit qu'il lui tendit.

— Euh... c'est pour quoi faire ? lui demanda-t-elle.

— Pour les courses.

— Oh, ça va. Mais merci.

Baker ne laissa pas retomber sa main. Il indiqua la carte d'un coup de menton.

— Prends-la, Jodelle.

— Vraiment, ce n'est pas nécessaire.

En réponse, Baker s'avança vers elle. Il ne la toucha pas, mais il avait attiré son attention.

— Tu ne vas pas payer ce que tu vas cuisiner pour moi, dit-il.

Jody pinça les lèvres et essaya de ne pas être irritée. Voici le genre d'homme qu'était Baker. Elle le savait, et elle aimait même le fait qu'il veuille veiller sur elle. Il lui avait dit la veille au soir que la relation avec lui n'allait pas être facile. Mais elle ne voulait pas qu'il pense qu'elle cherchait à se faire entretenir.

— Je sais que nous n'avons pas parlé de ça, mais je gagne bien ma vie, Baker. Je n'ai pas besoin – ni envie – que tu paies chaque petite chose comme si j'avais besoin de ton argent. Ce n'est pas le cas.

— Je sais que tu n'en as pas besoin, dit-il, pas du tout irrité. Je suis content que tu ne manques pas d'argent, mais ce que tu viens de dire vaut pour moi aussi. Je ne cherche pas à vivre à tes crochets.

— Sommes-nous dans une impasse, alors ?

— Non. C'est nouveau pour nous et nous mettons les choses à plat, dit Baker.

D'accord, c'était agréable. Elle prit un moment pour se calmer avant de reprendre la parole.

— En général, je vais au supermarché une fois par semaine, mais ça fait un moment que je n'y suis pas allée. Maintenant, Ben est ici. C'est un adolescent et il mange beaucoup. Du moins, je le suppose d'après mon expérience avec Mana. Il a eu une période difficile, et je voudrais que cette maison soit un endroit sûr pour lui, et ça veut dire que je dois avoir de bons repas pour lui aussi longtemps qu'il restera. Sans parler du fait que je veux impressionner mon nouveau copain en cuisinant pour lui. Je n'ai pas eu l'occasion de préparer un repas pour plusieurs personnes depuis longtemps. J'aime cuisiner. Je veux cuisiner pour vous deux, et pour le faire, j'ai besoin d'ingrédients. Des ingrédients que je peux acheter avec l'argent que j'ai gagné.

— Je comprends tout ça et ça me fait plaisir, parce que je ne sais pas très bien cuisiner et que j'aime manger, dit Baker. Il me tarde de te voir heureuse dans ta cuisine, en train de nous préparer un repas. D'autant plus si je sais que tu aimes ça. Cela dit, tu ne cuisines pas et tu ne fais pas les courses pour toi uniquement. Tu le fais pour trois personnes. Je veux y contribuer. Et Ben est un gamin, il ne devrait pas avoir à payer pour ses repas. Je ne manque pas d'argent non plus, Clochette, et je veux que cette relation aille dans les deux sens, pas dans un seul.

— Comment est-ce que ça peut être à sens unique si j'achète ce que je vais manger ? demanda Jody.

— Parce que je ne t'aiderai pas beaucoup pour préparer ces repas, raisonna Baker.

Jody comprenait son argument, mais elle n'était pas encore tout à fait prête à céder.

— Je ne veux pas que notre relation consiste en une liste d'éléments à cocher, notamment qui paie quoi, afin que tout soit exactement égal.

— Moi non plus. Si tu veux sortir et nous acheter des tacos dans un food truck pour le dîner, je suis pour. Tu oublies quelque chose et tu pars au magasin pour le récupérer, je ne vais pas m'en préoccuper. Nous arriverons à un stade où je voudrais que cette relation entre nous soit permanente, et j'espère que tu accepteras de fusionner nos comptes bancaires. Ça ne sera donc plus important de savoir qui paie quoi, parce que ce sera notre argent, et pas le tien ou le mien. Nous n'aurons plus du tout ce genre de conversation. Nos discussions sur l'argent tourneront autour de ce que nous voulons dépenser pour les vacances, ou le genre de crédit que nous pouvons nous permettre si nous décidons d'améliorer une de nos maisons.

Jody déglutit. Elle aimait ça. Beaucoup.

— D'accord.

— D'accord ? répéta Baker.

Jody hocha la tête.

Il tendit sa carte de crédit et Jody la prit sans un mot.

— J'ai une question, dit-elle alors.

Baker leva les yeux au ciel en souriant.

— Vas-y.

— Je n'ai encore jamais utilisé la carte de quelqu'un d'autre. Vont-ils demander ma signature ? Ou ma carte d'identité ? Si je finis dans le bureau du supermarché parce que j'ai été arrêtée pour fraude, je ne vais pas être contente.

Baker éclata de rire et Jody fut à nouveau fascinée par ce bruit. Il la serra encore contre lui, comme il le faisait souvent.

— Quatre – cinq – trois – deux. C'est mon code : tu le composes en utilisant la carte et tout ira bien. Les gens à la caisse ne touchent même plus les cartes, Clochette. Mais si on t'ennuie quand même, tu m'appelles et je m'en occuperai.

— Vas-tu envoyer un de tes *contacts* pour casser la figure de la caissière si je t'appelle ? suggéra-t-elle avec un petit sourire.

— Petite maligne. Non. Je leur dirai simplement que tu as mon approbation pour utiliser ma carte. Maintenant, c'est bon ? J'ai l'impression que nous ratons les meilleures vagues.

— Comme tu veux, Baker.

Il lui sourit et dit :

— Ça me plaît, Clochette. Beaucoup.

Elle savait ce qu'il voulait dire.

— Moi aussi.

Il l'embrassa brièvement, puis il se tourna pour la chasser vers la porte.

Ils s'arrêtèrent tous les deux en voyant que Ben se tenait là.

Jody fut gênée de ne pas avoir remarqué qu'il était toujours à l'intérieur. Elle avait été si absorbée par ce dont Baker et elle parlaient, que ça ne lui était même pas venu à l'esprit que l'adolescent pouvait entendre leurs pseudos arguments.

— Euh... commença-t-elle.

Mais Baker parla par-dessus les excuses qu'elle aurait pu faire.

— Si ta copine a un problème avec quelque chose, il faut en parler. Il ne faut pas que tu t'arrêtes jusqu'à ce que tu comprennes son point de vue, et qu'elle comprenne ton point de vue, et que vous arriviez à une espèce d'accord.

Ben hocha la tête.

Waouh. Baker était incroyable.

— Tu es merveilleux, dit Jody, incapable de se retenir.

— Si tu as quelque chose de bien, tu fais ton possible pour que ça reste aussi bien, dit Baker. Je n'ai encore jamais eu ça avant, alors tu peux parier sur le fait que je vais me casser le cul pour te rendre heureuse, Clochette.

Elle aimait ça aussi.

Mais comme Ben les regardait et qu'il était évident que Baker voulait surfer avant de commencer sa journée de travail, elle se contenta de hocher la tête.

— Bon, j'ai la carte de crédit de Baker et il faut que j'aille faire les courses. Alors... je vous repose la question : voulez-vous quelque chose de particulier ?

— Si tu l'achètes, je le mangerai. Sauf le brocoli. Je ne mangerai pas ça, dit Baker.

Jody le regarda, surprise.

— Mais le brocoli est bon pour la santé.

— Et c'est dégoûtant. Ces petits morceaux verts se coincent entre les dents et c'est comme si on mangeait de mauvaises herbes.

Jody ne put s'empêcher de rire à l'image évoquée par les mots de Baker.

— Tu aimes le brocoli ? demanda Baker à Ben.

Ce dernier sourit et haussa les épaules.

— Oui.

— Merde. Je suis en infériorité numérique, maugréa Baker.

— Si tu n'aimes pas, je ne t'obligerai pas à le manger. Tu es un adulte, le rassura Jody.

— Je n'aime pas les haricots verts. Est-ce que ça veut dire que je ne serai pas obligé d'en manger ? demanda Ben.

— Ils sont bons pour ta santé. Et tu es un gamin. Tu dois manger des légumes pour que ton cerveau puisse pousser, rétorqua Jody.

— Zut. Ça valait le coup d'essayer, dit Ben, mais Jody vit son sourire avant qu'il se tourne vers la porte.

Elle ne savait pas s'il plaisantait ou pas, mais elle n'allait pas l'obliger à manger des haricots verts s'il ne les aimait vraiment pas.

Une fois que Ben fut sorti, Baker posa les mains de chaque côté du visage de Jody et l'inclina vers lui.

— Fais attention en allant faire les courses.

— Promis. Tu vas rentrer chez toi pour récupérer les planches avant d'aller à la plage ?

Baker sourit.

— Je ne peux pas surfer sans.

— OK. Tu penses qu'il va se confier à toi ?

— Je ne sais pas, mais il faudra sûrement du temps. Il doit apprendre à nous faire confiance. Il y viendra, Clochette. Je le sais.

— Je l'espère.

— Ça te va si on revient après avoir surfé, ou bien tu as des choses à faire dans le calme ?

— Si je dis que j'ai besoin de temps ?

— Dans ce cas, je ramène Ben chez moi jusqu'à ce que tu aies terminé.

Baker était tellement gentil.

— Combien de temps allez-vous surfer ?

— De combien de temps as-tu besoin pour ton travail ?

Jody pensa au projet qui l'attendait et elle plissa le front en répondant :

— Peut-être jusqu'à environ 15 h ? C'est trop ?

— Pas du tout. Ce sera agréable de rester dans l'eau un moment.

— Et ton travail ? Tu n'as pas des choses à faire ? Des méchants à attraper ?

Baker secoua la tête en souriant.

— Pas aujourd'hui.

— D'accord.

— Très bien.

Baker se pencha et l'embrassa. Ce fut un long baiser et quand il s'écarta, Jody en voulut immédiatement davantage.

— J'aime ton grand cœur, Jodelle. Je l'aimais déjà quand je ne te connaissais pas. Je savais seulement que tu étais quel-qu'un de bien qui faisait de son mieux pour prendre soin d'adolescents qui n'étaient même pas les siens. À cet après-midi.

Trente minutes plus tard, pendant qu'elle marchait dans le supermarché, elle pensait encore aux paroles de Baker. Et à la maison, quand elle rangea les courses qu'elle avait achetées. Elle les entendait encore quand elle se rendit dans sa chambre pour travailler sur son ordinateur, afin d'être libre plus tard pour passer du temps avec Baker et Ben.

Sa vie avait beaucoup changé en très peu de temps, mais elle était prête. Quelques années auparavant – à vrai dire, même quelques mois auparavant –, Jody n'avait pas été sûre d'être aussi ouverte qu'elle l'était maintenant à une relation avec Baker.

Elle s'arrêta devant la deuxième chambre de la maison et jeta un coup d'œil à l'intérieur. Pour la première fois depuis cinq ans, elle semblait habitée. Le lit était fait. Les vêtements lavés de Ben étaient soigneusement posés à côté d'un sac en toile ouvert sur le sol. Jody vit du déodorant et un peigne sur la commode.

Étonnamment, au lieu de la rendre triste, cela lui fit du bien.

— Tu me manques, Kaimana, chuchota Jody.

Elle ne reçut pas de réponse, mais elle sentit l'approbation de son fils dans son cœur. Puis, plus légère que d'habitude, Jody se retourna et partit dans sa chambre. Elle avait du travail.

CHAPITRE 13

Jody, Ben et Baker s'étaient installés dans une routine agréable pendant la semaine et demie qui s'était écoulée. Ben était retourné à l'école et ils allaient tous les trois à la plage le matin pour surfer, puis quand Ben partait en classe, Jody rentrait travailler et Baker allait soit chez lui, soit à Honolulu où se trouvait la base navale.

Ensuite, il revenait chez elle l'après-midi et ils mangeaient tous les trois un gros dîner préparé par Jody. Ben faisait alors ses devoirs ou bien ils regardaient la télévision ensemble jusqu'à l'heure d'aller se coucher.

Baker avait dormi dans le lit de Jody chaque nuit. Ils n'avaient rien fait de plus que s'embrasser et dormir, mais Jody n'était pas pressée d'accélérer les choses. Elle n'était pas non plus paniquée de voir qu'après toutes leurs discussions concernant le sexe, il n'avait pas cherché à changer la nature de leur relation. Elle était... à son aise.

Ça ne voulait pas dire qu'elle n'était pas en manque parfois et qu'elle ne se masturbait pas pendant la journée quand elle était seule. Pas du tout. Mais elle aimait l'intimité d'être avec Baker sans que la pression des rapports sexuels s'en mêle.

Elle aimait aussi dormir avec lui. Elle adorait s'endormir dans ses bras et se réveiller au même endroit. En dehors du lit, il la touchait constamment, mais pas de façon agressive ou trop suggestive. Il posait la main sur son ventre ou sous le bord de son tee-shirt, sa paume ouverte au creux de son dos. Les doigts dans sa nuque en la gardant près de lui. Et quand il l'embrassait, elle avait l'impression d'être ce qu'il avait de plus précieux au monde.

Oui, elle pouvait dire sans craindre de se tromper qu'elle aimait avoir Baker dans sa vie. Il était trop protecteur, à la limite de la paranoïa quelques fois, mais quand il exagérait, elle pensait à tout ce qu'il avait vu et fait pendant sa vie, et elle ne disait rien. Il y avait une raison pour laquelle il était ainsi et franchement, Jody aimait qu'il se soucie suffisamment d'elle pour rester hyper vigilant.

Ils travaillaient lentement pour encourager Ben à leur expliquer pourquoi il avait quitté la maison de ses parents et commencé à vivre dans sa voiture, mais jusqu'ici il n'avait pas dit grand-chose. Baker avait fait d'autres recherches concernant Al Rowden, mais en apparence, il était exactement ce qu'il semblait être : un juge pour enfants respecté et populaire.

Emma, la mère de Ben, était plus énigmatique, et même Baker n'avait pas réussi à accéder aux dossiers de son hospitalisation. Il avait un ami qui s'appelait Tex et qui était sans doute capable de les récupérer, mais cet homme aidait en ce moment un autre ami avec un problème, alors Baker n'avait pas très envie de l'ennuyer.

Ils en avaient parlé plus d'une fois et il avait accepté d'attendre que Ben soit prêt à se confier. Il était en sécurité, il allait à l'école et il semblait se détendre. C'était ce qu'ils considéraient comme le plus important.

— À quoi penses-tu ? voulut savoir Baker.

Ils étaient au lit, réticents à se lever et à commencer la journée, et elle avait la tête contre le torse de Baker, pendant qu'il gardait les bras autour d'elle. Ils étaient aussi proches que deux personnes pouvaient l'être. Jody pouvait sentir son érection matinale contre sa cuisse, mais il ne lui mit aucune pression pour qu'elle fasse quelque chose. Il lui avait dit plus d'une fois que l'érection était son état normal quand il était avec elle, particulièrement quand il se réveillait avec Jody dans ses bras, son odeur partout sur sa peau.

— Sincèrement ? demanda-t-elle.

— Toujours, répondit Baker.

— Je pensais que c'était agréable. De t'avoir ici.

— Oui, acquiesça Baker en la serrant contre lui.

— Et la confiance, lâcha Jody.

— Quoi ?

— La confiance. Je pense que c'est ce que je suis censée apprendre dans cette vie. Tu sais que tu as dit que nous sommes censés apprendre quelque chose dans chaque vie que nous vivons ? Eh bien, je pense que c'est ce que je suis censée apprendre.

— Tu as des difficultés à faire confiance ? demanda Baker.

Jody haussa les épaules.

— Je ne le pensais pas, mais j'y réfléchis depuis que nous avons eu cette discussion. Je vais à la plage et je veille sur les gamins qui surfent le matin parce que je n'ai pas confiance qu'ils seront en sécurité. Je pense que ma relation avec mon ex a souffert non seulement parce qu'il était con, mais aussi parce que je n'avais pas confiance en lui… et je n'avais pas tort de ressentir ça. Il n'était pas du tout digne de confiance. Je n'ai pas eu d'autres relations depuis, parce qu'au fond, je crois que je n'avais confiance en personne pour me soutenir. Pour ne pas se retourner contre moi, me dire que je devais dépasser la mort de Mana. Je n'ai même pas d'amis, parce que je n'ai pas confiance en eux pour comprendre mon chagrin. Et puis j'ai compris que vouloir que Ben ait confiance en moi, en nous, avec ce qu'il se passe… c'est hypocrite. Pourquoi devrait-il me faire confiance alors que je ne me fie pas aux autres moi-même ? C'est difficile de se dévoiler ainsi. De s'ouvrir au chagrin et à la douleur, si la personne en qui vous avez confiance vous trahit. Mana avait confiance en tout le monde et en toute chose. Il était franc et honnête avec à peu près tous ceux qu'il rencontrait. Je veux être davantage comme lui, mais je ne sais pas comment. Je veux dire, avec certaines choses, je n'ai aucun problème. Comme avoir confiance en Ben pour ne pas me faire de mal ou me voler pendant qu'il vit ici. Mais dans d'autres domaines, émotionnel-lement, j'ai plus de mal. Penses-tu qu'il est un jour trop tard pour apprendre ce que nous sommes censés apprendre dans une vie ?

— Non, dit Baker immédiatement. Ce n'est jamais trop tard.

— Je l'espère. Et je n'aurai peut-être pas besoin de m'in-quiéter à ce sujet... parce que je commence à penser que je peux avoir confiance en *toi*, Baker.

Il serra les bras autour d'elle.

— Tu le peux. Et je sais que ce n'est pas parce que je le dis que c'est un fait, mais peu importe le temps qu'il faudra, je te prouverai que tu peux me faire confiance à cent pour cent. Avec ton cœur, tes pensées intimes, tes souvenirs de Mana, tes croyances... et bien sûr, physiquement.

— Ton travail m'effraie un peu, avoua Jody doucement.

Il se raidit contre elle.

Elle continua :

— Je suis fière de ce que tu fais, et je n'ai aucun doute que tu améliores le monde. Je sais que tu as dit être vraiment doué, et que ça ne m'affectera jamais, mais si c'était le cas ? Et si quel-qu'un m'utilisait pour t'atteindre ? Ce qui me fait le plus peur, c'est que ça pourrait t'arracher à moi. Que tu te fasses arrêter ou tuer. Je sais que ce n'est pas juste et que tu ne peux pas empêcher chaque petit détail... mais je serais incapable de supporter la perte d'un autre proche. Ça me briserait. D'autant plus que je suis en train de tomber très amoureuse de toi.

Baker roula jusqu'à ce que Jody se trouve allongée sur le dos et lui au-dessus. Elle fut obligée de le regarder dans les yeux.

— Je pense que tu sais mieux que les autres qu'il n'y a aucune garantie dans la vie.

Jody hocha la tête.

— C'est pour cette raison que j'ai peur que cette relation prenne fin. Ou que tu finisses par être blessé ou en prison.

— Qu'est-ce que je peux dire pour te rassurer au sujet de la direction que nous prenons ? demanda Baker.

— Je ne sais pas.

Baker sembla frustré, ce qui était extrêmement rare… et cela brisa le cœur de Jody.

— Je n'ai pas commencé cette conversation pour te contrarier.

— Je le sais bien. Et je ne veux pas que tu te retiennes si tu as une inquiétude. Je ne suis pas un enfant de chœur. Tu le sais, désormais.

Jody hocha la tête.

— Je te jure que je suis doué dans ce que je fais. Je couvre mes arrières et il est impossible que quelqu'un m'accuse de quelque chose. Pour quoi que ce soit. Pas seulement parce que je suis un fantôme quand il s'agit de trouver des informations, mais aussi parce que je connais des gens très élevés dans la hiérarchie qui me soutiendront si les choses dégénèrent.

Jody voulut demander qui étaient ces gens, mais elle savait que Baker ne le lui dirait pas. Il valait sans doute mieux qu'elle ne le sache pas.

— Tu t'énerves, pourtant, dit-elle doucement.

— Quoi ?

— Quand tu penses que quelqu'un pourrait me faire du mal. Tu t'énerves, répéta-t-elle. J'ai peur que tu fasses quelque chose à quelqu'un que tu ne pourras pas réparer. Je ne veux pas être la cause de tes problèmes.

— Tu sais que je ne te ferais jamais de mal, même si je m'énerve, n'est-ce pas ?

— Oui. Mais ce n'est pas de ça que je parle. C'est pour les autres que je m'inquiète.

— Alors, tu as confiance en moi pour ne pas te faire de mal, mais tu penses que je risque de faire du mal à ceux qui t'ont causé du tort ?

Jody se mordit la lèvre. Elle savait que c'était ridicule, mais elle ne pouvait pas s'en empêcher.

— J'ai vraiment un problème avec la confiance.

— Tu n'as pas de problème, insista Baker. Et ce n'est pas que tu n'as pas confiance en moi : tu t'inquiètes pour moi. Tu t'inquiètes pour ton propre cœur et ce que cela lui fera si tu m'acceptes et que je fais quelque chose de stupide.

Jody ne répondit pas, se contentant de le fixer du regard.

— Bon. Je te donne ma parole, Jodelle, que même si je suis furieux contre quelqu'un, je ne ferai *rien* qui risque de m'arracher à toi. Ça ne veut pas dire que je ne leur ferai pas payer à ma façon... mais je ne ferai pas quelque chose que la police ne peut pas ignorer. Comme tabasser ou tuer quelqu'un. Est-ce que ça te rassure ?

Étonnamment, c'était le cas. Jody avait l'impression que quand Baker Rawlins donnait sa parole, rien ne pouvait le faire revenir dessus. Elle était un peu inquiète à cause de cette histoire de *faire payer à ma façon*, mais c'était sans doute une crainte dont il fallait parler une autre fois.

— Oui, dit-elle doucement.

— Bien. Et en ce qui concerne la confiance... nous y arriverons.

— Tu sembles si sûr de toi.

— Je le suis. Parce que tu es toi. Moi non plus, je ne fais pas confiance facilement, mais je ne pense pas que c'est ma leçon pour cette vie.

Jody leva les yeux vers lui, intriguée.

— Non ? Qu'est-ce que tu penses devoir apprendre ?

— L'amour.

Son cœur se mit à battre plus vite.

Baker continua :

— Mes parents étaient assez âgés quand ils m'ont eu. J'étais un peu un bébé surprise, et je ne suis pas sûr qu'ils aient vraiment voulu des enfants. Ils ne m'ont pas maltraité, mais ils étaient plus intéressés par leur propre vie que par l'éducation d'un enfant. Ils avaient la soixantaine passée quand j'ai fini le lycée, et je pense qu'ils étaient soulagés quand je me suis engagé dans la Navy à dix-huit ans et que j'ai quitté la maison.

— Ils étaient fiers de toi ?

— Oui.

Il avait répondu sans hésiter, ce qui plut à Jody.

— Bien.

— Ils sont tous les deux décédés maintenant, mais j'ai passé beaucoup de temps à me sentir seul quand j'étais petit, et j'ai fini par m'y habituer. Un peu trop. Je ne m'ouvrais à personne, j'étais bien décidé à devenir un Seal et ensuite je me suis focalisé sur mes missions. J'ai eu quelques copines, mais je ne me suis jamais senti très bouleversé quand elles rompaient avec moi. J'ai eu une mauvaise expérience avec une femme que j'ai cru aimer. Il s'est avéré qu'elle était seulement avec moi pour l'argent. Elle avait prévu de me tuer pour recevoir mon assurance vie de la Navy. Inutile de dire qu'elle m'a complètement dégoûté de l'amour. Ce n'est que quand j'ai commencé à apprendre à connaître les femmes de mes amis et à voir comment réagissaient leurs maris quand elles étaient en danger, que j'ai commencé à comprendre l'amour. Mustang, Midas, Aleck, Pid, Jag et Slate feraient littéralement n'importe quoi pour leurs femmes. *N'importe quoi*. Et puis je t'ai rencontré, et j'ai essayé de séparer mon admiration pour toi de sentiments plus profonds, mais j'ai compris que j'échouais spectaculairement. L'idée que tu puisses vivre l'une des situations dans lesquelles se sont retrouvées Elodie, Lexie, et les autres me donne des boutons. Et voir l'amour que tu avais, que tu as pour ton fils, ça me fait encore plus comprendre cette émotion.

Jody ne savait pas trop quoi dire, particulièrement au sujet de la femme qui avait été assez folle pour vouloir tuer Baker pour l'argent. Elle se contenta donc de le serrer contre elle, alors que c'était déjà ce qu'elle faisait.

Baker sourit.

— Je ne dis pas encore que je t'aime. C'est bien trop tôt pour ça, et ça te ferait paniquer. Mais si je pouvais aimer quelqu'un, ce serait toi, Jodelle.

— Baker, chuchota-t-elle.

Il se pencha et l'embrassa doucement.

— Nous sommes tous les deux assez tarés, dit-il.

Jody ne put s'empêcher de rire. Il n'avait pas tort.

— Oui.

— Mais ensemble, je pense qu'on peut le devenir moins.

— Je l'espère.

— Tu peux me faire confiance, ajouta-t-il sérieusement. Je

sais que ce ne sont que des mots pour toi pour l'instant, mais je t'assure que tu le peux. Je te traiterai bien, je viendrai toujours si tu as besoin de moi, et tu peux partager tes pensées les plus secrètes avec moi. Je ne te trahirai pas et si tu me donnes ta confiance, je passerai chaque jour du reste de ma vie à te prouver que tu n'as pas fait une erreur.

Il ne lui donna pas l'occasion de répondre avant de dire :

— Je veux t'inviter ce soir. À dîner.

— D'accord. Mais tu ne crois pas que c'est un peu bizarre de faire notre première sortie alors que nous dormons déjà ensemble depuis plus d'une semaine ?

— J'ai dû te partager avec Ben. Et ce n'est pas que je n'apprécie pas ce gamin. Au contraire. Mais j'ai envie de t'avoir pour moi seul au moins quelques heures.

— Ça me plairait aussi.

— Bien. Auras-tu fini ton travail quand Ben rentrera de l'école ?

— Oui.

Elle ne savait pas du tout ce qu'elle avait besoin de terminer aujourd'hui, mais elle allait faire en sorte d'avoir fini à 16 h. Elle pensa alors à autre chose.

— Tu crois que Ben peut rester seul dans la maison, maintenant ?

— Je pensais déjà que c'était bon le premier jour, avoua Baker.

Jody fronça les sourcils.

— Mais tu as dit…

— Je sais ce que j'ai dit, mais j'essayais de lui faire comprendre quelque chose. Et il a très bien compris. Tu n'es pas seul, et tu as quelqu'un qui te soutient. Non seulement ça, mais il ne fera rien qui risquerait de lui faire perdre la situation dans laquelle il se trouve. Un endroit sûr pour dormir, de la nourriture dans le ventre… il sait ce que signifie ce genre de sécurité maintenant, et il est reconnaissant.

Cela rassura Jody. Elle hocha la tête.

— Il se fait tard. Nous devons nous lever si Ben et moi voulons encore prendre quelques vagues à la plage.

— D'accord.

— Ça va ?

— Autant que possible après notre conversation profonde et intense, oui.

— Si ce n'est pas le cas, nous pouvons rester allongés là aussi longtemps qu'il le faudra pour que tu ailles mieux, dit-il.

Une fois de plus, le cœur de Jody se mit à fondre.

— Ça va, Baker. Promis.

— D'accord. Si tu as besoin de parler encore de tout ça, préviens-moi.

Oui, c'était officiel : Baker était le meilleur homme qu'elle connaissait.

— Très bien. Ce dîner, il est du genre où il faut s'habiller bien ou plutôt être en short et claquettes ? demanda-t-elle.

— Il y a des restaurants cinq étoiles ici dans le North Shore ? demanda Baker.

— Euh, non, mais nous pourrions aller à Honolulu.

— Non. Je ne vais pas aller jusque là-bas deux fois aujourd'hui. Et puis je ne suis pas du genre à aimer ces conneries. Ça te gêne ?

— Non. Je préfère quand c'est décontracté.

— Parfait. Bon, maintenant, je vais vraiment me lever.

— Pendant que tu te changes, je vais aller préparer des sandwiches pour le petit-déjeuner des gamins qui surfent.

— Très bien, je les finirai quand j'aurai terminé et tu pourras passer à la salle de bain à ton tour.

C'était encore un aspect incroyable de Baker.

— Ça me va.

Il la regarda, mais ne bougea pas pour se lever.

— Baker ?

— J'ai vraiment de la chance, dit-il doucement. Je le sais. Je ne te mérite pas, mais je vais faire de mon mieux pour être l'homme en qui tu peux avoir confiance, Clochette.

Il l'embrassa alors passionnément avant de descendre du lit et de partir à la salle de bains.

Jody resta sur le lit et fixa longuement le plafond du regard. Puis elle sortit du lit avec un sourire.

CHAPITRE 14

Il était 16 h 30 et Baker n'était pas encore rentré. Il avait appelé pour prévenir que malheureusement, une réunion avec un amiral avait duré plus longtemps que prévu et qu'il ne serait pas là à 16 h. Jody l'avait rassuré et lui avait dit de ne pas rouler trop vite pour rentrer.

Elle avait préparé un gratin pour le dîner de Ben et elle venait de lui donner des instructions sur le moment où il fallait le sortir du four. Il était appuyé contre le plan de travail de la cuisine et Jody était en face de lui, appuyée contre l'évier.

— Puis-je vous demander quelque chose ? dit Ben.

— Bien sûr. Tu peux me demander ce que tu veux.

— Comment Baker et vous avez-vous su que vous vouliez être ensemble ?

Jody écarquilla les yeux de surprise, mais elle s'efforça de ne rien montrer.

— Eh bien, je crois que c'était progressif. Je le connais depuis un moment, et j'ai vu comme il était bien avec vous tous. Il était respectueux avec moi, et bien sûr, j'étais aussi physiquement attirée par lui.

Ben hocha la tête comme si rien de ce qu'elle avait dit ne le surprenait. Quand il ne rajouta rien, Jody demanda :

— Comment ça se passe avec la fille qui te plaît ?

— Tressa ?

— Oui. Joli prénom.

— Mm-mm. Et elle est aussi jolie que son prénom. Mais elle est nouvelle dans la région, et timide. Elle a de longs cheveux bruns, de beaux yeux marron, et elle est menue comme vous. Je ne la vois pas beaucoup, parce que nous sommes dans des classes différentes, mais nous avons un peu parlé au déjeuner. Il y a ce type... c'est un con, et il l'embête.

— Comment l'embête-t-il ? voulut savoir Jody.

— Il lui fait tout le temps du rentre-dedans. Il lui fait des compliments et l'invite à sortir. Il insiste beaucoup. Elle lui a dit qu'elle n'était pas intéressée, mais Alex ne veut pas lâcher l'affaire.

— Tu veux la protéger.

— Oui, avoua Ben. Mais je ne veux pas attirer l'attention sur elle. Alex ne m'aime pas. Il ne m'aime vraiment pas et si je cherche à la défendre, ça pourrait le rendre encore plus con avec elle qu'il ne l'est déjà.

— C'est une situation compliquée. Penses-tu que cet Alex t'écouterait si tu essayais de lui parler rationnellement et calmement ?

— Non.

La réponse fut rapide et très claire.

— Pourquoi pas ?

— Nous nous connaissions dans le passé. Nous étions proches autrefois, mais nous avons pris des directions différentes. Il pense que je suis une lavette et je pense que c'est un crétin. Alors non, il ne va pas m'écouter.

— Je suis désolée.

Ben haussa les épaules.

— Mais il ne veut pas comprendre que Tressa n'est pas intéressée et je m'inquiète pour elle.

— C'est tout ?

— Quoi ?

— Tu es simplement inquiet pour elle ? demanda Jody.

— Non. Elle me plaît. Elle est adorable. Sa timidité est trop mignonne. Non seulement ça, mais elle est gentille. J'ai envie de l'inviter à sortir, mais je ne veux pas lui causer plus de problèmes qu'elle n'en a déjà.

— Je vais te dire une chose, rétorqua Jody. Tu n'es pas exactement un troll, Ben. Tu es grand, beau et brun et je pense qu'elle a dû te remarquer, elle aussi. Et à mon avis, elle aimerait sûrement être défendue par quelqu'un. Elle est dans une nouvelle école, elle essaie sans doute encore de se trouver des amis, et si cet Alex la harcèle autant que tu le dis, elle est sans doute très angoissée à l'idée d'être près de lui.

— Il me déteste et le sentiment est mutuel, expliqua Ben. Si je commence à parler à Tressa, ça risque de mal tourner.

— Et si tu récupérais son numéro et que tu lui envoyais un texto ? Commence par de petites étapes, suggéra Jody.

Ben ne dit rien et ne hocha pas la tête.

— Je suis désolée, je ne suis pas très douée pour les conseils dans des situations pareilles. Mana ne s'intéressait pas tellement aux filles, alors je n'ai pas beaucoup d'expérience pour donner des conseils amoureux aux adolescents. Mais si c'était moi, et que j'étais Tressa, ça ne me gênerait pas du tout de risquer la colère d'Alex si j'avais quelqu'un comme toi pour me soutenir. Si tu invites Tressa et que les choses s'enveniment avec lui, vas-tu la laisser se débrouiller toute seule ?

— Non, répondit Ben d'un ton assez défensif.

— Très bien, alors mon conseil est de tenter le coup. La vie est courte, Ben. Je l'ai appris à mes dépens. Tu ne sais pas ce qu'Alex va faire, mais ce qu'il fait le regarde. La seule personne que tu peux contrôler, c'est toi-même.

— C'est très vrai. Et c'est nul, dit Ben.

— Maintenant, je peux te demander quelque chose à mon tour ?

— Bien sûr.

— Tu as expliqué à tes parents où tu étais ?

Ben se renfrogna.

Jody s'empressa d'ajouter :

— Tu n'as pas dit ce qui était arrivé pour que tu quittes la maison, mais il est évident que c'est quelque chose de grave. Et peu importe ce qui a été dit ou ce qui est arrivé, tu peux rester chez moi. Je pense simplement que maintenant, tes parents doivent être morts d'inquiétude pour toi.

— Ce n'est pas le cas, répondit Ben sèchement.

— Ben, si Mana et moi avions eu une dispute et qu'il était parti sans jamais revenir, peu importe la situation, je serais en panique.

— Vous n'êtes pas du tout comme ma mère. Et Al se moque complètement de ce que je fais, tant que je ne suis pas dans ses pattes.

— Ta mère... elle est...

Jody chercha un mot qui ne paraisse pas trop dur, mais qui permettait de se faire comprendre.

— Elle est fragile ?

— Oui, acquiesça Ben.

Jody attendit qu'il dise autre chose, mais quand ce ne fut pas le cas, elle poussa un soupir.

— Tu devrais au moins l'appeler, finit-elle par dire.

— Elle ne décroche pas le téléphone. Elle n'a même pas de portable à elle. Elle fait tout ce qu'il lui dit sans le remettre en question. Je ne peux pas appeler la maison et ne *pas* parler à Al. Et croyez-moi, il ne veut pas m'entendre, et il ne veut certaine-ment pas que je parle à ma mère.

Jody n'aimait pas du tout ça. Pas du tout.

— Il travaille pendant la journée, non ? Tu pourrais passer à la maison pour voir ta mère quand il n'est pas là ?

— J'apprécie votre inquiétude, mademoiselle Jody, mais en gros, ça n'a pas été mon choix de quitter la maison. Al m'a jeté dehors. Ma mère était là, et elle n'a pas dit un mot pour le contredire quand il m'a ordonné de dégager.

Le cœur de Jody se brisa pour l'homme-enfant devant elle.

— Le temps a le pouvoir de faire changer les gens d'avis, dit-elle doucement.

Ben ricana.

— Pas Al. Mais ce n'est pas grave, affirma-t-il en se tenant plus droit et en la regardant dans les yeux. Je ne veux pas être là-bas de toute façon. Ce n'est pas... un bon endroit.

Jody avait l'impression d'avoir une centaine de questions, mais au lieu de les poser, elle insista :

— Si tu veux en parler, je suis là. Je sais que tu ne me connais pas très bien, mais comme je l'ai déjà dit, j'écoute très bien.

— Merci. Je vous suis reconnaissant de me laisser loger ici. J'essaie de trouver un travail pour gagner de l'argent et avoir mon propre logement, histoire de vous laisser tranquille.

Jody secoua la tête.

— Non.

— Non ? répéta Ben, perplexe.

— Ne cherche pas de travail. On n'est enfant qu'une fois. Et être un adulte n'est pas toujours drôle. Tu peux rester ici aussi longtemps que tu le souhaites. Je suis sérieuse, Ben. C'est sans condition. Tu auras *toujours* une place dans ma maison.

Il était évident que Ben faisait son possible pour garder son sang-froid. Il finit par hocher la tête.

— Merci. Je veux quand même trouver un travail pour avoir de l'argent. Je veux aider avec des choses comme les courses. Ce n'est pas normal que je vive ici sans participer.

Jody voulait le contredire et expliquer que Baker avait raison : en tant qu'enfant, il ne devait pas avoir à payer quoi que ce soit. Mais il avait manifestement imité le côté mâle alpha de Baker et elle ne voulait pas le rabaisser.

— D'accord, mais il faudra que ce soit à temps partiel. Il y a l'école, et je ne veux pas que tu rentres tard le soir. Tu as des devoirs et tu dois dormir suffisamment. En plus, si cela fonctionne entre Tressa et toi, il te faudra du temps pour l'inviter à sortir.

Les lèvres de Ben esquissèrent un sourire.

— Alors, vous voulez que je trouve un travail de 18 h à 20 h, par exemple ?

— Ce serait bien, lui dit Jody avec un grand sourire.

Il leva les yeux au ciel.

— Je ne suis pas sûr qu'un tel travail existe.

— Je suis vraiment contente que tu sois là, Ben, lui dit-elle, émue.

— Moi aussi, mademoiselle Jody.

— Et j'étais sérieuse en affirmant être prête à t'écouter si tu veux un jour parler.

— Je sais.

Jody eut envie de le supplier de lui dire ce qui était arrivé pour que son beau-père le jette de la maison, mais elle savait qu'elle devait laisser Ben faire ce choix. Elle ne pouvait pas le forcer à lui parler.

Le bruit de la porte d'entrée qui s'ouvrait les poussa tous les deux à se retourner dans cette direction, et en voyant Baker, Jody fit de son mieux pour chasser ses inquiétudes.

Il les dévisagea et fronça les sourcils.

— Qu'est-ce qui ne va pas ?

— Tout va bien, insista joyeusement Jody.

Baker se tourna vers Ben en levant les sourcils d'un air interrogatif.

— Ben ?

— Tout va bien. Je demandais juste des conseils à mademoiselle Jody.

Baker le fixa un instant du regard avant de hocher la tête.

— D'accord, mais si tu as besoin de parler, je suis là aussi. Tu es prête, Clochette ?

Jody écarquilla les yeux à cause du changement de sujet brutal.

— Oui. Pourquoi est-on pressé ?

— Parce que j'ai été obligé d'assister à une putain – pardon – à une fichue réunion plus longtemps que ce que je voulais, en sachant que ma copine m'attendait pour que je puisse l'inviter à notre première sortie. Je veux commencer, profiter du temps avec toi.

Jody sourit.

— D'accord, Baker.

— Le couvre-feu est à 22 h, dit Ben.

Jody tourna brusquement la tête pour le dévisager et elle éclata de rire.

— Euh, quoi ?

— Je ne veux pas que vous restiez dehors trop tard à faire n'importe quoi, plaisanta-t-il.

— Minuit, rétorqua Baker.

Jody se retourna pour regarder ce dernier.

— Que se passe-t-il, exactement ? demanda-t-elle.

— Nous négocions, affirma Baker avec un sourire.

— 23 h, dit Ben.

— 23 h 30 et nous resterons à nous embrasser devant la maison pendant vingt minutes de plus avant d'entrer.

— Marché conclu, s'esclaffa Ben.

— Oh, non, c'est pas possible ! se plaignit Jodelle en riant, appréciant les plaisanteries qu'ils échangeaient.

Baker s'avança et la saisit autour de la taille avant de l'attirer contre lui.

— Pourquoi est-ce que tu me tires toujours contre toi ? fit-elle mine de râler.

— Parce que tu es trop lente à me saluer, dit Baker. Embrasse-moi, femme.

Jody leva les yeux au ciel et regarda Ben.

— J'espère que tu ne prends pas des notes. Ce n'est *pas* ainsi que tu devrais traiter la femme avec laquelle tu sors.

— Si. Ce n'est jamais une mauvaise chose de montrer qu'il est intéressé. Maintenant, embrasse-moi, Clochette, histoire de sortir d'ici et d'aller à notre soirée.

— Tu ne m'as pas dit où nous allions, lança-t-elle en faisant traîner le moment.

Elle voulait les lèvres de Baker sur les siennes plus qu'elle ne voulait respirer, mais c'était amusant de le taquiner.

— Tu as raison, je ne l'ai pas dit. Parce que c'est une surprise.

— Je ne suis pas sûre d'aimer les surprises.

— Tu aimeras celle-ci.

Baker eut apparemment fini d'attendre qu'elle l'embrasse, car il glissa une main sous ses cheveux et lui attrapa la nuque, la serrant encore davantage contre lui.

Le baiser qu'il lui donna n'était pas exactement le baiser qu'elle voulait, mais Ben se tenait là, les observant avec un air amusé. Quand Baker finit par lever la tête, il dit sans la quitter du regard :

— C'est comme ça qu'il faut faire, Ben.

— C'est noté, Baker, s'esclaffa l'adolescent.

Jody leva les yeux au ciel, mais elle ne chercha pas à échapper aux bras de Baker.

— Je... merci de me faire assez confiance pour que je reste ici tout seul, dit Ben, un peu hésitant.

Baker lâcha la nuque de Jody et la fit tourner, posant le bras autour de ses épaules afin qu'ils se trouvent tous les deux face à lui.

— Avec plaisir. Tu es un bon gamin, Ben. Je ne sais pas ce qu'il se passe avec toi, et j'espère que tu finiras par le dire. Mais quand tu seras prêt, tu seras prêt. En attendant, tu as prouvé à Jodelle et moi que l'on pouvait te faire confiance.

Jody acquiesça.

— Merci, murmura-t-il.

— Bon, on y va, annonça Baker.

— Vérifie que la porte est verrouillée derrière nous. Et si tu sens de la fumée, tu sors de la maison, puis tu appelles le 9-1-1. Le gratin devrait être prêt dans environ vingt minutes, ne le laisse pas brûler. C'est ton tour de vaisselle ce soir, mais pense à rincer tout avant de le mettre dans le lave-vaisselle. Et je sais qu'il n'y a pas école demain, mais ne te couche pas trop tard.

— Clochette, ça va, dit Baker en la poussant vers la porte d'une main au creux de son dos.

— Je veux juste être certaine qu'il...

— Amusez-vous, l'interrompit Ben avec un sourire et un salut de la main. Je serai sage. Je vais manger, faire la vaisselle, puis regarder la télé un moment. Je serai sans doute couché quand vous rentrerez, alors ne vous sentez pas obligés de vous embrasser dans la voiture en arrivant, vous pouvez faire ça ici sur le canapé.

— Oh, la, la, lâcha Jody en secouant la tête.

— Merci, lui dit Baker. À plus tard.

— Appelle si tu as besoin de quoi que ce soit, ajouta Jody pendant que Baker la conduisait dehors.

Au lieu de démarrer la voiture quand ils furent à l'extérieur, Baker se tourna vers elle et posa une main sur sa joue.

— Vous aviez l'air très sérieux, tous les deux. Tout va bien ?

— Ben s'intéresse à une fille et il voulait mes conseils. Je lui ai aussi suggéré d'appeler sa mère et de lui faire savoir qu'il va bien, mais il a expliqué qu'il n'a pas quitté la maison volontairement. Son beau-père l'a jeté dehors et sa mère n'a rien fait ou dit pour empêcher ça. Il prétend également que son beau-père ne veut pas le laisser parler à sa mère. Mais Ben ne se sent pas très généreux envers l'un ou l'autre pour le moment, alors je doute qu'il essaie de la rassurer. Elle marqua une pause.

— Pourquoi sa mère a-t-elle laissé faire ça, Baker ?

— Je ne sais pas, Clochette.

— Comment une mère peut-elle laisser son fils unique se faire jeter dehors quand elle sait qu'il n'a aucun endroit où aller et pas d'argent pour acheter à manger ou quoi que ce soit ?

Baker ne répondit pas, mais il lui caressa doucement la joue avec le pouce.

— Il veut obtenir un travail. Il a l'impression qu'il devrait aider à payer le gîte et le couvert, mais c'est inutile. Et il devra bien assez tôt s'inquiéter pour le loyer, les repas et les factures.

— Tu es contrariée parce qu'il n'est pas un parasite ? demanda Baker.

— Non ! répondit vivement Jody.

Elle soupira alors avant de préciser :

— C'est juste que je déteste qu'il ne puisse pas profiter un peu plus longtemps de son enfance.

— Je pourrai sans doute lui trouver quelque chose.

Jody leva brusquement les yeux vers lui.

— Euh, sans vouloir te vexer, mais je ne suis pas sûre d'accepter qu'il fasse le même travail que toi.

Au lieu de se vexer, Baker se contenta de sourire.

— Tu peux me faire confiance, Jodelle.

Elle ferma les yeux un instant, puis elle hocha la tête et les ouvrit.

— Pardon.

— Ne t'excuse pas. Je connais un type qui gère des food trucks. Leurs horaires sont raisonnables et je me dis qu'il pourrait trouver une place pour Ben. Il ne serait pas obligé de rouler jusqu'en ville pour travailler et son emploi du temps sera sans doute flexible. Des heures pendant les week-ends et après l'école, mais pas trop tard, ce genre de choses.

Jody leva la main et referma les doigts autour du poignet de Baker contre sa joue.

— Ce serait incroyable.

Il hocha la tête.

— Autre chose t'inquiète ?

— Tout m'inquiète, dit-elle avec un petit sourire. Mais tu t'es occupé de ce qu'il y avait de plus pressant.

— Bien.

Il se pencha alors vers elle et l'embrassa doucement.

— Parce que je sors avec ma copine.

* * *

Quatre heures plus tard, bien avant le couvre-feu de Ben, Baker se gara dans l'allée de la maison de Jody.

— On dirait que la maison est toujours debout, plaisanta-t-il.

Jody sourit. La soirée avait été incroyable. Baker l'avait surprise avec un pique-nique sur la plage. Avec une nappe, de la vraie vaisselle, et des bougies. Apparemment, Baker avait comploté avec Kenna et Carly et apporté tout un repas de *Duke's* à Waikiki pour eux. Les plats n'avaient pas été très chauds, mais ils étaient délicieux malgré tout. Ils avaient ri et parlé de tout et de rien, profitant du magnifique coucher de soleil et de la compagnie.

Après avoir nettoyé et rangé les affaires du pique-nique, ils avaient fait une longue balade sur la plage, s'arrêtant souvent pour s'embrasser. La soirée avait été décontractée et Jody n'avait jamais eu de dîner aussi merveilleux que celui-ci.

— J'ai passé un bon moment ce soir, annonça-t-elle.

Elle voulait être certaine que Baker sache que tout ce qu'il avait prévu avait été parfait.

— Moi aussi, dit-il avec un petit sourire. Je suis désolé que le dîner n'ait pas eu lieu dans un véritable restaurant, je...

— Non ! s'exclama Jody en l'interrompant. Tu n'as pas le droit de t'excuser pour la meilleure invitation que j'ai eue. Je n'ai pas besoin que ce soit chic ou élégant, Baker. J'ai seulement besoin de toi.

— Moi, tu m'as déjà, avoua-t-il d'une voix profonde et rauque.

Jody ne s'était encore jamais sentie aussi liée à quelqu'un qu'à ce moment précis.

Baker se pencha en avant et l'embrassa. Ils avaient partagé beaucoup de baisers tout au long de la soirée, mais d'une façon ou d'une autre, celui-ci lui sembla le plus intime.

— Tu sais, ça serait plus facile de s'embrasser dans ton fourgon plutôt qu'ici, dit Baker en riant quand il s'écarta.

Jody pouffa.

— Il y a un lit au fond, fit-elle remarquer.

Baker écarquilla les yeux et Jody ne put s'empêcher de rire.

— Tu te fous de moi, l'accusa-t-il.

Jody hocha la tête.

— Oui. Il n'y a pas de lit. C'est rempli de cartons et d'autre bazar. Mais nous avons un lit parfaitement adapté dans lequel nous dormons depuis une semaine de l'autre côté de cette porte, dit-elle en montrant sa porte d'entrée.

— Je n'ai jamais dormi aussi bien que cette semaine, avoua Baker. Il y a quelque chose quand je te tiens dans mes bras qui me fait dormir comme un bébé.

Jody sourit.

— Oui ?

— Oui. Et même s'il me tarde d'entrer en toi, je ne suis pas pressé.

— Moi non plus, mais...

— Mais quoi ?

— On finira par le faire, hein ?

— Carrément ! dit Baker avec une telle ferveur que Jody frissonna de plaisir.

— D'accord.

— Bien, acquiesça-t-il en hochant la tête. Mais je t'ai déjà dit que je voulais attendre avant de faire l'amour tant que nous ne savons pas où mène cette relation. Ça n'a pas changé. Maintenant, si on rentrait avant que Ben pense vraiment que nous sommes en train de nous embrasser dans la voiture ?

Jody s'esclaffa.

— Oui, il ne faudrait pas qu'il se fasse des idées.

Baker rit à son tour.

— Je crois qu'il s'est déjà fait ces idées-là, Clochette.

Elle fronça le nez.

Baker riait toujours quand il sortit de la voiture. Jody le rejoignit devant et il lui attrapa immédiatement la main. Toute la soirée, il l'avait continuellement touchée. Lui tenant la main, posant la main au creux de son dos pendant qu'ils marchaient, posant sa paume chaude sur sa cuisse pendant qu'ils mangeaient. C'était agréable. Vraiment agréable.

Ils ne virent pas Ben en entrant dans la maison. Jody ne put s'empêcher de sourire quand Baker jeta les clés dans le bol sur le plan de travail où elle gardait les siennes. La cuisine était propre, il n'y avait pas de vaisselle dans l'évier, et une légère odeur du gratin qu'elle avait préparé persistait. Ben avait aussi plié les couvertures sur le canapé et les avait soigneusement posées en une pile au bout des coussins.

— Waouh, souffla-t-elle. Je suis impressionnée.

— Tu veux regarder la télé ? demanda Baker.

Jody secoua la tête.

Sans lui lâcher la main, Baker la guida jusqu'à la chambre.

— Tu peux aller te changer et te coucher. Je vais aller vérifier que tout est bien fermé.

Jody hocha la tête. La première fois que Baker avait insisté pour vérifier, Jody avait affirmé qu'elle n'avait pas ouvert de fenêtre et qu'elle avait déjà vérifié deux fois le verrou de la porte d'entrée. Il avait expliqué qu'il ne pouvait pas dormir tant qu'il ne voyait pas de ses propres yeux que tout était bien fermé. Elle n'avait pas protesté davantage. Cela faisait simplement partie de son identité.

Quand il fut sorti, elle se dirigea vers la porte de Ben, incapable de s'en empêcher, et frappa doucement. S'il dormait, elle ne voulait pas le réveiller, mais tout comme Baker ne pouvait pas dormir s'il ne faisait pas le tour de la maison, elle ne pouvait pas aller se coucher sans être sûre que Ben était en sécurité dans sa chambre.

— Je ne suis pas couché, dit Ben à l'intérieur.

Jody ouvrit la porte et passa la tête dans la chambre. Ben était assis sur le lit, un livre ouvert sur les genoux, la lampe de chevet étant la seule source de lumière. Pendant une seconde, elle vit Mana au lieu de Ben. Il adorait lire, et elle avait souvent dû lui dire de poser son livre et de dormir pour qu'il ne fasse pas le zombie le lendemain matin.

— Tout s'est bien passé, ce soir ? demanda-t-elle.

— Oui. Le gratin était fabuleux. J'ai mis les restes au frigo. J'envisage d'en manger pour le petit-déjeuner.

Jody sourit.

— Tant mieux.

— Vous avez passé une bonne soirée ? demanda-t-il.

— Oui. Une des amies de Baker a récupéré des repas à emporter de chez *Duke's* et il a installé un pique-nique sur la plage. Nous avons mangé, parlé, marché, et c'était parfait.

— Avec du *hula pie* ?

— Peut-on manger chez *Duke's* sans *hula pie* ? rétorqua Jody.

Il sourit.

— Je voulais juste vérifier que tu allais bien. À demain matin, Ben, lui dit Jody. Ne lis pas trop longtemps.

— Promis. Mademoiselle Jody ? lança-t-il lorsqu'elle commença à refermer la porte.

— Oui ?

— J'ai envoyé un texto à Tressa, ce soir.

— Ah oui ? Comment as-tu récupéré son numéro de téléphone ?

— J'ai demandé à un copain de le demander à un ami qui est dans le même groupe de musique qu'elle.

— Et ?

Ben sourit.

— Ça c'est bien passé, dit-il.

— Tant mieux.

— Je l'ai invitée à venir me regarder surfer un de ces jours, ajouta Ben.

— Super. J'aimerais beaucoup la rencontrer.

— C'est pour ça que je l'ai fait. Je lui ai dit qu'elle ne serait pas assise toute seule sur la rive, que vous êtes cool et que vous pouvez lui tenir compagnie. Et que si elle avait des questions sur le surf, elle pouvait vous les poser.

Jody sentit son cœur se gonfler de tendresse. Elle n'était pas du tout certaine d'être cool, même avec beaucoup d'imagination, mais c'était gentil de la part de Ben.

— Il me tarde de passer du temps avec elle.

— Je l'ai aussi invitée à déjeuner avec moi, lundi, poursuivit Ben.

Jody hocha la tête, fière de lui.

— Je l'ai prévenue que ça allait sans doute énerver Alex. Elle a dit qu'il ne l'intéressait pas. Que c'était un con et qu'elle pouvait manger avec qui elle en avait envie.

— Elle a l'air courageuse.

— Oui, acquiesça Ben. Mais ça ne veut pas dire que je veux qu'Alex l'embête.

— Je comprends bien.

— Nous avons comparé nos emplois du temps et même si nous n'avons pas de cours ensemble parce qu'elle est en première et que je suis en terminale, je pense pouvoir faire en sorte de l'accompagner jusqu'à ses cours pour être certain qu'Alex ne la harcèle pas.

— C'est fabuleux.

— Oui. Je voulais juste vous remercier de m'avoir encouragé à lui parler. Je ne suis pas sûr que c'est ce que j'ai de mieux à faire avec tout le reste, mais vous avez raison. La vie est courte et je m'en voudrais si je perdais ma chance d'apprendre à connaître Tressa.

Jody n'aimait pas son commentaire sur *tout le reste*, mais

elle le laissa passer pour le moment. Elle espérait simplement qu'il lui parlerait quand il se sentirait assez à l'aise.

— Je suis contente pour toi, Ben.

— Je ne pourrais rien faire sans vous, mademoiselle Jody.

— Bien sûr que si. Je sais que tu aurais fini par retomber sur tes pieds. Mais je suis contente que tu me laisses t'aider.

Ben hocha la tête et Jody sut qu'il avait fini de parler pour la soirée.

— Dors bien, Ben.

— Merci. Vous aussi. Pourrez-vous dire à Baker que s'il a envie d'aller jeter un coup d'œil à ce nouveau spot pour surfer, je suis partant ?

— Bien sûr. Bonne nuit.

— Bonne nuit, mademoiselle Jody.

Jody ferma la porte sans faire de bruit et elle ferma les yeux pendant une seconde. Elle était submergée par les sentiments. Du chagrin de ne pas avoir eu la chance de partager ce genre de proximité avec son propre fils. Du bonheur de la partager maintenant avec Ben. De l'inquiétude au sujet de ce qu'il se passait vraiment avec sa mère et son beau-père. L'enthousiasme à l'idée que cette Tressa aimait bien Ben.

Le malaise parce que tout semblait bien se passer dans sa vie en ce moment.

D'après son expérience, au moment où elle se sentait à l'aise, la vie lui assénait un coup dur. Et elle ne voulait surtout pas que quelque chose tourne mal alors qu'elle avait l'impression que sa vie était sur une trajectoire ascendante.

Un bras s'enroula autour de sa taille et Jody s'appuya immédiatement contre Baker.

— Il va bien ? chuchota Baker.

Jody hocha la tête.

Baker la conduisit vers la chambre. Il ferma la porte et la tourna vers lui. Il examina son visage pendant un moment avant de hocher la tête, satisfait. Puis il sourit et fit remarquer :

— Tu ne t'es pas changée.

— Il fallait que j'aille voir comment va Ben. Il a dit avoir envoyé un message à cette fille qui lui plaît. Ils ont l'intention de déjeuner ensemble et il va l'accompagner jusqu'à ses cours. Il l'a même invitée à le regarder surfer.

— Ça me semble sérieux, la taquina Baker.

— Pour un adolescent, ça l'est, assura Jody.

Elle posa alors la joue contre son torse et le serra dans ses bras.

— J'ai peur que quelque chose vienne faire éclater ma bulle de bonheur, avoua-t-elle.

— Il arrivera des problèmes, dit Baker calmement.

Jody leva les yeux vers lui en fronçant les sourcils.

— Ce n'est pas très gentil de dire ça.

Il haussa les épaules.

— Ça arrive, Jodelle. Je ne dis pas ça avec désinvolture. C'est ainsi qu'il faut gérer les choses importantes.

Elle reposa la joue sur son torse. Jody pouvait entendre son cœur battre sous son oreille.

— Je ne veux pas qu'il m'arrive une autre merde.

— Si ça arrive, nous nous en occuperons ensemble, dit-il simplement.

Jody aimait cette idée. Rien n'aurait pu rendre la mort de son fils plus facile, mais elle avait l'impression qu'avec quelqu'un comme Baker à ses côtés pour l'aider à gérer, ça n'aurait pas été aussi déchirant.

— Vas-y, va te changer. Je préfère les câlins à l'horizontale.

Jody sourit. Elle leva encore une fois les yeux vers lui sans laisser tomber les bras.

— Baker ?

— Oui, Clochette ?

— Je suis tellement contente que tu sois ici.

— Je n'aimerais pas être ailleurs, rétorqua-t-il.

Ensuite, il l'embrassa sur le front et il la poussa en direction de la salle de bains.

— Dépêche-toi, va te préparer.

— J'ai huit ans, ou quoi ?

— Tu te plains parce que je veux que tu te dépêches histoire de pouvoir t'embrasser dans ton lit ? demanda-t-il.

Elle n'avait absolument pas l'intention de s'en plaindre.

Elle lui sourit donc simplement et, comme il l'avait ordonné, elle se dépêcha.

Quand elle se fut changée et préparée, Jody revint dans la chambre et sourit en voyant Baker assis dans le lit. Il avait les couvertures autour de la taille et il était torse nu. Les quelques poils sur son torse étaient extrêmement sexy. Tout comme les tatouages qui couvraient pratiquement chaque centimètre de sa peau. Depuis ceux qu'il avait sur les bras jusqu'à ceux du dos et du torse, il les lui avait tous expliqués. Et chacun avait une espèce de signification. Certains étaient mignons, comme le cœur contenant les initiales de ses parents, et d'autres étaient plus sombres, comme le crâne avec le nombre vingt-deux, un souvenir d'une mauvaise journée quand il était Seal. Ils faisaient tous partie de l'identité de Baker et Jody n'aurait pas changé une seule chose chez lui.

Il lui sourit et les genoux de Jody faillirent céder. Si chaque soir du reste de sa vie elle voyait Baker lui sourire quand elle entrait dans sa chambre, elle pouvait mourir heureuse.

Elle avança jusqu'à l'autre côté du lit et se faufila sous les couvertures. Baker leva son bras et Jody se blottit contre lui. Il grogna en protestant quand elle posa ses pieds froids sur lui, mais il n'écarta pas ses jambes, ce qui fit sourire Jody.

— Tu veux regarder la télévision ? demanda-t-il.

Elle haussa les épaules.

— Je veux faire ce que tu as envie de faire.

— Ça t'ennuie si je regarde le journal pendant un moment avant qu'on s'embrasse ?

— Non.

— Tu en es sûre ? Parce que si c'est le cas, ce n'est pas très grave.

Jody leva les yeux vers Baker. Elle posa une main sur sa joue et sentit sa barbe noire courte parsemée de gris sous sa paume. Elle était douce, ce qui l'avait étonnée la première fois qu'ils s'étaient embrassés.

— Si ça me dérangeait, je te le dirais, affirma-t-elle sérieusement.

En réponse, il posa la main sur celle de Jody et il se pencha. Elle s'étira vers lui afin qu'il puisse atteindre ses lèvres.

— Il n'y a aucun endroit où j'aimerais mieux être, dit-il doucement après l'avoir embrassée.

Jody se sentit fondre, hochant la tête contre son épaule pendant qu'il la serrait plus fort. Il appuya sur la télécommande de sa petite télévision et elle ferma les yeux. Elle supposait qu'avec son travail, il avait besoin de rester au courant de ce qu'il se passait dans le monde, mais elle se fichait des actualités.

Elle essaya de rester éveillée pour pouvoir profiter davantage de ses baisers incroyables, mais elle s'endormit avec le bruit du cœur de Baker battant sous sa joue et la sensation de son bras autour de ses épaules.

CHAPITRE 15

— Je dois partir quelque temps, annonça Baker à Jodelle une semaine plus tard, pendant le petit-déjeuner.

Ben et lui avaient convaincu Jodelle qu'aucun des gamins n'irait surfer par une matinée aussi morne et pluvieuse, alors elle avait préparé d'énormes omelettes pour tous les trois. Celle de Baker était pour les amoureux de la viande et Ben avait demandé une omelette aux légumes et au fromage. Celle de Jodelle était bien plus petite que les autres, mais elle avait son traditionnel Pop-Tart pour compléter le repas.

Elle posa sa fourchette et le contempla avec de grands yeux. Baker vit les questions dans son regard, mais il devinait aussi qu'elle n'allait pas les poser. Elle savait qu'il ne pouvait rien lui dire sur l'endroit où il se rendait et ce qu'il allait y faire.

— Quand ? demanda-t-elle doucement.

— Aujourd'hui. Je l'ai appris hier soir. Je ne voulais pas gâcher notre soirée. Je ne devrais pas être absent plus d'une semaine. Peut-être moins.

— D'accord, dit Jodelle d'une voix un peu tremblante.

Baker détestait entendre sa détresse, mais il savait que ça devait bien arriver un jour. Pour avoir une chance de faire fonctionner cette relation, ils devaient surmonter ce premier voyage. Il se tourna vers Ben.

— Il faudra que tu gardes un œil sur Jodelle pour moi.

Ben se redressa sur sa chaise.

— Bien sûr.

— Je suis content que les choses se passent bien avec ta copine, mais j'aimerais beaucoup que tu rentres avant la nuit. Jodelle a aussi tendance à oublier de prendre soin d'elle-même quand elle s'occupe des autres, alors si tu pouvais veiller là-dessus aussi, ce serait super.

— Je suis assise juste à côté, se plaignit-elle, mais Baker ne détourna pas le regard de Ben.

— J'ai remarqué, dit l'adolescent. Je ferai de mon mieux pour qu'elle mange quelque chose le matin en dehors de son Pop-Tart. Si ça ne vous dérange pas, je pourrais demander si Tressa veut venir dîner ici ? Elle pourra rassurer ses parents parce que mademoiselle Jody sera là et que nous ne serons pas seuls.

Baker acquiesça.

— Je suis certain que ça plairait à Tressa et Jodelle.

Jodelle poussa un soupir bruyant et irrité.

— Sérieusement, je suis là. Je vous entends parler de moi comme si j'étais ailleurs.

Baker la regarda alors et posa la main sur sa cuisse. Il avait prévu d'attendre qu'ils soient certains de leur relation pour faire l'amour avec elle. Mais comme il était déjà arrivé à cette conclusion deux secondes après avoir passé la porte de Jodelle pour la première fois, c'était de plus en plus difficile de résister.

Dormir à côté d'elle était mieux que tout ce qu'il aurait pu imaginer. Et même s'il n'était pas un homme qui avait besoin de sexe – la décennie qu'il avait passée sans fréquenter de femmes le prouvait – il lui était devenu presque impossible de se retenir, dernièrement. Il ne voulait pas partir, mais c'était peut-être une bonne chose de s'éloigner un peu de son odeur délicieuse, de sa sensation dans ses bras, de sentir ses mains le caresser même dans son sommeil.

Il caressa l'intérieur de la cuisse de Jodelle en essayant de l'apaiser tout en se tournant vers Ben.

— Nous n'avons pas insisté pour avoir plus d'informations au sujet de ce qui est arrivé dans ta famille, mais il faut que tu me promettes que quoi que ce soit, ça ne va pas exploser au visage de Jodelle pendant mon absence.

Baker ne fut pas ravi lorsque Ben baissa les yeux et ne voulut pas croiser son regard.

— Comme tu le sais, je ne suis pas retourné chez moi. Je n'ai même pas parlé à ma mère. Ça m'étonnerait qu'ils se soucient de savoir où je suis et ce que je fais. Mais si c'est le cas, aussi improbable que ce soit, je promets de faire le nécessaire pour que mademoiselle Jody n'y soit pas mêlée.

Baker pinça fermement les lèvres. Il n'aimait pas cette réponse.

— Ne te méprends pas, je veux que Jodelle soit protégée, mais pas à tes dépens, précisa-t-il.

Ben se redressa et regarda Baker dans les yeux.

— J'y suis habitué. J'ai l'impression d'avoir protégé ma mère toute ma vie. En vivant ici, en voyant mademoiselle Jody me traiter comme si j'étais son fils, alors que je sais que ça doit la faire souffrir de temps en temps, et en voyant comment tu agis avec elle, ça m'a montré que ça peut être une bonne chose d'être protecteur... mais la personne que l'on protège doit le mériter.

— Ben, dit Jodelle avec tristesse.

Baker lui serra la cuisse et hocha la tête en regardant l'adolescent.

— C'est très vrai. Si la personne que tu protèges n'apprécie pas tes efforts, c'est deux fois plus dur de trouver la motivation de continuer.

Ben hocha la tête.

— Je veillerai sur la sécurité de mademoiselle Jody, parce qu'elle a fait plus pour moi au cours des dernières semaines que ma propre famille en plusieurs années.

— On t'a donné du temps et de l'espace, dit Baker. Mais je pense qu'il va bientôt falloir que nous sachions ce qu'il se passe.

— Je ne veux pas vous entraîner dans cette histoire, dit Ben sincèrement.

— Tu ne l'as peut-être pas compris, mais je sais veiller sur mes propres intérêts. Et ceux de Jodelle. Et les *tiens*, Ben.

Quand ce dernier ne répondit pas, Baker continua :

— Tu penses peut-être que c'est trop énorme et que tu ne peux pas le partager, mais tu as tort. À mon avis, ce qui te ronge a un rapport avec ton beau-père.

Ben retint son souffle, mais il ne répondit toujours pas.

Baker savait qu'il avait deviné juste.

— Ses relations sont du pipi de chat à côté des miennes, lui dit-il. Je te donne peut-être l'impression de ne faire rien d'autre que surfer, mais crois-moi, ce n'est pas le cas. Quand je te dis que je connais des gens, je *connais* des gens.

— C'est un juge, murmura Ben.

— Et je suis un ancien Seal avec des amis hauts placés comme en bas de l'échelle. Des gens qui feront tout ce que je leur demande à cause de ce que j'ai fait pour eux. Et ce que je n'aime pas du tout, ce sont les gens qui maltraitent les femmes et les enfants. Particulièrement les femmes vulnérables qui essaient d'élever leur fils et de travailler comme des malades pour avoir assez à manger. Tu comprends ce que je dis ?

— Ils sont mariés depuis des années, Baker. Ma mère a arrêté de s'inquiéter pour les courses et tout le reste quand elle a épousé Al.

— Je comprends, mais ça ne veut pas dire qu'elle n'a pas eu des difficultés.

Baker savait qu'il insistait beaucoup, mais il n'était pas à l'aise avec la situation et l'idée de partir maintenant ne lui plaisait pas du tout.

— Nous parlerons à mon retour, dit-il fermement à Ben.

— D'accord, chuchota l'adolescent.

Baker allait devoir se contenter de ça, même s'il devait attendre une semaine pour apprendre ce qu'il se passait.

— En attendant, je te fais confiance pour soutenir Jodelle.

— Je ne te décevrai pas, affirma Ben.

Baker se tourna alors vers Jodelle.

— Je sais que tu es seule depuis un moment Clochette, mais je vais m'inquiéter pour toi pendant mon absence, alors je te demande de ne pas trouver d'autres hommes ou femmes sans-abri à inviter chez toi et peut-être de freiner ta tendance à sauver le monde pendant environ une semaine.

Jodelle leva les yeux au ciel.

— Alors, *maintenant* je fais partie de cette conversation ?

Baker sourit.

— Tu en as toujours fait partie. Si je voulais parler à Ben sans que tu l'entendes, je l'aurais fait.

Elle le dévisagea.

— Tu es pénible.

— Je sais.

Jodelle poussa un soupir.

— Je ne vais inviter personne à loger à la maison, lui dit-elle.

— Merci.

— Mais... et je sais que tu ne vas pas aimer ça... je ne vais pas rester assise à me tordre les mains et à jouer à la demoiselle en détresse si quelqu'un cherche des noises à Ben. C'est un gamin, et je suis l'adulte. Il faudra qu'ils me passent sur le corps pour l'atteindre.

Ben fit de son mieux pour cacher un éclat de rire.

Baker sourit à Jodelle.

— Vous êtes tellement frustrants, râla-t-elle. Il faudra vraiment que Tressa vienne pour contrebalancer la surabondance de testostérone dans cette maison.

— Je lui parlerai ce soir pour voir si on peut s'organiser, dit Ben avec un sourire.

— Demande-lui quel est son plat préféré, et je verrai si je peux trouver quelque chose qui va l'épater.

Baker serra encore les doigts sur sa jambe, essayant de lui faire savoir combien il appréciait sa volonté de prendre les choses comme elles venaient.

Elle le regarda et elle hocha la tête comme si elle comprenait totalement sa communication non verbale.

Ils finirent le petit-déjeuner et quand Ben fut sur le point de sortir pour aller à l'école, Baker l'arrêta. Jodelle lui avait déjà dit au revoir avant d'aller prendre sa douche.

— Je pensais vraiment ce que j'ai dit tout à l'heure, dit Baker à Ben. Je ne veux pas que tu aies des problèmes en protégeant Jodelle. Si les choses dégénèrent, tu appelles le 9-1-1. Tu demandes de l'aide. Compris ?

Ben déglutit, puis il hocha la tête.

Encore une fois, ça ne rassura pas Baker. Si les choses étaient assez mal engagées pour que le gamin ne proteste pas à l'idée d'appeler la police à l'aide, c'était encore pire que ce que pensait Baker. Il regrettait de ne pas avoir insisté plus tôt. De ne pas avoir fouillé davantage au sujet du juge Rowden. Il était certain que c'était lui la menace. Pas la mère de Ben.

— Tu feras attention ? demanda Ben en hésitant.

Son inquiétude lui fit plaisir.

— Je fais toujours attention, répondit Baker.

Ben hocha la tête.

— Je te verrai à ton retour, alors.

— Oui. Prends soin de toi, et de Jodelle.

— Promis. À la prochaine, Baker.

— À plus.

Baker resta dans l'encadrement de la porte et il regarda Ben partir en voiture, puis il ferma la porte à clé et se dirigea vers la cuisine. Il buvait une tasse de café quand Jodelle réapparut.

— Il est bien parti ?

— Oui.

— Il doit nous parler. Nous dire ce qui ne va pas.

— Il le fera.

Baker posa sa tasse de café sur le plan de travail et ajouta :

— Viens là.

Jodelle s'avança immédiatement vers lui. Elle ne s'arrêta pas avant d'être collée contre son torse. Baker aimait la sentir contre lui. Ils étaient parfaitement assortis. Il posa une main au creux de son dos et l'autre autour de sa nuque. Il posa le front sur le sien et dit :

— Tu vas me manquer.

— Toi aussi, chuchota-t-elle. S'il te plaît, fais attention. Quoi que tu fasses, je sais que ce sera dangereux. Je ne peux pas te perdre aussi.

— Ça ne sera pas le cas. Fais-moi confiance, Jodelle. Je vais revenir.

— J'essaie, mais j'ai peur.

Baker détestait ça, mais ça montrait qu'elle n'était pas stupide : il ne partait pas à la pêche avec des copains. Il allait tremper dans les tréfonds du mal en espérant obtenir les informations qu'il devait transmettre à ceux qui agissaient.

— Je sais. Je suis désolé.

Il ne savait pas trop quoi dire d'autre.

Jodelle inspira profondément et se redressa.

— Ne le sois pas. Ça va. Je vais bien. Va faire ce qu'il faut, et je serai là quand tu auras fini.

— Pour la première fois de ma vie, j'ai une raison d'être impatient de rentrer.

Elle sourit.

— Je pourrais augmenter l'enjeu.

Baker pencha la tête et leva un sourcil.

— Nous avons attendu assez longtemps, Baker. Je te désire. Tu me désires. Quand tu reviendras, je ne vais pas me contenter de m'endormir dans tes bras chaque soir. Je veux plus.

Le membre de Baker s'allongea.

— Tu veux ma verge ? demanda-t-il franchement.

— Oui, dit Jodelle en rougissant très légèrement.

— Elle est à toi, dit-il sans hésiter.

Elle sourit.

— Bien. Ce sera peut-être une motivation pour que tu te dépêches de rentrer à la maison.

La maison. Il aimait beaucoup cette idée. Baker n'était pas retourné chez lui sauf pour attraper des habits ici et là. Il avait plus ou moins emménagé dans la maison de Jodelle, et elle ne s'en était pas du tout offusquée. En fait, elle avait déplacé certaines de ses affaires pour lui laisser la place dans une commode et dans son placard. Il avait posé ses affaires de toilette sur l'étagère de la salle de bains, son shampooing dans la douche. Elle l'avait accueilli chez elle sans hésiter, et c'était plus que tout révélateur du fait qu'elle avait déjà accepté leur relation. Si elle ne le voulait pas chez elle, il était impensable qu'elle ait été aussi arrangeante.

— Oui, Clochette, c'est vraiment une motivation. Il faut que tu saches qu'en préparant mes affaires, hier soir, j'ai volé ta taie d'oreiller.

Elle écarquilla les yeux avec surprise.

— Je me suis demandé pourquoi tu avais changé ma taie d'oreiller, mais pas le reste des draps.

— Je veux que tu me sentes pendant mon absence, tout autant que je veux avoir ton odeur pendant que je suis ailleurs.

C'était bête, mais quand il était dans la saleté jusqu'aux genoux, il avait besoin de quelque chose de propre et de bon pour lui rappeler pourquoi il faisait ce travail. Et avoir cette taie sur laquelle Jodelle avait posé la tête chaque soir était exactement ce qu'il fallait.

Tout à coup, les yeux de Jodelle s'emplirent de larmes et Baker jura intérieurement. Il la tira contre lui et la serra dans ses bras.

— S'il te plaît, s'il te plaît, reviens-moi, chuchota-t-elle contre son torse.

— Promis.

Baker ne pouvait pas dire grand-chose de plus.

Ils restèrent ainsi pendant plusieurs minutes, jusqu'à ce qu'elle finisse par s'écarter. Elle essuya ses joues et lui fit un sourire tremblotant.

— Tu dois partir, j'en suis sûre. Le monde a besoin d'être sauvé.

Baker posa les mains sur ses joues et inclina son visage vers lui. Puis il l'embrassa avec toute l'émotion qu'il avait pour elle dans son cœur. Il aimait cette femme, tellement que c'était presque effrayant. Il savait qu'elle irait sûrement bien pendant son absence, mais il y avait toujours la possibilité qu'il se passe quelque chose alors qu'il n'était pas là pour la protéger.

Jodelle se blottit contre lui et il mit une minute complète avant de se forcer à retirer ses lèvres des siennes.

— Je vais parler aux gars. Leur demander de veiller sur toi.

— Ce n'est pas nécessaire, protesta-t-elle.

— Ça l'est pour moi. Mustang va vouloir de tes nouvelles chaque jour alors, n'oublie pas, sinon tu auras une équipe de Seals prête à prendre d'assaut la maison et à te sauver des méchants.

Elle éclata de rire.

— Merci de me prévenir. Je lui enverrai un texto.

— Merci.

Ils se fixèrent un instant, puis elle dit :

— Tu dois partir maintenant, Baker. C'est encore pire de faire traîner les adieux.

Il hocha la tête. Elle avait raison. Il inspira profondément et fit un pas en arrière. Ne plus la toucher lui sembla physiquement douloureux.

— Fais attention, chuchota-t-elle.

— Toujours. Je serai de retour très vite.

— Je l'espère.

Baker avait terriblement envie de lui dire qu'il l'aimait, mais il se retint. Il avait besoin de sa confiance. Avait besoin qu'elle brise le mur qu'elle avait érigé autour d'elle. C'était bien qu'elle reconnaisse les problèmes de confiance qu'elle avait, et cela le rendait encore plus décidé à mériter cette confiance.

Il leva le menton, puis il se força à avancer vers la porte. Il attrapa ses clés en passant, puis son sac, qu'il avait posé près de la porte quand Jodelle était allée se doucher. Il se tourna pour la mémoriser alors qu'elle lui souriait courageusement, puis il sortit.

Il avait toujours su que Jodelle était exceptionnelle, mais maintenant, il comprenait exactement l'importance qu'elle avait pour lui. Pour la première fois depuis qu'il avait quitté la marine, Baker envisagea de prendre la retraite. Ou en tout cas, de ne plus faire les *visites* en tête-à-tête avec ses contacts. Il pouvait continuer à chercher des informations et à conclure des marchés à distance. Cela diminuerait le stress pour Jodelle. Il pensait déjà à l'avenir en ce qui concernait leur relation, et sans aucun scrupule.

Elle était celle qu'il lui fallait.

Point final.

Si ça ne fonctionnait pas entre eux, il serait seul le reste de sa vie. Il était à ce point sûr qu'elle était faite pour lui. Il lui avait fallu des décennies pour trouver l'autre moitié de son âme, et il allait faire ce qu'il fallait pour protéger cela. Pour *la* protéger.

Satisfait de sa décision, Baker pensa à son voyage. Ça n'allait pas être du gâteau, il allait devoir faire son maximum. Il ne faisait jamais confiance aux gens avec lesquels il concluait des marchés, et travailler avec un terroriste pour apprendre des informations sur un autre homme plus dangereux n'était pas vraiment recommandé. Mais au bout du compte, tous les marchés qu'il allait conclure cette semaine allaient permettre de sauver des vies, ce qui était l'objectif.

Quand il se fut garé sur une place de parking de la base navale, Baker prit le temps de sortir son téléphone et d'envoyer un message à Mustang. Comme prévu, ça ne gênait pas du tout son ami de garder un œil sur Jodelle. Il dit même qu'il allait demander à Elodie d'appeler et d'organiser un autre déjeuner.

Il n'avait plus le temps et Baker devait prendre son avion, mais il envoya néanmoins un message rapide à Jodelle.

Baker : Je voulais juste t'envoyer un message avant de partir pour te faire savoir comme je suis fier de toi. Tu es une femme épatante et je dois encore me pincer pour croire que tu es avec moi.

Trois points se mirent immédiatement à danser en bas de la série de textos. Elle ne le laissait jamais dans l'incertitude. Elle n'avait jamais été faussement pudique. C'était une des mille choses qu'il aimait chez elle.

Jodelle : Tu te trompes complètement. C'est moi qui suis chanceuse. Fais attention en sauvant le monde, Baker. Je vais retenir mon souffle jusqu'à ton retour.

. . .

Il était presque accablé par le besoin de lui dire qu'il l'aimait, mais Baker résista. Il ne voulait pas le faire pour la première fois par texto.

Baker : Nous avons tous les deux de la chance, alors.

Jodelle : Je peux t'accorder ça.

Baker : Reste forte, Clochette. Fais attention. Si possible, vois si tu peux prendre de l'avance dans ton travail, parce que j'ai l'impression qu'en rentrant, je ne vais pas vouloir te laisser sortir du lit assez longtemps pour travailler.

Jodelle : Je vais voir ce que je peux faire. :) Après tout, je t'ai promis quelque chose de spécial si tu reviens en un seul morceau.

Baker : *Quand* je rentrerai en un seul morceau, nous aurons tous les deux quelque chose de spécial. À bientôt.

Jodelle : Je penserai à toi chaque minute de ton absence.

Baker : Idem.

Quand les trois points n'apparurent pas, Baker inspira profondément et éteignit son téléphone. Il descendit de sa voiture et se dirigea vers le gros bâtiment administratif. Il allait faire un débriefing avec le contre-amiral responsable de la base avant de prendre un avion militaire. La semaine à venir allait être longue et difficile, mais sa récompense l'attendait à la maison. Une récompense qu'il ne méritait pas, mais à laquelle il allait se raccrocher de toutes ses forces malgré tout.

CHAPITRE 16

Jody ne pensait pas qu'elle allait pouvoir se concentrer après le départ de Baker, mais étonnamment, elle découvrit qu'une fois assise devant son ordinateur chaque matin, elle avait une capacité à se focaliser qu'elle n'aurait jamais crue possible. Elle comprit que c'était parce qu'elle voulait faire ce que Baker avait suggéré : avancer dans ses projets pour qu'à son retour, elle puisse se concentrer sur lui pendant quelques jours.

Elle envoya tous les jours un message à Mustang, lui faisant savoir que Ben et elle allaient bien, et elle avait également quotidiennement reçu des nouvelles d'Elodie et des autres femmes. Elodie avait ouvert une conversation de groupe et c'était amusant de voir toutes les plaisanteries échangées entre les amies.

Jody remercia Kenna et Carly pour le repas de chez *Duke's*, ce qui avait lancé une conversation d'une journée entière sur le *hula pie* et s'il était meilleur frais ou au bout de quelques jours. Le consensus était que ça n'avait aucune importance. Le *hula pie* de chez *Duke's* était délicieux quoi qu'il arrive.

Elles avaient voulu organiser un autre déjeuner, mais avec tout le travail que Jody essayait de finir, elle avait dit ne pas penser pouvoir y arriver. Tout le monde avait compris, mais Kenna l'avait prévenu qu'elle voulait une soirée pyjama, très bientôt, et qu'elle n'allait pas accepter un refus.

La relation de Ben avec Tressa progressait lentement, d'après ce qu'il lui avait dit, et Jody l'avait encouragé à faire ce que Baker avait suggéré, à savoir l'inviter à dîner. Il l'avait fait... et c'était ce soir.

Jody avait mis un rôti brisé dans la mijoteuse et elle avait préparé un gratin de brocoli au fromage. Comme Ben avait dit aimer ça, Jody se disait que c'était le moment de préparer ce plat avec le légume que Baker détestait.

Ben était nerveux et Jody trouva cela plutôt mignon. Il était parti chercher Tressa et elle s'attendait à ce qu'ils arrivent d'une minute à l'autre.

Dix minutes plus tard, elle entendit la voiture de Ben se garer dans l'allée et elle sourit en direction de la porte d'entrée.

Ils entrèrent... et malgré la description de Ben, Jody fut néanmoins surprise par la beauté de Tressa. Elle avait de longs cheveux lisses et bruns et des yeux sombres. Sa peau était parfaite et elle ne faisait que quelques centimètres de plus que Jody. Elle portait un jean foncé et une chemise blanche à manches courtes. Elle semblait décontractée, mais aussi comme si elle avait fait des efforts pour être jolie pour la soirée.

— Bonjour, dit Jody en s'avançant vers elle. Je m'appelle Jody. Je suis vraiment ravie que tu aies pu venir.

— Mademoiselle Jody, voici Tressa. Tressa, voici la femme dont je t'ai parlé. Tu sais, celle qui prépare de merveilleux sandwiches pour le petit-déjeuner et qui nous sonne les cloches quand nous ne sortons pas à temps de l'océan pour être à l'heure à l'école.

Tressa sourit timidement et dit :

— Ravie de vous rencontrer, mademoiselle Jody.

— J'espère que vous avez faim, dit-elle affectueusement. Sans Baker, mon copain, ici pour nous aider, nous avons beaucoup de choses à manger.

— Ça sent très bon. Je peux vous aider à faire quelque chose ?

Dans sa tête, Jody approuva. Tressa était jolie, polie, et il était facile de voir que Ben était fou d'elle.

— Ça va. Vous pourriez aller sur la terrasse à l'arrière pendant que je termine ?

Elle voulait laisser un peu d'intimité aux adolescents, parce qu'il n'y avait absolument aucun endroit dans la petite maison où ils pouvaient parler sans qu'elle l'entende, et la chambre de Ben n'était pas une option. Il n'était peut-être pas son fils biologique, mais elle n'allait pas lui donner carte blanche pour séduire Tressa sous son toit.

Pendant qu'elle préparait une salade, Jody gardait un œil sur les adolescents de l'autre côté de la porte coulissante donnant sur son petit jardin. La terrasse n'était pas vraiment une terrasse, juste quelques planches clouées ensemble et deux chaises longues. Elle trouva que la façon dont Ben tenait la main de Tressa en lui parlant doucement était adorable.

Quand le gratin fut terminé, Jody les rappela à l'intérieur et ils chargèrent tous les trois leurs assiettes avant de les ramener à table.

— Alors... comment as-tu fini à Hawaï ? demanda Jody à Tressa quand ils furent tous en train de manger.

— Mon père est japonais et ma mère américaine. Ma mère travaillait à Tokyo quand elle a rencontré mon père, et ils sont tombés amoureux. Nous avons partagé notre temps entre le Japon et la Californie pendant des années, mais mon père a eu l'occasion de travailler ici à Honolulu, alors... nous voilà.

— Et vous vivez ici au North Shore ? demanda Jody.

Tressa hocha la tête.

— Ma mère n'est pas une grande fan des villes. Je pense que vivre à Tokyo l'a guérie de vouloir un jour y vivre de façon permanente. Mon père voulait la rendre heureuse, alors il a trouvé une maison à louer ici. Il doit descendre en ville tous les jours.

— C'est dur, dit Jody.

Tressa haussa les épaules.

— Il prétend que ça ne le dérange pas. Il part très tôt, genre à 4 h du matin, alors il rate le pire des embouteillages, et ça veut aussi dire qu'en général il est à la maison quand je rentre de l'école.

— Ça au moins, c'est appréciable.

— Oui.

— Et tu fais partie d'un groupe ? poursuivit Jody.

Elle avait conscience de porter toute la conversation, mais ses questions ne semblaient pas gêner Tressa et Ben était content d'observer.

La jeune fille hocha la tête.

— Je joue du trombone.

— Cool !

Tressa sourit.

— Oui, en sixième, quand il nous a fallu choisir notre instrument, je ne voulais pas être comme toutes les autres filles et prendre la clarinette ou la flûte. Le trombone, ça me semblait assez unique.

Elle haussa les épaules.

— Et elle est vraiment douée, intervint Ben. Elle est arrivée deuxième trombone, devant presque tous les autres garçons.

— As-tu une matière préférée à l'école ? demanda Jody.

Le reste du dîner se déroula tranquillement. Tressa répondait à toutes les questions de Jody et Ben intervenait ici et là pour faire l'éloge de ce que Tressa avait dit ou fait. Il était évident qu'il était complètement amoureux de la jeune fille, et Jody était très heureuse pour lui.

Après le repas, Ben proposa de faire la vaisselle, et pendant que Jody était installée dans le salon, elle vit les deux adolescents rire et flirter pendant qu'ils remplissaient le lave-vaisselle.

Ils regardèrent deux épisodes d'une série sur les faits divers et s'engagèrent dans une discussion animée au sujet de la bêtise de certaines personnes et des meilleures façons de commettre un crime sans se faire prendre. Quand Ben dut ramener Tressa pour qu'elle ne rentre pas trop tard chez elle, Jody était à cent pour cent d'accord avec cette relation.

Tressa était timide comme Ben l'avait dit, mais plus elle passait de temps avec eux et plus elle était détendue. Elle était drôle, et elle avait constamment les yeux rivés sur Ben. Ils étaient mignons ensemble et Jody était très contente pour lui.

— Je reviens vite, dit Ben en conduisant Tressa vers la porte.

Il avait posé la main au creux de son dos, comme Baker le faisait toujours avec Jody quand ils marchaient.

— Attention sur la route, dit-elle.

— Promis.

Jody était assise sur le canapé quand Ben revint trente minutes plus tard. Elle pencha la tête en arrière et le regarda fermer la porte à clé après être entré. Il passa dans le salon et se laissa tomber sur le canapé à côté d'elle.

Jody sourit.

— Elle est mignonne.

— Je sais.

— Et très gentille.

— Oui.

— Tu l'aimes beaucoup.

Ben hocha la tête.

— Elle est différente de la plupart des filles à l'école. Elle ne semble pas se soucier d'être populaire. Elle a son propre style et elle est drôle quand tu apprends à la connaître.

— Tu dois la traiter avec beaucoup d'égards, conseilla Jody.

Ben la regarda en fronçant les sourcils.

— Que voulez-vous dire ?

— Juste ce que j'ai dit. Écoute, ce n'est pas vraiment ma place, mais je ne peux pas ne pas le dire. Cette fille t'admire. Elle ne pouvait pas te quitter des yeux toute la soirée. J'ai l'impression qu'elle est prête à faire tout ce que tu lui demandes. Alors, tu dois faire attention. Elle est timide et je pense qu'elle n'a pas eu beaucoup de copains.

Jody savait qu'elle tournait autour du pot, mais elle était mal à l'aise à l'idée de dire ce qu'elle voulait vraiment exprimer.

— Je sais tout ça, mademoiselle Jody.

— Ce que je veux dire, c'est que je ne pense pas que tu devrais te précipiter pour quoi que ce soit de... physique. Elle me semble un peu naïve, et pas prête pour une relation sexuelle.

Ben se redressa et Jody vit qu'elle l'avait irrité.

— Je le sais.

Jody hocha la tête.

— Vous aurez largement le temps pour ça, Ben. Je suggère simplement que vous profitiez d'être ensemble sans pression.

— Je ne suis pas vierge, dit-il en paraissant presque... en colère.

Jody déglutit. Oui, elle n'aurait sans doute pas dû commencer cette conversation.

— D'accord.

— À mon quatorzième anniversaire, Al a ramené une fille à la maison, il nous a laissés seuls, et juste après, elle a posé la main sur mon sexe et elle a défait mon pantalon.

— Ben... commença Jody, ne souhaitant vraiment pas savoir comment il avait perdu sa virginité.

Il ne tint pas compte de ses protestations.

— Elle m'a poussé sur le dos, m'a enfilé un préservatif, et nous l'avons fait sur le foutu canapé. Après, elle m'a appris comment retirer le préservatif, elle m'a embrassé sur la joue et elle est partie. J'étais complètement dans les vapes et je me sentais presque fier, comme un idiot.

Il secoua la tête.

— J'avais décidé que je devais être canon et je voulais récupérer son numéro pour la revoir. J'avais bêtement cru que le sexe impliquait que nous étions ensemble, alors je l'ai suivie. J'ai vu Al lui donner de l'argent devant la porte avant qu'elle parte.

— Oh, mon Dieu, souffla Jody, n'appréciant pas du tout le beau-père de Ben.

— Oui. Il a engagé une prostituée pour faire de moi un homme... et ce sont ses mots, pas les miens. J'étais trop jeune pour comprendre ce qu'il se passait. Il m'a *volé* ça et je ne le lui pardonnerai jamais, dit Ben d'une voix torturée. Il est impensable que je pousse Tressa à faire ce pour quoi elle n'est pas prête. Et je sais, mademoiselle Jody, qu'elle n'est pas prête pour une relation sexuelle. J'aime être avec elle. Je l'ai embrassée pour lui dire au revoir ce soir, et je suis certain que c'était son premier baiser. Et... j'aime cette lenteur. Je veux qu'elle sache que je la respecte suffisamment pour ne pas lui mettre la pression.

Jody entendait des nuances de Baker dans les paroles et le ton de Ben. Il ne le fréquentait pas depuis si longtemps, mais son influence positive avait néanmoins été contagieuse.

— J'essaie de ne pas être offensé parce que vous pensez que je peux être ce genre de type, dit Ben.

— Je ne le pense pas. C'est juste que... tu es important pour moi et je ne voulais pas que tu fasses quelque chose que vous risquiez de regretter. Je ne voulais pas te blesser.

Ben resta silencieux un moment, puis il murmura :

— Merci. Ces dernières semaines, vous avez plus agi comme une mère que ma propre mère pendant des années.

Jody était à la fois contente et triste de l'apprendre. Elle ouvrit la bouche pour répondre, mais elle sursauta quand quelqu'un frappa bruyamment à la porte. En regardant sa montre, elle vit qu'il était 9 h passées. Beaucoup trop tard pour une simple visite.

— Tu attends quelqu'un ? demanda-t-elle à Ben.

Il secoua la tête.

Jody se leva et s'avança vers la porte. Elle regarda par le judas et elle fronça les sourcils. Il y avait un homme sur le seuil, et elle voyait une femme à environ deux mètres derrière lui, sur le chemin qui menait jusqu'à la petite terrasse.

— Benjamin ! Il est temps de rentrer à la maison ! cria l'homme.

Jody regarda Ben, surprise. Le visage de l'adolescent lui fit mal au cœur. Il était effrayé.

Non. Terrifié.

— C'est Al, dit Ben doucement.

Eh bien. Jody avait des choses à dire au beau-père de Ben. Avec l'histoire de la prostituée qu'il avait engagée pour prendre la virginité de son beau-fils en tête, elle déverrouilla la porte et l'ouvrit brusquement. Elle resta dans l'encadrement, faisant en sorte que l'homme comprenne qu'il n'était pas invité à l'intérieur. Elle était peut-être petite, mais Ben n'allait pas partir avec ce type. Certainement pas.

— Je peux vous aider ? demanda-t-elle d'un ton assez belliqueux.

Al Rowden la toisa.

— Oui. Mon fils s'est bien amusé, il a exprimé son point de vue, et maintenant il est temps pour lui de rentrer à la maison.

— Tout d'abord, ce n'est pas votre fils, rétorqua Jody. Deuxièmement, vous pensez que c'était amusant pour lui de dormir dans sa voiture et de devoir quémander pour manger ?

Al ricana, comme si les difficultés de Ben l'amusaient.

— Il fallait qu'il apprenne une leçon.

— Et quelle est cette leçon ?

— Qu'il n'est pas aussi malin qu'il le croit et qu'il doit écouter ses parents.

Jody secoua la tête face au niveau de connerie de ce crétin.

— Il n'ira nulle part.

— Prépare tes affaires, Ben. Tu rentres à la maison, ordonna Al en regardant par-dessus la tête de Jody.

— Vous m'avez entendue ? Il ne vous accompagnera pas. Il est très bien ici. Mieux, en fait.

Jody jeta un coup d'œil à la mère de Ben. Emma. Elle regardait le béton sous ses pieds comme si c'était la chose la plus intéressante qu'elle ait vue de sa vie. Elle n'essayait même pas de voir son fils, de s'assurer qu'il allait bien. Son absence d'émotion dérangea Jody plus qu'elle ne voulait l'admettre.

Al s'avança et Jody écarta les bras pour lui bloquer le passage.

— Vous n'êtes pas le bienvenu ici. Et si vous faites un pas de plus, j'appelle la police.

Al eut un rictus.

— Vous pensez pouvoir m'empêcher d'entrer ?

— Sûrement pas. Vous êtes plus grand et plus lourd que moi, dit Jody d'une voix plus calme que ce qu'elle ressentait. Mais je ne suis pas surprise de vous voir essayer d'utiliser votre taille pour m'intimider. Ça vous ressemble bien.

Il lui jeta un regard noir.

— Vous ne savez rien de moi, dit-il.

— J'en sais assez, insista Jody.

— Je vois que Ben a parlé, dit Al avant de regarder Ben par-dessus l'épaule de Jody. Personne n'aime les mouchards.

Jody n'osait pas détourner les yeux de l'homme devant elle, mais elle avait l'impression qu'Al menaçait Ben d'une façon ou d'une autre.

— Il est tard. Vous devez partir, insista-t-elle.

Son cœur battait à toute vitesse. Elle ne savait pas du tout quoi faire s'il entrait dans sa maison et essayait de malmener Ben. Il était pourtant impensable qu'elle laisse Ben s'en aller sans se battre. Elle était peut-être petite, mais elle était bagarreuse. Et elle avait une voix forte. Si elle criait assez longtemps et assez fort, un de ses voisins allait certainement appeler la police.

À sa grande surprise, Al fit un pas en arrière. Il avait les poings serrés, mais il ne chercha pas à avancer vers elle.

— Très bien. Mais ne vous faites pas d'illusions, la police apprendra comment vous avez enlevé mon fils.

— Ce n'est pas un enlèvement quand il veut être ici alors que vous l'avez jeté hors de chez lui, affirma Jody sans prendre la peine de rectifier la notion selon laquelle il était le fils de Rowden.

— Vous pensez qu'il dira ça à la police ? demanda Al avec un petit rire. Il sait bien qu'il vaut mieux pas.

Jody n'aimait pas l'assurance d'Al. Elle reporta son attention sur la mère de Ben.

— Pourquoi avez-vous mis trois semaines avant de venir le chercher ? voulut-elle savoir. Il vivait dans sa *voiture*. Il a fait une insolation parce qu'il dormait dedans sous un soleil écrasant. Il n'allait pas à l'école. Il ne mangeait pas correctement. D'après ce que j'ai compris, vous avez beaucoup travaillé pour faire en sorte que votre petit garçon ait de quoi manger quand il était jeune. Qu'est-ce qui a changé ?

La femme leva les yeux et pendant un instant, Jody y vit de

l'angoisse. Mais elle fut vite remplacée par son regard vide. Elle ne dit rien.

— Cette petite merde a été choyée et gâtée pendant trop longtemps. C'est une bonne chose qu'il apprenne la réalité du monde. Il aurait dû rester seul pour cette leçon, pas mis à l'abri afin de parasiter quelqu'un d'autre, dit Al en faisant un pas de côté, bloquant ainsi la mère de Ben à la vue de Jody.

— C'est votre fils, lança Jody en s'adressant toujours à l'autre femme. Je ferais n'importe quoi pour avoir un jour, une heure, une minute de plus avec le mien. Mais vous jetez le vôtre dehors... en échange de quoi ? Pourquoi ?

— On s'en va, annonça Al brusquement en se retournant et en descendant de la terrasse.

Il prit le bras d'Emma et tira dessus avec brutalité. Il jeta un regard en arrière vers Jody.

— Mais ce n'est pas fini. Il ne peut pas se cacher derrière vous vingt-quatre heures sur vingt-quatre.

— C'est une menace ? fulmina Jody, sincèrement choquée.

— Bien sûr que non, dit Al avec un sourire en coin, puis il tira d'un coup sec pour rapprocher sa femme de lui en la faisant avancer vers la Mercedes garée au bord de la route.

Jody sentit Ben s'approcher d'elle et ils regardèrent sa mère et son beau-père s'éloigner en voiture. Ensuite, elle ferma la porte, tourna le verrou et inspira profondément.

— Je suis désolé, dit Ben, mais Jody leva une main pour l'empêcher de continuer.

— Tu n'as absolument aucune raison de t'excuser, affirma-t-elle.

Elle posa doucement une main sur sa joue.

— Tu es un homme incroyable, Ben. Je ne peux pas savoir à quoi ressemblait ta vie dans cette maison, mais à en juger par cette petite conversation, ce n'était manifestement pas drôle.

— Vous l'avez mis en colère, dit Ben d'une voix tremblante.

— Ça m'est égal.

— Il ne faut pas.

— Je n'ai pas peur de lui.

— Il peut rendre votre vie infernale, avertit Ben.

Jody examina le jeune homme devant elle. Il paraissait complètement paniqué.

— Qu'a-t-il contre toi ? demanda-t-elle doucement.

Ben ferma les yeux et pendant une seconde, Jody crut qu'il allait enfin dire sa vérité. Mais quand il ouvrit les yeux et croisa son regard, elle sut qu'il avait réussi à maîtriser ses émotions, et le moment était passé.

— Ça n'a aucune importance. Je devrais partir.

Jody posa la main sur son épaule, la serra fermement et dit :

— Non.

— Je ne veux surtout pas rendre les choses plus difficiles pour vous.

— Je peux gérer cette face de rat, affirma Jody. Et quand Baker reviendra, il fera en sorte que ton beau-père ne t'ennuie plus.

Il fallut un moment, mais les épaules de Ben finirent par se détendre légèrement.

— Face de rat ? répéta-t-il avec un petit sourire forcé.

— Oui, j'aurais bien utilisé un gros mot, mais comme j'ai repris Baker qui jurait devant toi, je me suis dit que ce n'était pas approprié.

— À mon avis, quand on parle d'Al Rowden, c'est totalement approprié.

— Tu as sans doute raison.

— Au sujet de ce que vous avez dit à ma mère, ajouta Ben. Je n'ai pas remarqué le changement chez elle avant qu'il ne soit trop tard. Elle s'est perdue... et ce faisant, elle m'a perdu.

— Je suis vraiment désolée, Ben, murmura Jody en s'avançant et en le prenant dans ses bras.

Elle le serra férocement, ravie lorsqu'il lui imita son geste. Ensuite, elle fit un pas en arrière.

— Et moi je suis désolé pour votre fils, répondit Ben.

— Moi aussi. Mais ta présence m'a fait beaucoup de bien. Pour ce que ça vaut, j'aime t'avoir ici, Ben. Tu n'es pas un fardeau et tu as largement assez de temps pour apprendre comment être un adulte. Pour l'instant, tes seules inquiétudes devraient concerner tes notes et comment bien traiter Tressa.

— J'aimerais tellement que ce soient mes seules inquiétudes, souffla Ben.

— Moi aussi, chuchota Jody.

Il inspira profondément.

— Quand Baker revient-il ?

— Je ne sais pas trop. Il pensait être absent environ une semaine, alors, j'espère qu'il ne reste que quelques jours de plus.

— Que fait-il ?

Ils étaient toujours debout dans son vestibule, mais comme Ben lui parlait, Jody ne souhaitait pas prendre le risque qu'il se renferme en lui demandant d'aller s'asseoir sur le canapé.

— Il travaille avec le gouvernement. Il cherche des informations.

Jody ne savait pas exactement ce que faisait Baker, mais elle ne croyait pas que c'était malin d'expliquer à Ben qu'il travaillait avec des gens extrêmement dangereux. Cependant, Ben lui donna l'impression de discerner la vérité derrière ses mots vagues.

— Je lui parlerai peut-être à son retour.

— Je pense que c'est une très bonne idée, acquiesça Jody.

Elle n'allait pas être contrariée si Ben se confiait à Baker et pas elle. L'adolescent semblait vraiment admirer cet homme et c'était normal. C'était un type admirable, assurément.

— Je pense que je vais rester regarder la télévision un moment, mais vous pouvez aller vous coucher si vous voulez, dit Ben.

Jody plissa les yeux.

— Si tu fais un pas en dehors de cette maison, Ben Miller, je vais me mettre en pétard.

Il lui fit un petit sourire.

— Je ne vais pas partir.

Jody leva un sourcil et il insista :

— Promis. Je n'ai aucune envie de retourner dans cette maison. Jamais. Si je dois porter les dix mêmes tenues que j'ai prises en partant de la maison pour le reste de ma vie, je le ferai. Si une mère finit un jour par voir la vérité en face, il faudra qu'elle vienne me voir. C'est juste que… la soirée a été si agréable, si parfaite. J'ai pu embrasser ma copine pour la première fois, et il est venu tout gâcher.

— Personne ne peut gâcher des souvenirs, Ben, lui fit remarquer Jody. Ils t'appartiennent.

Il hocha la tête.

— J'ai besoin de réfléchir. Il va tenter quelque chose, mademoiselle Jody, et je dois être prêt.

Elle n'aimait pas entendre ça.

— Baker donnera un coup de main à son retour, assura-t-elle.

— Oui.

Jody avait l'impression d'avoir dit tout ce qu'elle pouvait pour la soirée. Elle allait faire son possible le lendemain matin pour tenter de le rassurer une fois de plus.

— D'accord. Je vais me coucher. Mais si tu as besoin de quoi que ce soit, je suis juste au bout du couloir.

— Merci, mademoiselle Jody.

Il secoua la tête avant d'ajouter :

— Je n'arrive pas à croire que je vous ai vue vous tenir devant lui avec les bras écartés… comme si ça pouvait l'empêcher de passer.

— Tu es peut-être plus grand et plus fort, Ben, mais tu es toujours un enfant. Pour t'atteindre, il allait devoir me passer sur le corps, promit-elle.

Ben déglutit et regarda ses pieds avant d'inspirer profondément.

Jody lui laissa du temps pour se remettre de ses émotions.

— Tu n'es pas Mana. Je le sais, mais ça ne signifie pas que je ne vais pas te protéger de toutes mes forces. Je sais qu'il aurait pu me pousser, mais j'étais prête à prendre le risque qu'il me fasse mal pour te défendre, Ben.

— J'aimerais que vous soyez ma mère, chuchota l'adolescent.

Ce fut au tour de Jody de déglutir pour empêcher de fondre en larmes. Quand elle eut l'impression de se maîtriser, elle annonça :

— Je ne suis peut-être pas ta mère biologique, mais en ce qui me concerne, à partir de maintenant, tu es mon fils adoptif. Si tu as besoin de quelque chose, quoi que ce soit, tu viens me voir. De l'eau, de quoi manger, un toit au-dessus de ta tête, une épaule pour pleurer, des conseils amoureux, ou juste un endroit pour te détendre et où tu n'as pas besoin de réfléchir... ma porte restera toujours ouverte pour toi.

— Merci, dit Ben.

Il s'avança vers elle, la serra encore dans ses bras, puis se retourna et partit dans le salon.

Jody inspira profondément, puis elle se dirigea vers le couloir qui menait à sa chambre.

— Bonne nuit, Ben. Ne te couche pas trop tard.

— Promis, dit-il en s'asseyant et en attrapant la télécommande. Je vérifierai les portes et les fenêtres avant d'aller me coucher, alors ne vous inquiétez pas.

Oui, il était évident que Ben imitait tous les bons côtés de Baker.

— D'accord. Merci.

— Bonne nuit, mademoiselle Jody.

— Bonne nuit, Ben.

Jody se prépara à aller au lit, se blottit sous les couvertures et prit l'oreiller de Baker dans ses bras. Elle y enfouit la tête et laissa enfin couler les larmes qu'elle avait retenues. Elle pleura parce qu'elle avait été terrifiée par ce qu'Al pouvait faire. Elle pleura pour Ben. Pour Emma Rowden, qui ne savait pas du tout ce qu'elle avait perdu... ou peut-être le savait-elle. Elle pleura parce qu'elle s'inquiétait pour Baker.

Quand ses larmes se tarirent, Jody eut l'impression d'être passée par une essoreuse. Elle ne savait pas du tout ce qu'il se passait avec le beau-père de Ben, mais ce n'était rien de bon. Ben était terrifié par cet homme. Il avait une forme d'emprise sur son beau-fils, c'était évident, et Jody voulait désespérément savoir laquelle.

Elle espérait que Baker puisse le découvrir. Peut-être que grâce à son réseau, il briserait l'emprise d'Al sur Ben, permettant ainsi à l'adolescent de vivre sa vie sans le nuage noir d'inquiétude qui semblait planer au-dessus de lui depuis des mois. Il avait disparu un instant ce soir, quand il était avec Tressa, mais il était bien revenu maintenant.

Jody pensa que Ben allait peut-être prendre ses distances avec Tressa pour essayer de la protéger. Plus elle y réfléchissait, plus elle soupçonnait que c'était exactement ce qu'il allait faire. Elle se promit de lui en parler le lendemain. Tressa allait être anéantie s'il essayait de rompre avec elle. Elle allait croire que c'était à cause de quelque chose qu'elle avait fait pendant la soirée, ou parce qu'elle n'embrassait pas bien par exemple, pas parce que Ben essayait d'être honorable.

Alors qu'elle était allongée là, incapable de dormir en réfléchissant à Ben et comment l'aider, Jody se sentit accablée et Baker lui manqua d'autant plus. Il aurait su exactement quoi faire dans ce genre de situation. S'il avait été présent ce soir-là, Al n'aurait jamais dit toutes ces choses horribles. Jody était fière d'avoir géré ce type, mais elle aurait quand même aimé que Baker soit là.

C'était effrayant de voir comment elle avait dû se débrouiller dans sa vie, se sentant presque déconnectée de tout pendant les cinq dernières années, alors que maintenant, le dernier mois de sa vie semblait être passé du gris au technicolor en une fraction de seconde. C'était perturbant et assez effrayant, mais Jody ne pouvait nier qu'elle préférait cette vie… avec Ben et Baker et toute l'incertitude qui les accompagnait… à l'idée de se noyer dans le chagrin et de ressentir l'absence de Mana à chaque respiration.

Comme si penser à son fils avait pu l'évoquer, le bruit des clés tombant sur sa commode résonna dans l'autre chambre. Jody pencha la tête en s'asseyant. Rêvait-elle encore ?

Elle entendit alors des pas sur le plancher dans l'autre chambre. Ben.

Jody se rallongea et sourit. Ben n'était pas Kaimana, mais l'avoir ici lui faisait du bien.

— Tu me manques, Mana, chuchota-t-elle.

Jody aurait pu jurer sentir une caresse sur sa joue après avoir dit ces mots.

L'âme de son fils était là. À veiller sur elle. Pour la première fois depuis des lustres, elle se sentit réconfortée en pensant à son fils, au lieu d'être accablée par le chagrin.

Elle se roula une fois de plus en boule sur le côté et serra l'oreiller de Baker contre sa poitrine. Il allait bientôt revenir à la maison, mais jusque-là, tout se passerait bien. Ben et elle allaient faire de leur mieux, et au retour de Baker, Ben lui parlerait et Baker ferait le nécessaire pour s'occuper d'Al Rowden.

Jody s'endormit avec l'odeur de Baker dans les narines et l'espoir qu'il rentre bientôt.

CHAPITRE 17

Jody ouvrit brusquement la porte et regarda Baker se garer derrière son fourgon dans l'allée. Il l'avait appelée environ une heure et demie plus tôt, lui faisant savoir qu'il était à la maison, qu'il avait quelques affaires à régler à la base, puis qu'il se rendait tout droit chez elle.

Depuis, elle avait observé la rue avec impatience. Plus tôt, Ben était parti chercher à manger au camion Aji Limo, un food truck garé de façon permanente près de Shark's Cove, un endroit populaire du North Shore pour la plongée avec masque et tuba. Il avait envisagé d'y travailler, mais il avait finalement décidé de se concentrer sur l'école et Tressa, et Jody approuvait.

Elle avait été presque trop excitée pour manger, mais elle avait réussi à avaler un délicieux *poke bowl*. Ben en avait aussi pris pour Baker, au cas où il ait faim en rentrant à la maison.

Jody était impatiente de revoir Baker. Elle le rejoignit du côté conducteur de sa voiture et dès qu'il en descendit, elle jeta les bras autour de lui.

— Salut, Clochette.

— Je suis tellement contente que tu sois rentré, marmonna-t-elle contre son torse.

Baker serra les bras autour d'elle en chuchotant à son oreille :

— C'est le meilleur retour à la maison que j'ai eu.

Jody fut parcourue de frissons. Elle s'en sortait très bien seule, depuis très longtemps, mais être dans les bras de Baker à cette seconde précise était un des meilleurs sentiments qu'elle ait pu vivre.

Elle s'écarta et garda les mains sur ses biceps en le dévisageant de la tête aux pieds puis des pieds à la tête. Elle vérifia ainsi qu'il était vraiment en un seul morceau.

— Je vais bien, dit-il en comprenant manifestement ce qu'elle faisait.

— Tu es fatigué ? Tu as faim ? Tu as pu dormir dans l'avion ? Je ne sais pas combien de temps a duré ton vol, mais tu as l'air épuisé. Que veux-tu que je fasse ?

— Tu le fais déjà, répondit Baker avec un sourire satisfait.

Jody secoua la tête.

— Je ne fais rien, protesta-t-elle.

— Tu ne pouvais pas attendre les cinq secondes qu'il m'aurait fallu pour te rejoindre, indiqua Baker. Tu me regardes comme si tu pouvais voir à travers mes vêtements pour m'inspecter à la recherche de bobos. Et la première chose que tu as faite, c'était d'essayer de prendre soin de moi en m'offrant à manger et du repos. Tu fais tout, Jodelle.

Ces mots lui firent monter les larmes aux yeux.

— Zut, dit-elle en se collant à nouveau contre lui. Je m'étais promis de ne pas pleurer.

Baker rit et elle sentit le grondement sous sa joue.

— Tant que ce sont des larmes de bonheur, ça me va, lui dit-il.

— Bienvenue à la maison, dit Ben depuis le seuil.

Jody sentit Baker lever le menton... puis tout son corps se raidir. Il dit juste assez fort pour qu'elle soit la seule à l'entendre :

— Pourquoi Ben donne-t-il l'impression d'être figé de peur ?

Jody poussa un soupir. Elle n'avait pas voulu aborder le sujet dès le retour de Baker, mais il valait sans doute mieux.

— Il s'est passé quelque chose il y a deux soirs, expliqua-t-elle.

Les muscles de Baker se tendirent encore davantage contre elle.

— Quoi ?

— Son beau-père et sa mère sont passés. Ils ont essayé de le ramener chez eux.

Baker fronça les sourcils.

— Comment c'est possible ? Comment ont-ils su où il était ? Et mieux encore, si quelqu'un lui a dit qu'il vivait chez mademoiselle Jody, comment a-t-il su où *tu* vivais ?

— Je ne sais pas. J'ai géré la situation, mais Ben est terrifié par son beau-père. Je pense qu'il le menace avec des informations compromettantes.

— Du chantage ? grogna Baker.

— Je ne sais pas si j'irais si loin, mais il a dit des choses assez horribles.

— Il a levé la main sur toi ? demanda Baker.

Jody secoua immédiatement la tête.

— Non.

— Et sur Ben ?

— Non. Je ne l'ai pas laissé entrer dans la maison.

Baker ne sembla pas apaisé par sa réponse.

— Il t'a parlé ? Ben, je veux dire ?

— Il m'a dit certaines choses avant que son beau-père apparaisse qui m'ont fait détester cet homme, mais il y a beaucoup de choses qu'il ne dit pas. Je pense qu'il essaie de me protéger. Il voulait partir après le départ de son beau-père. Pour ne pas me faire courir de danger.

— Je vais lui parler, dit Baker.

— D'accord. Je suis désolée.

— Pour quelle raison ?

— Parce que tu dois gérer ça en deux secondes.

— Peu importe qu'il s'agisse de deux virgule trois secondes ou de trois jours, Jodelle. Il se passe quelque chose qui met en danger non seulement un gamin que je respecte et que j'aime beaucoup, mais ma copine aussi ? Plus vite on gère cette merde, mieux ce sera. Merci de ne pas m'avoir caché le fait que cet enfoiré est passé.

— Pourquoi aurais-je fait ça ? demanda Jody en penchant la tête.

Il la dévisagea un instant, puis il dit :

— Je ne t'ai pas encore embrassée.

— Non, c'est vrai, mais sérieusement, Baker, pourquoi aurais-je caché quelque chose de pareil ? Je sais quel genre d'homme tu es. Et tu m'as promis que tu n'allais pas être furieux et faire quelque chose de stupide qui m'obligerait à te perdre… dans ce cas précis, foncer chez Al et le défier en duel, par exemple. En outre, Ben a besoin de parler à quelqu'un, et si ce n'est pas moi parce qu'il souhaite me protéger des problèmes dans sa vie, ça devrait être toi. Je sais que tu es assez fort pour accepter ce qu'il veut te dire, et aussi que tu auras la sagesse de le conseiller sur ce qu'il doit faire.

Jody baissa encore davantage la voix :

— Et avec les connexions que tu prétends avoir, j'espère que tu peux t'en servir pour apprendre une leçon à Al… plus précisément, que ce n'est pas bien de jeter ton beau-fils dehors pour lui *apprendre une leçon* en sachant qu'il va vivre à la belle étoile et dans sa voiture et certainement avoir faim.

En réponse, Baker leva les yeux vers Ben et dit d'une voix forte :

— Je vais embrasser Jodelle, maintenant. Il va y avoir de la langue, et ce sera long, profond et dur. Je te suggère donc de retourner dans la maison. On arrive dans un instant.

Ben sourit.

— J'y vais, cria-t-il. Mais je ne suis pas certain que les voisins de mademoiselle Jody apprécient un spectacle classé X dans son allée.

— Ça ne sera pas du X. Mais peut-être déconseillé aux moins de treize ans, lui dit Baker. Et elle accueille son copain de retour après un voyage dangereux… je suis sûr qu'ils comprendront.

Le sourire sur le visage de Ben ne faiblit pas. Il hocha le menton, imitant encore Baker, puis il se retourna et disparut dans la maison.

— Baker, dit Jody quand il la regarda avec une expression si intense qu'elle ne pouvait pas commencer à l'interpréter.

— Toute ma vie, j'ai côtoyé des gens qui faisaient tout leur possible pour me tromper, dit-il d'une voix basse et grave, presque comme un grognement. Ils mentent au sujet de toutes les petites choses, depuis ce qu'ils ont eu au petit-déjeuner jusqu'à des éléments plus importants, comme avec qui ils complotent pour essayer de me tuer ainsi que mes compatriotes. Toi ? Je n'ai même pas fait deux pas hors de ma voiture et tu craches le morceau au sujet de la venue d'Al Rowden, me prévenant que Ben a besoin de partager des problèmes sérieux, et tu le fais en me faisant confiance pour ne pas péter un câble. C'est important pour moi, Jodelle. Très important.

— Baker, chuchota-t-elle.

— Je vais régler ce problème, promit-il. Peut-être pas ce soir. Peut-être pas demain. Mais je vais faire en sorte que Rowden comprenne que tu es interdite d'accès. Il ne doit pas te parler. Ne doit pas se rendre chez toi. Ne doit même pas te *regarder*. Ben pourra choisir s'il veut la même chose, mais si c'est le cas, j'enverrai également ce message. Et c'est bien que tu ne paniques pas à l'idée que je demande quelques renvois d'ascenseur pour gérer la situation.

— Je ne panique pas, dit Jody. Si Al est autant un enfoiré que je le pense, il mérite tout ce qui peut lui arriver.

Baker posa un doigt sous le menton de Jody et pencha sa tête en arrière pendant qu'il baissait la sienne. Jody le rejoignit à mi-chemin : elle monta sur la pointe des pieds et accrocha une main derrière la tête de Baker. Elle passa les doigts dans ses cheveux et s'ouvrit immédiatement à lui quand leurs lèvres se rencontrèrent.

Sa barbe était un peu plus longue qu'une semaine avant, quand il était parti, mais ça ne gênait pas du tout Jody. Elle était rongée par le désir pour cet homme. Elle passa de zéro à deux cents kilomètres-heure en quelques battements de cœur. Leurs langues s'entremêlèrent quand ils apprirent à nouveau le goût et la sensation de l'autre. Jody sentit l'érection de Baker contre son ventre, et elle se frotta sans vergogne contre lui. Elle avait envie de plus. Besoin d'être plus proche.

Quand Baker finit par s'écarter, la jambe de Jody était remontée sur la cuisse de Baker et elle enfonçait les ongles dans son cuir chevelu. Il avait passé une main sous son tee-shirt au creux de son dos, la serrant contre lui, et l'autre dans sa nuque, la maintenant immobile pendant qu'il assaillait sa bouche. Un assaut qu'elle voulait voir durer. Elle émit un petit gémissement et il la regarda.

— Je veux que tu sois à moi ce soir, dit-il.

— Je suis déjà à toi, répondit Jody sans hésiter. Mais si nous parlons de sexe, oui. S'il te plaît, oui.

Baker inspira profondément, puis il sourit.

— Quoi ? demanda-t-elle.

— Le frangipanier. Ça m'a manqué.

Jody se blottit contre lui. Elle baissa la jambe et se força à détacher la main de ses cheveux.

— Tu m'as tellement manqué, Baker.

— Il s'est passé autre chose pendant mon absence en dehors des conneries de Rowden ?

— J'ai eu quelques nouveaux projets à faire, y compris un contrat pour refaire le site Internet d'une grande entreprise de vêtements de sport. Il me faudra longtemps, mais ils paient beaucoup, alors ça vaudra le coup. Tressa et Ben sont maintenant en couple. Elle est venue dîner le soir où Al est passé, mais Ben l'avait déjà ramenée chez elle quand il est venu, ce qui est une bonne chose. Mes gamins surfeurs vont tous très bien. Apparemment, Kenna prévoit une soirée pyjama très bientôt, et si la conversation du groupe auquel j'ai été ajoutée est fiable, ça pourrait même avoir lieu dans la semaine qui vient. À vrai dire, ça me rend vraiment nerveuse, mais je suis aussi enthousiaste, et je sais que c'est fou. Quoi qu'il en soit... Ben est allé chercher des *poke bowls* pour le dîner. J'ai déjà mangé, mais il y en a deux à l'intérieur pour toi.

Baker souriait, désormais.

— Super, Clochette. Je meurs de faim.

— Alors, pourquoi sommes-nous toujours dehors ? demanda-t-elle.

— Parce que je profite de mon accueil. J'aimerais toujours mieux t'avoir dans mes bras plutôt que de manger.

Jody secoua la tête.

— Eh bien, que dirais-tu de rentrer et de me laisser te nourrir ? Ensuite, tu pourras discuter avec Ben et nous irons au lit.

— Parfait. Tu m'as manqué, Clochette.

— Toi aussi, chuchota Jody.

— Merci de ne pas jouer à des petits jeux. Ou me cacher des choses. Et je suis désolé de ne pas avoir été là pour te soutenir contre Rowden.

— Avec plaisir. Et tu n'as pas à excuser. Je ne suis pas sans défense, et même si la rencontre n'a pas été sympa, j'étais tout à fait prête à hurler s'il essayait quoi que ce soit. Mes voisins auraient appelé la police tout de suite.

— C'est bon à savoir. Viens, on rentre pour que je mange et que je parle avec Ben. Il me tarde de m'endormir avec toi dans mes bras.

— Moi aussi, acquiesça Jody.

Baker la lâcha assez longtemps pour ouvrir la portière arrière de sa voiture et attraper son sac en toile, puis il reposa le bras autour de sa taille et les guida jusqu'à la porte.

Jody porta son sac de voyage dans la chambre pendant que Baker saluait Ben avec une accolade virile et des tapes dans le dos. Pendant que Baker mangeait, il ne dit pas grand-chose sur l'endroit où il était parti et ce qu'il y avait fait, mais il avoua qu'il avait plu presque tout le temps et qu'il était ravi de revenir sous le soleil d'Oahu.

Quand Baker eut mangé et jeté les contenants dans la poubelle du recyclable, Jody annonça :

— Je vais aller commencer ce projet de site Internet. Vous pouvez traîner ici. Et j'aurai les écouteurs, alors si vous avez besoin de dire un gros mot, ne vous sentez pas coupable, parce que je n'entends rien avec la musique dans mes oreilles.

Le visage de Baker s'adoucit.

— Merci, Clochette.

— Bien sûr. Ben, as-tu besoin de quelque chose ?

— Non, je vais bien, mademoiselle Jody.

— Très bien. Si je ne te vois pas avant de partir au lit, dors bien. Tu vas surfer demain matin ?

Jody ne fut pas surprise quand le jeune homme regarda Baker.

— Ça fait une semaine que je n'ai pas pris de vagues. Ça me dit bien d'aller surfer demain.

Ben hocha la tête.

— Moi aussi.

— Bien. N'oublie pas de faire tes devoirs, ajouta Jody.

— Promis.

— Parfait. Bonne nuit.

Elle inspira alors profondément et dit encore :

— Je suis tellement contente que tu sois ici, Ben. Cette dernière semaine a été beaucoup moins solitaire. Et tu m'as beaucoup aidé, au jardin et avec toutes les autres corvées que tu effectues.

Ben pinça les lèvres et hocha la tête.

— C'est agréable d'être apprécié. Bonne nuit, mademoiselle Jody.

Comprenant que c'était le moment, Jody se tourna et partit dans sa chambre. Elle voulait tellement écouter à la porte et découvrir une bonne fois pour toutes à quel point le beau-père de Ben était un con, mais elle ne voulait pas perdre la confiance de Ben ou Baker s'ils découvraient qu'elle les écoutait. Elle s'installa donc à son ordinateur, prit ses écouteurs, cliqua sur l'application pour afficher sa playlist préférée et appuya sur *play*. Elle se mit ensuite au travail.

CHAPITRE 18

— C'était dur à quel point ? demanda Baker à Ben dès qu'il entendit la porte se fermer derrière Jodelle.

Ben soupira :

— Dur.

Baker hocha la tête. C'était ce qu'il craignait. Il avait l'impression que Jodelle avait minimisé ce qui était arrivé avec Rowden.

— Asseyons-nous. Tu peux m'en parler.

Ils s'installèrent sur le canapé et pendant les dix minutes qui suivirent, Baker fit de son mieux pour ne pas exploser alors que Ben décrivait ce que Rowden avait dit et comment Jodelle avait tendu les bras pour empêcher ce connard d'entrer dans la maison. Il n'était pas surpris que Jodelle ait défendu Ben. Si elle avait son mot à dire, personne n'allait le retirer de chez elle.

— Que pensait-elle faire s'il la poussait ? demanda Baker en secouant la tête.

— Je lui ai posé la même question. Elle m'a dit qu'elle aurait sauté sur son dos comme un singe et qu'elle aurait hurlé à tue-tête.

— Mon Dieu, soupira Baker, mais il ne put empêcher un petit rire de s'échapper de sa gorge.

Ce n'était pas drôle. Pas du tout. Mais l'image de Jodelle

faisant exactement ça était assez amusante, même si la situation ne l'était pas. Il redevint sérieux.

— Parle-moi, Ben. J'ai fait des recherches sur Rowden, et même s'il ne me fait pas bonne impression, je n'ai rien trouvé de concret. J'ai besoin d'informations pour t'aider.

Ben regarda ses mains qu'il avait serrées sur ses genoux.

— Je ne crois pas que tu puisses m'aider, avoua-t-il. Al est très doué pour ne laisser aucune trace. Pour s'assurer que personne ne dise quelque chose contre lui.

— J'ai remarqué qu'il n'a que des compliments en ce qui concerne son travail, indiqua Baker.

Ben hocha la tête.

— Oui... parce qu'il relâche les gamins qui travaillent avec lui, et ceux qui n'ont pas les pires punitions.

— Comment fait-il pour empêcher les gens de parler ? Le chantage, je suppose ? demanda Baker en se posant des questions sur le commentaire concernant ceux *qui travaillent avec lui.*

Ben soupira.

— Pour l'expliquer, je dois revenir en arrière.

Baker hocha la tête en se préparant, et Ben commença à parler.

— Au début, quand ma mère a épousé Al, tout se passait bien. Nous n'avions plus besoin de lutter pour survivre. Nous avons déménagé dans la grande maison ici au North Shore. J'étais heureux de quitter la ville et de m'éloigner des gamins qui me harcelaient parce que mes vêtements étaient usés. Je n'avais plus faim tout le temps et même ma mère était heureuse. Mais quand Al lui a obtenu ce travail de réceptionniste chez un médecin, il a commencé à devenir méchant. Il criait contre elle et elle pleurait beaucoup. Puis un jour, elle est tombée et elle s'est fait mal au dos. On ne m'a jamais dit comment elle était tombée... mais je pense qu'Al l'a poussée. Quoi qu'il en soit, elle a reçu une ordonnance pour de la codéine. Quand ça n'a pas paru faire grand-chose contre sa douleur, son médecin lui a changé pour de l'Oxycodone.

— Merde, intervint Baker.

Ben hocha la tête.

— Oui. À cette époque, je pensais toujours qu'Al était assez gentil, même s'il criait beaucoup. J'avais douze ans et je voulais son approbation et son attention. Bien sûr, je préférais quand il était gentil avec moi plutôt que quand il criait. Pendant que ma mère était coincée dans sa chambre, assommée par les anti-douleurs... Al m'a appris comment cambrioler des voitures. J'étais juste un gamin stupide, alors j'ai trouvé que c'était drôle et excitant, et ça m'a semblé assez inoffensif à l'époque. On partait vers les plages bondées et les autres sites touristiques et il me déposait d'un côté du parking pour m'attendre de l'autre. Certaines voitures étaient toujours déverrouillées, elles étaient faciles, mais pour d'autres, je devais utiliser des outils différents, en fonction de la voiture, ou même casser une vitre arrière. Je rapportais des caméras, des sacs à main, d'autres affaires. Al apportait tout à un type qu'il connaissait et il recevait des espèces en retour. Il m'en donnait une partie, et je trouvais ça tellement cool.

Ben reprit sa respiration avant de continuer :

— Ensuite, il a commencé à recruter mes amis... y compris mon meilleur ami Alex. Encore une fois, au début, c'était excitant. Comme un jeu. On s'éparpillait sur un parking et on prenait autant d'affaires que possible, en faisant la compétition entre nous. Al nous a appris ce qui rapportait le plus d'argent. Mais à mesure que le temps passait... ça devenait moins drôle. J'ai presque été attrapé plusieurs fois, et au lieu de rendre les choses plus excitantes, ça me faisait mourir de peur. Quelquefois, mes amis se sont vraiment fait prendre, et ils sont allés au tribunal. Al les a laissés partir avec un avertissement et de faux travaux d'intérêt général qu'il supervisait toujours. Peu de temps après mes quatorze ans, j'ai refusé de continuer. Al n'était pas content, mais comme Alex et mes amis voulaient bien poursuivre, ça lui était un peu égal.

— Que faisait-il avec tout l'argent ? demanda Baker.

Tout ça ne ressemblait pas du tout à ce à quoi il s'attendait... c'était même pire, puisqu'il impliquait des enfants. Mais il avait l'impression que Ben n'avait pas fini.

— Il en a utilisé la majorité pour acheter des drogues. Il achetait de l'ecstasy pour mes amis. Il a commencé à organiser des fêtes chez nous où il distribuait de l'ecstasy comme des bonbons. Les gamins restent debout toute la nuit à danser et à boire de l'alcool qu'Al laisse facilement accessible. Il ne le sert jamais directement aux ados, mais il est disponible pour tous ceux qui en veulent. Tout le monde y va. Il a aussi une propriété de location et il organise encore plus de fêtes là-bas, histoire que nos voisins n'aient pas des soupçons à cause des rassemblements un peu trop fréquents. Lors des fêtes, il recrute de nouveaux gamins dans son opération. Et une fois qu'il a attiré les gens, il fait en sorte qu'ils restent en les filmant en train de cambrioler des voitures, de boire et de se droguer dans la maison de location, qui contient des caméras cachées partout... il ne filme jamais les fêtes chez nous. Il est bien trop prudent pour ça. Si quelqu'un veut partir, il fait du chantage avec les vidéos et menace de fournir des preuves au tribunal. Il l'a déjà fait plusieurs fois et il s'est arrangé pour que ces gamins passent du temps en maison de correction. Le seul moyen de quitter l'affaire est d'être assez vieux pour avoir son diplôme et partir.

— Waouh, Ben.

— Je sais. Il a une tonne de vidéos de moi, Baker. J'étais son petit protégé, dit-il avec amertume. J'ai fait tout ce qu'il m'a demandé et ça m'était égal qu'il filme. Au début, j'étais fier d'être doué pour entrer et sortir des voitures sans me faire prendre. Quand je me suis arrêté, j'ai envisagé de dire ce qu'il faisait à quelqu'un, malgré les vidéos.

Il poussa un profond soupir.

— Mais je ne le pouvais pas. À cause de ma mère. À cette période-là, elle était dépendante de l'Oxycodone. Elle a été virée de son travail parce que son patron a découvert qu'elle avait volé quelques ordonnanciers. Elle cherchait désespérément des drogues, et la petite affaire d'Al les lui fournissait. Ça fait des années qu'il la drogue, Baker.

Ben secoua la tête avant de reprendre :

— Elle est tellement shootée que la plupart du temps, elle

ne sait pas ce qu'il se passe. Elle n'a pas d'amis et elle dépend tellement d'Al pour les médicaments contre la douleur qu'elle fait tout ce qu'il lui dit sans se plaindre. Il a aussi besoin de l'argent des cambriolages pour payer ses dettes de jeu, poursuivit Ben. Il en a accumulé tellement que je sais qu'il aurait perdu notre maison sans l'argent qu'il recevait des vols des gamins. Ils pensent que c'est culotté et excitant. Ils ont des drogues et l'occasion de faire la fête sans craindre les répercussions, et Al obtient l'argent pour continuer à jouer.

— Et tu es coincé, lâcha Baker, écœuré. Si tu dénonces ton beau-père, ta mère n'aura plus rien. Elle n'a pas de travail, aucun moyen de se débrouiller seule à cause de Rowden, sans parler d'un problème de toxicomanie qui serait difficile à régler, même si elle était forte. Et, sans vouloir te vexer, je n'en ai pas l'impression. Non seulement ça, mais si le bruit se répandait sur ce qu'il se passe, beaucoup de tes amis et d'autres gamins auraient des ennuis et seraient peut-être envoyés en maison de correction, ou même en prison s'ils sont assez âgés.

Ben hocha la tête. Il avait toujours les yeux baissés et il donnait l'impression que le poids du monde reposait sur ses épaules.

— Moi aussi j'ai fait ces merdes. Presque chaque semaine pendant deux ans. Il m'a filmé. Je tomberai en même temps que lui. Il me l'a promis. Il a prévenu qu'il dira à tout le monde que c'était mon idée à la base.

— Dis-moi quelque chose, Ben : tu es plutôt grand maintenant. Bien bâti. Comment étais-tu à douze ans ? demanda Baker.

— Maigrichon, dit l'adolescent sans hésiter. Ce n'est que quand j'ai commencé à faire du sport, à surfer régulièrement et que j'ai atteint la puberté, que j'ai commencé à grandir.

— Bien. Et les vidéos de Rowden ? Je suppose qu'elles datent de l'époque où tu avais douze à quatorze ans ?

— Oui.

— Je comprends que tu essaies de protéger tout le monde. Ta mère, les gamins de l'école, toi-même. Mais crois-moi, si Rowden sort ses vidéos pour essayer de convaincre la police ou un juge que tu étais le cerveau de toute l'affaire, *personne* ne le croira.

Ben leva les yeux vers Baker.

— Pourquoi pas ?

— Parce que tu étais un gamin, dit-il. Et cet homme a sauvé ta mère et toi d'une vie de pauvreté extrême. Tu l'admirais et tu le respectais et il en a profité. Tout le monde comprendra immédiatement que tu étais une cible facile.

Ben secoua la tête.

— Je veux juste que ça s'arrête.

— Je le sais, et tu es en train de faire le premier pas pour que ça arrive. Pourquoi as-tu été jeté hors de la maison ?

Baker voyait que Ben avait envie de le croire. Il voulait avoir de l'espoir, mais il n'était pas encore tout à fait arrivé à ce stade.

— C'est devenu plus difficile de recruter des gamins, dit Ben. Il y a des caméras partout maintenant, surtout depuis que les cambriolages sont devenus si fréquents. Il est presque impossible de se rendre sur un parking ou un endroit touristique et de fracturer des voitures sans se faire prendre sur des caméras de sécurité. Il veut que je recrute pour lui. Il voulait que je parle à certains des plus jeunes qui surfent avec nous et que je les persuade de se rendre à la fête suivante. J'ai refusé. Il s'est énervé. Il m'a dit que si je ne voulais pas coopérer, je n'étais pas le bienvenu dans sa maison. Ma mère est restée assise là, avec le même visage dénué d'expression qu'elle affiche depuis des années. Elle ne m'a pas défendu. Je suis donc parti. Il m'a coincé au moment du départ et il m'a dit que si j'en parlais à quelqu'un, il jetterait maman dehors aussi. Qu'il la déposerait dans un coin de rue à Honolulu sans aucun bagage. Il a affirmé qu'elle se tournerait vers la prostitution en l'espace d'une seule journée pour obtenir les drogues dont elle a besoin. Et je... je l'ai cru.

Le cœur de Baker se brisa pour Ben, mais en même temps, un feu couvait dans son ventre. Al Rowden était une menace pour la société. Il avait fait chanter son propre beau-fils et gâché d'innombrables vies de jeunes. Il aurait dû creuser davantage pour trouver des informations quand il avait eu l'impression que quelque chose clochait.

— Tout d'abord, je ne t'en veux pas d'être resté silencieux, affirma Baker.

Ben le regarda, surpris. Il vit la peur dans les yeux de l'adolescent.

— Non ?

— Non. Rowden est une merde, mais il est malin. Tu essayais de protéger tout le monde autour de toi par toi-même. C'est une position horrible et franchement, j'admire que tu te sois opposé à lui et que tu sois sorti de cette situation toxique.

— Mais j'ai laissé ma mère là-bas, dit Ben d'une petite voix.

— Ça va être douloureux à entendre... mais c'est une adulte, rétorqua Baker avec douceur. C'était son choix de rester. Son choix de le laisser faire ce qu'il a fait.

— Il lui a sans doute fait du chantage aussi.

Baker hocha la tête.

— Oui, je pense que tu as raison. Il a peut-être même montré des vidéos dans lesquelles tu cambrioles des voitures et menacé de te dénoncer si elle ne fait pas ce qu'il dit. C'est sans doute lui aussi qui l'a encouragée à voler les ordonnanciers.

Ben frissonna à ces mots.

— Quoi qu'il en soit... reprit Baker. Je ne suis pas un parent, mais je suppose que si tu demandais à Jodelle ce qu'elle aurait fait dans cette situation, si elle avait découvert qu'un homme apprenait à son fils à voler, elle aurait pété un câble et elle aurait quitté la maison en un clin d'œil. Elle serait sans doute allée elle-même voir la police, ne lui laissant aucune chance de répandre ses sales rumeurs. Et dans le cas contraire, elle se serait battue pour s'assurer que son fils vive en sécurité.

Ben rit, mais sans humour.

— C'est sûr qu'elle ferait ça. Mais ma mère n'est pas aussi forte que mademoiselle Jody.

— Non, elle ne l'est pas. Mais elle aurait dû l'être. Pour toi. D'après ce que j'ai pu découvrir, elle a travaillé dur pour avoir un toit au-dessus de ta tête quand tu étais plus petit. Elle aurait pu y arriver. Elle aurait pu se battre pour toi... mais elle ne l'a pas fait, murmura Baker.

— Non, elle ne l'a pas fait, acquiesça Ben.

Il regarda alors Baker dans les yeux et annonça :

— Maintenant que tu sais tout, je peux partir. Al ne va pas bien prendre ma présence ici. Il va menacer mademoiselle Jody et je ne veux surtout pas qu'il lui arrive quelque chose. Je suis resté assez longtemps pour que tu reviennes, afin d'essayer de la protéger, et maintenant que tu es là, je vais partir.

— Tu n'iras nulle part, rétorqua Baker.

Ben écarquilla les yeux avec surprise.

— Tout d'abord, si tu penses que Jodelle va te laisser partir, tu te fais des illusions. La femme dans l'autre pièce t'a plus ou moins adopté. Non seulement ça, mais tu lui fais du bien. Pendant cinq ans, elle est restée endeuillée, son fils lui manquant terriblement. Ta présence ici a estompé une partie de ce chagrin. Tu ne remplaces pas Kaimana, mais elle a besoin de toi autant que tu as besoin d'elle.

— Je ne veux pas qu'Al lui cause des ennuis. Tu ne l'as pas vu, Baker. Il était tellement énervé. Il a battu en retraite pour réfléchir, mais je sais qu'il prévoit quelque chose, et j'ai très peur que cela implique mademoiselle Jody.

— Ça n'arrivera pas, affirma Baker. Maintenant que je sais exactement ce que je cherche, je vais creuser en profondeur et révéler ce qu'il est : un mari violent, un dealer de drogue, un auteur de maltraitances sur enfants, un accro aux jeux d'argent, et un putain de juge corrompu. Il est fini, Ben. Peut-être pas demain, mais bientôt. Je te donne ma parole.

— Comment ?

Baker sourit froidement.

— Je vais demander quelques renvois d'ascenseur. Et je vais trouver les gamins qu'il a recrutés. Je les pisterai dans leurs universités, dans l'armée, à leur travail. Quand j'aurai discuté avec eux, ils accepteront de témoigner contre Rowden. Je te le garantis.

— Mais...

— Il n'y a pas de mais, l'interrompit Baker. Il n'y aura pas de retour de bâton contre toi ou ta mère. Nous allons la faire entrer dans un centre de désintoxication. Je ne vais pas te mentir, Ben, ça ne va pas être facile pour elle. Elle n'a pas beaucoup de force intérieure, alors je ne suis pas certaine qu'elle pourra arrêter. Mais je l'éloignerai de Rowden afin qu'elle ait au moins une chance d'essayer. Eh oui, tu as participé à cette merde, mais encore une fois, tu étais un gamin. Quand tu es devenu assez vieux, tu as arrêté. Tu as recruté du monde pour lui ?

— Carrément pas, lança Ben. Je suis parti, tu te souviens ?

— Comme tu me l'as dit il y a moins d'une minute, oui, je m'en souviens. Je cherchais juste à prouver un argument. Tu as arrêté, tu as refusé de coopérer avec lui, tu as quitté la maison alors que tu n'avais aucun endroit où aller, tu as vécu dans ta voiture pour rester loin de lui. Ça va impressionner les gens. Une bonne impression, Ben.

— Et mademoiselle Jody ? Il n'était vraiment pas content d'elle, Baker.

— Tout ira bien pour elle.

Ben le dévisagea longuement avant d'annoncer :

— Je pense soudain que tu es un peu effrayant.

— Tu n'as pas tort. Mais pas pour les gens qui comptent à mes yeux. Et je vais t'annoncer un scoop : tu fais partie de ces gens, Ben. Tu es un brave gamin. Tu as fait ce qu'il fallait alors que tout était contre toi. Tu vas continuer à faire des choses incroyables. Je ne sais pas quoi, mais dans quelques années, je serai fier de dire que je te connais.

Ben déglutit et il était facile de voir qu'il cherchait à retenir ses émotions. Il demanda alors :

— Tu vas faire appel à des renvois d'ascenseur ? Euh… je ne suis pas certain de vouloir empêcher mon beau-père de forcer des enfants à faire des choses illégales en faisant moi-même d'autres choses illégales.

— Je vais te dire ce que j'ai expliqué à Jodelle. J'étais un Seal dans la Navy. J'ai rencontré beaucoup de gens dans mon travail. Des bons comme des mauvais. Je suis peut-être à la limite entre le bien et le mal, mais je le fais toujours pour des personnes décentes comme ma Jodelle. Afin qu'elle puisse vivre heureuse. Et pour les gamins comme toi et tes amis. Pour ta Tressa… que je vais vouloir rencontrer à un moment donné. Le monde est un endroit plus sûr à cause de ce que je fais, Ben. À cause des gens que je connais et de ce que je sais sur eux. Certaines personnes diraient que je ne suis pas différent de ton beau-père, mais elles auraient tort. J'utilise seulement ce que je sais contre les gens qui font régner la terreur sur les autres.

Ben le fixa longtemps du regard avant de hocher la tête.

— Ça me va.

— Bien. Merci d'être franc avec moi. Je ne laisserai pas tomber ta mère ou toi.

— Je l'aime parce qu'elle est ma mère… mais je ne l'aime plus, si tu vois ce que je veux dire, soupira Ben. Elle a perdu ça quand elle a choisi les drogues plutôt que moi.

— C'est ton choix, Ben, dit Baker.

— Je veux lui obtenir de l'aide, mais pour elle-même. Pas pour moi ou notre relation. J'espère qu'elle pourra se débarrasser de son addiction. Mais comme tu l'as dit, je n'ai pas beaucoup d'espoir.

— Je pense que Jodelle voudra que tu restes, quoi qu'il se passe avec ta mère, si tu en as envie. Et quand tu iras à la fac ou que tu quitteras la maison, elle s'attendra à ce que tu reviennes pour Thanksgiving et Noël et toutes les autres fêtes. Quand tu auras des enfants un jour, si tu choisis de prendre cette voie, j'espère qu'elle aura l'honneur d'avoir une sorte de rôle de grand-mère dans leur vie.

— C'est certain, dit Ben sans hésiter.

— Bien. Maintenant, as-tu des devoirs ?

Les lèvres de Ben esquissèrent un sourire.

— Tu joues au papa, maintenant ?

— Carrément pas, rétorqua Baker. Mais je veux que tu obtiennes ton diplôme, parce que ça ferait de la peine à Jodelle si tu ne l'avais pas.

— J'ai des maths.

— Alors, tu ferais mieux de t'en occuper.

— Oui.

Ben resta silencieux un instant, puis il dit doucement :

— Il me fait peur.

— Je comprends, et je pense que tu serais bête de ne pas avoir peur de cet enfoiré. Il t'a causé beaucoup de problèmes depuis des années. Tu portes le fardeau de ta mère, de tes amis et de ton propre avenir sur tes épaules depuis longtemps. Je vais t'aider à te libérer de ça. Ton travail est de rester loin de Rowden. Tu ne lui parles pas. Tu ne communiques pas avec lui. Si tu le vois, tu changes de direction. S'il revient ici quand je suis absent, n'ouvre pas la porte. Ne laisse pas Jodelle ouvrir la porte. Appelle la police, puis appelle-moi. Nous allons nous occuper de lui. Compris ?

— Oui, m'sieur.

Baker était content de voir que Ben semblait un peu moins stressé.

— Merci, Baker.

— Avec plaisir. Merci de m'avoir tout dit pour que je puisse vous protéger, Jodelle et toi. C'est difficile quand je ne sais pas ce que j'affronte.

Ben hocha la tête avant de se lever. Il partit à la cuisine, il attrapa une canette de soda et prit son sac à dos dans le vestibule où il l'avait sûrement laissé tomber en rentrant de l'école, et il longea le couloir jusqu'à sa chambre.

Baker resta assis sur place pendant encore cinq minutes. Il avait la tête qui tournait avec tout ce qu'il avait appris. Il savait que Rowden était un connard, mais la profondeur de sa connerie était presque stupéfiante. Baker allait devoir faire attention aux prochaines étapes. Rowden était peut-être un enfoiré, mais il n'était pas bête : il n'aurait pas pu garder son image d'homme bon pendant toutes ces années, sinon. De plus, lors de la première plongée de Baker dans la vie de ce type, il n'avait trouvé aucune indication de son addiction aux jeux d'argent ou de ses achats de drogues. D'accord, l'ecstasy et l'Oxycodone n'étaient pas exactement comme la méthamphétamine ou la cocaïne, mais c'était assez terrible quand même.

Baker se leva et contrôla la porte d'entrée pour s'assurer qu'elle était bien fermée à clé. Il passa ensuite en revue chaque fenêtre. C'était agréable d'être à la maison, mais c'était désormais encore plus important de faire en sorte qu'elle soit bien verrouillée.

Il s'avança dans le couloir de la chambre et regarda le corps de Jodelle se balancer au son de la musique dans ses oreilles pendant qu'elle cliquait sur sa souris et scrutait l'écran de l'ordinateur. C'était pour cette raison qu'il avait fait son travail de Seal. C'était pour cela qu'il faisait encore son travail. La raison pour laquelle il se rendait dans les tréfonds de la planète pour rencontrer les terroristes, les dealers et les mafieux. Afin de protéger des personnes comme Jodelle contre leur malveillance.

Baker entra dans la chambre et ferma la porte derrière lui. Ensuite, il se dirigea vers la salle de bains. Il alluma la lampe en sachant que cela allait attirer l'attention de Jodelle sans la faire sursauter. Elle se tourna immédiatement et retira ses écouteurs.

— Salut, dit-elle doucement. Vous avez fini votre conversation ?

Baker hocha la tête.

— Je vais aller me doucher vite fait. Tu veux te préparer à aller te coucher pendant ce temps ?

— Oui, d'accord.

Ravi qu'elle n'insiste pas pour avoir plus d'informations sur sa conversation avec Ben tout de suite, Baker partit dans la salle de bains. Il vit que Jodelle avait défait son sac pour lui. Ses affaires de toilette étaient une fois de plus posées à côté de celles de Jodelle et cela le fit sourire.

Il se doucha rapidement, motivé par le désir de serrer Jodelle dans ses bras. Quand il retourna dans la chambre, il ne portait rien d'autre qu'un boxer propre. Jodelle était au lit, les couvertures remontées jusqu'à la taille. Elle l'attendait, appuyée contre un oreiller. Il éteignit la lumière, plongeant la pièce dans l'obscurité, et la tira contre lui.

— Je suppose que les plans concernant une quelconque relation physique sont repoussés ? demanda-t-elle en percevant manifestement son humeur troublée.

— Oui, Clochette. Ça ne te gêne pas ?

— Pas du tout. Était-ce vraiment si terrible ?

Baker n'aurait pas dû être surpris qu'elle accepte si facilement ce changement de plan. Il soupira.

— Oui.

Il consacra alors un quart d'heure à l'explication de ce que Ben lui avait dit. Il n'avait pas l'intention de lui cacher ces choses-là. Il fallait qu'elle sache exactement comme Rowden était mauvais afin qu'elle ne lui ouvre pas la porte la prochaine fois. La connaissance était le pouvoir, et ç'aurait été stupide de la maintenir dans l'ignorance. Il partagea donc tout.

Quand il eut terminé, Jodelle était toute raide dans ses bras.

— Quel putain d'enfoiré ! siffla-t-elle avec ferveur.

Baker fut surpris par la férocité de sa réaction. Si elle jurait, elle devait être vraiment furieuse. Il la serra un peu plus dans ses bras.

— Oui.

— Il t'a parlé de cette histoire de virginité ? demanda-t-elle.

— Quelle histoire de virginité ?

Elle partagea à son tour des informations pendant les minutes qui suivirent et quand elle eut terminé, Baker haïssait Rowden encore plus qu'avant, ce qui n'était pas peu dire, car il le haïssait vraiment.

— On va le faire tomber, annonça Baker.

— Parfait. Bientôt, j'espère.

Il ne put s'empêcher de sourire.

— Dès que possible. En attendant, comme je l'ai dit à Ben, tu dois rester loin de lui. N'ouvre plus jamais cette porte s'il est de l'autre côté.

— Promis. Mais pour ma défense, je ne savais pas tout ce que tu m'as raconté ce soir. Je pensais que c'était un con, mais pas à ce point.

— Maintenant, tu le sais.

— Oui. Maintenant, je le sais.

Ils restèrent allongés en silence dans les bras l'un de l'autre pendant quelques minutes avant que Jodelle reprenne la parole.

— Je suis désolée.

— Pourquoi ? demanda Baker.

— Parce que ton retour à la maison, après ce qui était sans doute une semaine intense, est déprimant.

— Ce n'est pas déprimant. Je suis à la maison. Ma femme est dans mes bras. J'ai les informations nécessaires pour mettre fin aux merdes dans la vie de Ben... tout va bien.

Jodelle se blottit contre lui, remontant une jambe sur sa cuisse et calant le nez dans son cou. C'était tellement agréable de l'avoir dans ses bras et Baker était plus que satisfait.

— C'est une idiote.

— Qui ? demanda Baker.

— La mère de Ben. Elle a laissé faire tout ça sous son nez et elle n'a pas protégé son fils.

— Oui.

— Si Mana était en vie, si nous étions mariés et si tu commençais à nous traiter de cette façon, je ne serais jamais restée. Même si je t'aimais. Je n'aurais pas supporté tout ça, pour le bien de mon fils.

— Ça fait beaucoup de *si*, Clochette, mais je comprends. J'ai dit la même chose à Ben.

— Ah bon ?

— Oui.

— Il souffre, fit remarquer Jodelle.

— Oui.

— Je ferai tout mon possible pour essayer de le faire souffrir moins, ajouta-t-elle.

— C'est déjà ce que tu fais.

Baker la sentit sourire contre son épaule.

— Waouh, je suis vraiment contente que tu sois rentré, lança-t-elle au bout d'un moment.

— Moi aussi, Clochette. Tu es sûre que ça ne te gêne pas de retarder le moment de te faire mienne ? demanda-t-il.

— Je suis déjà à toi, répondit-elle doucement.

Baker sentit son corps se réchauffer.

— Carrément.

— Je veux faire l'amour avec toi, mais il n'y a pas de planning prévu, comme tu me l'as déjà expliqué. Ce soir, c'était dur.

Tu es fatigué. Tu n'es pas ici dans mon lit parce que j'ai peur que Ben m'agresse. Tu n'es pas ici parce que j'ai pitié de toi. Tu es ici parce que je te veux ici. Sinon, tu serais toujours sur le canapé ou chez toi. J'espère que tu seras dans mon lit demain, et la nuit d'après, et la nuit encore après. Je n'ai pas besoin et je ne veux pas nécessairement de sexe chaque nuit. Je pense que j'ai tourné la page de ma passion. Ce dont j'ai envie, cependant, c'est d'intimité. De te serrer dans mes bras quand tu as eu une journée merdique et de t'entendre dire franchement ce qui te dérange. Et je veux que tu fasses la même chose pour moi. Au bout du compte, je ne veux pas baiser ou faire l'amour juste pour l'acte. Je veux que ça signifie quelque chose. Si tu avais ignoré le fait que tu n'es pas d'humeur et que tu avais essayé malgré tout, ç'aurait été une déception pour moi. Laisse-moi juste te tenir dans mes bras, Baker. Je sais que tu es un homme, mais parfois les hommes en ont besoin autant que les femmes.

Baker serra un bras autour d'elle. Elle avait raison. Évidemment.

— Quand nous ferons l'amour, ça signifiera quelque chose.

— Je sais. Tu m'as dit que nous ne ferions pas l'amour tant que nous ne nous aimons pas encore.

Elle leva les yeux vers lui et continua :

— Je pense que nous savons tous les deux où nous en sommes sans avoir besoin de dire les mots. Maintenant, ferme les yeux, pense à autre chose que les enfoirés violents et les trolls gluants qui vivent sous les ponts et qui veulent des informations pour te laisser passer, et dors.

Ces mots apaisèrent son âme d'une façon qu'il n'avait encore jamais ressentie. Il n'avait jamais rencontré une femme plus généreuse que sa Jodelle. Mais Baker ne put s'empêcher de rire.

— Euh... quoi ? Des trolls ?

— C'est ainsi que j'imagine les gens que tu côtoies pour ton travail.

Elle n'avait pas vraiment tort.

— Je ne vais pas faire ce travail éternellement, dit-il.

— Bien.

C'était tout. Un seul mot.

Bon sang, qu'il aimait cette femme !

— Tu vas pouvoir dormir ? demanda-t-il.

— Tu es à la maison. Je suis dans tes bras. Ben est ici et en sécurité. J'ai tout un nouveau groupe d'amies potentielles et un travail qui paie bien. Oui, Baker, je vais très bien dormir.

Il sourit.

Elle leva la tête et Baker baissa la sienne. Il faisait sombre, mais il parvint néanmoins à trouver ses lèvres du premier coup. Il l'embrassa longuement, lentement et profondément. C'était paresseux et intime et le meilleur baiser qu'il ait jamais eu.

— Bonne nuit, Clochette.

— Bonne nuit, Baker, répondit-elle en s'agitant contre lui jusqu'à se mettre à l'aise.

Il entendit sa respiration profonde et la sentit sur sa peau nue moins de deux minutes plus tard.

S'il avait été ailleurs, Baker serait sûrement resté debout longtemps à réfléchir à tout ce qu'il avait appris de la part de Ben. Il aurait planifié et comploté. Mais avec Jodelle à ses côtés, il était capable de bloquer toutes les pensées qui tournaient dans sa tête et d'être reconnaissant pour ce qu'il avait. Demain, c'était bien assez tôt pour planifier l'Opération Faire Tomber Al Rowden. Pour l'instant, il allait profiter du lit douillet avec l'odeur du frangipanier dans son nez et la femme qu'il aimait dans ses bras.

CHAPITRE 19

Jody s'inquiétait un peu pour Baker. Si elle l'avait trouvé focalisé auparavant, ce n'était rien par rapport à maintenant. Quatre jours s'étaient écoulés depuis que Ben avait parlé de son beau-père. Baker passait la plus grande partie de la journée chez lui. Le premier matin, il l'avait une fois de plus prévenue que si Al venait chez elle, elle ne devait pas ouvrir la porte et il fallait qu'elle l'appelle tout de suite.

Franchement, Jody n'avait pas voulu qu'il parte, mais il avait affirmé avoir besoin de son ordinateur. Celui qui était chez lui. Il avait marmonné quelque chose au sujet de l'installation plus sécurisée et le fait qu'il devait améliorer la connexion Internet chez elle.

Quand elle avait demandé s'il ne devait pas se rendre à la base navale pour un débriefing, ou quel que soit le nom qu'ils donnaient à cela, il s'était contenté de sourire et il avait plaisanté en disant qu'il existait de petites choses pratiques appelées des téléphones. Et des appels en visio. Elle avait laissé tomber en supposant que Baker savait ce qu'il faisait et qu'il était peu probable qu'il se fasse virer.

Le sujet du sexe n'avait pas été abordé depuis l'autre soir. Il l'accompagnait à la plage quand elle allait veiller sur les gamins qui surfaient, mais il paraissait tendu. Hyper vigilant. Il avait surfé la première matinée après son retour de mission, mais depuis, il était resté assis avec elle sur la table de pique-nique, lui tenant la main et montant la garde.

Il était tendu. Très tendu. Jody ne pouvait pas lui en vouloir. Elle voulait désespérément faire quelque chose pour l'aider à se détendre, prendre une partie du fardeau qu'il portait, mais elle ne savait pas comment. Elle n'était pas un as de l'informatique comme lui. Et elle n'avait pas du tout de contacts utiles. Tout ce qu'elle pouvait faire, c'était le nourrir et le serrer contre elle quand ils dormaient.

Ce soir, quand il allait revenir chez elle, Jody avait décidé de l'aider à penser à autre chose que cet enfoiré d'Al Rowden.

— Où est Ben ? demanda-t-il dès qu'il passa la porte.

Baker n'était pas venu à la plage avec elle ce matin-là, car il ne voulait pas faire de pause. Il avait ajouté qu'il la verrait à la maison. L'entendre dire *à la maison* en parlant de la demeure de Jody était agréable. Et elle imaginait que si Baker pensait qu'elle était en danger, il ne la laisserait jamais seule pendant la journée ou à la plage sans lui, alors elle pouvait vaquer à sa routine... tout en restant inquiète à cause du stress de Baker, et bien sûr, pour Ben également.

— Il est chez Tressa. Ses parents l'ont invité à venir dîner. Je lui ai dit qu'il devait être de retour pour 22 h.

Baker hocha la tête d'un air distrait en se penchant pour l'embrasser doucement.

Jody s'accrocha à son tee-shirt et ne le laissa pas partir quand il se redressa avec l'intention d'aller au salon.

Il leva un sourcil, mais fit immédiatement passer un bras autour d'elle.

— Comment s'est passée ta journée ? demanda-t-elle.

— Les jours de ce connard sont comptés, répondit-il succinctement.

— Qu'est-ce que ça veut dire ? Tu n'es pas secrètement en train de comploter avec un de tes contacts pour faire subir une espèce *d'accident* à Al ?

Baker fronça les sourcils.

— Même si ça me plairait, non. J'ai promis de ne rien faire qui risquerait de m'enlever à toi, et cela inclut la complicité de tentative de meurtre. Il n'y a qu'un pour cent de chances pour que quelqu'un puisse faire remonter ce genre de choses jusqu'à moi. Même un pour cent, c'est un risque trop élevé, car ça te ferait du mal et je t'ai fait une promesse.

— Baker, chuchota Jody.

— Le fait que ses jours sont comptés signifie que j'ai trouvé des gens tout à fait prêts à témoigner contre lui. Des gens qu'il a baisés. Certains qui savent avoir mal agi, qui culpabilisent et veulent se racheter. D'autres qui ont été mêlés aux combines de Rowden, qui n'ont pas fait ce qu'il voulait, et que cet enfoiré a abandonnés en mauvaise posture. Il y a quelques rumeurs parmi les cercles juridiques remettant en cause l'honnêteté du bon juge. J'ai laissé tomber quelques indices, dit quelques mots ici et là, et je suis en train de déclencher une enquête complète sur Rowden. Et bien sûr, je me suis renseigné auprès de quelques personnes impliquées dans la vente de drogues ici sur l'île. J'ai précisé que ce serait une bonne idée de refuser la vente à Rowden la prochaine fois qu'il vient les voir avec son argent sale.

— Mince, souffla Jody. Il fait son trafic depuis longtemps. Tu peux vraiment mettre fin à tout son empire diabolique en quatre jours ?

— Non.

Baker sourit alors avant d'ajouter :

— Ça pourrait prendre une semaine.

Jody se colla contre lui et fit passer les bras autour de son cou.

— Waouh.

— J'avance vite parce que je n'aime pas qu'il ait tenté quelque chose pendant mon absence. Il t'a sous-estimée et je pense qu'il ne le fera plus. Il attend et prévoit quelque chose, Ben et moi sommes d'accord là-dessus, et je veux détourner son attention le plus vite possible.

— C'est malin, dit Jody.

— C'est aussi parce que Ben se passerait bien de la menace de ce crétin qui plane au-dessus de sa tête. Il doit être débarrassé de lui une bonne fois pour toutes.

— Et sa mère ?

Baker poussa un soupir.

— Elle a fait son lit et elle va devoir s'y coucher. Si elle est maligne, elle profitera de l'occasion pour se débarrasser de lui. Sinon...

Baker haussa les épaules.

— C'est dur pour Ben.

— C'est vrai. Mais il semble avoir accepté le comportement de sa mère. Je déteste ça pour lui, mais il est intelligent. Il va s'en sortir. Surtout parce qu'il peut compter sur toi.

Jody leva les yeux vers Baker. Quand elle avait divorcé, elle s'était sentie libre. Soulagée d'être seule avec Kaimana. Elle ne pouvait pas regretter son mariage, car il lui avait donné Mana, mais elle n'avait pas eu l'intention de se marier à nouveau. Et quand son fils était mort, c'était comme si une porte s'était refermée autour de son cœur. Elle n'avait pas voulu prendre le risque de se rapprocher encore de quelqu'un, c'était trop douloureux. D'une façon ou d'une autre, Baker avait pourtant réussi à crocheter cette serrure. Elle avait toujours peur de le perdre, mais elle était encore plus terrifiée qu'il décide qu'elle ne valait pas l'effort de rester.

Elle l'aimait. Point final. De toutes ses forces.

— Nous avons la maison pour nous pendant – Jody regarda la montre à son poignet – les quatre heures qui viennent.

Le corps de Baker se raidit contre le sien.

— Ah oui ? dit-il.

— Hmm. J'ai un ragoût de bœuf dans la mijoteuse électrique, mais il lui faut encore cuire une heure de plus.

— Alors... tu veux regarder la télé ? demanda Baker.

Elle vit la lueur dans ses yeux. Malgré tout, elle voulait être aussi claire que possible.

— Non. C'est toi que je veux. Dans mon lit. Nu. En moi.

Les pupilles de Baker se dilatèrent et il inspira profondément.

— Enfin... si tu es prêt, ajouta Jody qui se sentit soudain un peu timide.

C'était ridicule. Après tout ce temps, après avoir dormi dans ses bras chaque nuit. Après tous les baisers et les discussions au sujet du sexe, elle aurait dû se sentir plus sûre d'elle. Prendre la responsabilité de ce qu'elle voulait.

Sans un mot, Baker lui prit la main, tourna sur lui-même et se dirigea vers le couloir avec Jody qui trébuchait derrière lui.

Il l'aida à reprendre son équilibre et continua à marcher.

Jody ne put s'empêcher de sourire. Elle n'en revenait pas. Baker et elle allaient faire l'amour.

Il l'attira jusqu'au bord du lit et sans un mot, il baissa la tête et commença à l'embrasser. Ce n'était pas un baiser lent et séducteur. Il était profond et dur. Et pendant qu'il enfonçait sa langue dans la bouche de Jody et la mêlait à la sienne, il posa la main sur la fermeture du short qu'elle portait.

Son impatience était contagieuse. Jody souleva le bas du tee-shirt de Baker. Il retira ses lèvres des siennes assez long-temps pour qu'elle puisse faire passer le tee-shirt par-dessus sa tête, puis il reprit où il s'était arrêté. Jody gémit. C'était difficile de se concentrer alors qu'elle était grisée par ses baisers.

Son short tomba sur ses chevilles et l'air frais entre ses jambes la fit hoqueter. Elle s'écarta et en baissant la tête, elle vit qu'elle était nue jusqu'à la taille. Baker avait baissé sa culotte en même temps que son short et elle ne l'avait même pas remarqué. Pendant qu'elle s'en étonnait, il retira le tee-shirt qu'elle portait par-dessus sa tête.

Jody ne voulait pas être la seule à rester nue, alors elle tritura la ceinture du pantalon de Baker. Il passa les bras dans le dos de Jodelle, dégrafa son soutien-gorge et le fit tomber de ses bras pendant qu'elle poussait le tissu de son pantalon au bas de ses jambes. Il retira impatiemment son boxer, et dès qu'il fut nu, Baker posa un bras autour de la taille de Jody et la tira contre lui.

Elle eut un autre hoquet en sentant son corps dur, sa peau chaude contre la sienne, mais le bruit fut avalé par Baker qui lui dévorait une fois de plus la bouche. Jody griffa son dos alors qu'il posait une main sur ses fesses et l'attirait brusquement contre son érection. Elle sentit l'humidité contre son ventre… puis elle s'envola.

Jody rebondit sur le dos au milieu du lit, et Baker la rejoignit. Il traîna au-dessus d'elle, soufflant fort en la parcourant du regard.

— Regarde-toi. Tu es tellement belle, murmura-t-il.

Jody se mordit la lèvre en lui souriant.

Il caressa sa joue du dos de la main. Il continua alors sur sa clavicule, puis au sommet de son sein ou il s'arrêta un instant pour contourner son téton et le faire durcir. Ensuite, il prit appui sur ses genoux et continua à descendre avec la main pour la caresser autour du nombril. Jody rentra le ventre et rit quand il la chatouilla.

Baker sourit... puis son regard se posa entre ses jambes. Il se déplaça au-dessus d'elle, posa les genoux entre les cuisses de Jodelle avant de les pousser vers l'extérieur.

Jody écarta les jambes, à peine gênée. Elle ne ressentait plus que de l'excitation à cause de la manière dont Baker la regardait. Comme si elle était ce qu'il y avait de plus beau au monde.

Non seulement ça, mais il était dur. *Tellement* dur. Sa verge était longue. Pas particulièrement épaisse, mais plus longue que chez les autres partenaires qu'elle avait pu avoir. La tête en champignon était rose sombre, les veines sur la longueur étaient en relief et une goutte de liquide perla sur le gland pendant qu'elle l'observait. Jody se lécha les lèvres avec impatience.

— Merde, souffla Baker avant de reculer brusquement et de presque lui tomber dessus.

Il posa les lèvres autour de son téton et Jody grogna en cambrant le dos, essayant de s'approcher de lui. Il posa une main au creux de son dos, encourageant sa cambrure, et l'autre se posa sur son deuxième sein. Il pinça et joua avec un téton pendant qu'il vénérait l'autre avec sa bouche.

Jody gémit quand il suça plus fort, sans trop savoir si ce qu'il faisait était douloureux parce que ça faisait vraiment mal ou parce que c'était simplement trop agréable. Une seconde plus tard, quand il la relâcha avec un *plop* bruyant, elle décida que c'était agréable. Mieux que tout ce qu'elle avait ressenti depuis très longtemps. Elle posa une main sur la tête de Baker et lui saisit les cheveux en essayant de le forcer à redescendre vers sa poitrine.

Il résista facilement avec un sourire satisfait.

— Tu aimes ça ?

— Bien sûr, dit Jody en levant les yeux au ciel.

Elle remonta ensuite et prit un de ses tétons à lui dans la bouche. Ce fut au tour de Baker de grogner. La main qu'il avait dans son dos l'aidait à rester à moitié assise pendant qu'elle le titillait.

Elle suça fort, comme il l'avait fait aussi, et elle fut récompensée par un juron de Baker.

Elle le relâcha et s'allongea avec son propre sourire satisfait.

— Tu aimes ça ? imita-t-elle volontairement.

— Merde, Clochette.

Elle prit cela pour un oui. Ensuite, ils s'embrassèrent. Avidement. Leurs mains erraient partout et Jody arracha ses lèvres de celles de Baker pour inspirer brusquement quand il glissa une main entre ses jambes. Son pouce trouva son clitoris sans hésiter et elle balança les hanches vers lui.

Sans un mot, Baker descendit le long de son corps. Il embrassa le dessous d'un sein, puis son ventre. Ensuite, il écarta brutalement ses jambes et regarda son sexe.

Jody n'était pas du tout gênée. Cela lui semblait parfait. Naturel. Comme si elle avait attendu ce moment précis pendant une éternité. Elle enfouit les deux mains dans les cheveux plutôt longs de Baker et elle lui sourit.

Il lui sourit à son tour avant de baisser la tête.

Jody cambra immédiatement le dos et poussa un gémissement.

Baker ne la titilla pas. Il ne la lécha pas pour jouer. Il se dirigea tout droit vers son clitoris, comme s'il était certain que c'était ce qu'elle voulait. Et pourquoi n'aurait-il pas été aussi sûr de lui ? Il avait cinquante-deux ans. Cet homme n'était claire-ment pas vierge.

Jody se souvint tout à coup qu'il n'avait pas été avec une femme depuis dix ans. Cela lui semblait difficile à croire, d'autant plus qu'il était tellement doué pour ce qu'il faisait. Mais elle oublia tout sauf les sensations qu'il lui donnait... et elle fut au bord de la jouissance au bout de quelques secondes seulement. Il caressa l'intérieur de sa cuisse, puis joua avec ses lèvres tout en continuant à lécher son clitoris.

Elle sentit son ventre se raidir et elle commença à balancer les hanches. Elle allait jouir, et violemment. Elle aurait pu être gênée par la vitesse avec laquelle il la faisait jouir, mais c'était Baker. Elle n'avait qu'à le regarder pour être excitée.

Il gémit en grognant, et les vibrations contre son clitoris intensifièrent son excitation. Il avait deux doigts en elle maintenant, et Jody se frottait contre son visage et sa main.

— Là... plus... j'y suis presque... !

Elle parlait pour ne rien dire, mais elle eut ensuite le souffle coupé en atteignant le sommet. Jody se recroquevilla contre Baker, s'agrippant à ses cheveux, le serrant contre elle pendant qu'elle tremblait par la force de son orgasme.

Il leva la tête et quand elle vit sa barbe mouillée, elle fut à la fois surprise et encore plus excitée. Il essuya son visage sur la cuisse de Jody tout en continuant doucement le va-et-vient avec ses doigts. Il remonta dans le lit et elle ne put rien faire d'autre que haleter en le fixant du regard.

Les doigts de Baker quittèrent finalement son corps et elle poussa un soupir en s'enfonçant dans le matelas. Il remonta entre ses jambes. La main qui avait été en elle vint se poser sur sa verge et il se caressa.

Soudain énergique, Jody s'assit, car elle voulait lui rendre le plaisir incroyable qu'il venait de lui donner. Elle s'agenouilla, posa une main sur le torse de Baker et le poussa en arrière. Il se laissa tomber sur le dos et sourit quand Jody grimpa sur lui.

— C'est mon tour, dit-elle d'une voix rauque.

— Ne me fais pas jouir, je veux être en toi quand ce sera le moment.

Cela fit frissonner Jody. Cet homme était tellement sexy. Elle se sentait aussi très attirante auprès de lui.

— D'accord, lui dit-elle avant de baisser la tête.

* * *

Baker inspira brusquement en percevant la langue de Jodelle. Il serra le ventre pendant qu'elle léchait ses abdos, puis chacun des tatouages de son torse. C'était comme si elle les voyait pour la toute première fois, alors qu'elle avait déjà vu son torse nu quantité de fois, y compris presque quotidiennement à la plage avant qu'ils décident de se fréquenter. C'était presque trop de la voir à quatre pattes au-dessus de lui, avec ses tétons qui le frôlaient, son odeur séduisante de frangipanier dans sa barbe et sur sa langue...

— Arrête de m'allumer et suce-moi, ordonna-t-il.

Jodelle esquissa un sourire et sa main remonta entre eux pour se poser autour de son membre.

— J'y viens, dit-elle en commençant lentement à faire glisser sa main de haut en bas.

Baker fut incapable de parler. C'était si agréable. Si différent de sa propre main. Même alors qu'il s'était masturbé quasiment une fois par jour depuis qu'il avait emménagé avec elle, il avait l'impression de ne pas avoir joui depuis des années. C'était à la fois une torture et ce qu'il avait ressenti de plus agréable de toute sa vie.

Il cherchait à reprendre son souffle quand elle glissa vers le bas et lécha son gland. Baker eut l'impression que son cœur allait exploser en voyant les cheveux sombres de Jodelle tomber sur ses épaules pendant qu'elle embrassait ses cuisses et sa verge, la lueur amusée dans ses yeux, sa poitrine rougie à cause de son orgasme, et cette langue qu'elle étirait pour le lécher.

— C'est une mauvaise idée, marmonna-t-il.

Il ne savait pas du tout comment il allait s'empêcher d'exploser.

— Je pense que c'est une très bonne idée, rétorqua Jodelle en baissant encore la tête.

Baker retint son souffle en la regardant. Elle posa une main autour de ses bourses et l'autre saisit la base de son membre pour le maintenir en place. Il poussa un grognement guttural quand la bouche chaude entoura sa verge.

— Merde ! jura-t-il en passant une main dans les cheveux de Jodelle.

Il ne la poussa pas vers le bas. Il ne la força pas à le prendre davantage. Il avait simplement besoin de s'accrocher à quelque chose pour ne pas s'éparpiller en un million de morceaux. Et il ne voyait pas de meilleure personne que Jodelle à laquelle se raccrocher.

Les minutes qui suivirent furent une véritable torture pendant qu'elle le suçait. Elle se prit vraiment au jeu, monta et descendit la tête, creusa les joues, laissa la salive lui faciliter les choses. Baker savait que des gouttes de fluide perlaient en continu sur son gland, mais ça ne semblait pas perturber la femme entre ses jambes.

Elle s'agenouilla pour trouver un meilleur angle et Baker fit de son mieux pour mémoriser chaque seconde de cet instant. Elle n'était pas timide, pas du tout réticente. Sa technique n'était pas parfaite et elle n'avait pas l'entraînement qu'elle aurait eu si elle l'avait fait à des dizaines d'hommes, ce qui le poussa à l'aimer encore plus. Il était évident, à l'écoute de ses gémissements, que Jodelle appréciait ce qu'elle faisait. Elle ne le suçait pas par obligation ou simplement pour lui rendre la pareille.

Il supporta le plaisir et la douleur aussi longtemps que possible, jusqu'à ne plus pouvoir tenir une seconde de plus. Son membre pulsait et il avait mal aux bourses, alors il empoigna les cheveux de Jodelle. Quand elle leva la tête pour lui lancer un regard interrogateur, un mince filet de salive reliait sa bouche au gland de Baker. C'était tellement sexy qu'il faillit jouir dans l'instant.

C'en était assez pour lui. Il avait besoin d'être en elle. Tout de suite.

Il se redressa en gardant la main dans les cheveux de Jodelle, et elle tomba sur le dos en riant. Baker n'avait jamais été aussi content d'avoir déjà discuté de contraception un soir qu'ils étaient au lit. Elle lui avait expliqué qu'elle prenait la pilule pour avoir des règles plus régulières, et quand il avait voulu la rassurer en affirmant qu'il utiliserait néanmoins un préservatif, elle lui avait en fait demandé de ne pas le faire, parce qu'elle était allergique au latex, ce dont la plupart des préservatifs étaient constitués.

Si une autre femme le lui avait dit, tout d'abord, Baker aurait utilisé n'importe quel moyen nécessaire pour confirmer cette histoire... y compris le piratage de ses données médicales. Ensuite, il aurait cherché des préservatifs sans latex. Il ne faisait pas facilement confiance et bien qu'il n'avait pas couché avec quelqu'un depuis des années, à l'époque où ça lui arrivait encore, il ne voulait surtout pas qu'une femme tombe enceinte de son enfant.

Mais là, il s'agissait de Jodelle. Il avait totalement confiance en elle.

Il s'appuya sur un coude à côté de la tête de Jodelle et garda une main dans ses cheveux pour qu'elle soit obligée de le regarder. Baker se servit de son autre main pour vérifier qu'elle était prête à l'accueillir sans douleur. Dès que son doigt toucha le clitoris de Jodelle, elle sursauta et écarta les jambes. Il enfonça doucement le doigt et fut satisfait en voyant la facilité avec laquelle il pouvait aller et venir.

— Je suis prête, lui dit-elle.

— Je voulais vérifier.

— Baker, gémit-elle alors qu'il continuait à la baiser avec le doigt.

Il sourit.

— Oui ?

Elle passa une main entre eux et elle caressa son membre.

— Merde, tu triches, souffla-t-il.

— Viens en moi. Je suis prête. Fais-moi l'amour, ordonna-t-elle.

Là-dessus, Baker arrêta d'agir noblement. D'attendre. Il avait cherché cette femme toute sa vie et il n'allait pas attendre une seconde de plus. Il saisit la base de son sexe et caressa les lèvres humides et le clitoris de Jodelle avec le gland.

Elle gémit et bascula les hanches vers le haut. Au passage

suivant, Baker se plaça devant son ouverture et s'enfonça lentement. Il grinça des dents, serra les doigts autour de sa verge et s'efforça de retenir son orgasme.

Cela s'avéra encore plus difficile quand Jody serra ses muscles internes.

Il s'arrêta.

— Je te fais mal ?

— Nooooooon, gémit-elle. Encore ! S'il te plaît !

Baker fit ce qu'elle demandait, avançant jusqu'à ce que ses bourses frôlent les fesses de Jody et que leurs poils pubiens s'entremêlent. Lorsqu'il baissa la tête, il ne voyait pas où il finissait et où elle commençait.

— C'est si bon, chuchota-t-elle.

— Donne-moi une seconde, supplia-t-il en fermant les yeux et en faisant un effort pour se maîtriser.

Il sentit les mains de Jodelle caresser son torse, puis glisser le long de ses biceps avant de s'arrêter et de s'y agripper. Elle leva les jambes et serra les hanches de Baker en croisant les chevilles justes au-dessus de son fessier.

— Prends autant de temps que nécessaire, dit-elle. Là où tu te trouves, ça me va très bien.

Baker ouvrit les yeux et rit doucement.

Le mouvement la fit gémir.

— D'accord, j'ai menti. J'ai besoin que tu bouges, Baker. S'il te plaît !

D'une façon ou d'une autre, le besoin intense de Jodelle fit légèrement refluer son propre désir. Baker voulait lui faire plaisir plus qu'il ne voulait jouir. Il décala légèrement ses hanches en arrière, puis la pénétra à nouveau.

Elle lui offrit un autre gémissement.

Il recommença.

Cette fois, il reçut un couinement.

Soudain, Baker allait et venait en Jodelle comme si sa vie en dépendait. Chaque fois que ses bourses frappaient les fesses de Jodelle, ils grognaient tous les deux d'extase.

— Oui. Encore. Plus fort !

Ses seins rebondissaient à chaque va-et-vient, et Baker ne

put détourner les yeux. Il n'avait jamais rien vu de si beau. Et elle était à lui. Entièrement à *lui*. Personne d'autre ne la verrait plus jamais ainsi. Personne d'autre ne sentirait le sexe de Jodelle serrer sa verge. Personne d'autre n'entendrait les bruits qu'elle faisait pendant qu'il la prenait.

Lui faire plaisir était maintenant le seul but de Baker dans la vie. Il était prêt à tuer pour l'honneur d'avoir Jodelle pour toujours.

Submergé par ses propres pensées, Baker marqua une pause. Il roula de façon à ce qu'elle se trouve au-dessus. Elle écarquilla les yeux et garda l'équilibre en s'agrippant à son torse.

— C'est ton tour, lui dit-il.

Elle sourit et balança les hanches avant de cambrer le dos et de s'enfoncer sur son membre. Elle hésita, remonta de quelques centimètres, puis se laissa retomber.

— Oh, c'est tellement bon ! s'exclama-t-elle, presque comme si elle était surprise.

Baker songea qu'elle n'avait peut-être encore jamais fait l'amour de cette façon, mais il oublia cela quand elle commença à le baiser sérieusement. Ses seins sautillaient et il était incapable de regarder autre chose. La tête de Jodelle bascula en arrière pendant qu'elle le montait, cherchant à poursuivre son orgasme.

Baker ne recevait pas la friction nécessaire pour jouir, mais ça lui était égal. Il pouvait rester allongé là et lui donner ce qu'elle voulait pendant aussi longtemps qu'elle le souhaitait. La vue était plutôt agréable.

Quand elle glissa une main entre ses jambes et qu'elle caressa son clitoris, Baker sut qu'il avait tort de croire qu'il pouvait rester là toute la nuit sans avoir d'orgasme.

Jodelle arrêta alors de bouger. À la place, elle descendit sur lui en s'approchant de plus en plus de l'explosion, ses doigts filant à toute vitesse sur son clitoris. Ses muscles internes se serrèrent avec tant de force autour de son membre que la tête de Baker bascula en arrière. Waouh, elle était fabuleuse.

Elle serra les muscles, les ongles de la main qu'elle avait

posée sur son torse s'enfoncèrent dans sa peau, et elle se cambra contre lui en arrivant une fois de plus au sommet. Baker la regarda, fasciné et admiratif, pendant qu'elle lui offrait ce spectacle. Il sentit son intimité se contracter autour de sa verge et laisser échapper ses fluides, qui coulèrent sur les bourses de Baker.

Quand elle entrouvrit les yeux, elle le regarda directement.

— Waouh, dit-elle.

— Tu es tellement belle, lâcha Baker.

Elle rougit.

Il roula encore jusqu'à ce qu'elle se trouve une fois de plus sur le dos. Ensuite, Baker commença à bouger. Lentement et avec douceur. Aller et retour. Elle était trempée et c'était un bonheur d'être en elle. Baker s'appuya sur ses coudes et enfouit le nez dans la peau derrière son oreille. Il inspira son odeur comme s'il était mourant et qu'elle était l'oxygène dont il avait besoin pour vivre. Sa senteur musquée ainsi que le frangipanier étaient éternellement gravés dans sa mémoire.

Ceci n'était pas simplement du sexe ; il faisait l'amour à la femme sans laquelle il ne pouvait pas vivre.

Il ne fallut pas longtemps. Pas alors qu'il repensait à la façon dont elle avait pris son propre plaisir en étant assise sur son membre. Quand Jodelle se pencha vers lui et mordilla le lobe de son oreille, Baker commença immédiatement à jouir. Il s'enfonça autant que possible en elle et frissonna dans ses bras pendant que ses bourses lui donnaient l'impression de se retourner de l'intérieur.

Le souffle de Jodelle passa sur la peau sensible de l'oreille de Baker pendant qu'elle le serrait avec force en lui chuchotant qu'elle le trouvait sexy. Qu'elle trouvait incroyable qu'il soit à elle. Qu'il était ce qui lui était arrivé de mieux.

Quand Baker eut l'impression de pouvoir à nouveau respirer, il leva la tête. Il posa les mains autour de son visage et l'embrassa doucement. Sa verge avait fini par se ramollir, mais parce qu'il était si long, il était encore profondément enfoncé en elle. C'était agréable. Naturel.

— Est-ce que je t'écrase ? demanda-t-il.

Jodelle secoua la tête.

— Non.

— Tu es à l'aise ?

— Oui.

— Bien. Parce que je ne suis pas certain de pouvoir bouger.

Elle rit.

— Je crois que c'est à moi de dire ça.

Baker caressa ses sourcils avec le doigt.

— Je t'aime, dit-il doucement.

Elle eut immédiatement les yeux pleins de larmes.

— C'est vrai. Je ne dis pas ça juste parce que je suis boule-versé par ton sexe magique, même si je le suis aussi. Je t'aime parce que tu as accueilli un adolescent qui avait besoin que l'on s'occupe de lui. Je t'aime parce que tu veilles sur les gamins à la plage. Je t'aime parce que tu travailles dur, mais tu prends quand même le temps de profiter de la vie autant que tu le peux sans ton fils. Je t'aime parce que tu refuses de laisser Mana s'effacer dans l'arrière-plan. Je t'aime pour tout ce que tu es, Jodelle. Et je ne plaisantais pas en te disant que je crois que les âmes se réincarnent ensemble. J'ai essayé de te trouver toute ma vie, sans vraiment savoir ce que je cherchais. Je vais faire tout ce qui est en mon pouvoir pour ne pas faire foirer cette relation.

— On ne peut pas faire foirer la perfection, souffla Jodelle. Je t'aime aussi. Je pense que ça fait des années. Depuis la première fois que je t'ai vu sortir de l'océan avec ta combinaison, ta planche de surf sous le bras, les tempes argentées et tellement beau. Tu m'as souri et tu m'as donné l'impression que j'étais la seule personne au monde à ce moment-là.

Baker ferma les yeux. Il n'avait jamais oublié cette nuit. Jamais. Il allait la chérir. Personne ne pouvait abîmer ce qui lui appartenait. Sa vie avait été un enfer... et en retour, il avait reçu le don de Jodelle. Il allait faire en sorte de lui faire savoir tous les jours qu'elle était aimée et appréciée.

— Je ne me plains pas, mais allons-nous passer le reste de la soirée au lit ? J'aime bien t'avoir ici, mais...

Dès que Jodelle eût fini de parler, son estomac gargouilla.

Baker sourit.

Elle lui rendit son sourire.

— Pardon. Je n'ai pas mangé grand-chose pour le déjeuner. Je travaillais sur ce site Internet et j'ai oublié de m'arrêter pour manger.

Baker hocha la tête. Il devait se lever et faire en sorte de la nourrir.

— Ceci n'est que le début pour nous, promit-il.

Jodelle répondit immédiatement :

— Non, ce n'est pas le début.

Baker fronça les sourcils.

— Le début, c'est quand tu as refusé de quitter ma maison parce que Ben était ici et que tu voulais être certain que je sois en sécurité, dit-elle. Et pour ce que ça vaut... je suis ravie que tu n'aies pas insisté pour que nous allions chez toi. J'aime ma maison. Je sais qu'elle est petite, mais elle est à moi. J'ai fini de payer mon crédit l'année dernière. Et c'est ici que vivait Mana.

— Je vais mettre la mienne en vente, annonça Baker sans hésiter.

Jodelle parut surprise.

— Je ne voulais pas dire...

Sa voix s'estompa.

— Que voulais-tu dire, alors ? demanda-t-il.

— Eh bien... j'ai envie de dire que ça m'est égal où nous vivons, tant que tu es à mes côtés, mais ce n'est pas vrai. Je sais que Mana est parti. Je sais que les choses matérielles n'ont pas beaucoup d'importance et que les souvenirs sont ce qui compte, mais je ne suis pas certaine de pouvoir abandonner cette maison.

— Et je ne te le demanderai jamais. Ça te dérange, si je reste ici ?

— Non, indiqua Jodelle en secouant la tête.

— Dans ce cas, je vendrai ma maison et nous vivrons ici. Parce que je ne peux pas t'abandonner, *toi*.

Elle sourit.

— D'accord.

Baker aimait tellement cette femme.

— Je dois admettre… commença-t-il sans terminer sa pensée.

— Oui ?

— Que je n'ai pas vraiment envie de bouger, maintenant. J'aime bien être là.

Le sourire de Jodelle s'agrandit et elle se trémoussa un peu sous le corps de Baker.

— Moi aussi, j'aime t'avoir là. Mais je pense que si nous ne bougeons pas, nous allons mourir de faim. Et puis Ben rentrera à la maison et il verra ton cul.

Baker éclata de rire. Suffisamment pour que son membre finisse par glisser hors de l'abri chaud et sûr qu'il avait trouvé.

— Mince, dit-il en riant toujours.

Jodelle rit avec lui.

— Pour ce que ça vaut, ça m'est égal que Ben voie mon derrière. Tant que tu es couverte.

— Tu es adorable, déclara Jodelle.

Baker secoua la tête.

— Non, je ne le suis pas.

— Tu l'es pour moi.

— C'est vrai. Tu veux qu'on aille se doucher ensemble ?

— Oui.

Encore une fois, aucune hésitation et pas de fausse pudeur. Cela plaisait beaucoup à Baker.

— Tu vas toujours être aussi amène ? ne put-il s'empêcher de demander.

— Non. Tu le sauras si je suis contrariée, et je suis sûre que je finirai par céder et par te dire pourquoi sans que tu aies besoin d'insister. J'ai des périodes assez moroses, Baker. Tu ne l'as pas encore vu à cause de tout ce qu'il se passe, mais c'est comme ça. L'anniversaire de Mana est toujours difficile pour moi, et je ne suis pas une très grande fan de Noël.

— Nous ferons quelque chose pour honorer son anniversaire. Et nous pouvons voyager pour Noël, si tu veux, lui dit Baker.

Jodelle secoua la tête.

— Tu es trop bon pour moi.

— Ça n'existe pas.

— Tu vas me laisser te gâter aussi ? demanda-t-elle.

— Tu le fais déjà. Viens, on doit se lever, se doucher, manger le dîner et essayer de paraître respectable quand Ben rentrera à la maison, histoire que tu ne sois pas gênée quand il te regardera et saura tout de suite ce que nous avons fait.

— Tu penses qu'il le saura ?

— Clochette, tu brilles. S'il ne le voit pas, il est plutôt bête.

— Ben n'est pas bête, se plaignit Jodelle.

Baker leva un sourcil en la regardant et elle concéda :

— Bon. Alors, on doit se lever, il faut que tu arrêtes d'être aussi sexy, et tu dois m'aider à trouver comment arrêter de briller afin de ne pas avoir honte quand Ben rentrera à la maison.

Baker éclata encore de rire. Il n'avait pas souvenir d'avoir déjà ri autant. À son arrivée, il avait été plutôt sombre. Il avait passé la journée à conclure des marchés avec des dealers, ce qui était plutôt risqué même quand tout se passait bien, et il avait fait appel à quelques services non rendus qu'il avait passé une vie entière à récolter. Mais il était prêt à faire n'importe quoi pour Jodelle, et se débarrasser d'un enfoiré comme Rowden afin qu'il ne s'en prenne plus aux enfants de la région valait bien tous les renvois d'ascenseur qu'il dépensait.

— Viens, dit-il en roulant pour s'asseoir au bord du lit. La douche, le repas puis, on se détend jusqu'au couvre-feu de Ben.

— Baker ? dit Jodelle en posant une main dans son dos.

— Oui ?

— Je t'aime.

Baker eut la gorge serrée. Il ne pensait pas pouvoir un jour se lasser de l'entendre.

— Moi aussi.

Il se leva alors, lui tendit la main et poussa un soupir de contentement quand la femme qu'il aimait la saisit et le laissa l'aider à descendre du lit. Ils marchèrent main dans la main, culs nus, jusqu'à la salle de bains, et rien ne lui avait jamais paru plus naturel.

CHAPITRE 20

Jody avait l'impression que sa vie allait à un million de kilomètres-heure, dernièrement. La présence de Ben était une des meilleures choses qui lui étaient arrivées au cours des cinq dernières années, mais cela voulait aussi dire qu'elle était plus occupée. Elle devait faire les courses plus fréquemment, elle l'aidait avec ses devoirs quand il était coincé et la veille, il lui avait demandé si elle pouvait lui apprendre à cuisiner, une tâche que Jody était impatiente d'entreprendre.

Et puis il y avait Baker. Elle s'inquiétait de la charge de travail qu'il se donnait pour faire tomber Al Rowden afin de les protéger. Elle faisait de son mieux pour être là pour lui et pour rendre ses soirées aussi dénuées de stress que possible. Le moment préféré de sa journée, c'était quand elle allait se coucher avec Baker. Il la serrait fermement dans ses bras, comme pour essayer de la protéger même dans son sommeil. Ils n'avaient pas refait l'amour, mais il la touchait plus ouvertement et librement depuis qu'ils avaient couché ensemble quelques nuits auparavant et elle le surprenait toujours en train de la regarder d'un air tendre et plein de désir.

Elle se consacrait toujours à son propre travail, préparait encore les sandwiches et les choses à grignoter pour les gamins du surf, participait à des conversations de groupe avec ses nouvelles amies. Ça faisait beaucoup, mais Jody était très heureuse.

La veille, Kenna avait envoyé un message à tout le monde pour essayer de trouver une date pour la soirée pyjama suivante : avec tout ce qu'il se passait, Jody n'était pas à l'aise à l'idée de partir. Baker n'avait pas essayé de lui mettre la pression, se contentant de lui dire :

— Fais ce qui te semble le mieux.

Elle avait donc annoncé au groupe qu'elle n'allait pas pouvoir participer cette fois, mais qu'elle voulait absolument passer du temps avec elles dans un avenir proche, quand sa vie redeviendrait un peu plus calme. Cela avait déclenché une nuée de messages inquiets, ce qui touchait profondément Jody. Ça faisait longtemps que personne ne s'était inquiété pour elle comme ces femmes semblaient le faire. Et elle n'avait même pas encore rencontré la moitié d'entre elles.

Pour le moment, elle était dans la cuisine en attendant que Ben rentre de l'école. Elle venait de finir les en-cas pour les surfeurs du lendemain matin, et Baker venait de rentrer de chez lui. Il travaillait très dur à la fois sur l'affaire de Rowden et sur les projets qu'il avait avec le gouvernement. Jody lui avait expliqué qu'elle avait refusé la soirée pyjama pour cette fois et qu'elle espérait avoir l'esprit plus tranquille pour la suivante.

Il l'attira dans ses bras.

— Je dois dire que je ne suis pas tellement contrarié. Si tu y étais allée, tu m'aurais terriblement manqué. La semaine de mon absence était nulle, mais au moins j'étais occupé. Je n'aimerais pas dormir dans ton lit sans que tu sois à côté de moi.

Jody l'enlaça avec force.

— À ton avis, qu'est-ce que j'ai ressenti pendant que tu étais parti ? Mais les soirées pyjama, ce n'est que pour une nuit.

— J'ai cinquante-deux ans, il ne me reste pas un nombre illimité de nuits, Clochette.

Jody leva les yeux au ciel. Baker exagérait. Elle s'écarta et posa une main sur sa joue.

— Tu es un ancien Seal costaud et tu te balades dans le

monde entier en frayant avec des méchants. Je pense que tu sauras surmonter une nuit sans moi.

Baker pencha la tête contre la main de Jodelle pendant un moment, avant de se tourner et d'embrasser sa paume.

— Nous allons devoir être créatifs, annonça-t-il.

— Créatifs ? répéta Jody en fronçant les sourcils.

— J'aime beaucoup Ben. Ça ne me gêne pas du tout qu'il soit là. Mais le soir, quand j'ai envie de faire l'amour avec ma partenaire, je ne veux pas que tu sois gênée s'il nous entend.

Jody rougit. Oui, elle ne voulait pas ça non plus.

— Eh bien, il est à l'école toute la journée, fit-elle remarquer en haussant les épaules.

Les yeux de Baker s'illuminèrent.

— Ça me va.

Jody était tout à fait prête pour une partie de jambes en l'air dans la journée avec Baker. Elle lui sourit.

— Merde. Maintenant, j'ai envie de te traîner au lit.

— Ben va rentrer d'une minute à l'autre, dit-elle à regret.

Baker hocha la tête.

— Oui.

Il se pencha et l'embrassa sur le front. Ensuite, il couvrit ses lèvres avec les siennes et il l'embrassa profondément.

Jody l'aimait tellement. C'était un homme bon. Oui, il était parfois un peu trop intense, mais c'était ainsi qu'elle l'aimait.

— Est-ce que Ben t'a dit quels étaient ses plans pour ce soir ? demanda Jody. C'est vendredi, alors je suppose qu'il fera quelque chose avec Tressa.

— Je ne suis pas responsable de son calendrier social, Clochette, lança Baker avec un sourire en coin.

— Je sais, mais j'ai pensé qu'il t'aurait peut-être dit quelque chose.

— Ce n'est pas le cas. Mais il rentre bientôt et tu pourras lui poser la question.

Pendant que Baker l'examinait, Jody s'efforça de ne pas montrer son inquiétude. Évidemment, il la perçut immédiatement.

— Qu'est-ce qui ne va pas ?

— Rien.

— Clochette, parle-moi.

— C'est juste que je ne veux pas dire ou faire ce qu'il ne faut pas. Je ne suis pas sa mère, je le sais. Mais je ne veux pas non plus qu'il passe toute la soirée dehors ou qu'il fréquente les mauvaises personnes à l'école. Je me rends compte qu'il s'agit de son année de terminale et qu'il sera bientôt parti, mais quand même. Je veux aussi lui parler de ce qu'il a l'intention de faire après son diplôme, mais encore une fois, je ne veux pas dépasser les limites. Même lui donner un couvre-feu me paraît bizarre. Il n'a pas du tout rechigné, mais on est vendredi, il va sans doute vouloir sortir tard. Pourtant, il ne se passe jamais rien de bon après minuit. Et puis il y a son beau-père. Qui sait ce qu'il prévoit, lui ? Je ne veux pas que Ben m'en veuille.

Baker prit le visage de Jody entre ses mains.

— Respire, Clochette.

Jody inspira profondément.

— Tout d'abord, Ben n'est pas bête. Il sait qu'il a beaucoup de chance d'avoir atterri ici. Il ne va pas prendre le risque de tout gâcher. Deuxièmement, c'est un bon gamin. Je ne sais pas comment, parce qu'il n'a pas eu beaucoup d'aide de la part de sa mère ou de cet enfoiré de Rowden. Il a été assez fort pour savoir qu'il devait arrêter de cambrioler des voitures et suivre le droit chemin. Il ne va pas rester dehors trop tard en prenant le risque de t'inquiéter.

Jody saisit les poignets de Baker et hocha la tête.

— Je t'aime.

Le visage de l'ancien Seal s'adoucit.

— Je t'aime aussi. Ben a beaucoup de chance d'avoir quelqu'un comme toi de son côté. Si tu as envie de parler de ce qu'il a prévu après son diplôme, fais-le. Il sera sans doute content que ça intéresse quelqu'un.

— Tressa me plaît, murmura Jody. Je pense que Ben l'aime beaucoup.

— Je suis d'accord.

— Il apprend comment bien traiter une femme en t'observant, ajouta Jody.

Baker cligna des paupières et il était évident que ces mots l'affectaient beaucoup.

— Tu es un merveilleux modèle pour lui, continua Jody.

— Il m'a fallu bien trop de temps pour te trouver.

Perplexe, Jody fronça les sourcils.

— Quoi ?

— J'aurais aimé te trouver plus tôt. Le temps qu'il me reste sur ce monde ne suffit pas pour le passer à tes côtés.

— Baker, chuchota Jody, émue.

— Si Ben apprend à saisir ce qu'il veut... à traiter sa copine comme si elle était ce qu'il y a de plus important dans la vie... alors je suis content d'être son modèle.

Jody se pencha en avant et Baker laissa tomber les mains de son visage. Elle appuya le front contre son torse tout en serrant les bras autour de lui.

— Maintenant, je vais pleurer, marmonna-t-elle.

— Si tu pleures quand Ben rentre à la maison, il va s'inquiéter, s'esclaffa Baker.

— Alors, tu dois arrêter d'être aussi gentil. Je ne peux pas le supporter.

— N'importe quoi. Tu vas devoir apprendre à gérer ça, parce que je serai comme ça avec toi le reste de ta vie.

Jody renifla encore.

— Tu vois ? Tu recommences.

Baker rit un peu plus fort.

— Allez, Clochette. Sèche tes yeux. Ben va rentrer bientôt et tu pourras le harceler pour qu'il fasse ses devoirs ce soir au lieu d'attendre dimanche... ce qui est de la folie, mais si c'est de ça que tu as envie, ne te prive pas. Ensuite, vous pourrez décider ce que nous allons manger pour le dîner et tu lui apprendras à le cuisiner. Je pense que tu as raison, qu'il voudra passer la soirée avec Tressa. Dis-lui peut-être que son couvre-feu est à minuit... ça nous laissera le temps de rester seuls pendant quelques heures.

Jody leva les yeux vers lui et inspira profondément.

— Et s'il veut faire venir Tressa ici ? demanda-t-elle.

— Alors, on aura une soirée tranquille pour mieux

apprendre à la connaître et on ira se coucher quand Ben reviendra après l'avoir raccompagnée chez elle.

— Tu ne seras pas contrarié si nous ne pouvons pas... tu sais quoi ?

— Je ne suis pas avec toi à cause du sexe, Jodelle. J'aime être avec toi. Être assis en silence sur le canapé, te regarder bricoler dans la cuisine, te voir faire de la magie sur ton ordinateur, traîner avec toi à la plage pendant que tu veilles sur les gamins. Quand le moment sera venu, on refera l'amour, et on en profitera. Mais je n'ai pas besoin de sexe pour t'aimer. Je t'aime, c'est tout.

— C'est la bonne réponse, chuchota Jody.

Ils entendirent tous les deux la porte s'ouvrir une fraction de seconde avant que Ben crie :

— Salut !

Jody se tourna dans les bras de Baker et sourit au jeune homme.

— Salut, comment c'était à l'école ?

— Tout va bien ? demanda-t-il au lieu de répondre à sa question. Al a fait autre chose ?

— Non ! Tout va bien, s'empressa de dire Jody.

— Alors, pourquoi avez-vous l'air d'avoir pleuré ? voulut savoir Ben en se renfrognant.

— Parce que Baker était gentil, l'informa-t-elle.

L'adolescent parut perplexe.

— Vous pleurez parce que Baker est gentil, répéta-t-il.

— Oui.

— Un conseil : n'essaie pas de comprendre l'esprit d'une femme, dit Baker à Ben.

— D'accord. Alors... tout va bien ? demanda Ben sans quitter Jody des yeux.

— Je vais bien, promis.

— Bon.

— Tu as beaucoup de devoirs ? demanda-t-elle en quittant les bras de Baker, mais en appréciant sa main au creux de son dos.

— Il vient de rentrer, Clochette. Laisse-lui une seconde pour respirer, gronda Baker.

— Il passera un meilleur week-end s'il fait ses devoirs maintenant. Comme ça dimanche, il pourra se détendre et ne pas s'inquiéter pour ça.

— Ou alors il peut se détendre maintenant, en sachant qu'il n'a pas besoin de faire ses devoirs ce soir, rétorqua Baker. Parce qu'il a deux jours de repos.

— Je n'ai pas grand-chose, mademoiselle Jody, dit Ben en souriant. Je m'en occuperai après le dîner. Si c'est possible, j'aimerais passer du temps avec Tressa, ce soir.

— Bien sûr. Vous avez prévu quoi ? demanda Jody.

— Je ne sais pas trop. On n'a pas eu l'occasion d'en parler aujourd'hui. Je lui enverrai un message plus tard et on trouvera quelque chose à faire.

— Vous pouvez venir ici si vous en avez envie.

— Merci. Mais je suis sûr que vous en avez assez de ma présence. Baker et vous souhaitez sans doute être seuls. On ira voir un film, par exemple.

— Je n'en ai jamais assez de ta présence, avoua Jody doucement. Je sais que ma maison n'est pas très grande, et qu'il n'y a pas beaucoup d'intimité pour discuter avec Tressa, mais tu seras toujours bienvenu si tu la ramènes ici.

— Merci, répondit Ben tout bas. Je vais aller me changer.

Jody hocha la tête.

Il se retourna en arrivant au niveau du couloir et fit remarquer :

— Cette maison a une taille parfaite. C'est agréable de ne pas pouvoir passer plusieurs jours sans se voir, et c'est bien qu'il n'y ait pas de chambre interdite.

Sans attendre de réponse, Ben se dirigea vers sa chambre.

Jody inspira profondément et fixa le plan de travail du regard. Elle sentit Baker s'approcher derrière elle.

— Je n'aime vraiment pas sa mère et son beau-père, dit-elle à voix basse afin que Ben ne l'entende pas.

— Moi non plus, murmura-t-il en posant le menton sur son épaule.

285

Jody lutta pour retrouver l'ambiance agréable de quelques minutes auparavant. Quand elle eut repris ses esprits, elle demanda :

— Côtelettes de porc ou poulet au parmesan ce soir ?

Baker lui embrassa la tempe et dit :

— Les côtelettes.

— Ben ! cria Jody.

— Oui, mademoiselle Jody ? entendit-elle dans la chambre du jeune homme.

— Dépêche-toi ! On mange des côtelettes et tu veux apprendre à cuisiner. On ferait aussi bien de commencer ce soir.

— J'arrive dans une seconde !

— Tu veux apprendre à préparer les côtelettes de porc avec nous ? demanda Jody à Baker.

— Certainement pas. Mais j'ai envie de te voir partager tes connaissances avec un gamin qui a besoin d'affection maternelle. Je vais donc m'asseoir à table avec mon ordinateur portable et vous observer.

— Tu vas faire une visioconférence avec des terroristes de camps opposés pour empêcher la troisième guerre mondiale pendant que nous cuisinons ? demanda Jody.

Elle sentit le rire qui secoua le torse de Baker contre son dos.

— J'ai déjà fait ça hier, plaisanta-t-il. Ce soir, je préside une rencontre avec le président et des dignitaires chinois au sujet du réchauffement climatique.

Jody se retourna et le regarda avec de grands yeux, sans trop savoir si elle pouvait le croire.

Baker éclata de rire.

— Je plaisante, Clochette.

— Je ne serais pas tellement surprise si tu avais ça sur ton agenda, Baker. Tu es assez incroyable.

Il secoua la tête.

— Je t'aime. Tellement.

— Je t'aime aussi.

— Ça y est, je suis prêt ! annonça Ben en entrant dans la

pièce avec un jean différent de celui qu'il portait une minute avant, et un polo bleu. La couleur faisait ressortir le bleu de ses yeux noisette, et il s'était aussi brossé les cheveux. Si Jody ne se trompait pas, il avait même mis une espèce d'eau de Cologne, où en tout cas utilisé le déodorant qu'elle avait vu dans sa salle de bains. Il s'était fait beau pour rejoindre Tressa plus tard.

Jody s'efforça de cacher son sourire.

— Bon, viens là, on va commencer ces côtelettes.

* * *

Deux heures plus tard, Baker dissimula un sourire en observant Jodelle qui *aidait* Ben avec ses devoirs. Il était évident que le gamin n'avait pas besoin d'aide, mais il était tout aussi évident qu'il voulait que Jodelle se sente utile.

Le dîner avait été délicieux, et Ben était fier que sa première tentative en cuisine se soit si bien déroulée. C'était essentiellement parce que Jodelle était restée focalisée sur ce qu'il faisait, s'assurant qu'il fasse tout exactement comme il fallait, mais Baker avait l'impression que Ben allait retenir tout ce qu'elle lui avait enseigné ce soir-là. L'adolescent absorbait tous ses conseils comme une éponge.

Ils étaient en train de discuter de ses devoirs sur le gouvernement quand le téléphone de Ben vibra. L'adolescent y jeta un coup d'œil... et tous les muscles de son corps se raidirent. Il se leva brutalement, sa chaise tombant derrière lui avec fracas. Il se précipita vers sa chambre et revint au bout de quelques secondes, avec ses clés à la main.

Baker et Jodelle s'étaient vite levés également, et Baker se dirigea maintenant vers le jeune homme en lui saisissant le bras pour l'empêcher de filer hors de la maison.

— Qu'est-ce qui ne va pas ?

— Je dois partir, dit Ben en serrant les dents.

— Parle-moi, ordonna Baker.

— Lâche-moi, cria Ben en essayant de se dégager de l'emprise de Baker, qui ne le laissa pas faire.

— Pas tant que tu ne m'auras pas expliqué ce qu'il se passe.

En regardant dans les yeux de Ben, Baker vit de la colère... et une peur absolue. Quel que soit le message qu'il venait de recevoir, il n'annonçait rien de bon.

— Il a Tressa !

— Quoi ? Qui ? demanda Jodelle.

Baker n'eut pas besoin de poser la question. Il avait compris. Rowden avait encore agi.

Baker tendit la main pour récupérer le téléphone de Ben. Leurs regards se croisèrent et même en pleine situation de crise, c'était agréable de voir que Ben avait suffisamment confiance en lui pour déverrouiller son téléphone et le lui donner.

Baker ne lâcha pas Ben, car il ne souhaitait pas qu'il fonce hors de la maison pendant qu'il lisait le texto que l'adolescent venait de recevoir.

Rome : Salut, je me suis dit que tu aimerais être au courant. J'ai appris par Lani, qui a appris par une de ses amies proches de Lani, qu'elles sont toutes chez toi pour la grande fête de ce soir. Apparemment, elle a cru que tu allais être là-bas.

— Rowden organise une de ses fêtes ce soir ? demanda Baker.

Ben hocha la tête.

— Oui. Tout le monde en parlait, à l'école. Je n'en ai pas discuté avec Tressa parce que je ne voulais pas qu'elle s'en approche.

— Penses-tu que Rowden sait que tu sors avec Tressa ?

— J'en suis sûr. Alex Flores est un de ses sbires les plus loyaux. Nous étions proches autrefois, mais quand j'ai arrêté de cambrioler les voitures, il a décidé que j'étais une lavette et maintenant il me déteste. Le sentiment est réciproque. Quoi qu'il en soit, je suis certain que c'est lui qui a fait ça. Tressa ne doit pas être mêlée à toute cette merde, Baker ! dit Ben à voix basse, désespéré.

— Elle ne le sera pas. Envoie-lui un message. Tout de suite.

Dis-lui que nous sommes en route pour passer la chercher, indiqua Baker en lui rendant son téléphone.

— Si elle est au sous-sol, là où les fêtes ont généralement lieu, le message ne passera pas. Al a une espèce de brouilleur. Il veut que tout le monde se concentre sur l'alcool et les drogues, sans s'inquiéter de ce qu'il fabrique avec certains des gamins dans le garage rattaché à la maison. C'est là qu'il leur apprend comment cambrioler les voitures, expliqua Ben.

Baker laissa partir l'adolescent et s'avança vers le bol en verre sur le plan de travail. Il attrapa ses clés et les tendit au jeune homme.

— Va démarrer ma voiture. J'arrive dans une seconde. Ne pars *pas* sans moi, sinon je vais m'énerver. Et je suis déjà énervé. Tu n'as pas envie que ce soit pire.

Ben hocha la tête, prit les clés et se dirigea vers la porte.

— Baker, que fais-tu ? demanda Jodelle.

Il revint vers elle et posa les mains autour de son visage. Comme d'habitude, elle lui saisit les poignets. Elle avait les yeux écarquillés et elle semblait terriblement inquiète.

— Tu as entendu. Tressa est chez Rowden. Il organise une de ses fêtes. Il faut que nous allions la sortir de là.

En un clin d'œil, l'inquiétude sur le visage de Jodelle se transforma en colère.

— Il essaie de se venger de Ben en recrutant sa petite amie. Quel gros *con* ! Va la chercher, Baker. Fais en sorte qu'elle soit en sécurité. Et s'il te plaît, empêche Ben d'assassiner son beau-père. Je n'ai pas envie de devoir lui rendre visite en prison pendant les quarante années qui viennent.

Baker eut envie de rire à ces mots, mais il était trop furieux.

— Selon l'état dans lequel elle est – je ne sais pas si quelqu'un l'aura convaincue de prendre de l'ecstasy ou pas –, il se pourrait qu'on ne rentre pas tout de suite à la maison.

— Faites le nécessaire.

Baker pencha la tête.

— Tu n'es pas contrariée que je ne les ramène peut-être pas tout de suite ici ?

— Non. J'ai confiance en toi.

Ces quelques mots s'installèrent dans l'esprit de Baker et le réchauffèrent de l'intérieur.

— Tu as confiance en moi ? demanda-t-il.

— Oui, je viens de le dire.

— Non, Clochette. Tu as *confiance* en moi ?

Elle leva les yeux vers lui et il ajouta :

— Tu m'as dit que c'est ce que tu penses devoir apprendre dans cette vie.

— Oui, dit-elle doucement.

— Ça me tue que nous n'ayons pas notre soirée tranquille, mais je te jure que tu ne regretteras jamais de m'avoir fait confiance, annonça Baker.

— Je sais. Maintenant, je crois qu'il faut que tu sortes de là et que tu ailles chercher Tressa avant que Ben s'impatiente et décide de risquer ta colère en partant sans toi.

— C'est vrai. Jodelle ?

— Oui ?

— Il va payer. Je déteste qu'il ait fait cette tentative maintenant, alors que dans quelques jours il sera beaucoup trop occupé pour embêter son beau-fils. Mais c'est terminé pour cet enfoiré. *Bientôt.*

— Bien. Vas-y, Baker. Appelle-moi ou envoie un message quand tu peux pour me faire savoir ce qu'il se passe.

— Promis. Ferme la porte à clé et ne quitte pas la maison. D'accord ?

— D'accord.

Baker pencha le visage de Jodelle vers lui, l'embrassa brièvement, mais avec tout l'amour qu'il avait en lui, puis il tourna les talons et se dirigea vers la porte.

* * *

Dix minutes plus tard, Baker se gara derrière une longue file de voitures dans la rue devant la maison de Rowden. C'était un quartier agréable. Chaque propriété faisait au moins deux hectares, ce qui laissait assez de place à Rowden pour organiser ses fêtes sans que les voisins soient trop contrariés par le bruit et la rue remplie de voitures. Ben avait décrit la disposition de la maison pendant qu'ils roulaient. Cinq chambres, un énorme sous-sol qui était plutôt comme un bunker. Deux garages, l'un devant la maison, et un plus grand à l'arrière où Rowden apprenait aux gamins à fracturer les voitures.

Baker se tourna vers Ben.

— Attends ici.

— Certainement pas, répliqua Ben. Je t'accompagne.

— Non, pas du tout. Écoute, je sais que tu veux aller récupérer ta copine, mais je ne veux pas que tu mettes un pied dans sa propriété. Rowden savait que tu allais venir chercher Tressa. Il compte dessus. Je ne veux pas qu'il te fasse du chantage pour que tu restes. Sans vouloir te vexer, Ben, mais si tu vas là-bas, que tu fais un scandale et peut-être que tu donnes quelques coups de poing, il aura davantage de preuves contre toi.

Les narines de Ben frémirent et il ne semblait pas prêt à acquiescer. Sa seule pensée était d'aller chercher Tressa. Baker le respectait, mais il devait aussi agir intelligemment.

— Il utilisera sans doute ta mère pour t'atteindre, si Tressa ne suffit pas, précisa Baker. Peut-être une histoire triste sur le fait qu'elle ne va pas bien. Ou bien il te dira qu'il va encore la faire enfermer à l'asile. Il va se servir d'elle contre toi et vous n'en avez pas besoin, ni elle, ni toi. Fais-moi confiance pour récupérer ta copine, Ben.

— Et si c'est toi qu'il essaie de faire chanter ?

Merde, c'était vraiment un bon gamin. Il s'inquiétait pour tous les autres et pas lui-même.

— Ça n'arrivera pas. Tu penses que je laisserai Jodelle ou toi être vulnérables ? Hors de question. Il est foutu, Ben. Il me faut juste quelques jours de plus pour tout déclencher. Maintenant, fais-moi confiance pour récupérer Tressa.

Ben se tourna et le regarda. L'angoisse dans ses yeux était douloureuse à voir.

— D'accord.

Sans perdre une seconde de plus, Baker hocha la tête, très soulagé que Ben lui fasse confiance.

— Reste là. Je te l'envoie.

Baker avait rencontré Tressa une fois, quand elle était venue à la plage pour regarder Ben surfer, mais il n'était pas certain qu'elle le reconnaisse ce soir. Il faisait nuit et elle allait sans doute être perdue parce que Ben n'était pas là où quelqu'un lui avait dit qu'elle le trouverait, et elle était peut-être effrayée. Ou même droguée. Mais tout ce qui importait, c'était de la faire sortir et de la ramener à Ben. Tout irait bien une fois qu'elle le verrait.

Baker sortit de la voiture et se dirigea jusqu'à la porte d'entrée par la grande allée. Il envisagea de faire une reconnaissance de la maison et de la propriété, mais cela aurait pris trop de temps. Si quelqu'un avait discrètement fait prendre de l'ecstasy à Tressa ou avait profité du fait qu'elle était là sans Ben, il n'avait pas de temps à perdre.

Baker avança tout droit vers la porte d'entrée et appuya sur la sonnette. Et il ne la lâcha pas. Il s'appuya dessus, espérant que le bruit irritant de la sonnette fasse tout de suite venir quelqu'un jusqu'à la porte.

Au bout de quelques secondes, la porte fut ouverte brusquement par un gamin qui semblait avoir environ quatorze ou quinze ans.

— Putain, laissez-moi le temps d'ouvrir cette porte ! râla le gamin.

Il leva alors la tête et vit Baker. Il déglutit.

— Va chercher Tressa.

— Euh, qui ?

— Tressa Dixon. Longs cheveux bruns, environ un mètre soixante. Elle est magnifique. Je sais que tu l'as vue.

— Oh, elle. D'accord. Euh… je vais aller la chercher, dit l'adolescent en commençant à fermer la porte.

Baker posa la paume sur la porte et la poussa. Le gamin parut effrayé et il fit un pas en arrière.

— Hé, vous ne pouvez pas faire ça !

— Je viens de le faire. Va chercher Tressa. Tu as environ trois secondes avant que je m'énerve.

Le gamin détala juste au moment où une voix grave demanda :

— Pardon, qui êtes-vous ?

Baker leva les yeux et vit Al Rowden en chair et en os pour la première fois... et il ne fut pas impressionné. Il portait des vêtements de marque indiquant qu'il essayait d'être cool. Il commençait à devenir chauve et il était évident qu'il se teintait les cheveux pour paraître plus jeune qu'il ne l'était : les racines avaient besoin d'être colorées. Il avait environ dix kilos de trop, mais il les portait bien.

Ce fut surtout l'air de mépris dans ses yeux que Baker remarqua immédiatement.

— Je suis ici pour Tressa, dit-il sans répondre à la question.

— Encore une fois, je vais vous demander qui vous êtes. Je ne peux pas laisser partir les invités de mon fils avec n'importe qui. C'est dangereux.

— Mais ce n'est pas dangereux pour eux d'être dans votre sous-sol avec des drogues et de l'alcool fourni librement ? rétorqua Baker.

Il ne pouvait pas révéler sa main trop tôt, mais il avait terriblement envie de pointer du doigt toutes les façons dont il corrompait ces enfants.

— J'ai la vidéosurveillance, dit Rowden en levant la tête vers la caméra orientée vers la porte.

— Oui, je sais, dit Baker.

Il avait déjà fait pirater le système par un ami et il avait beaucoup de preuves vidéo de cet enfoiré qui invitait joyeusement des adolescents dans sa maison le week-end précédent, et de ces mêmes gamins qui repartaient, complètement ivres ou drogués, au petit matin.

Rowden plissa les paupières.

— Si vous ne me dîtes pas qui vous êtes, j'appelle les flics.

Baker ne voulait surtout pas que la police interfère avec ses plans. Rowden en avait un certain nombre dans la poche. Ils allaient tomber en même temps que ce connard, mais Baker n'avait pas le temps de gérer toutes ces conneries maintenant.

— Je m'appelle Baker Rawlins.

Rowden ne sembla pas reconnaître le nom.

— Je ne vous connais pas, dit-il au bout d'un moment.

— Non. Mais moi, je vous connais, rétorqua Baker, incapable de s'en empêcher.

Un bruit derrière Rowden le poussa à se retourner, et Baker vit Tressa se faire escorter jusqu'à la porte. Il y avait de jeunes filles derrière elle, manifestement à la recherche de ragots. Tressa semblait perdue et nerveuse en se demandant qui pouvait être à la porte pour elle. Quand elle le vit, elle écarquilla les yeux.

— Monsieur Baker !

— Il est temps de partir, Tressa.

— Mince, c'est un vrai DILF ! [1]chuchota une des autres adolescentes.

Rowden eut le culot de tendre le bras et de bloquer le passage de Tressa vers la porte.

— Pas si vite, dit-il.

Mais Baker en avait assez.

— Viens, Tressa, insista-t-il d'une voix grave et dure.

Elle obéit immédiatement, contournant le bras de Rowden jusqu'à se tenir sur la terrasse avec Baker.

— Ma voiture est la noire, la dernière de la file. Ben est là-bas, dit-il.

Les yeux de Tressa s'illuminèrent avec soulagement.

— Ben est ici ?

Quand Baker hocha la tête, elle se détendit visiblement. Oui, elle n'avait pas aimé être ici et elle était tout à fait prête à partir. Elle courut de la terrasse sans hésiter.

Baker était content qu'elle ne semble pas non plus avoir pris de drogues. Ses pupilles étaient d'une taille normale et elle ne paraissait pas agitée, ce qui était un autre bon signe. Elle était méfiante et un peu nerveuse, mais c'était normal étant donné qu'elle était venue à cette grande fête en espérant trouver Ben, avant d'apprendre qu'il n'était pas là.

— Mon fils est ici ? demanda Rowden en cherchant à voir derrière Baker, comme s'il pouvait distinguer quoi que ce soit dans l'obscurité.

— Ben n'est pas votre fils, précisa Baker en faisant un pas en arrière.

Ce dont il avait vraiment envie, c'était de donner un coup de poing à cet enfoiré, mais Rowden allait alors vraiment appeler ses potes de la police et Baker aurait à gérer toutes ces idioties, ce qui risquait de retarder la chute spectaculaire de Rowden. Sans parler du fait que cela allait inquiéter Jodelle, et il ne voulait surtout pas ça. Elle n'avait pas besoin de plus de stress.

— Je suis marié avec sa mère, aboya Rowden avec arrogance.

— Ce qui ne veut rien dire. En parlant de ça, où est Emma ?

— Elle dort, répondit narquoisement Rowden.

— Bien sûr. Parce qu'il y a une énorme fête dans sa maison et elle arrive à dormir. Normal. J'aurais dû le savoir.

Il fallait qu'il sorte Ben et Tressa de là. Mais c'était vraiment une torture de partir en sachant qu'il y avait d'autres gamins dans cette maison qui n'auraient pas dû être là. D'autres gamins que Rowden corrompait. Malheureusement, Baker avait appris depuis longtemps qu'il ne pouvait pas sauver tout le monde, même si c'était dur. Et pour l'instant, il devait se concentrer sur Ben, Tressa et Jodelle.

— Tu as merdé, grogna Rowden. Je vais découvrir tout ce qu'il y a à savoir sur toi, Baker Rawlins, et tu vas regretter de m'avoir fait chier.

Baker ne put s'empêcher de rire. Tout d'abord, ce minable n'allait rien découvrir sur lui. Rien qu'il ne voulait pas que l'on trouve. Sa vie était bien verrouillée, contrairement à celle de ce crétin. Une fois qu'il avait su exactement quoi chercher, ça n'avait pas été très compliqué de trouver tous les squelettes dans ses placards... et ils en étaient remplis. Il allait tomber. Violemment.

— Amusez-vous bien, dit Baker en tournant les talons et en descendant le long de l'allée.

— Tu vas le regretter ! cria Rowden, outré.

Baker se contenta de lever la main et le majeur en s'éloignant. Il entendit la porte claquer derrière lui et il accéléra jusqu'à trottiner vers sa voiture.

Ben était à l'extérieur du véhicule, Tressa dans ses bras. Il tenait le visage de Tressa entre les mains, comme il avait vu Baker tenir Jodelle plus d'une fois. Ils parlaient doucement, et Baker avait beau vouloir leur laisser de l'intimité, il devait les sortir de ce quartier et les conduire en sécurité.

— Monte, Ben. On doit partir.

— Il nous poursuit ? demanda Ben en se tournant afin que Tressa soit collée contre lui pendant qu'il avait un bras sur ses épaules.

— Non. Mais ça ne veut pas dire qu'il faut traîner.

— D'accord.

Il ouvrit la portière arrière, aida Tressa à monter, et grimpa après elle.

Les lèvres de Baker esquissèrent un sourire. Il n'aurait jamais cru voir le jour où il allait être le chauffeur de deux adolescents, mais ça ne le gênait pas. Il s'installa au volant et démarra, se promettant que la prochaine fois qu'il venait ici, il allait regarder Al Rowden se faire emmener, menottes aux poignets.

Ben et Tressa parlaient doucement sur le siège arrière, mais Baker ne les écouta pas. Il roula jusqu'au parking de Sunset Beach et coupa le moteur.

— Baker ? lança Ben, perplexe.

— Il n'y a rien qui remet autant les idées en place qu'une promenade dans le sable en sentant les embruns sur le visage. Emmène Tressa faire une balade, Ben. *Parle*-lui.

Baker ne savait pas si Ben allait révéler tout ce qu'il se passait à sa copine, mais elle devait savoir pourquoi ce n'était pas une bonne idée de retourner un jour chez lui.

— D'accord. Merci.

— Je vais rester là, dit Baker. Prenez le temps qu'il vous faut, je ne pars pas.

— Et mademoiselle Jody ? demanda Ben.

Pour la centième fois, il pensa au bon cœur de ce gamin.

— Je vais l'appeler. Tout ira bien.

Ben hocha la tête. Il était évident qu'il n'était pas encore prêt à sourire.

— On ramènera Tressa chez elle quand vous serez prêts, ajouta Baker.

— Merci, monsieur Baker, murmura Tressa.

— C'est juste Baker, pas monsieur Baker.

Elle hocha la tête.

Les adolescents sortirent de la voiture et s'avancèrent vers la plage. Ben s'arrêta devant la voiture et s'accroupit devant Tressa, hors de vue de Baker. Quand il se releva, il posa les sandales de la jeune fille sur le capot de la voiture. Ensuite, il retira ses propres chaussures et les plaça à côté de celles de Tressa avant de la prendre par la main. Ils se dirigèrent vers la mer.

La plage n'était pas déserte, mais elle n'était pas aussi bondée que pendant la journée. Il faisait nuit, mais il y avait assez de lumière venant des maisons le long du rivage pour que Baker se dise que tout allait bien se passer. Ben ferait en sorte qu'il n'arrive rien à Tressa.

Baker sortit de sa voiture, prit le téléphone dans sa poche et cliqua sur le prénom de Jodelle.

— Elle va bien ? demanda-t-elle au lieu de le saluer.

Il avait l'impression qu'elle faisait les cent pas dans la maison, morte d'inquiétude depuis qu'il était parti. Elle lui faisait peut-être confiance, mais ça ne voulait pas dire qu'elle ne s'inquiétait pas.

— Elle va bien.

Il l'entendit soupirer avec soulagement.

— Et Al ? Il est toujours en vie ?

Baker ricana.

— Oui, Clochette.

— C'était compliqué ?

— Oui et non. Heureusement, le gamin qui a ouvert la porte ne m'a pas emmerdé et il est immédiatement parti chercher Tressa. Rowden est arrivé. On a eu des mots, et puis on est parti.

— Je pense que tu omets certaines choses, Baker, l'accusa-t-elle.

— Ce crétin m'a menacé, lui dit-il avec un petit rire.

— Quoi ? Ce n'est pas drôle du tout !

— C'est carrément hilarant, rétorqua-t-il. Il pense pouvoir utiliser ses contacts pour avoir des éléments compromettants contre moi. Tout d'abord, il ne trouvera rien. Deuxièmement, il n'aura même pas le temps de lancer la machine avant de se faire prendre.

— D'accord. Tu es où maintenant ? Vous rentrez à la maison ?

— J'ai conduit Ben et sa copine à la plage. Ils se promènent et discutent. Je reste là jusqu'à leur retour. Je veux être certain que tout se passe bien entre eux avant qu'on la dépose et qu'on rentre à la maison.

— Très bien.

— Tu es contrariée que nous ne soyons pas rentrés tout de suite à la maison ? demanda Baker.

— Non. Tu es avec eux. Ils sont en sécurité. C'est sûrement bien pour Ben et toi de passer un peu de temps ensemble après avoir ramené Tressa chez elle. Tu peux lui parler, le rassurer sur le fait que tu maîtrises la situation. Je suis sûre qu'il est paniqué, mais qu'il ne veut pas le montrer devant sa copine. Je ne veux pas non plus qu'il se mette des idées de vengeance en tête. Alors oui, ça me va très bien si vous êtes absents un peu plus longtemps.

Baker baissa la tête et contempla le sable sous ses pieds dans le parking. Il était appuyé contre la portière du côté conducteur, et il s'était préparé à devoir convaincre Jodelle que Ben avait besoin de temps avec Tressa. Il aurait dû se douter que c'était inutile.

— Cela dit, s'il continue à chercher des noises à Ben, il va devoir *me* gérer aussi, fulmina Jodelle.

— Faux, dit Baker en se redressant.

— Baker, sérieusement, utiliser une adolescente de seize ans pour se venger de Ben, ou essayer de contrôler ce dernier, c'est vraiment tordu !

— C'est vrai, acquiesça-t-il. Mais tu ne t'approcheras pas de ce fils de pute.

— Je ne peux pas te promettre que je ne ferai rien de fou. J'ai perdu Mana, je ne perdrai pas Ben.

Il fallut une seconde à Baker pour se remettre du choc. Il avait beau l'aimer et vouloir la rendre heureuse, il ne serait jamais capable de ramener son fils à la vie.

— Et moi, je ne peux pas te perdre, Jodelle. Ça me détruirait. Je ne m'en remettrais jamais. J'ai besoin que tu sois en sécurité.

— Et j'ai besoin que les gens que j'aime ne subissent pas de chantage et ne soient pas forcés à faire ce qu'ils n'ont pas envie de faire, comme cambrioler des voitures, se droguer, et devenir des personnes horribles. Il a eu sa chance avec Ben, tout comme sa mère. Ils ont échoué, alors j'interviens ! Par n'importe quel moyen nécessaire.

— Merde, jura Baker.

Jodelle soupira. Puis, à sa grande surprise, il l'entendit rire.

— Que dirais-tu de ça : je te promets de t'informer si je prévois de faire quelque chose d'insensé. De cette façon, tu pourras venir payer la caution pour me faire sortir de prison.

— Et si tu m'informais plutôt de ton plan, que tu me laissais te convaincre de ne pas le faire et que je m'occupais de ce qui t'ennuie à la place ?

— Je ne suis pas faible, rétorqua Jodelle.

Baker fronça les sourcils.

— Ce n'est pas ce que j'ai dit.

— Je n'ai pas besoin que l'on s'occupe de moi.

— Non, c'est vrai. On devrait sans doute avoir cette conversation en tête-à-tête, mais comme tu as abordé le sujet : je ne pense absolument pas que tu es faible. En fait, tu es une des femmes les plus fortes que je connais. Même plus qu'Elodie et les autres. Oui, elles ont traversé des épreuves terribles, et je suis fier qu'elles aient réussi à s'en sortir grâce à leur force intérieure et une tonne de chance. Mais toi, Jodelle... tu as subi des choses qui auraient abattu la plupart des gens de façon permanente et tu as continué. Non seulement ça, mais tu as fait quelque chose quand Ben avait le plus besoin d'aide. En général, les gens se seraient sentis coupables, mais ils auraient continué leur propre vie, sans vouloir s'impliquer. Non seulement tu t'es impliquée, mais tu l'as invité à vivre dans la chambre de Mana et tu as partagé la quantité énorme d'amour que tu portes en toi. L'avoir chez toi, dans la chambre de Mana, au même âge que ton fils quand il t'a été enlevé, l'entendre parler de ses amis, le regarder surfer sur les mêmes vagues qui ont emporté Mana... ça, c'est de la force, Clochette. Mais tu n'es pas à l'épreuve des balles. Je t'ai déjà dit que mes affaires ne t'affecteront pas, et j'étais sérieux.

— Al Rowden n'est pas une de tes affaires, précisa Jodelle doucement.

— Si. Parce que je fais en sorte qu'il le soit.

Il entendit encore un soupir.

— Baker ?

— Oui, Clochette ?

— Une fois que tout sera terminé, j'aimerais bien retrouver ma vie ennuyeuse. Tu sais, travailler sur mes graphismes, regarder les surfeurs, et que la pire chose qui puisse arriver soit le dîner brûlé de temps en temps.

— Ça me semble merveilleux, avoua Baker.

— Tu m'enverras un texto quand vous êtes en route pour la maison ?

— Oui, Clochette. Je peux faire ça.

— Et dis à Tressa que je suis ravie qu'elle aille bien.

— D'accord.

— Et fais savoir à Ben que son couvre-feu est suspendu tant qu'il est avec toi.

Baker rit.

— Ça te va si je le garde dehors jusqu'à 2 h du matin ?

— Euh...

— C'est bien ce que je pensais. Nous serons à la maison bien avant minuit.

— Très bien.

— Je vais te laisser, dit Baker. Essaie de te détendre. Ben va bien. Tressa aussi. Tout ça sera bientôt terminé.

— D'accord. Je t'aime, Baker.

— Je t'aime aussi.

— Baker ?

— Oui ?

— Je pense que Ben voudra sûrement aller voir Tressa demain. Tu sais, pour vérifier qu'elle va bien après tout ce qui s'est passé ce soir. Et si c'est le cas, et comme j'ai généralement le samedi de libre... je me suis dit que si tu n'étais pas trop préoccupé par tes plans pour la chute d'Al Rowden... on pourrait peut-être passer un peu de temps ensemble.

— Si tu parles de faire l'amour, alors oui, carrément, grogna-t-il.

— Super. Le rendez-vous est pris.

Baker sentit son cœur se gonfler.

— Oui, Clochette.

— Bon. Faites attention. Il fait nuit. Et plus il est tard, plus il y aura de conducteurs ivres sur les routes.

— D'accord.

— À très vite.

— Tout à fait, acquiesça Baker. Vérifie que la porte est fermée à clé.

— C'est le cas.

— Vérifie deux fois, insista Baker.

— Très bien, je fais ça.

— Je t'aime.

— Je t'aime aussi. Au revoir.

— Au revoir.

Baker mit le téléphone dans sa poche et contempla l'océan. Il voyait tout juste la mousse blanche des vagues qui s'écrasaient sur le rivage. Il devait envoyer quelques messages pour vérifier que tout se passait comme prévu, mais ça allait devoir attendre qu'il rejoigne son ordinateur et son accès au Dark Web ainsi qu'au réseau de communication impossible à tracer qu'il avait construit.

La vie enchanteresse d'Al Rowden touchait à sa fin... et Baker était impatient.

CHAPITRE 21

Lundi matin, Jody était assise sur ce qu'elle considérait comme *sa* table de pique-nique à la plage et elle regardait ses enfants surfer. Ben était dans l'eau et Jody était soulagée qu'il aille bien après ce qui s'était passé vendredi soir. Il avait passé toute la journée du samedi chez Tressa, et dimanche, même s'il n'avait pas vu sa petite amie, ils avaient passé la majorité de la journée à s'envoyer des textos et à se parler au téléphone quand il ne faisait pas des corvées dans la maison et qu'il n'aidait pas Jody avec le dîner.

Ce matin, Baker l'avait convaincu d'aller surfer.

— Ça va ? demanda ce dernier à côté d'elle.

En se retournant, Jody examina l'homme duquel elle était tombée follement amoureuse. C'était presque effrayant de voir combien il était important pour elle. Ils avaient passé la matinée du samedi au lit, et cela avait été aussi incroyable que la première fois qu'ils avaient fait l'amour. Ensuite, ils s'étaient douchés, ils avaient mangé, et Baker lui avait fait un cunnilingus dans le salon. C'était une des meilleures expériences sexuelles de sa vie. Quand Jody lui avait rendu la pareille en suçant la verge de Baker jusqu'à ce qu'il explose, il avait été tout à fait d'accord.

Dimanche, Baker avait parlé de déménager certaines de ses affaires chez elle. Il n'avait pas encore apporté son équipement informatique, car il voulait faire quelques modifications afin de sécuriser sa connexion Internet. Quand elle lui avait demandé ce que ça voulait dire, il avait commencé à parler du Dark Web, de cacher ses traces, et de VPN, et Jody avait vite arrêté d'écouter.

Elle lui avait dit qu'il pouvait ramener tout ce qu'il voulait, faire ce qu'il voulait à sa maison, et que ça ne la gênait pas... parce que ça impliquait qu'il allait passer plus de temps chez elle.

Alors, après tout ce qui était arrivé, et malgré les ennuis avec le beau-père de Ben, elle se sentait assez détendue aujourd'hui, même si Baker venait de dire qu'il devait se rendre à la base navale pendant un moment cet après-midi.

— Jodelle ? demanda Baker, inquiet. Est-ce que ça va ?

— Pardon. Oui, ça va.

— Je ne partirais pas, si ce n'était pas important.

Jody le regarda et hocha la tête.

— Je sais. Et ce n'est pas un problème. Je ne suis pas une nunuche qui ne peut pas survivre un seul jour sans son homme.

Baker sourit.

— C'est vrai. Je suppose que c'est moi qui ne suis pas à l'aise à l'idée de vous laisser.

Jody se pencha et posa la tête sur l'épaule de Baker. Il fit immédiatement passer un bras autour de sa taille et la serra contre lui.

— Tu as dit avoir besoin d'encore un jour ou deux pour tout préparer en ce qui concerne Rowden.

— Oui, acquiesça Baker.

— Alors, aujourd'hui sera simplement une autre journée, le rassura Jody. Fais ce que tu as à faire, je ferai pareil. Tout ira bien. J'envisageais d'apprendre à Ben à faire des lasagnes ce soir. Ça te va ?

— Tout ce que tu fais me va, Clochette.

Il inspira profondément et ajouta :

— J'espère avoir terminé mes réunions vers 16 h. Je prendrai le chemin du retour juste après, alors je devrais être rentré aux alentours de 17 h si la circulation n'est pas trop mauvaise.

— D'accord.

— Je ne serai peut-être pas joignable pendant la majeure partie de la journée, l'avertit Baker.

Jody leva la tête et le regarda en fronçant les sourcils.

— Tout va bien ?

— Oui. Mais parfois, les choses dont je dois discuter avec les chefs nécessitent un peu plus de sécurité. Une pièce entièrement confinée, avec les signaux des portables bloqués. C'est juste une précaution, mais ça veut dire qu'en dehors des pauses et du déjeuner, je serais injoignable la plus grande partie de la journée. Si tu as besoin de quelque chose, tu appelles Mustang. Si tu ne peux pas le joindre, tu appelles Midas. S'il n'est pas disponible...

— Je sais, je sais, j'appelle Aleck ou Pid ou Jag ou Slate, termina Jody à sa place.

— Exactement. Mais tu me laisses un message et je te rejoindrai dès que possible.

— Il ne se passera rien, le rassura Jody.

— J'ai appris que les choses ont tendance à dégénérer quand on s'y attend le moins. Et plus je me rapproche du moment où nous allons commencer avec Rowden, plus je deviens nerveux. J'aurais bien remis cette réunion d'aujourd'hui, mais c'est impossible.

— Je vais rester à la maison toute la journée. Je n'ai pas besoin d'aller faire les courses. J'ai déjà tout ce qu'il faut pour les lasagnes. Je vais rejoindre Ben ici à la plage cet après-midi. Il a déjà dit qu'il allait faire venir Tressa et qu'ils resteront sur la rive avec moi. Il veut lui apprendre plus de choses sur le surf en expliquant ce que font ses amis sur l'eau.

— J'ai énervé Rowden vendredi soir, reprit Baker. C'est le genre d'homme qui voudra sauver la face. Il va tenter quelque chose.

— Tu crois que l'on devrait rester à la maison ? Ne pas se rendre à la plage ?

Baker pinça les lèvres avant de pousser un soupir.

— Ben est stressé. Il a tellement plus de problèmes que la plupart des adolescents. Je déteste lui retirer l'unique chose qui l'aide à soulager ce stress. Je pense que ça ira, puisque c'est une plage publique, mais reste vigilante. Garde ton téléphone à proximité en permanence. Ne confronte pas Al s'il débarque.

— Tu penses qu'il le fera ?

— Franchement ? Non. C'est trop public. Il voudra rester discret, mais ça ne signifie pas qu'il ne représente pas une menace.

— Tu lui feras tomber le ciel sur la tête avant qu'il ait le temps de mettre ses plans en action, lui dit Jody avec un petit sourire.

— J'espère que tu as raison.

— J'ai raison, rétorqua Jody avec plus de cran que de certitudes.

Il était évident qu'Al était un gros con, qui se moquait de corrompre de jeunes gens, qui avait rendu sa femme accro aux antidouleurs – la maintenant droguée en permanence – et qui vendait des affaires volées en échange de drogues et d'argent à parier. Il vivait dans un château de cartes que Baker allait faire tomber. Jody se sentait un peu violente dans son désir de voir Al Rowden recevoir ce qu'il méritait, mais elle se sentait aussi un peu mal que la mère de Ben soit prise entre deux feux. Mais c'étaient des adultes. Sa mère avait fait son choix et maintenant, Rowden et elle devaient gérer les conséquences de leurs actes.

Baker tourna la tête et embrassa la tempe de Jody.

— Je t'aime, Clochette.

— Je t'aime aussi.

Ils restèrent assis, enlacés, à regarder les jeunes surfer jusqu'à ce qu'il soit l'heure de les faire partir à l'école. Baker porta deux doigts à sa bouche et siffla fort et longtemps. C'était très efficace et Jody était assez jalouse que les enfants réagissent immédiatement en pataugeant jusqu'au rivage.

Elle leur donna des sandwiches pour le petit-déjeuner et resta jusqu'à ce que le dernier sorte du parking. Jody plaça sa glacière dans le coffre de la voiture de Baker, pendant que ce dernier posait la planche de Ben sur la galerie du toit. Sur le chemin du retour, il prit la main de Jody dans la sienne. C'était un geste simple, pas du tout sexuel, et cela faisait longtemps qu'elle ne s'était pas sentie aussi bien. Cinq ans, pour être exact. La vie lui avait fait subir des coups durs, mais si elle avait bien appris quelque chose de la mort de Kaimana, c'était d'apprécier ce qu'elle avait dans le présent.

En arrivant à la maison, Jody rentra pour lancer le café pendant que Baker rangeait la planche de Ben dans le petit garage sur le côté de la maison. Il était rempli de cartons et de bazar accumulé par Jody au fil des années et dont elle ne s'était jamais débarrassée.

Quand Baker entra, il annonça :

— Mon prochain travail, quand toute cette histoire avec Rowden sera finie, sera de nettoyer ton garage pour que tu puisses y garer ta camionnette.

— Ça ne me gêne pas de me garer dans l'allée, lui dit-elle. Ce n'est pas comme si je devais gratter le verglas des vitres.

— Oui, mais il n'y a que deux voitures qui passent dans l'allée, ce qui signifie que Ben ou moi, nous devons nous garer dans la rue. Je ne veux pas le faire de façon permanente, car ça irritera les voisins et les chances que quelqu'un emboutisse la voiture sont plus élevées chaque jour qu'elle passe dans la rue.

Jody se mordit la lèvre.

— Baker, cette maison n'est pas très grande. Si tu emménages, je ne sais pas du tout où nous allons tout mettre. Nous aurons sans doute besoin du garage pour stocker *plus* d'affaires, pas moins.

Baker s'avança vers elle et l'embrassa tendrement.

— Quand, pas si.

— Quoi ?

— Quand j'emménage, pas si, lui dit-il. Et tu n'as pas à t'inquiéter de mes affaires. Si ça ne rentre pas, je les vendrai ou je les donnerai à Théo, ou bien Lexie trouvera quelqu'un qu'elle sert à Food For All qui en aura besoin.

— Tu ne peux pas donner tes affaires, s'exclama Jody, exaspérée.

— Pourquoi pas ?

— Eh bien... parce que ce sont tes affaires, lâcha-t-elle, à court d'arguments.

— Jodelle, je me fiche complètement des choses matérielles. Tout ce qui m'intéresse, c'est toi. Et pourquoi on aurait besoin de deux canapés quand celui que tu as déjà est parfaitement confortable ? On n'a pas besoin de deux lits, ou deux tables, ou deux jeux de plats. Je pense que nous pouvons utiliser ma télévision, car elle est plus grande, mais si tu es attachée à celle que tu as déjà, ça me va aussi.

— Baker, chuchota Jody, émue.

— Tout ce que je veux, c'est que tu fasses de la place pour moi dans ta vie. Dans cette maison. Tout le reste est sans importance.

— D'accord, dit-elle en aimant encore plus cet homme. Tu pourrais m'aider à faire le tri des affaires de Mana ? Je ne pouvais pas supporter de tout donner. Une partie des affaires dans le garage vient de sa chambre... ce sont des choses dont je n'ai pas pu me débarrasser.

— Bien sûr que je t'aiderai, dit Baker avec douceur en la prenant dans ses bras.

C'était un des endroits préférés de Jody. Collée contre son torse pendant qu'il la serrait fermement. Ils restèrent ainsi pendant une longue minute, avant que Baker s'écarte à contrecœur.

— Je dois me doucher et partir, dit-il à regret.

— Je sais.

Baker baissa la tête et posa ses lèvres sur les siennes. Le baiser ne fut pas court. Il était passionné et Jody pouvait sentir l'amour qu'il avait pour elle à travers cette réunion intime de leurs lèvres. Il recula, embrassa le bout de son nez, son front, puis enfouit son propre nez sous son oreille et inspira profondément.

Jody sourit. Elle adorait qu'il fasse toujours ça. Comme s'il ne pouvait pas se lasser de son odeur.

Il caressa sa joue et ses lèvres avant de laisser tomber sa main et de partir à la chambre.

Il fallut un moment à Jody pour stabiliser ses émotions, mais quand elle se sentit plus calme, elle se tourna vers la cafetière avec un énorme sourire. Elle pouvait dire sans craindre de se tromper qu'elle était heureuse. Peu de temps auparavant, elle avait cru ne plus jamais ressentir cela. Mais Baker et Ben avaient fait l'impossible.

* * *

Plus tard dans l'après-midi, Jody était assise sur sa table de pique-nique, attendant que ses enfants arrivent. Elle était venue un peu en avance à la plage pour parler avec les surfeurs et avoir une idée des conditions afin de les expliquer aux adolescents avant qu'ils commencent.

Baker avait envoyé un texto vers l'heure du déjeuner, lui demandant comment se passait sa journée et confirmant qu'il partirait aux environs de 16 h.

Il était maintenant 15 h 30, ce qui signifiait qu'il allait bientôt sortir de sa réunion et rentrer à la maison. Si la circulation n'était pas trop mauvaise, ce qui était toujours un coup de poker à Honolulu, même sur l'autoroute qui conduisait jusqu'au North Shore, il rentrerait peut-être à temps pour aider Ben et elle à préparer les lasagnes.

Elle était perdue dans ses pensées quand elle entendit quelqu'un l'appeler derrière elle.

— Mademoiselle Jody ! Mademoiselle Jody !

En se retournant, Jody vit Felipe et Lani courir vers elle depuis le parking.

Elle angoissa immédiatement en voyant leurs expressions de visage, et pendant une seconde, Jody fut incapable de bouger. Elle venait de réussir à se lever quand les deux lycéens la rejoignirent. Ils étaient à bout de souffle, les yeux écarquillés. Ils commencèrent tous les deux à parler en même temps et Jody dut lever une main et dire sévèrement :

— Un seul à la fois. Que se passe-t-il ?

Lani inspira profondément.

— C'est Ben !

Pour la deuxième fois en une minute, elle fut presque submergée par l'angoisse. Puis Felipe reprit là où Lani s'était arrêtée.

— Ben s'est fait attaquer au déjeuner ! Alex et quelques-uns de ses amis lui ont cassé la figure. C'était horrible, mademoiselle Jody. Il était allongé là en gémissant quand les professeurs ont retiré les agresseurs.

L'idée que Ben soit blessé fit monter l'adrénaline de Jody en flèche.

— Pourquoi ?

— Personne ne le sait, dit Lani. Mais tout le monde sait qu'ils ne s'entendent pas, même s'ils étaient proches autrefois.

— Où est-il maintenant ? demanda Jody.

— Chez lui, je suppose, indiqua Felipe. Le principal a renvoyé Alex et les autres qui l'ont attaqué. Ça, c'est une bonne chose.

Mais Jody n'écoutait plus la fin. Elle était chez elle tout l'après-midi et elle venait juste d'arriver ici. Si Ben avait été blessé au déjeuner, il aurait dû rentrer à la maison avant même qu'elle parte pour la plage. Elle pensa soudain à quelque chose.

— Que veux-tu dire, à la maison ? Quelle maison ?

Felipe parut ne pas comprendre.

— Eh bien, chez lui. Son père est venu le chercher. Je suppose qu'il l'a conduit chez un médecin, puis il l'a sûrement ramené à la maison pour se remettre.

Non. *Nononononon !* La panique de Jody fut démultipliée. Si Al Rowden avait récupéré Ben pour le ramener chez lui, ce n'était pas bon, pas bon du tout.

Dans la seconde qui suivit, la panique disparut immédiatement, remplacée par la détermination.

Elle tourna les talons et se dirigea vers le parking sans un mot de plus.

— Mademoiselle Jody ? cria Lani. Où allez-vous ? Et votre glacière ?

Jody ne s'arrêta pas. Elle se moquait complètement de sa glacière. Elle pouvait seulement penser à Ben entre les mains de son beau-père. Un homme qui se foutait complètement de lui. Qui était sur le point de tout perdre grâce à Baker. Qui était sans doute encore outré que Ben ait pu s'échapper de son emprise. Et si Ben était blessé, il était particulièrement vulnérable. Jody soupçonnait Al d'être capable d'utiliser les blessures de Ben comme une excuse pour lui faire encore plus mal. Et impunément.

Elle grimpa dans son fourgon et composa le numéro de Baker en roulant comme une dingue jusqu'à la maison d'Al Rowden. Le téléphone sonna quelques fois, puis il passa sur le répondeur.

— Baker, c'est moi. Ben a été blessé. Alex et d'autres gamins l'ont frappé pendant le déjeuner. Al l'a récupéré et ramené à la maison. Chez lui. Au moment où je te parle, ça fait des heures qu'il est là-bas. Je m'y rends pour voir si je peux lui parler. Je t'aime.

Elle raccrocha. L'appréhension menaçait de la submerger, mais Jody la réprima. On pouvait appeler ça un instinct maternel, ou une prémonition, ou tout ce qu'on voulait, mais elle savait qu'elle ne pouvait pas attendre pour rejoindre Ben.

Elle essaya encore trois fois de joindre Baker, priant pour qu'il soit sorti en avance de sa réunion, mais chaque fois, l'appel passa sur le répondeur. Elle ne prit pas la peine de laisser un autre message. Elle était certaine que dès que Baker serait au courant de ce qui se passait, il viendrait aussi vite que possible.

Jody était un peu nerveuse de savoir qu'il était loin à la base navale et qu'il ne pourrait pas immédiatement rejoindre Ben et elle, mais elle était certaine qu'il y arriverait. Elle n'avait qu'à trouver Ben, analyser la situation, et faire le nécessaire en attendant.

Ce ne fut que lorsqu'elle gara son fourgon juste devant la maison d'Al qu'elle se souvint qu'elle était censée appeler Mustang. Elle composa son numéro, mais tomba également sur le répondeur. Plus elle restait assise là, plus elle paniquait. Ben était quelque part dans cette maison, et il fallait qu'elle le voie de ses propres yeux pour vérifier qu'il allait bien. Ne souhaitant pas attendre une seconde de plus, Jody sauta de la voiture et courut jusqu'à la maison.

Elle tambourina sur la porte tout en appuyant sur la sonnette de l'autre main.

— Ouvrez la porte ! cria-t-elle en regardant la caméra dont Baker lui avait parlé après sa visite. Je sais que vous êtes là. Je veux voir Ben ! Ouvrez la porte !

Étonnamment, la porte s'ouvrit. Jody s'était plus ou moins attendue à être ignorée toute la soirée.

Al se tenait en personne devant elle avec un sourire narquois.

— Je vois que la situation est inversée. Maintenant, c'est vous qui voulez entrer dans la maison.

— Où est-il ? demanda-t-elle.

— Qui ?

— Vous savez qui ! Ben. Où est-il ? Je sais qu'il est ici. On m'a dit que vous étiez passé le chercher.

Al fit claquer sa langue.

— Il ne va pas bien, mademoiselle Spencer. Merci pour votre inquiétude, mais il se repose.

— Va te faire voir ! cracha Jody. Je ne partirai pas tant que je ne l'ai pas vu. Ben ? *Ben !* cria-t-elle d'une voix forte, sans s'inquiéter que le voisinage l'entende. En espérant qu'il l'entende, à vrai dire.

Elle fut surprise lorsqu'Al la saisit par le bras et l'attira à l'intérieur de la maison.

— La ferme ! grogna-t-il.

— Lâchez-moi ! siffla-t-elle.

Elle était effrayée, en colère, accablée, et plus désespérée qu'elle ne l'aurait cru possible.

Elle serra les dents avec détermination à l'idée que Mana se trouve en présence de quelqu'un comme Rowden. Mana n'était pas là... mais Ben, si. Et elle n'avait pas l'intention de l'abandonner comme tant d'autres adultes qui étaient censés l'aimer et prendre soin de lui.

— Je ne vois pas du tout ce que vous trouvez à ce petit con, maugréa Al. C'est un *voyou*. Un délinquant juvénile. Il a besoin d'une main ferme et votre façon de le dorloter ne lui fait aucun bien.

— Si c'est un voyou, c'est parce que vous l'avez rendu comme ça, rétorqua Jody. Au lieu de lui apprendre à distinguer le bien et le mal, vous l'avez encouragé à devenir un criminel. Et pour quoi ? Pour utiliser l'argent et droguer sa mère ? Pour acheter de l'ecstasy histoire de contrôler ses amis ? Pour tout perdre comme un crétin ? C'est pathétique !

Jody eut un tout petit peu de temps pour se recroqueviller en voyant arriver le bras de Rowden, mais elle fut trop lente pour se détourner. Le poing d'Al frappa sa joue, et elle ne resta debout que parce qu'il lui agrippait le bras. Pendant un moment, elle vit des étoiles et elle dut inspirer profondément pour ne pas s'évanouir. Elle n'avait encore jamais été frappée, et c'était douloureux. Très douloureux.

Elle se rendit compte trop tard qu'elle n'aurait pas dû faire savoir à Al que Ben lui avait tout raconté. Elle aurait dû rester calme, mais elle avait été si énervée. Elle n'avait pas réfléchi avant de parler.

Maintenant, elle avait mis en danger à la fois Ben et elle-même.

Quand la douleur de son visage se transforma en une pulsation profonde au lieu d'une pointe intense, elle regarda Al. Il souriait de façon malveillante, comme s'il avait vraiment aimé la frapper.

— Je vais appeler la police, maintenant, lui dit-il. Je vais leur dire que vous êtes entrée sans invitation dans la maison. Ils vont vous arrêter pour violation de propriété.

— C'est vous qui m'avez attrapé par le bras. Vous m'avez frappée et vous me détenez illégalement.

Elle ne savait pas tellement ce qu'affirmait la loi au sujet de traîner quelqu'un dans sa maison, mais ça lui paraissait pas mal.

— Je n'ai pas peur de vous ni de la police, le défia-t-elle en levant le menton. Vous n'êtes qu'un trou du cul. Particulièrement comparé à *Baker*.

En entendant le nom de Baker, Al eut un rictus. Il serra le

bras de Jody avec plus de force, mais il ne dit rien. Jody était bien décidée à le provoquer davantage. Elle voulait lui faire aussi mal qu'à son beau-fils.

— Ben admire Baker. Il l'idolâtre. Il ne peut rien faire de mal aux yeux de Ben. Ce n'est pas étonnant. Non seulement il est beau et intelligent, mais il est honorable et c'est un véritable héros de la Navy.

Elle ricana avant d'ajouter :

— J'ai même entendu dire qu'une des jeunes filles l'a décrit comme un DILF. Et que disent-elles de vous ? En surpoids, presque chauve, et *pathétique* ! Je parie que les ados se moquent du pitoyable vieil homme qui essaie de faire comme s'il était toujours jeune.

Al laissa tomber le bras de Jody et retira son autre poing en arrière pour la frapper encore.

Jody était prête, cette fois. Elle se tourna pour éviter un coup au visage, et il la frappa à l'épaule. Ça restait douloureux, mais pas autant que dans la tête. La force du coup la fit trébucher en arrière. Elle se cogna la hanche sur le coin d'une table contre le mur du vestibule et elle tomba en heurtant le carrelage avec la joue.

Al bondit en avant et lui donna un coup de pied dans la cuisse, puis les côtes, alors qu'elle tentait de se rouler en boule et de se protéger. Après quelques coups de pied supplémentaires, il la releva. Il haletait, les yeux écarquillés... et il était évident qu'elle l'avait un peu trop provoqué.

— Tu veux voir ce petit connard ? fulmina Al. Très bien !

Il la fit marcher jusqu'aux escaliers. Jody trébucha et s'efforça de rester debout, car elle avait l'impression qu'il la traînerait par les cheveux si elle tombait. Lorsqu'il atteignit le sommet de l'escalier, il l'entraîna dans un couloir jusqu'à une porte tout au bout. Il sortit une clé de sa poche et l'enfonça dans le verrou.

Elle ne fut pas surprise qu'il ait enfermé Ben dans une chambre, mais elle poussa un petit cri quand il la poussa à l'intérieur avec une main dans le dos. Une fois de plus, Jody tomba sur le sol, mais elle se releva vite et se tourna face à Al.

— Vous n'auriez pas dû venir, mademoiselle Spencer, dit-il sombrement.

— Peu importe, dit-elle en secouant la tête, faisant de son mieux pour cacher sa douleur. Appelez les flics. Faites-le. Je vous mets au défi.

— J'ai changé d'avis. Je n'appelle personne. Vous allez devoir subir les conséquences de vos actes.

— Vous ne pouvez pas me garder ici. C'est un kidnapping, lui dit-elle.

— Personne ne le saura, affirma Al. Je demanderai à Alex ou un autre de prendre votre fourgon et de le garer quelque part. Je dirais à tous ceux qui me posent la question que vous étiez ici, mais que vous êtes partie après avoir vérifié que Ben était en sécurité. Et ils me croiront. Je suis un juge. Je suis très apprécié par ici.

Il était complètement fou. Jody déglutit en constatant qu'elle avait lâché son sac avec ses clés et son téléphone quand elle était tombée, au rez-de-chaussée.

— Et ensuite ? demanda-t-elle. Vous allez me garder ici pour toujours ? Vous devez bien savoir que les gens n'arrêteront pas de chercher.

— Overdose, marmonna Al. Quel dommage quand les gens trouveront votre cadavre rejeté par la mer.

Si Jody n'avait pas eu si peur, elle aurait éclaté de rire. Il se raccrochait à n'importe quoi. Elle ne s'était jamais droguée de sa vie. Personne ne croirait qu'elle avait fait une overdose. Et elle n'avait peut-être pas beaucoup d'amis, mais ceux qu'elle avait ne laisseraient personne s'en sortir impunément après l'avoir tuée et mis ça sur le compte des drogues.

— Laisse-la partir, marmonna Ben faiblement derrière elle.

Jody se retourna. Comment avait-elle fait pour ne pas le voir ? Comment avait-elle pu oublier toute la raison de sa présence ici ? Elle se précipita vers le lit et gémit en voyant le pauvre visage de Ben. Ses yeux étaient si gonflés qu'ils étaient presque fermés, son nez avait un drôle d'angle, et son visage était déjà complètement bleu et noir.

— Oh, Ben, sanglota-t-elle en tendant une main vers lui.

Elle s'arrêta juste à temps. Elle ne voulait surtout pas lui faire mal en le touchant.

— Laisse-la partir, Al, murmura encore Ben. Elle n'a aucun rapport avec ça.

— Jusqu'à ce que tu lui en dises trop, grogna Al.

Il se retourna alors et claqua la porte derrière lui.

Jody entendit encore la serrure, mais ça lui était égal.

— Je suis vraiment désolé, mademoiselle Jody, chuchota Ben.

— Ne le sois pas. Ce n'est pas de ta faute. Est-ce que ça va ? Où as-tu mal ?

Ben rit doucement, grimaçant immédiatement de douleur.

— Eh bien... partout ?

— Bon, ne bouge pas. Nous allons te conduire à l'hôpital et ils t'examineront. Tout ira bien.

— Euh... comment on va à l'hôpital alors qu'Al nous a enfermés et qu'il a l'intention d'abandonner votre fourgon, de vous faire subir une overdose, puis de laisser votre cadavre quelque part ?

La voix de Ben était montée dans les aigus à la fin de sa question et Jody voyait qu'il paniquait.

— Baker.

— Quoi ?

— Baker va venir. Il va s'occuper d'Al, puis nous te trouverons de l'aide, le rassura Jody calmement.

Bizarrement, elle se sentait vraiment calme. Baker n'allait pas être content qu'elle soit venue ici par elle-même, mais elle n'aurait pas pu faire autrement. Et au moins, elle avait essayé de l'appeler, comme promis. Jody grimaça en s'asseyant sur le bord du matelas et elle prit la main de Ben. Les articulations de sa main étaient gonflées et ensanglantées, la preuve qu'il s'était défendu, mais elle la serra quand même.

— Il vous a frappée, dit Ben d'une voix brisée.

. . .

Jody haussa les épaules en ignorant la douleur que le mouvement lui causait. Elle allait avoir mal un bon moment, mais Ben en valait la peine.

— Oui. Mais tous ceux qui me verront sauront qu'Al m'a frappée et s'il essaie d'inventer une histoire, tout le monde saura qu'il ment.

— Ou bien les marques pourraient le servir si vous êtes retrouvée morte sur la plage, marmonna Ben.

— C'est vrai, mais il ne va pas avoir le temps de monter un plan pour me tuer et se débarrasser de mon cadavre, rétorqua Jody.

Ben semblait néanmoins inquiet.

— Baker est en route, dit-elle fermement. Il va sans doute venir avec tout un contingent de police et des amis Seals costauds. Il nous suffit de nous accrocher et d'attendre.

— Il va péter un câble en voyant qu'Al vous a frappée, dit Ben.

Il n'avait pas tort. Mais Jody avait confiance en son homme. Il n'allait pas être content, mais il avait promis de ne rien faire qui lui causerait des problèmes.

— Il se maîtrisera, dit-elle à Ben. Bon... que s'est-il passé aujourd'hui ?

Ben parut sceptique, mais il répondit :

— J'étais en route pour déjeuner avec Tressa, quand Alex et ses amis à la con m'ont sauté dessus. Ils étaient quatre et j'ai fait de mon mieux pour me défendre, mais c'était inutile. D'après le peu que m'a dit Al en venant ici, je suis à peu près sûr que c'est lui qui leur a ordonné de le faire, afin d'avoir une excuse pour venir me chercher.

— Les cons !

Ben parut surpris.

— Mademoiselle Jody ! Vous ne jurez jamais.

— J'ai utilisé plus que ma part de gros mots aujourd'hui, mais je pense que la situation le mérite. Tous ces abrutis vont payer ! Et s'ils endommagent mon fourgon, je ne vais pas être contente, ajouta Jody.

Ben la fixa du regard pendant une seconde avant de secouer la tête.

— J'ai l'impression d'être dans la quatrième dimension. Je n'arrive pas à croire que vous ne soyez pas plus bouleversée ou effrayée.

— Je suis bouleversée parce que tu as été blessé, lui dit Jody. Et que ton beau-père est une face de pet et que ta mère ne se montre pas. Elle devrait déplacer des montagnes pour te protéger. Mais peu importe, je te protège. Et Baker nous protège. Je l'ai appelé, Ben. Il sait que je suis ici. Je lui ai promis de l'appeler et de lui faire savoir si j'étais sur le point de faire quelque chose d'insensé, c'est donc ce que j'ai fait. Même si je pense que c'est tout à fait normal de venir ici pour te récupérer moi-même, à mon avis, Baker ne sera pas d'accord. Je lui fais confiance pour garder son calme en nous trouvant.

— J'espère que Tressa va bien, murmura Ben.

— J'en suis sûre. Elle s'inquiète certainement pour toi.

— Oui, et c'est nul. Mais je suis content qu'ils s'en soient pris à moi et pas à elle, dit-il fermement.

Jody parcourut la chambre du regard, irritée de voir qu'il n'y avait même pas de salle de bains attenante. Elle ne pouvait pas récupérer un gant de toilette pour essayer de nettoyer le sang sur le visage de Ben. Elle n'allait même pas penser au fait de devoir faire pipi. Baker allait arriver avant que ce soit un problème. Elle en était certaine.

— Mademoiselle Jody ?

Elle le regarda et grimaça en voyant la douleur qu'il devait ressentir.

— Oui, Ben ?

— Je n'oublierai jamais que vous êtes venue me sauver, aujourd'hui.

Elle lui sourit et serra doucement sa main.

— Je ne te sauve pas, c'est le travail de Baker. Je suis simplement ici pour te tenir la main et faire en sorte que tu saches qu'il y a des gens qui t'aiment.

Il cligna des paupières, puis il ferma les yeux. Mais pas avant qu'une larme ne s'échappe du coin de l'œil, glissant sur sa tempe, puis dans ses cheveux. Jody repoussa doucement les cheveux de son visage, puis elle se pencha et l'embrassa sur le front.

— Détends-toi, Ben. Baker gère la situation.

Elle ravala un gémissement en se redressant.

Cela poussa Ben à ouvrir les yeux.

— Vous devez vous allonger, dit-il.

— Je vais bien.

— Non. Vous allez avoir un œil au beurre noir et je vois à votre façon de bouger que vous avez mal aux côtes. Il vous a frappé là aussi ?

— À coups de pied, admit Jody.

Ben se renfrogna.

— Allongez-vous, répéta-t-il plus fermement, cette fois.

— D'accord, d'accord.

Jody bougea lentement jusqu'à s'allonger à côté de Ben sur le lit *queen-size*. Elle lui prit la main et la serra fermement en fixant le plafond. Allongée, c'était effectivement mieux qu'assise. Elle inspira profondément, heureuse de voir que ça ne faisait pas mal.

— Il vient vraiment ? chuchota Ben après une minute ou deux se soient écoulés.

— Il vient, répondit Jody, confiante. Nous allons te faire examiner. Puis nous rentrons à la maison. Je voulais t'apprendre à faire des lasagnes ce soir, mais ça attendra peut-être un jour ou deux. Je peux nous préparer de la soupe de tomates, tu pourras appeler Tressa et la rassurer que tu vas bien, et nous prendrons un jour ou deux de congé avant de reprendre notre routine.

Ben gloussa.

— Vous avez déjà tout prévu.

— Oui.

Jody tourna la tête et elle vit que Ben avait fait la même chose, la regardant à travers ses yeux gonflés.

— Je pense que je dois appeler Tressa le plus vite possible.

Jody lui sourit.

— Oui, je le pense aussi. Tu pourras utiliser le portable de Baker.

— Je maintiens qu'il va péter un câble en vous voyant. Si je voyais Tressa avec un œil au beurre noir qui marchait lentement parce qu'elle a reçu des coups de pied, je ne le prendrais pas bien.

— Il sera énervé, j'en suis sûre. Mais il va se maîtriser. Tu veux savoir pourquoi ?

— Oui.

— Parce qu'il a promis. Parce que s'il casse la figure à Al, ce dernier pourrait recevoir de la compassion. Parce que Baker a travaillé comme un fou cette semaine pour faire tomber ton beau-père. Pour s'assurer qu'il ne pourra plus faire de mal à quelqu'un d'autre. S'il perd le contrôle en me voyant, ça mettra en péril tout ce qu'il a fait pour te protéger. Et Tressa. Et moi. Et tous les gamins de douze ans qui pensent que c'est cool de cambrioler une voiture ou de prendre un comprimé qui fait tout oublier pendant un petit moment.

Ben la dévisagea avant de hocher la tête.

— Vous avez raison.

— Je sais, répondit Jody d'un ton satisfait.

— Vous êtes aussi complètement folle, ajouta Ben en secouant la tête.

— Non. J'ai confiance en mon homme, et je t'aime. Il était inconcevable que je te laisse à la merci d'Al une seconde de plus que nécessaire. J'aurais pu arriver plus tôt, mais je viens juste d'apprendre ce qui est arrivé.

— Vous m'aimez vraiment ? demanda Ben d'une toute petite voix.

— Oui, dit Jody en lui serrant encore la main. Énormément.

— Parce que je vous rappelle Mana ?

— Non. Parce que tu es *toi*, Benjamin Miller.

Il resta alors silencieux et Jody fit de même. Elle n'avait pas menti. Ce jeune homme s'était faufilé sous ses défenses. Elle le respectait, l'appréciait, eh oui, elle l'aimait profondément.

Elle leva la main gauche, grimaçant à cause de la douleur de ce mouvement, et vit qu'il était 16 h 30. Elle avait du mal à croire qu'une heure s'était écoulée depuis qu'elle avait appelé Baker. Cela voulait dire qu'il allait bientôt arriver.

En souriant, Jody se détendit sur les couvertures. Al Rowden n'avait pas idée des problèmes qui étaient sur le point de lui tomber dessus.

CHAPITRE 22

Baker était entièrement focalisé. Il avait quitté sa réunion à 4 h moins cinq et il avait souri en voyant qu'il avait un message vocal de Jodelle... jusqu'à se rendre compte qu'elle avait appelé plusieurs fois ensuite. À ce moment-là, son adrénaline était montée en flèche.

Il était déjà sur le départ quand il eut fini d'écouter son message.

Quelques appels plus tard – des coups de fil à Mustang et aux contacts qu'il avait noués en faisant des recherches sur Rowden – et Baker avait une escorte de police en direction du nord. Son taux d'adrénaline était si élevé que ses mains tremblaient. Toutes sortes de scénarios tournaient dans sa tête. Il voulait croire qu'il allait arriver chez Rowden et découvrir que Jodelle était venue, puis qu'elle était repartie avec Ben, mais il savait qu'il se faisait des illusions.

Rowden pensait qu'il était intouchable. Il s'en sortait impunément depuis trop longtemps. Il était arrogant et vaniteux et il savait que les hommes et les femmes qu'il avait dans sa poche allaient toujours le soutenir.

Il avait tort.

Rowden allait tomber. Aujourd'hui. Maintenant.

Baker espérait simplement qu'il n'allait pas entraîner Jodelle avec lui.

Par inquiétude pour elle, Baker resta hyper vigilant en filant vers le nord. Son rôle dans ce qui était sur le point de se passer était minime. Oui, il avait mis les choses en route, mais il n'était pas un des acteurs principaux dans la mise au tapis de Rowden. Il allait devoir rester en retrait et laisser l'équipe du SWAT faire son travail. Le chef de la police d'Honolulu avait reçu un mandat de perquisition signé par le juge quelques minutes auparavant, pendant qu'ils fonçaient vers le North Shore. Le directeur du bureau local du FBI était en route. Tout comme un représentant de la DEA.

Toutes les agences de maintien de l'ordre de l'île étaient d'une façon ou d'une autre impliquées dans ce qui était sur le point de se passer, grâce aux informations de Baker. Sans parler du dealer chez lequel Rowden achetait ses drogues et qui avait refusé de continuer à le servir. Le bookmaker qu'il utilisait pour faire ses paris n'acceptait plus l'argent de Rowden non plus.

En gros, il était foutu. L'empire qu'il avait passé des années à construire s'était écroulé sous ses pieds. Maintenant, il fallait simplement arrêter cet homme avant qu'il fasse du mal à quelqu'un d'autre. Il allait certainement essayer d'utiliser les informations qu'il détenait sur les gens à son avantage, mais il avait perdu de son influence. Il pouvait tenter de révéler tout ce qu'il voulait, mais s'il était malin, il allait se faire du souci pour lui-même, pas chercher à en entraîner d'autres avec lui.

Tout avait lieu vingt-quatre heures avant ce qu'il avait prévu, mais Baker était content que les différentes agences aient tout de suite accepté de faire le nécessaire. Ils avaient tous compris l'urgence et ils agissaient en conséquence.

Baker voulait être fâché contre Jodelle parce qu'elle était allée chez Rowden, mais c'était impossible. Elle avait fait exactement ce qu'elle avait promis. Elle l'avait contacté, elle avait essayé d'avoir son aide. Elle avait aussi appelé Mustang. Mais elle ne pouvait pas abandonner Ben qu'elle n'aurait pu ignorer son propre fils s'il avait besoin d'aide. Son cœur tendre était une des nombreuses raisons pour lesquelles il l'aimait.

En s'approchant du quartier où vivait Rowden, Baker s'en

voulut. Il aurait dû insister pour retarder la réunion d'aujourd'hui avec l'amiral de la base. Il aurait dû attendre que Rowden soit derrière les barreaux. Il avait sous-estimé cet homme, ce qui ne lui arrivait pas. Jamais.

Et son erreur avait mis Jodelle en danger. Et Ben.

Les voitures de police autour de lui éteignirent les gyrophares et les sirènes en s'approchant afin d'avancer discrètement. Ils ne voulaient surtout pas que Rowden fasse quelque chose d'imprudent s'il pensait être sur le point de se faire prendre. Baker ne pensait pas que ça arriverait. Cet homme était trop arrogant. Il pensait être à l'épreuve des balles, qu'aucun chef d'accusation ne s'appliquerait à lui. Il avait tort.

Il y avait déjà un fourgon du SWAT garé dans la rue, un peu en contrebas de la maison de Rowden. Baker regarda autour de lui, mais il ne vit pas le fourgon de Jodelle. Il n'était pas sûr qu'il s'agisse d'un bon ou d'un mauvais signe. Une fois de plus, il pria pour qu'elle soit arrivée, qu'elle ait récupéré Ben, et qu'elle soit repartie. Mais son estomac noué lui indiquait que ce n'était pas le cas. Rowden avait conduit son beau-fils ici pour une raison. Il n'allait pas le laisser partir si facilement.

Baker sauta de sa voiture et resta les poings serrés pendant que les policiers se rassemblaient pour pénétrer dans la grande maison.

Mustang et Midas rejoignirent Baker. Ils avaient sauté dans la voiture de Midas à la base, et ils s'étaient joints au convoi. Le reste de l'équipe attendait dans la zone d'Honolulu. Ils veillaient sur les femmes et les enfants, juste au cas où les choses dégénéraient de façon imprévue. Ce n'était pas probable, mais avec tout ce qui était arrivé dans le passé, personne ne prenait de risque.

— Ça va ? demanda Mustang.

— Non, dit Baker en serrant les dents.

Son ami était assez malin pour éviter les banalités en affirmant que Jodelle allait sûrement bien. Mustang savait mieux que les autres comme c'était stressant de ne pas savoir si sa copine allait bien. Il avait traversé quelque chose de similaire avec Elodie.

Heureusement, l'équipe du SWAT était prête et il ne leur fallut pas longtemps pour entrer dans la maison. Baker les observa, la mâchoire serrée, pendant qu'ils tambourinaient sur la porte d'entrée, exigeant que Rowden sorte de là. Ils lui donnèrent moins de vingt secondes avant d'utiliser un bélier pour faire tomber l'épaisse porte ornée.

Baker entendit des cris et des ordres pour que les gens se baissent. Il fit un pas en avant, mais Mustang l'arrêta en lui attrapant le bras.

— Attends. Donne-leur le temps de sécuriser tout le monde.

C'était facile à dire pour Mustang. Cette fois, ce n'était pas sa copine qui était en danger.

— Tu ne vas pas attendre, le contredit Midas. Vas-y, on te couvre.

Baker savait que la réticence de son ami à attendre venait du fait qu'il était presque arrivé trop tard pour sauver Lexie. S'il n'avait pas sauté le café préféré de Lexie quand elle avait été attaquée, les conséquences auraient pu être très différentes.

Baker se précipita vers la porte qui était maintenant couchée en travers. Il s'attendait à ce que quelqu'un l'arrête, mais ça ne fut pas le cas. Il entra dans la maison et marqua une pause, penchant la tête en écoutant les policiers qui continuaient à sécuriser la maison.

Il y avait quatre adolescents allongés sur le carrelage dans l'énorme entrée, les mains dans le dos, mais aucun signe de Rowden. En levant le menton, Baker cria :

— Jodelle ?

Deux des officiers qui surveillaient les adolescents tressaillirent à cause du bruit, mais ils ne firent rien d'autre.

Il cria encore son prénom.

— Jodelle !

— Si elle est là, les policiers vont la trouver, dit Midas.

Baker ne voulait pas attendre. Il devait la voir. Vite.

Il fut surpris d'entendre son nom. Le bruit était faible, mais Baker se tourna immédiatement vers les escaliers et les monta deux à deux. La maison était gigantesque, mais il ne s'arrêta pas pour admirer les peintures aux murs ou le tapis berbère.

En passant devant une chambre, il vit deux policiers maîtriser Rowden à terre, pendant que deux autres examinaient une femme allongée et immobile sur un grand lit au milieu de la pièce. Rowden hurlait qu'ils faisaient une erreur, que les officiers allaient perdre leur travail, mais Baker continua à avancer. Il ne se souciait pas de Rowden, il voulait trouver Jodelle.

— Jodelle ! cria-t-il encore.

— Baker ! entendit-il depuis une des chambres au bout du couloir. Nous sommes ici !

Presque étourdi par le soulagement d'entendre sa voix, Baker courut vers le son. Il ouvrit deux portes, découvrit des chambres vides, et en essaya une troisième. Fermée à clé.

— Recule ! cria Baker.

Il pensa entendre le rire de Jodelle, mais ce n'était pas possible. Elle devait être morte de peur.

— Tu as reculé ? hurla-t-il.

— Oui !

Baker leva une jambe et d'un coup de pied puissant, la porte ne fut plus un obstacle entre la femme qu'il aimait et lui.

Sans chercher à savoir s'il y avait quelqu'un dans la pièce avec une arme pointée sur lui – Jodelle aurait trouvé un moyen de le prévenir si c'était le cas – il s'avança imprudemment dans la chambre. Il vit brièvement Ben allongé sur le lit, l'air très mal en point, mais il se concentra ensuite sur Jodelle, assise sur le matelas à côté de l'adolescent.

Son regard se porta tout droit sur ses lèvres souriantes.

Merde alors. Elle *souriait*.

— Salut, dit-elle.

Baker crut entendre Mustang rire derrière lui, mais il était si soulagé que Jodelle allait bien, qu'il en avait le tournis. Il se pencha vite et posa les mains sur ses genoux, afin de chasser l'obscurité qui envahissait les coins de ses yeux. Ce n'était surtout pas le moment de s'évanouir.

— Baker ? demanda Jodelle, inquiète.

Il sentit alors qu'elle posait la main sur son épaule.

Il se releva et la prit dans ses bras, mais en bougeant trop vite.

Le tournis le fit tomber sur le dos, toujours avec Jodelle dans les bras.

Elle ne lutta pas pour se relever. Elle se blottit simplement contre lui, les genoux de chaque côté des hanches de Baker, en s'accrochant à lui, elle aussi.

— Bon sang, Baker. Tu sais que tu ne dois pas être là-dedans tant que nous n'avons pas donné le feu vert, râla une voix irritée depuis la porte.

— Vous mettiez trop longtemps, dit-il sans le moindre remords au chef de l'équipe du SWAT.

— Attention avec elle, dit Ben depuis le lit.

Baker leva la tête et croisa le regard de l'adolescent.

— Quoi ?

— Elle est blessée. Fais attention.

Tout le soulagement qu'il avait ressenti en voyant Jodelle s'estompa immédiatement. Tous ses muscles se raidirent. Il posa les mains sur les épaules de Jodelle et la souleva douce-ment pour examiner chaque centimètre de son corps.

— Je vais bien, dit-elle doucement.

C'est alors qu'il remarqua le bleu sur son visage. Et les marques en forme de doigts sur son bras. Et sa raideur, comme si elle essayait d'atténuer une autre blessure qu'il ne voyait pas.

— Faites monter les secours. Maintenant ! ordonna Baker.

— Oui, faites ça, acquiesça Jodelle. Mais pas pour moi. Pour Ben. Al l'a fait tabasser par tous les garçons. Et il est allongé ici, en souffrance et couvert de sang séché, depuis des heures, continua-t-elle, outrée. Il doit être examiné. Et il a besoin de vêtements propres. Oh, et il veut appeler Tressa pour lui faire savoir qu'il va bien. Elle doit être morte d'inquiétude.

Baker ne parvint pas à détourner les yeux de la marque sur le visage de Jodelle, une marque qui s'assombrissait de minute en minute. La colère qui faisait rage en lui obscurcit presque sa vue.

— Appelez mon avocat ! C'est illégal ! Vous ne pouvez pas

débarquer dans ma maison de cette façon ! hurla Rowden depuis le couloir.

Sans réfléchir, certain que c'était Rowden qui avait mis les mains sur Jodelle, Baker agit. Il n'avait pas d'autre pensée en tête que de montrer à cet enfoiré ce qui arrivait aux hommes qui touchaient quelqu'un de plus faible qu'eux... particulièrement *sa* copine.

— Baker, dit Jodelle doucement en lui prenant la main.

Sans même s'en rendre compte, il s'était levé, avait posé Jodelle sur le côté, et fait quelques pas vers la porte. Il ne fut tiré de sa fureur que lorsqu'il sentit sa main sur la sienne. Baker la regarda.

— J'ai besoin de toi, dit-elle doucement. *Nous* avons besoin de toi. Al a demandé au gamin de conduire mon fourgon quelque part, avec mon téléphone et mon sac. Il faut que tu nous conduises au centre hospitalier de Kahuku afin que Ben puisse se faire soigner. Il aura besoin d'aide pour enfiler les vêtements d'hôpital ou je ne sais quoi, et je suis sûre qu'il préfère que ce soit toi qui le fasses plutôt que moi. Si tu frappes ce crétin, il essaiera de te faire arrêter. Il trouvera un moyen de rendre cette perquisition, ou je ne sais quoi, illégale ou non admissible à la cour. Et surtout, tu n'as pas envie de te faire mal à la main en plus de tout le reste.

Baker luttait encore entre ce que lui dictaient sa tête et son cœur. Il voulait faire payer Rowden, mais il savait aussi que Jodelle avait raison.

— Je savais que tu allais venir, dit-elle en lui serrant la main. J'ai expliqué à Ben que tu serais ici dès que tu le pourrais. Il était inquiet, mais pas moi.

Sa confiance en lui était impressionnante.

En inspirant profondément, Baker fit quelque chose qu'il avait rarement fait dans sa vie d'adulte : il laissa quelqu'un d'autre gérer le sale type. Il avait fait le travail sur le terrain, il avait livré Rowden aux fédéraux sur un plateau d'argent. Al Rowden irait en prison, quel que soit le temps qu'il passe à brailler et à se donner des airs.

Baker s'approcha de Jodelle et caressa doucement la marque sombre sur sa joue.

Elle posa la main sur celle de Baker et appuya sa tête contre sa paume.

— J'ai peut-être un peu trop provoqué Rowden, soupira-t-elle. Mais... au moins, si les policiers venaient, je savais qu'ils allaient immédiatement savoir qu'il m'avait frappé.

Baker grogna, mais il se maîtrisa.

— Les secours sont arrivés, annonça Midas.

Baker ouvrit la bouche pour leur dire de jeter un coup d'œil à Jodelle, mais elle se retourna et pointa un doigt vers le lit.

— Bien. Il faut examiner Ben. Il s'est fait attaquer à l'école par plusieurs adolescents. Je ne sais pas s'il a autre chose de cassé que le nez, mais il souffre énormément.

Le secouriste hocha la tête et s'avança directement vers le lit.

— Quand tu auras fini de leur donner des ordres, tu pourras les laisser t'examiner ? lâcha Baker avec un petit sourire.

Il n'arrivait pas à croire qu'il souriait en ce moment même, mais comment aurait-il pu en être autrement ?

— Je vais bien. J'ai seulement besoin d'un long bain chaud et d'être dans les bras de mon homme.

— Marché conclu.

Mais si elle pensait pouvoir éviter un examen complet, elle se faisait des illusions.

Jodelle s'avança, posa une main sur son torse et se leva sur la pointe des pieds. Baker se baissa et elle approcha les lèvres de son oreille.

— Merci, chuchota-t-elle. Merci d'être quelqu'un en qui je peux avoir confiance. Je sais que tu es énervé, mais merci de te maîtriser pour moi. Je t'aime, Baker. Je savais que tu viendrais. Je le *savais*.

Elle reposa alors les pieds à plat et sourit.

Baker était toujours énervé. Il ne pouvait pas simplement éteindre sa colère comme s'il avait un interrupteur. Mais pour Jodelle, il allait maîtriser l'adrénaline qui parcourait encore ses veines. Il se pencha et embrassa la marque sur sa joue. Puis son front. Puis son nez. Et enfin, il couvrit ses lèvres avec les siennes. Il l'embrassa doucement, car il ne voulait pas la faire souffrir davantage. Quand il leva la tête, il inspira profondément et se tourna vers Mustang sans lâcher Jodelle.

— Tu penses pouvoir convaincre un des policiers de parler aux voyous du rez-de-chaussée, histoire de découvrir où ils ont conduit le fourgon de Jodelle ?

— Oui, je peux faire ça, sourit Mustang.

Baker se tourna ensuite vers Midas.

— Et tu pourrais faire savoir à tout le monde ce qu'il se passe ? Que Jodelle va bien ? Ben aussi ? À mon avis, Lexie et les autres ont rassemblé leurs fourches et vont assiéger le château si elles n'ont pas des nouvelles très bientôt.

Midas rit doucement.

— Tu n'as pas tort, je m'en occupe.

— Merci.

— On te rejoindra à la clinique, dit Mustang depuis la porte.

— Ce n'est pas nécessaire, répondit Baker.

— Nous te rejoindrons à la clinique, répéta Mustang plus fermement, et avec un regard noir pour être bien clair.

— Ce serait super. Merci, lui dit Jodelle.

Baker hocha la tête vers son ami.

Mustang hocha le menton, puis disparut dans le couloir.

— Tu as eu de la chance, dit le secouriste à Ben en l'aidant à s'asseoir lentement sur le lit.

Ben grimaça, mais il acquiesça.

— Tu vas avoir mal pendant un moment et tu auras quelques hématomes assez terribles, mais il ne semble pas y avoir d'hémorragie interne. Je ne vois pas si tes côtes sont fêlées ou pas, il te faudra une radio, mais d'après ce que je vois, tu as bien réussi à te protéger.

Baker serra la mâchoire et sa haine envers Rowden monta une fois de plus. Comme avant, le contact de Jodelle suffit à maîtriser sa colère.

Il fallut quelques minutes de discussion, mais les secouristes décidèrent finalement d'utiliser une chaise de transport pour faire descendre les escaliers à Ben et le conduire à l'ambulance. L'adolescent insista qu'il était capable de marcher, mais Jodelle et les secouristes n'avaient pas l'intention de le laisser faire.

Quand Ben fut attaché sur la chaise et prêt à être transporté, il leva la tête vers Baker et demanda doucement :

— Et ma mère ?

Baker eut envie de culpabiliser parce qu'il n'avait même pas pensé à cette femme, sauf pour remarquer sa présence dans une pièce quand il était passé devant. Il ouvrit la bouche pour admettre qu'il n'en avait pas la moindre idée, quand Midas prit la parole.

— Elle a été conduite à Honolulu, dans une clinique de désintoxication. Elle était assez shootée.

Ben poussa un soupir et hocha la tête.

— C'est ce que je me disais.

Jodelle s'avança vers lui et posa une main sur l'épaule de Ben.

— Elle va recevoir de l'aide. Enfin. Ce sera peut-être la motivation dont elle a besoin pour arrêter de se droguer et remettre sa vie en ordre.

Ben haussa les épaules.

Jodelle fronça les sourcils quand les secouristes commencèrent à pousser Ben hors de la pièce et dans le couloir. Baker posa doucement un bras autour de sa taille. Elle n'était pas encore aussi stable sur ses jambes qu'elle aurait aimé le prétendre. Malgré tout, Baker ne put s'empêcher d'être impressionné par sa force.

Elle leva les yeux vers lui.

— Je me sens mal pour elle.

— Elle devait savoir ce que fabriquait son mari, lui dit Baker.

— Peut-être, peut-être pas. Mais elle perd ce qui lui est arrivé de mieux dans la vie. Ben. C'est tellement dommage. J'espère qu'une fois qu'elle sera sobre, ou du moins pas aussi droguée, qu'elle fera des efforts pour sauver sa relation avec son fils.

— Viens, Clochette. Tu pourras travailler à sauver le reste du monde un autre jour. Pour l'instant, nous devons nous rendre à la clinique et vérifier que Ben va bien. Ensuite, il faudra que tu te fasses examiner, puis on rentrera à la maison et je te ferai couler un bain.

Jodelle s'appuya contre son flanc, lui donnant la majorité de son poids.

— Je t'aime, Baker.

— Je t'aime aussi. Plus que tu ne le sauras jamais. Maintenant, viens, sortons de cette foutue maison.

— Avec plaisir, soupira-t-elle.

* * *

Des heures plus tard, longtemps après le coucher du soleil, quand Ben et elle eurent vu un médecin, reçu tous les deux le feu vert pour rentrer à la maison tant qu'ils se reposaient, quand elle eut pris un long bain, que Mustang fut sorti et eut récupéré à manger dans un magasin de sandwiches à Haleiwa, quand son fourgon fut ramené sain et sauf, et quand Ben fut parti dans sa chambre pour appeler Tressa, Jody était installée sur le canapé dans son salon.

Elle avait reçu texto sur texto de la part d'Elodie et les autres qui voulaient s'assurer qu'elle allait bien. Elle avait essayé de les dissuader de venir le lendemain matin. C'était agréable de savoir qu'elles s'inquiétaient pour Ben et elle, mais Jody avait besoin de temps avant d'être prête à accueillir du monde.

Mustang était parti peu de temps auparavant et désormais, elle observait Baker à travers une fenêtre. Il était dans son jardin. Il était sorti là-bas après le départ de son ami, affirmant qu'il avait besoin d'un moment pour lui.

Ça n'avait pas du tout vexé Jody. Il était resté à ses côtés depuis qu'il avait enfoncé la porte de la chambre dans laquelle Al Rowden avait enfermé Ben et elle. Dès qu'elle l'avait entendu crier son nom, elle s'était détendue. Baker était arrivé, comme elle l'avait prévu, et Ben et elle étaient en sécurité.

La retenue affichée par Baker quand il avait vu ses blessures était admirable. Mais Jody n'était pas idiote, elle savait que cette autodiscipline avait un coût. C'était un homme habitué à être au cœur de l'action. Il éliminait lui-même les sales types. Le fait qu'il fasse un pas de côté et qu'il laisse les autres gérer Rowden, qu'il ne cherche même pas à être seul une minute avec le beau-père de Ben... pour lui faire savoir que c'était un gros con, ou pour l'informer que *Baker* était la raison pour laquelle il allait sans doute passer le reste de sa vie derrière les barreaux... ça devait le ronger.

Jody lui laissa donc le temps dont il avait besoin.

Quand il était sorti au début, il avait les poings et la mâchoire serrés. Il avait ramassé une mangue tombée d'un grand arbre dans le jardin et il l'avait jetée de toutes ses forces contre le tronc. Il l'avait touché en plein milieu et la mangue s'était écrabouillée, faisant gicler de la pulpe collante partout. Baker en avait ensuite ramassé une autre et recommencé.

Il jeta sans relâche les fruits pourris, jusqu'à ce qu'il n'en reste plus. Il ferma alors les yeux, pencha la tête en arrière et resta complètement immobile.

Une larme s'échappa et glissa le long de sa joue, mais Jody ne détourna pas le regard de son homme. Finalement, il desserra les poings et inspira profondément. Il lui fallut encore cinq minutes avant de détendre les épaules et de revenir à l'intérieur.

Désormais, le visage de Jody était trempé de larmes et elle reniflait sans s'arrêter. Baker stoppa net en la voyant.

— Merde, marmonna-t-il.

Jody lui fit un sourire larmoyant.

— Non, je vais bien. C'est juste que... je t'aime tant.

Baker regarda ses mains collantes et il se dirigea vers l'évier. Jody se tourna et elle grimaça à cause du pincement douloureux de son torse causé par le mouvement. Ça ne l'empêcha pas de garder un œil sur lui. Il lava puis sécha ses mains, et ensuite il se dirigea tout droit vers le canapé où elle était assise.

Il s'installa et la souleva précautionneusement pour la poser sur ses genoux. Il s'appuya contre le dossier en la tenant dans ses bras et il poussa un soupir.

— Tu te sens mieux ? demanda-t-elle.

— Oui.

Il prit un mouchoir de la boîte sur la table à côté du canapé et le leva devant le visage de Jodelle. Il essuya ses joues, puis plaça le mouchoir devant son nez.

— Mouche.

Jody leva les yeux au ciel et lui prit le mouchoir. Elle se moucha, ce qui causa un autre pincement de son buste, puis elle se colla contre lui quand il eut récupéré et jeté sur la table le mouchoir usagé. Elle avait la joue appuyée contre son torse et elle entendait le *boum boum boum* rythmé de son cœur.

— Je suis désolée.

— Pourquoi ? demanda-t-il.

— De m'être mise dans cette situation. Je sais que tu dois être fâché.

— Je ne suis pas fâché. Mais je l'aurais été, si tu ne m'avais pas appelé.

— Je savais que tu avais presque fini ta réunion, souligna Jody. Mais je ne voulais pas attendre. Ben était déjà là-bas depuis des heures et je ne savais pas ce dont Al était capable. Non, ce n'est pas vrai. Je savais exactement ce dont il était capable. Envoyer un tas de gamins frapper son beau-fils pour le récupérer sous son toit et essayer de le faire chanter un peu plus.

— Qu'est-ce qu'il t'a dit ?

— Comment ça ? demanda Jody en essayant de gagner du temps.

Le chef de la police avait été d'accord pour qu'elle reçoive immédiatement des soins médicaux et par respect pour Baker, il avait accepté qu'elle fasse sa déposition le lendemain. Il n'avait donc pas encore entendu les détails.

— Tu sais de quoi je parle. Ben a laissé entendre que Rowden a dit des choses assez terribles.

Jody haussa les épaules.

— Il était désespéré. Il perdait le contrôle sur Ben et il devait savoir que l'influence qu'il avait sur lui ne valait plus rien. Je pense qu'il avait peur de ce que ça pouvait signifier pour lui quand je suis arrivée.

— Qu'a-t-il dit ? répéta Baker.

— Je n'ai pas envie que tu ressortes pour t'acharner encore sur mon pauvre manguier, lança Jody qui ne plaisantait pas vraiment.

— Ça va. J'avais seulement besoin de relâcher une partie de la tension et du stress que je retenais depuis que j'ai écouté ton message.

Elle poussa un soupir.

— Il a dit qu'il allait me forcer à faire une overdose. Puis qu'il me jetterait dans la mer.

Elle sentit tous les muscles de Baker se tendre sous ses jambes, et pendant une seconde, Jody s'inquiéta pour son pauvre manguier. Mais Baker maîtrisa ses émotions et la serra doucement.

— J'ai détesté que Ben l'entende dire ça, mais je savais que ça n'allait pas arriver, expliqua-t-elle.

— Il aurait pu te tuer, fit remarquer Baker d'une voix torturée.

— Je sais. Et j'avais peur. Mais j'étais certaine que tu allais arriver avant qu'il puisse faire tout ce qu'il avait prévu.

Baker secoua la tête.

— Tu ne pouvais pas le savoir.

Jody se redressa et le regarda dans les yeux.

— Si. Baker, tu étais à quinze, vingt minutes de la fin de ta réunion. Tu allais venir, je le savais. Je me sens mal parce qu'en réalité tu as plus souffert que moi, aujourd'hui. Tu étais mort d'inquiétude pour Ben et moi, sans savoir ce que nous traversions, et nous, nous étions simplement allongés sur un lit en attendant que tu arrives.

— Tu es incroyable, chuchota Baker.

— Non, insista-t-elle. Si je ne t'avais pas, j'aurais été complètement en panique. Mais je t'ai observé travailler sans relâche pour le faire tomber. J'avais entièrement confiance en toi. La confiance, Baker. J'ai appris ce que c'est. C'est grâce à toi. Je ne sais pas si je crois entièrement à cette histoire d'âmes, mais si tu as raison, j'ai largement appris ce que je devais savoir dans cette vie. Grâce à toi.

— Je suis d'accord. Et grâce à toi, j'ai appris le véritable sens de l'amour.

— Baker, chuchota Jody.

— Dommage qu'il m'a fallu si longtemps pour te trouver, néanmoins, maugréa-t-il en descendant dans le canapé jusqu'à ce que Jody se retrouve allongée sur lui.

— Tu sais que nous avons un lit parfaitement confortable, hein ? demanda-t-elle avec un sourire.

— Oui. Mais nous entendrons mieux Ben d'ici. Au cas où il aurait besoin de quelque chose.

L'amour de Jody pour cet homme semblait grandir chaque jour.

— Il va avoir du mal avec ce qui est arrivé, souffla-t-elle. Particulièrement par rapport à sa mère.

— Oui. Mais il pourra nous parler. Tout ira bien, la rassura Baker.

Une minute entière s'écoula avant que Jody lui demande en souriant :

— À ton avis, combien de temps avant le débarquement d'Elodie et les autres ?

— Un jour, tout au plus, annonça Baker sans véritable inquiétude. Mais si tu n'es pas prête, j'en parlerai à Mustang et aux autres.

— Ça va. J'ai vraiment envie de toutes les connaître. Ainsi que tes amis. Et je veux rencontrer Theo. Et manger chez *Duke's* avec eux. Et voir Food For All et la fresque peinte par Theo.

Baker rit doucement.

— Alors, c'est ce que nous allons faire.

Il se retourna et l'embrassa sur la tempe.

Jody se détendit contre lui. Elle avait eu l'intention de rester éveillée afin d'être certaine que Baker allait bien après tout ce qui était arrivé, mais dès qu'elle ferma les yeux, elle tomba dans un sommeil réparateur, rassurée de savoir que les gens qu'elle aimait le plus étaient en sécurité sous son toit.

* * *

Baker ne dormit pas. Il en était incapable. Il n'arrivait pas à éteindre son cerveau et les visions de tout ce qui aurait pu se passer différemment. Quand il entendit vibrer son téléphone sur le plan de travail de la cuisine, il parvint à se faufiler du canapé sans réveiller Jodelle, ce qui prouvait qu'elle était épuisée et que cette journée l'avait plus affectée qu'elle n'était prête à l'admettre.

Il vit que c'était Slate au téléphone. Il sortit de la maison afin de lui parler sans réveiller Jodelle ou Ben.

— Que se passe-t-il, Slate ?

— Je sais qu'il est tard, pardon. Comment va Jodelle ? Et Ben ?

— Ils vont bien. Ils dorment.

— Content de le savoir. Midas nous a appris que d'après les médecins, ils ont seulement des blessures superficielles et qu'ils devraient guérir assez vite, c'est ça ?

— Oui, oui.

— Bien. Bref, j'appelais pour vérifier que tu étais au courant de ce qu'il se passait avec Rowden.

Baker se redressa.

— Alors ?

Il avait eu l'intention de passer quelques coups de fil le lendemain matin pour avoir des nouvelles, mais maintenant, c'était encore mieux.

— Même s'il pleurait chez lui pour avoir un avocat, il a accepté de parler aux fédéraux sans avocat quand ils sont arrivés à Honolulu. Il a tout nié. Mais quand les fédéraux ont commencé à énumérer les preuves contre lui, il s'est mis à parler. Vite. Il a essayé de faire porter le chapeau à Ben au début, expliquant que c'était Ben qui l'avait poussé à participer aux cambriolages. Puis il a affirmé que c'était Ben qui achetait l'ecstasy pour les fêtes. Quand les fédéraux n'ont rien cru de tout ça, il s'est retourné contre Emma. Il a expliqué qu'elle cherchait désespérément de l'oxy et qu'elle l'avait supplié d'en récupérer.

— Quel connard, dit Baker.

— Oui. Il n'avait pas grand-chose à dire sur les paris, mais le bookmaker auquel tu as parlé possède de très bons fichiers… et un enregistrement audio et vidéo de leurs rencontres. Quand ils ont commencé à lui montrer les interrogatoires avec les gamins que tu as retrouvés, ceux qui travaillaient pour lui et qu'il a fait chanter, Rowden s'est tu. Il ne pouvait rien nier. Et il a été achevé par le fait que tu aies retrouvé les gamins plus vieux qui s'étaient élevés contre lui et qui avaient fini dans une prison pour adultes pour des choses que Rowden les avait forcés à faire. Il est accusé de toute une série de délits, mais l'inculpation pour corruption à elle seule, à cause de son poste de juge pour enfants, l'enverra en prison pendant un très long moment.

— Bien, lâcha Baker sans cacher le soulagement dans sa voix.

— Pour info… tu es vraiment effrayant parfois, Baker. Mais ma femme et moi nous sommes très contents de t'avoir pour ami. Cela dit, les amis se soutiennent. Je te préviens donc que toute une caravane de gens va débarquer chez vous demain après-midi. Les femmes ont accepté de vous laisser la matinée, mais elles n'attendront pas plusieurs jours, comme Jodelle l'a suggéré. Elles viennent voir de leurs propres yeux que Jodelle, Ben et toi vous allez bien.

— Merde, soupira Baker sans vraiment le penser.

Slate rit.

— On est là pour toi. Aujourd'hui, demain, et dans l'avenir. Prépare-toi à être invité aux fêtes pour la naissance des bébés, aux cérémonies de renouvellement des vœux, aux anniversaires, aux diplômes, aux barbecues et à tout ce que les femmes peuvent imaginer. Nous n'avons peut-être pas les mêmes réseaux que toi, mais ça ne veut pas dire que nous ne sommes pas là pour toi quand tu en as besoin.

Baker était presque submergé par l'émotion… ce qui n'arrivait jamais. Il mit cela sur le compte de tout ce qui était arrivé aujourd'hui. Il s'était toujours senti seul, ce qui ne l'avait encore jamais dérangé. Maintenant, non seulement il avait une femme qui l'aimait, mais il avait aussi un adolescent qui l'admirait, une équipe de Seals qui le traitait comme s'ils étaient encore collègues, et leurs femmes qui voulaient le couvrir d'affection simplement parce que leurs hommes le considéraient comme un ami.

Baker avait vraiment de la chance, et il le savait.

— Si quelqu'un pouvait récupérer des malasadas... Jodelle serait contente.

— Promis, dit Slate.

— Oh, et nous n'avons plus beaucoup de Pop-Tarts à la fraise.

Slate éclata de rire.

— Ai-je envie de savoir de quoi il retourne ? Parce que je sais que tu ne manges pas ces trucs-là.

— C'est pour Jodelle.

— N'en dis pas plus. Autre chose ? demanda Slate.

— Juste... merci.

— On verra si tu dis toujours ça demain quand on débarquera. Je suis content que Jody aille bien, ajouta Slate doucement. Et Ben.

— Merci pour les nouvelles.

— Je n'arrive pas à y croire : je savais quelque chose et pas toi. Tu déclines, Baker.

Ce dernier s'esclaffa.

— Bon. J'étais collé contre Jodelle sur le canapé. C'est bien plus important que de chercher des nouvelles sur ce connard.

— C'est vrai.

— En plus, je suis doué. Je savais qu'il ne pourrait pas se sortir du merdier dans lequel il s'est fourré.

Slate éclata de rire.

— Tu es arrogant comme pas deux, mais tu n'as pas tort.

— À demain, dit Baker en souriant.

— À demain.

Baker raccrocha le téléphone et contempla la nuit noire

pendant un moment. Puis il se tourna pour regarder à l'intérieur. Jodelle était toujours allongée là où il l'avait laissée. L'hé-
matome sur son visage s'était assombri pendant la journée, ce
qui le rendait toujours furieux, mais l'amour et l'admiration
qu'il avait pour elle surpassaient sa colère contre Rowden.

Il entra discrètement, posa son téléphone sur le plan de
travail et retourna vers le canapé. Il manœuvra Jodelle jusqu'à
ce qu'elle se trouve collée contre son flanc, soupirant de
contentement.

— Tout va bien ? marmonna-t-elle d'un ton endormi.

— Oui. Rendors-toi, Clochette.

— Je t'aime.

— Je t'aime aussi.

Baker ne se lasserait jamais d'entendre ou de dire ces mots.
Il avait été bête de résister à son attirance pendant si longtemps. Il allait s'en vouloir pour ça pendant tout le reste de sa
vie. Mais elle était à lui maintenant, tout comme il était à elle. Il
n'y avait pas d'endroit au monde où il aurait été mieux que là
où il était à ce moment précis, avec elle dans ses bras. Il
remercia sa bonne étoile parce que leurs âmes s'étaient une
nouvelle fois retrouvées.

ÉPILOGUE

Un an plus tard

Jody ne savait pas trop pourquoi Ben insistait tant pour se rendre à la plage. Elle avait prévu de prendre un après-midi de congé, parce qu'il lui rendait visite. Il était en première année à l'université d'Hawaï à Honolulu, et il était monté pour le week-end. Après tout ce qui s'était passé l'année précédente, et au cours des mois qui avaient suivi, Ben s'était bien remis de son enlèvement et de son passage à tabac.

Jody avait cru que ce serait pareil pour elle, mais elle avait eu des cauchemars pendant des semaines. Souvent, elle courait dans une énorme maison vide en criant le nom de Ben sans réussir à le trouver. Mais chaque fois, elle se réveillait dans les bras de Baker et il lui caressait les cheveux en lui disant qu'elle était en sécurité, que Ben était en sécurité. Il détestait la voir lutter, mais il avait été son point de repère et elle ne savait pas ce qu'elle aurait pu faire sans lui au cours de l'année passée.

Même si Jody aimait penser que Ben venait lui rendre visite très souvent pour la voir *elle*, au lieu de passer ses week-ends avec ses nouveaux amis à l'université, elle savait qu'il revenait surtout au North Shore pour voir Tressa. Ils étaient encore ensemble, elle finissait son année de terminale, et ils étaient plus proches que jamais.

— Allez, mademoiselle Jody ! Nous allons rater les bonnes vagues, l'encouragea Ben depuis la porte d'entrée.

Jody leva les yeux au ciel.

— J'arrive. Du calme !

Ben se contenta de lui sourire.

Elle attrapa ses clés dans le bol en verre sur le plan de travail et elle se dirigea vers la porte. Baker était parti environ dix minutes auparavant, prenant la glacière avec lui, et il avait annoncé qu'il commencerait à distribuer les en-cas aux gamins.

Jody sourit à son fourgon quand elle s'approcha. Elle avait été tellement soulagée qu'Alex et ses sbires n'aient pas abîmé son véhicule en s'en débarrassant sur les ordres d'Al Rowden un an plus tôt. Ils avaient percé les pneus, mais c'était facile à réparer. La vitre du côté passager avait aussi été cassée, mais encore une fois, les amis de Baker s'étaient arrangés pour qu'elle soit remplacée en deux jours.

Quand ils furent en route, Jody demanda :

— Comment vas-tu, Ben ? Maintenant que le procès est enfin terminé ?

Jody et Baker auraient souhaité que le procès de Rowden ait lieu plus rapidement, mais c'était terminé. Il s'était battu jusqu'à la fin, refusant de plaider coupable malgré toutes les preuves contre lui, des preuves qui, grâce à Baker, étaient véritablement accablantes.

— Je vais bien, dit Ben d'un ton nonchalant.

— Sérieusement, mon chéri, comment vas-tu ? insista Jody.

Ben se retourna pour la regarder dans les yeux.

— Franchement, je vais bien. Il a eu ce qu'il méritait.

— C'est vrai.

Al Rowden allait passer la majorité du reste de sa vie derrière les barreaux. Quand il allait être relâché, ce serait un vieil homme... ce qui convenait très bien à Jody.

— Comment va ta mère ? demanda-t-elle.

— Aux dernières nouvelles, elle est de retour en désintoxication.

Emma Rowden avait des difficultés à se débarrasser de son accoutumance à l'Oxycodone. Elle était entrée et sortie de cure de désintoxication depuis la nuit où la police avait fait une descente dans sa maison. Elle arrêtait sa consommation, se rendait dans une maison commune pour les anciens toxicomanes, puis elle faisait une rechute et le cycle recommençait.

— Je suis désolée, dit Jody.

Ben haussa les épaules.

— C'est comme ça.

Puis plus doucement, il ajouta :

— Je ne crois pas qu'elle va s'en sortir, mademoiselle Jody.

Elle en eut le cœur brisé.

— Oh, Ben.

— Elle souffre. Chaque jour est un enfer pour elle. Je déteste la voir lutter autant.

— Oui.

— Elle n'est pas assez forte pour se battre. J'ai l'impression que je vais bientôt recevoir un appel qui m'apprendra qu'elle est partie. Et je serai en paix avec ça. Sa souffrance serait terminée, au moins.

Jody inspira profondément pour essayer de ne pas pleurer. La situation avec la mère de Ben était tellement triste. Le fait que Ben ne la détestait pas témoignait de sa bonté.

— Assez parlé de ça. Il me tarde de surfer avec Baker. Il est encore plutôt incroyable pour un vieux.

Jody rit.

— Ne lui dis pas ça.

— Jamais, répondit Ben, d'un ton sincèrement horrifié.

En se garant sur le parking, Jody fut surprise de le voir si bondé.

— Il y a une compétition aujourd'hui ?

— Je ne sais pas trop… voilà une place ! s'exclama Ben en pointant du doigt.

Jody s'y gara et coupa le moteur. Elle descendit et fut

surprise lorsque Ben lui prit le bras et la guida rapidement vers la plage.

— Tu n'oublies pas quelque chose ? demanda-t-elle en riant. Tu vas avoir besoin de ta planche, si tu veux surfer.

— Je reviendrai la chercher.

Pour la première fois, Jody commença à avoir des soupçons. Baker était parti avant eux, Ben voulait absolument aller à la plage aujourd'hui au lieu de traîner avec Tressa, laissant sa planche dans le fourgon… tout cela s'accumulait, indiquant quelque chose qu'elle ignorait.

En marchant vers la plage, Jody vit une grande foule dont elle reconnut la majorité. Tous les amis Seals de Baker étaient là, ainsi que leurs épouses, et Kenna donnait l'impression qu'elle allait accoucher d'un instant à l'autre. Charlotte, la fille de Monica, faisait ses premiers pas, suivie par son père qui attendait de l'attraper si elle tombait.

En plus des Seals et de leurs familles, Jody vit Kal, Lani, Brent, Rome et Felipe. Même Tressa était là, ainsi que certains des parents des autres gamins sur lesquels elle veillait pendant qu'ils surfaient.

— Que se passe-t-il ? demanda-t-elle en levant les yeux vers Ben.

— Tu verras, lança-t-il avec un sourire.

Baker s'approcha d'eux et Ben lui lâcha le bras.

— J'ai cru que tu ne viendrais jamais, Clochette, dit Baker.

— Si j'avais su qu'il se tramait quelque chose, je me serais peut-être dépêchée un peu plus, rétorqua-t-elle.

Il sourit, se pencha et l'embrassa brièvement, avant de la tirer vers la foule qui attendait. Sans s'arrêter, il l'escorta jusqu'à *sa* table de pique-nique, et ils se tournèrent vers tout le monde.

— Je vais faire court parce que les vagues sont géniales aujourd'hui, mais merci à vous tous d'être venus. Nous savons tous ce que Kaimana Spencer a fait sur cette plage il y a plus de six ans. Il s'est sacrifié pour sauver la vie d'un autre. Il était généreux, altruiste et un héros dans tous les sens du terme.

Baker se tourna vers Jody et elle ne put s'empêcher d'avoir

les larmes aux yeux. Il posa une main sur sa joue et se remit à parler. Cette fois, elle eut l'impression qu'il n'y avait qu'eux deux au monde.

— À partir de maintenant, ceci est le coin de Mana. Et le tien.

Baker indiqua la table de pique-nique derrière elle et Jody la regarda, perplexe. Elle était comme avant... sauf qu'elle avait maintenant une plaque en métal vissée sur le dessus. Elle se pencha en avant et lut :

À la mémoire de Kaimana Spencer
   Qui a généreusement donné sa vie
   En faisant ce qu'il aimait. Continue à surfer, mon frère.
   « Hors de l'eau, je ne suis rien » ~Duke Kahanamoku

Les larmes dans ses yeux débordèrent et coulèrent sur son visage.

— Il ne sera jamais oublié. Jamais. Son héritage vivra pour toujours, dit Baker en la prenant dans ses bras.

Jody s'accrocha à lui sans détourner les yeux de la plaque.

Tout le monde autour d'eux se mit à applaudir et Jody lutta pour reprendre son sang-froid.

— C'est toi qui as arrangé tout ça ? demanda Baker.

Il haussa les épaules.

— Ben a eu l'idée, j'ai juste fait le reste.

— Je t'aime, lui dit Jody.

— Je t'aime aussi. Maintenant... embrasse-moi, puis va discuter avec tes amis.

— Nos amis.

— Oui, acquiesça Baker.

Elle se leva sur la pointe des pieds, mais Baker la rejoignit à mi-chemin, comme toujours. Il l'embrassa longuement et profondément, sans se soucier de se trouver devant tous leurs amis. Quand il détacha ses lèvres des siennes, Jody se sentit perturbée. Il eut un sourire en coin et caressa la joue de Jody.

— Je connais ce regard, dit-il doucement.

— Oui, c'est celui que j'ai quand tu m'allumes avant de partir dans l'océan, plaisanta Jody.

Baker se contenta de sourire encore plus.

— J'ai rencontré Baker exactement à cet endroit, dit Monica à côté d'eux.

— Oui, tu as vu mon tatouage et il t'a fait tellement paniquer que tu es tombée sur le cul, rétorqua Baker.

— C'est aussi ici que Baker a joué le type terrifiant pour me prévenir que si je faisais du mal à Midas, j'allais avoir de gros problèmes, annonça Lexie en souriant.

Midas et elle s'étaient enfin mariés quelques mois auparavant lors d'une petite cérémonie tranquille. Les parents ainsi que les frères et sœurs de Midas avaient tous été présents et la fête que Kenna leur avait organisée ensuite sur la plage de son immeuble avait été joyeuse, énorme et très bruyante.

— Il y a beaucoup de souvenirs ici, c'est certain, dit Carly en rejoignant les autres, suivie par Elodie, Kenna et Ashlyn.

— Sur ces mots, je vais prendre les vagues avec Ben, dit Baker.

Il embrassa le front de Jody, puis il trottina vers le parking pour attraper sa planche dans la voiture.

— Je pense que nous lui faisons peur, dit Ashlyn en souriant.

Tout le monde rit.

— Ça va ? demanda Elodie. On ne savait pas trop si c'était une bonne idée de te surprendre avec ça, mais Baker a insisté en disant que ça ne te gênerait pas.

— Ça ne me gêne pas du tout, au contraire, dit Jody immédiatement. Je suis certaine que Kaimana aurait fait de grandes choses dans la vie. On se serait souvenu de lui pour sa bonté et son énergie incroyable. Ma plus grande peur a toujours été qu'il s'efface des souvenirs des gens, et maintenant, ça ne sera pas le cas. Tous ceux qui liront son nom sur cette plaque, et ça suffit à l'empêcher de disparaître pour toujours.

Les yeux de Carly s'emplirent de larmes.

Jody la dévisagea d'un air suspicieux.

— Euh... tu es enceinte, Carly ?

L'autre femme parut surprise pendant un instant, puis elle éclata de rire.

— Je ne peux rien te cacher, hein ?

Immédiatement, toutes les autres félicitèrent Carly en la serrant dans ses bras.

Peu de temps après, les surfeurs étaient tous sur les vagues et les autres se préparaient à partir, quand Elodie s'approcha de Jody.

— Comment l'as-tu su ? demanda-t-elle avec une lueur mélancolique dans les yeux.

— En général, Carly n'est pas aussi émotive. De plus, ça fait des mois qu'elle nous dit que Jag et elle essaient d'avoir un enfant. Franchement, j'ai tenté le coup.

Elodie hocha la tête.

Jody posa la main sur le bras de son amie.

— Ça arrivera pour Scott et toi. Je le sais.

Elodie soupira.

— Ça fait plus d'un an, dit-elle en secouant la tête.

— N'abandonne pas, ordonna Jody.

— Je n'abandonne pas, c'est juste que... c'est frustrant. La prochaine étape, c'est de consulter un professionnel de la fertilité. Si ça ne marche pas, nous nous renseignerons sur l'adoption. Il y a aussi des tonnes d'enfants qui ont besoin d'une famille d'accueil. Nous n'avons pas besoin d'enfants pour être une famille, mais je sais que Scott en a vraiment envie.

Jody la serra dans ses bras.

— Scott et toi, vous serez de très bons parents. Peu importe si c'est un bébé à vous, ou un adolescent qui a besoin d'un endroit sûr.

Elodie fit un petit sourire à Jody.

— Ben est quelqu'un de bien.

— Oui, c'est vrai.

— Il a de la chance de vous avoir.

— Non, c'est nous qui avons de la chance, rétorqua Jody.

Le mari d'Elodie s'avança alors et posa un bras autour de sa taille.

— Tu es prête à partir ?

— Seulement si tu promets qu'on s'arrêtera à la Plantation Dole sur le chemin du retour pour y acheter une glace.

— Je ne serais jamais passé devant cet endroit sans m'arrêter, dit Mustang en souriant.

Il hocha la tête vers Jody et demanda :

— À bientôt ?

— Bien sûr. Je pense que nous allons très vite nous revoir à l'hôpital pour la naissance du bébé de Kenna et Aleck, fit remarquer Jody.

— C'est très vrai.

Il embrassa Jody, puis il se dirigea vers le parking avec Elodie à son bras.

Une heure plus tard, il n'y avait plus que Jody sur la plage, assise sur la table de pique-nique de Mana, regardant son homme pendant que Baker marchait vers elle dans le sable.

Elle se leva et lui tendit une serviette, puis elle le regarda se sécher. Il descendit sa combinaison jusqu'à la taille et Jody ne put s'empêcher de le fixer du regard. Il avait peut-être cinquante-trois ans, mais Baker lui faisait toujours de l'effet.

— Si tu continues à me regarder de cette façon, je ne pourrai plus être tenue responsable de mes actes, l'avertit Baker.

Jody leva les yeux au ciel.

— Pfff. Tu sais que tu es canon, lui dit-elle.

— Je m'en fous complètement. Tout ce qui m'intéresse, c'est que tu m'aimes.

— Eh bien, heureusement pour toi, c'est le cas.

— Bien.

Il enfonça la main dans la petite poche sur le côté de sa combinaison et posa un genou dans le sable. Il tendit une magnifique bague avec de petits diamants entourant une topaze sans défaut au centre.

— C'est la pierre de naissance de Mana, alors je me suis dit que c'était approprié. Veux-tu m'épouser, Jodelle ? Je ne te laisserai jamais tomber. Je ferai tout mon possible pour te protéger et te satisfaire. Je...

Jody ne le laissa pas terminer. Elle se jeta sur lui en s'exclamant :

— Oui !

Il la rattrapa et tomba dans le sable en riant.

— Merde, Clochette, j'ai failli faire tomber la bague ! se plaignit-il avec un sourire.

Jody était allongée sur l'homme qu'elle aimait plus que tout.

— C'est la meilleure journée qui soit.

— Oui, acquiesça-t-il en glissant la bague à son doigt.

Il l'enlaça alors et l'embrassa.

— Hé, vous deux, Sex On the Beach est un cocktail, pas quelque chose à faire au sens propre, s'exclama Ben, amusé.

À contrecœur, Jody écarta ses lèvres de celle de Baker et leva la main.

— Il m'a demandé de l'épouser, dit-elle à Ben avec un énorme sourire.

— Félicitations !

Il ne semblait pas tellement surpris. Il était évident qu'il savait ce que Baker avait prévu.

— Tressa et moi, on va sortir.

— Tu seras à la maison pour le dîner ? demanda Jody pendant que Baker l'aidait à se relever.

— Il y a des lasagnes ?

— Euh... oui ?

— Alors, je serai là pour le dîner, répondit Ben avec un sourire. Tressa peut venir aussi ?

— Bien sûr, dit Jody à la jeune fille. Tu seras toujours la bienvenue.

— Merci.

Quand ils s'éloignèrent, Baker affirma :

— Il va l'épouser.

— Oui, répondit Jody sans même être angoissée à cette idée.

— Je t'aime, Clochette. Je ne te laisserai jamais tomber. Jamais.

— Je sais, lui dit-elle. Tu penses qu'on peut rentrer à la maison et célébrer nos fiançailles ?

Jody n'avait jamais vu Baker bouger aussi vite qu'après cette question.

Elle rit et ne s'était pas sentie aussi légère et heureuse depuis des années. Avant qu'ils quittent la plage, elle caressa la plaque vissée sur la table.

— Je t'aime, Mana, chuchota-t-elle.

Baker lui serra la main en signe de soutien et elle lui sourit.

— Rentrons chez nous.

— Chez nous, répéta-t-il.

Un an et demi plus tard

Jody se trouvait dans le jardin de Jonny surplombant la baie de Waimea. C'était un ancien surfeur professionnel que Baker connaissait et qui leur avait gracieusement prêté son jardin pour leur cérémonie de mariage. Jody était extrêmement curieuse de savoir comment les deux hommes s'étaient rencontrés, mais elle avait l'impression que ni l'un ni l'autre ne lui avouerait la véritable histoire, alors elle laissa tomber.

Baker et elle ne voulaient rien de très grand ou chic. Juste un rassemblement de leurs amis proches surplombant l'endroit où Kaimana aimait surfer et où il avait regardé les compétitions en espérant un jour faire partie des sélectionnés.

Ils avaient prévu une cérémonie courte, mais sincère. Ce mariage n'aurait pas pu être plus différent de son premier. Pas d'église immense. Pas d'énorme réception. Pas de cortège de quatorze personnes pour la conduire à l'autel. Pas de robes coûteuses, de smokings, et de gens qu'elle ne connaissait pas pour la regarder promettre d'obéir et d'honorer son mari.

C'était bruyant. Le petit garçon de cinq mois de Kenna pleurait et la fille de Monica bavardait de façon ininterrompue avec tous ceux qu'elle pouvait faire écouter. Lexie avait révélé qu'elle attendait une petite fille et Carly était tellement enceinte, qu'elle était sur le point d'exploser. Jody priait pour qu'elle n'accouche pas directement sur le gazon impeccable. Ashlyn et Slate avaient amené la fillette de huit ans qu'ils avaient accueillie et qui faisait de son mieux pour s'assurer que Charlotte ne tombe pas à la renverse pendant qu'elle parcourait le jardin en bavardant avec les adultes.

Theo était venu avec Midas et Lexie, et il était assis sur la terrasse ombragée avec une feuille de papier et ses crayons, en train de dessiner. Jody l'avait rencontré plusieurs fois maintenant, et elle était chaque fois impressionnée par son talent. Il était un peu antisocial, mais ça ne dérangeait personne. Il avait un très grand cœur et il était toujours bienvenu lors de leurs rassemblements.

La meilleure chose de la journée, c'était que tout le monde était à l'aise, passait un bon moment et s'était habillé de façon décontractée. Jody avait insisté sur ce dernier point.

Elle portait une robe jaune avec de petits mancherons. La robe lui arrivait jusqu'aux genoux. Elle avait des tongs blanches avec une grosse fleur jaune aux orteils. Ses cheveux étaient détachés et ils n'avaient pas arrêté de voler devant son visage pendant toute la cérémonie, alors Baker s'était placé à côté d'elle au lieu de rester en face, il avait pris ses cheveux et les avait tenus hors de ses yeux pendant qu'il la regardait tendrement.

Il était extrêmement beau avec son short de plage noir, sa chemise blanche et une paire de tongs noires. Jody devait sans cesse se pincer le bras pour se rassurer que ceci était vraiment sa vie. Elle ne souffrait pas d'un manque d'estime d'elle-même, mais elle était toujours émerveillée que quelqu'un d'aussi fabuleux et canon que Baker soit avec elle.

— Vous pouvez maintenant embrasser la mariée, annonça le maître de cérémonie.

Jody l'avait rencontré juste avant que Baker et elle traversent le gazon jusqu'à l'endroit en bordure du jardin où il y avait la meilleure vue sur la baie. C'était là qu'ils échangeaient leurs vœux.

La main sur ses cheveux serra plus fort quand Baker

pencha la tête de Jody en arrière et baissa la sienne. Comme toujours, Jody se leva sur la pointe des pieds pour le rejoindre à mi-chemin. Il posa sa main libre autour d'elle afin de lui faire tenir l'équilibre et Jody passa les bras autour de son cou.

Elle avait reçu beaucoup de baisers merveilleux de la part de Baker au cours de l'année et demie écoulée, mais celui-ci sembla les dépasser tous. C'était peut-être grâce aux sifflements et aux applaudissements de leurs amis en arrière-plan. Peut-être parce que c'était leur premier baiser en tant que mari et femme. Peut-être parce que Jody n'avait jamais été plus heureuse de toute sa vie. Quelle que soit la raison, elle savait qu'elle n'oublierait jamais ce moment. Jamais.

Baker venait de lever la tête pour lui sourire quand le ciel se déchira. Des trombes d'eau se mirent à tomber, mais Jody se sentait trop heureuse pour s'en soucier.

Leurs amis se dirigèrent tous en riant vers la grande terrasse couverte à l'arrière de la maison de Jonny. Jody et Baker restèrent dans les bras l'un de l'autre, ignorant la pluie qui les détrempa en l'espace de quelques secondes.

Le sourire de Baker s'élargit.

— Félicitations pour ton mariage, lui dit-il.

Jody serra les bras autour de son cou.

— Mon mari.

— Ma femme, rétorqua-t-il.

Il secoua alors la tête.

— Franchement, je n'aurais jamais cru que ça m'arriverait. Je me suis dit que j'allais mourir au service de mon pays.

— Je suis contente que ça ne soit pas arrivé.

— Moi aussi, admit-il en souriant.

Il redevint sérieux.

— Toutes les merdes que j'ai vues et faites... tu es ma récompense.

— Baker, chuchota Jody.

— C'est vrai, insista-t-il. Tu es trop bien pour moi. Je le sais, mes amis le savent, mais ça m'est égal. Je ne ferai jamais rien pour gâcher ça. Jamais.

— Je sais. Moi non plus, lui dit-elle.

Il se pencha et l'embrassa brièvement une fois de plus.

Jody poussa un soupir de contentement. Elle tourna la tête et contempla la baie de Waimea. Les vagues étaient énormes, sans doute à cause de l'orage.

— J'ai l'impression que Mana est ici, dit-elle.

— C'est le cas, acquiesça Baker. J'aimerais penser que c'est sa façon de te dire qu'il m'approuve.

Jody arracha son regard aux vagues et leva les yeux vers son mari.

— Il t'aurait adoré pour moi, le rassura-t-elle. Même à dix-sept ans, il était très protecteur. Il s'inquiétait toujours en se disant que j'allais rester seule quand il aurait son diplôme et qu'il partirait faire ses études.

Baker hocha la tête, puis il fit un petit pas en arrière. Il lâcha ses cheveux et les mèches mouillées tombèrent sur les épaules de Jody. Elle leva la tête vers lui, perplexe pendant un instant, jusqu'à ce qu'il prenne une de ses mains dans la sienne et pose l'autre autour de sa taille. Il commença alors à danser avec elle. Sous la pluie, avec leurs amis qui regardaient à l'abri sur la terrasse, avec les vagues qui s'écrasaient loin au-dessous.

Elle ne pensait pas que c'était possible, mais Jody tomba encore plus amoureuse de Baker à ce moment-là.

Ils dansèrent leur première danse, trempés, avec le vent et la pluie qui s'abattaient sur leurs corps. Rien dans la vie de Jody n'avait jamais paru aussi parfait.

Deux ans plus tard

Jody se tenait debout avec le bras de Baker autour de ses épaules, observant Ben. Ils étaient à Ka'ena Point et Ben répandait les cendres de sa mère dans l'océan. Emma Rowden n'avait pas eu une vie facile ces deux dernières années. Elle avait vraiment essayé de se débarrasser de son accoutumance à la drogue, mais elle avait échoué.

Ben, ce gamin incroyable... non, ce jeune homme

incroyable avait fait son possible pour garder sa mère dans sa vie. Même après tout ce qu'elle lui avait fait, ou plutôt, qu'elle n'avait pas fait, il avait réussi à lui pardonner et à garder le contact.

Tressa se trouvait à environ trois mètres derrière Ben, lui laissant un peu d'intimité tout en lui fournissant le soutien dont il avait besoin. Ils étaient plus proches que jamais. Tressa avait commencé ses études à l'université d'Hawaï après son diplôme du lycée, et Jody avait l'impression qu'elle passait plus de temps à l'appartement de Ben près du campus, que dans sa propre chambre en résidence universitaire.

Ben se leva et Tressa le rejoignit immédiatement. Depuis sa position une dizaine de mètres derrière eux, elle vit qu'ils avaient une conversation intime.

— Je déteste ça pour lui, murmura Jody.

— Je sais, répondit Baker en la serrant contre lui.

Quand Ben avait demandé à Jody si Ka'ena Point était un bon endroit pour répandre les cendres de sa mère, elle avait été tout à fait d'accord. Quand il était allé chercher ses affaires à la dernière maison de réinsertion sociale où elle avait vécu, et où elle avait été retrouvée par l'un des autres résidents, il y avait une lettre qui lui était adressée.

Ben l'avait montrée à Jody et elle n'avait jamais rien vu de si triste.

Cher Ben,

Je sais que je n'ai pas été une bonne mère, et je suis vraiment désolée. Tu méritais mieux. Je serai éternellement reconnaissante envers Jodelle. Elle était là pour toi quand je ne l'étais pas. Je sais que tu vas faire des choses merveilleuses. Ce n'est pas juste de ma part de te demander ça, mais tu penseras peut-être à moi de temps en temps. Souviens-toi des bons moments que nous avons eus quand tu étais petit. C'était difficile, mais je me rends compte maintenant, trop tard, que nous étions heureux.

Je suis fière de toi. Tu es la meilleure chose que j'ai faite de ma vie et j'ai failli gâcher ça aussi. Je l'ai gâchée. Encore une fois, je suis déso-

lée. Merci de m'avoir pardonné. Ça ne devait pas être facile, mais sache que ça compte beaucoup pour moi.

Je suis simplement si fatiguée, Ben. Tellement fatiguée. Je ne peux plus me battre. Ne sois pas triste. C'est ce que je veux. Je veux juste que la douleur s'arrête. Va faire des choses fabuleuses, mon fils. Je suis sûre que c'est ce que tu feras.

Je t'aime. Je ne te l'ai pas toujours montré comme je l'aurais dû, et je le regretterai toujours.

Bises, Maman.

D'une façon ou d'une autre, Emma Rowden avait mis la main sur une dose fatale de méthamphétamines. D'après ce que savait Jody, elle n'avait jamais pris cette drogue puissante, mais elle s'était volontairement injecté le double de la dose qu'utiliserait un toxicomane hardcore.

Ben avait été triste, mais pas vraiment surpris. Il avait conscience des difficultés de sa mère, car il avait continué à lui rendre visite de temps en temps.

Jody regarda Ben souffler un baiser vers l'océan, puis se tourner et se diriger vers Baker et elle.

— Ça va ? demanda Jody doucement.

— Oui.

Il était évident que ça n'allait pas, mais Jody ne le reprit pas pour ce mensonge. Ils parcoururent tous les quatre les trois kilomètres qu'il y avait jusqu'à la voiture en silence, tous perdus dans leurs souvenirs... les bons comme les mauvais.

Ce soir-là, Tressa resta dîner. L'ambiance était devenue plus légère et ils firent quelques parties de Uno. Quand Tressa partit chez elle pour voir sa famille, il était tard. Ben allait retourner à Honolulu le lendemain après-midi. Il avait l'intention de surfer avec Baker le matin, puis ils allaient tous déjeuner avec Tressa et sa famille, avant que les étudiants retournent à l'université.

Après avoir dit bonne nuit, Ben partit dans sa chambre, une chambre que Jody n'avait pas modifiée depuis qu'il était à l'université, donc depuis deux ans.

Baker alla se coucher après avoir vérifié la fermeture de

toutes les portes et les fenêtres, comme il le faisait chaque soir. Jody poussa un soupir de satisfaction en le voyant faire sa routine. Son homme n'arrêtait jamais de veiller sur elle. Elle était aussi amoureuse de lui aujourd'hui qu'elle l'avait été plus de deux ans auparavant, quand il avait refusé de la laisser seule dans la maison avec Ben. Protecteur jusqu'au bout, c'était Baker.

Après avoir nettoyé la cuisine, Jody partit elle aussi se coucher. Elle s'arrêta devant la porte de Ben en passant et elle frappa doucement.

— Ben ? Tu es réveillé ?

— Oui.

Jody entrouvrit la porte et jeta un coup d'œil à l'intérieur. Ben était assis au bord de son lit, toujours avec les vêtements qu'il avait portés toute la journée, contemplant la lettre que sa mère lui avait écrite. Le cœur de Jody faillit se briser.

Elle entra et s'installa à côté de lui, puis elle posa le bras autour de son grand dos. Elle ne dit rien, serrant contre elle le jeune adulte qu'elle aimait comme si c'était son fils.

Ben se tourna, remonta les genoux sur le matelas et plaça les bras autour de Jody, avant d'enfouir sa tête au creux de son épaule et de se mettre à pleurer.

Jody le tint aussi fermement que possible en faisant de son mieux pour le réconforter. Emma Rowden n'était pas une bonne mère. Elle n'avait pas menti dans la lettre qu'elle avait écrite à Ben. Elle aurait dû protéger son fils. Elle aurait dû faire le nécessaire pour qu'il soit en sécurité. Et elle ne l'avait pas fait. Ça ne voulait pas dire qu'elle ne l'aimait pas, ou que Ben ne l'aimait pas.

Ben pleura plusieurs minutes sur son épaule avant que ses sanglots finissent par s'atténuer. Il se redressa et essuya ses larmes sur la manche de son tee-shirt.

— Je suis désolé, murmura-t-il.

Jody posa les mains sur le visage de Ben et secoua la tête.

— Ne sois jamais désolé de montrer tes émotions. Ne sois jamais désolé pour ça.

Il hocha la tête et elle laissa retomber ses mains.

— Je t'aime, lui dit Jody.

Ben leva les yeux vers elle.

— Tu es fabuleux et ta mère avait raison, tu vas faire des choses incroyables dans ce monde.

— Merci. Je t'aime aussi, *mademoiselle Jody*.

Jody sourit. Elle ne se lasserait jamais de l'entendre l'appeler ainsi.

— Dors. Baker va vouloir te battre sur les vagues, demain.

Ben leva les yeux au ciel et se servit de ses paumes pour essuyer le reste des larmes sur ses joues.

— Il peut toujours y croire.

Il se pencha alors en avant et serra une fois de plus Jody dans ses bras. Ce fut une longue embrassade pleine d'émotion.

— Merci pour tout. Je suis sincère.

— Avec plaisir, dit Jody dans ses cheveux. Je l'ai déjà dit et je suis sûre que je le répéterai, mais tant pis. Je ne suis peut-être pas ta mère biologique, mais tu es comme un fils pour moi et tu auras toujours une place ici, Ben. Toujours.

Il hocha la tête en s'écartant. Jody comprit que c'était le moment de partir. Elle se leva, serra sa main, puis se dirigea vers la porte. Elle la ferma derrière elle et en sachant qu'elle allait craquer, elle partit tout droit vers l'unique personne qui la réconfortait toujours.

Dès que Baker la vit entrer dans leur chambre, il rejeta les couvertures et il s'avança vers elle.

Jody s'enveloppa autour de lui comme si elle allait éclater en un million de petits éclats et qu'il était la seule personne à pouvoir la garder en un seul morceau. Sans un mot, il la conduisit jusqu'au lit et il réussit à se coucher avec elle sans la lâcher.

Jody pleura alors. Pour Ben. Pour Emma. Pour leur souffrance.

— Il ira bien, dit Baker d'une voix grave quand elle eut réussi à se remettre un peu.

— Je sais, marmonna Jody contre la peau nue de l'épaule de Baker.

— Tu es là pour lui. Moi aussi. Et Tressa et sa famille.

— Je sais, répéta Jody avant d'ajouter un peu plus dure-
ment : J'espère qu'Al passe un moment horrible en prison.

Baker s'esclaffa.

— Ce n'est pas vraiment un hôtel cinq étoiles, Clochette.

— Quand même. Je veux qu'il ait faim. Et froid. Et qu'il se
demande pourquoi il a mal tourné. Je veux que les autres
prisonniers le traitent comme une merde et qu'il soit seul et
terrifié à l'idée de se faire attaquer chaque seconde du reste de
sa vie.

— Waouh.

— Tu connais des gens. Tu pourrais faire en sorte que ça
arrive, non ? demanda-t-elle en levant la tête vers Baker.

— Je le peux, mais je n'en ai pas besoin. Il ressent déjà tout
ça et même plus.

— Promis ?

— Promis, affirma Baker.

Jody hocha la tête. Elle n'avait jamais demandé quels
étaient ses contacts, mais si Baker lui assurait qu'Al Rowden
souffrait, elle savait que c'était le cas.

— Bien.

— Quelle violence, marmonna Baker en la serrant
contre lui.

— Il a fait du mal à Ben, dit-elle simplement.

Et c'était effectivement aussi simple que ça. Personne ne
devait faire souffrir ceux qu'elle aimait. Elle allait faire le nécessaire pour protéger Ben. Peu importe qu'il ait vingt ans maintenant. Peu importe quand il en aurait trente ou quarante. Elle
allait toujours vouloir le protéger.

— Je t'aime, Baker, chuchota-t-elle contre sa peau en caressant un des tatouages sur son torse.

— Je t'aime aussi, Jodelle. Tu vas réussir à dormir ?

— Oui, dit-elle en hochant légèrement la tête. Et si je n'y
arrive pas, tu seras là.

— Carrément, marmonna Baker.

Jody serra son homme dans ses bras et elle envoya une
prière silencieuse à Kaimana pour le remercier de lui avoir
envoyé Ben et Baker. Elle était certaine qu'il avait influencé leur

arrivée dans sa vie. Elle s'endormit dans les bras de l'homme qu'elle aimait, sachant très bien qu'il l'aimait tout autant.

Quatre ans plus tard

Jody était si fière de Ben qu'elle avait l'impression d'être sur le point d'exploser.

Aujourd'hui, c'était la cérémonie de remise des diplômes de l'université d'Hawaï et il allait passer en troisième cycle pour étudier la biologie marine. Jody savait qu'il allait atteindre tous ses objectifs et qu'il passerait sa vie à travailler sur l'océan qu'il avait appris à aimer très jeune.

Baker et elle étaient descendus à Honolulu et ils avaient passé la nuit précédente dans un hôtel afin de ne pas avoir à affronter les embouteillages et risquer d'être en retard pour la cérémonie. Baker avait fait une folie et il leur avait réservé une suite avec vue sur l'océan, et même s'ils ne faisaient pas l'amour chaque jour, loin de là, ils n'avaient pas pu s'en empêcher la veille.

Son mari lui donnait toujours l'impression qu'elle était la plus belle femme au monde, alors qu'elle avait pris quelques kilos au fil des années. Il vénérait chaque centimètre de son corps, chuchotant des paroles d'admiration en la faisant jouir avec ses doigts et sa bouche avant d'entrer en elle et de lui donner un nouvel orgasme, tout en prenant son propre plaisir.

Ils étaient sur le point de partir quand des coups à la porte de leur chambre d'hôtel surprirent Jody, car elle n'attendait personne.

Baker ne sembla pas du tout étonné et il s'avança pour ouvrir la porte. Ben entra et Jody ne put s'empêcher de froncer les sourcils.

— Qu'est-ce qui ne va pas ? Je croyais que tu partais à la cérémonie avec Tressa.

— C'est le cas. Mais d'abord, je voulais te parler, dit Ben.

Cela ne diminua pas les inquiétudes de Jody. Elle regarda Baker, inquiète, mais son visage était impassible.

— D'accooord, lâcha-t-elle nerveusement.

Ben regarda Baker et son mari hocha la tête d'un air rassurant. C'était le premier indice révélant que Baker était au courant de ce qu'il se passait.

— Viens t'asseoir, dit Ben avec douceur.

Jody alla s'installer sur le canapé et elle retint son souffle en craignant d'entendre une mauvaise nouvelle. Par exemple que Ben n'allait pas avoir son diplôme ou qu'il avait rompu avec Tressa, ce qui aurait brisé le cœur de Jody... ou bien qu'il partait avec le cirque.

Pour la première fois, elle remarqua que Ben tenait un morceau de papier. Il avait les yeux rivés dessus et il le triturait nerveusement avant d'inspirer profondément et de la regarder dans les yeux.

— J'ai parlé à Baker de ceci, et il a pensé que c'était une bonne idée. Mais si tu ne le crois pas, si ça ne te fait pas plaisir, tu dois être franche avec moi. Je m'en sortirai quoiqu'il arrive... mais je voulais simplement faire quelque chose pour que tu comprennes combien tu comptes pour moi.

Là-dessus, Jody se calma et elle se concentra pour rassurer Ben. Elle détestait le voir aussi nerveux. Elle tendit la main et la posa sur celle du jeune homme.

— Quoi que ce soit, tout ira bien, souffla-t-elle.

Ben sourit.

— Tu ne sais même pas ce que je vais dire et tu essaies déjà de me réconforter.

Jody haussa les épaules. C'était vrai. Elle ne pouvait pas le nier.

— Bon, alors... tu sais que je n'ai jamais pris le nom de Rowden quand ma mère l'a épousé. Ce n'était pas vraiment mon choix, c'est juste que ma mère n'a pas fait les papiers pour le changer et cet enfoiré ne voulait pas m'adopter. J'ai donc gardé le nom de jeune fille de ma mère. Elle ne m'a jamais dit qui était mon père biologique et il n'a jamais vraiment eu d'importance pour moi. Mais j'ai réfléchi... et j'ai eu une idée. Elle est peut-être bête et tu pourrais ne pas l'aimer, mais… je me suis dit que j'aimerais bien changer mon nom de famille pour celui de Spencer.

Tous les muscles de Jody se tendirent. Elle cligna des paupières, ignorant si elle avait bien entendu.

— Comme je l'ai dit, j'en ai parlé à Baker et il m'a expliqué que tu ne voulais pas changer ton nom de famille quand vous vous êtes mariés, à cause de Kaimana. Parce que c'était son nom de famille et que tu avais l'impression de perdre une partie de lui si tu changeais le tien pour Rawlins. Et comme tu es la seule mère qu'il me reste, je me suis demandé si tu accepterais de partager le nom de Mana et toi. Quand je me marierai, j'espère que ma femme prendra mon nom de famille. Et nos enfants l'auront également. J'ai rempli le dossier.

Il indiqua la feuille dans sa main.

— Mais je ne l'ai pas encore envoyé, parce que je voulais d'abord obtenir ta permission.

Ben parlait de plus en plus vite, comme s'il n'était pas certain de sa réaction et qu'il voulait être sûr d'expliquer tout son argument avant qu'elle refuse.

Mais Jody n'avait aucune intention de refuser. De toute sa vie, personne n'avait fait quelque chose qui la touchait si profondément. Baker n'avait pas du tout été gêné qu'elle souhaite garder Spencer comme nom de famille, mais l'idée que Ben veuille prendre son nom la stupéfiait.

Elle contempla le jeune homme devant elle pendant un moment, puis elle fondit brusquement en larmes.

Ben paniqua, mais Baker n'hésita pas. Il s'assit de l'autre côté de Jody et la tira vers lui. Jody se pencha contre lui en hoquetant à cause de la force de ses sanglots.

— Waouh, Clochette. Respire.

Elle essaya, mais elle était complètement bouleversée.

— C'est un oui ? Ou non ? demanda Ben, hésitant.

Jody s'extirpa des bras de Baker et se jeta dans ceux de Ben.

— Oui ! Oh que oui ! Je ne peux pas… c'est… je ne sais pas quoi dire !

Ben la serra fort dans ses bras, puis il la rendit doucement à

Baker, comme s'il ne savait pas quoi faire avec la femme qui pleurait.

Il lui fallut quelques minutes pour reprendre ses esprits, mais Jody n'arrêtait pas de sourire. Jamais dans ses rêves les plus fous elle n'aurait pu imaginer ce moment.

— J'enverrai les papiers la semaine prochaine, alors, dit Ben qui paraissait bien plus détendu et lui-même lorsqu'il se leva.

Baker aida Jody à se lever en gardant un bras autour de sa taille.

— Tu ferais mieux de partir, dit-il au jeune homme. Il ne faudrait pas que tu rates ta remise de diplôme.

— D'accord, oui.

Ben embrassa encore Jody.

— Je t'aime, mademoiselle Jody, dit-il doucement.

Il s'écarta alors et se dirigea vers la porte.

Les yeux de Jody s'emplirent de larmes une fois de plus, mais elle les réprima. Aujourd'hui était une journée de bonheur et elle ne voulait plus pleurer. Dès que la porte se referma derrière Ben, Jody se tourna vers Baker.

— Je n'arrive pas à croire que tu le savais et que tu ne m'as pas prévenue ! dit-elle en lui donnant une légère claque sur le torse.

Baker sourit.

— Il voulait que ça reste secret. C'est donc ce que j'ai fait, annonça-t-il simplement.

Cela ressemblait tellement à son mari. Il avait promis plusieurs années auparavant de ne jamais laisser ses secrets ou son travail affecter Jody, et ça avait été le cas. Pas une seule fois. Le mois précédent, il avait pris sa retraite du travail avec le gouvernement. Il lui avait fallu plus longtemps qu'il l'avait voulu, mais il n'allait plus partir à l'étranger et *rendre visite* à des personnes malveillantes pour conclure des marchés et échanger des informations. Il utilisait toujours le Dark Web pour trouver des informations, mais Jody était soulagée qu'il ne soit plus obligé de partir.

— À mon avis, tu voudras arranger ton visage avant de partir, suggéra-t-il avec douceur.

Jody rit doucement. Elle était certaine d'avoir une mine affreuse. Elle se leva sur la pointe des pieds et embrassa Baker. Le baiser ne fut pas bref. Quand elle s'écarta, ils respiraient fort tous les deux. Baker jeta un coup d'œil en direction du lit et Jody s'esclaffa.

— Pas le temps pour ça, désolée, dit-elle.

— Je suis content que l'on reste une autre nuit, rétorqua Baker avec un haussement d'épaules et un sourire qui donna la chair de poule à Jody.

— Vas-y, Clochette. Il nous faut sortir de là pour trouver une bonne place.

Elle hocha la tête, souleva la main de Baker, embrassa sa paume et se dirigea vers la salle de bains. Quand elle jeta un regard en arrière juste avant d'y entrer, elle vit que Baker n'avait pas bougé. Il était toujours là où elle l'avait laissé, l'observant avec un sourire. Quand il croisa son regard, il hocha légèrement le menton.

Jody sourit à son tour et s'émerveilla pour la millionième fois d'être aussi chanceuse.

Six ans plus tard

— Alors, au bout de six ans... commença Elodie avant de marquer une pause et de regarder son mari qui se tenait derrière elle avec les bras autour de sa taille et le menton sur son épaule. Nous attendons enfin un bébé ! annonça-t-elle.

Tout le monde était fou de joie. Il y eut des cris et des acclamations, tout le monde entoura Elodie et Mustang en les embrassant avec exubérance.

Jody se tenait en retrait et elle observait la scène avec un immense sourire.

— Ils sont vraiment heureux, dit Baker derrière elle.

Il se tenait à peu près dans la même position que Mustang

auparavant, le menton sur l'épaule de Jody, les mains autour de son ventre.

— Oui, acquiesça Jody.

— Mais Mustang est mort de peur, ajouta Baker.

Jody leva les yeux vers son mari.

— Tu étais au courant ?

Il se contenta de lever un sourcil.

— Bien sûr que tu le savais, reprit Jody en répondant à sa propre question.

— Des triplés, dit Baker doucement.

Jody se retourna dans ses bras.

— Sérieusement ?

— Oui. Ce sera une grossesse à risque. Après quatre années de traitements contre l'infertilité, ça allait être leur dernière tentative avant de choisir l'adoption. Les médecins ont implanté ces embryons en espérant qu'au moins l'un d'entre eux serait viable.

— Trois. Mince.

Baker rit et son torse vibra sous les mains de Jody.

— Oui.

Ils se tenaient au milieu du pré derrière les appartements de Coral Springs. Kenna et Aleck vivaient toujours dans le même appartement avec leur fils qui avait maintenant cinq ans. Ils se rassemblaient toujours régulièrement et maintenant que tout le monde avait des enfants, c'était encore plus joyeux.

Le fils de Lexie avait presque trois ans. Sa fille en avait quatre et elle était très amie avec le fils de Kenna. Monica et Pid avaient deux filles et un fils né l'année précédente, et ils affirmaient tous les deux qu'ils avaient eu assez d'enfants. La fille de Carly avait quatre ans et demi et son fils avait six mois. Ashlyn et Slate avaient accueilli plus de deux douzaines d'enfants au cours des quatre années passées, et ils venaient de terminer l'adoption des derniers enfants placés chez eux, un frère et une sœur qui avaient dix et huit ans.

Alors oui, quand ils se rassemblaient, il y avait toujours beaucoup de rires, parfois des larmes, et beaucoup, beaucoup d'amour. Et pendant tout ce temps, Elodie et Mustang avaient souri, essuyé des visages et pourchassé des bambins, traitant les enfants de tout le monde comme s'ils étaient les leurs. Mais Jody, et tous les autres savaient comme c'était dur pour le couple. Ils voulaient des enfants depuis si longtemps, mais ça n'était pas arrivé.

Ils avaient enduré quatre années de traitements, avec des déceptions si accablantes que Jody avait commencé à s'inquiéter pour la santé mentale d'Elodie. Alors, la nouvelle qu'elle était enfin enceinte était bouleversante et joyeuse.

— Je suis tellement heureuse pour eux, dit Jody. Mais trois ? En même temps ? Ouille !

— C'est aussi ce que j'ai pensé. Heureusement qu'ils ont beaucoup d'amis pour les garder et les aider quand ça deviendra difficile.

Jody hocha la tête en réfléchissant déjà à ce qu'elle pouvait faire pour aider le couple.

— Dois-je m'inquiéter des rouages qui tournent dans ta tête ? marmonna Baker.

Jody lui sourit.

— Peut-être, dit-elle sincèrement.

— S'il y a bien une chose que je regrette dans ma vie, c'est de ne pas t'avoir donné des bébés.

Jody se sentit émue.

— Nous aurions fait des enfants magnifiques, chuchota-t-elle.

— Oui. Mais l'avantage quand ce sont nos amis qui ont les enfants et pas nous, c'est que nous pouvons les rendre à la fin de la journée quand ils sont grognons, ou qu'ils ont mangé trop de sucre, ou qu'ils sont épuisés.

— Oh, oui, je suis totalement d'accord.

— Venez là, vous deux ! cria Lexie. On va faire une photo de groupe !

— Tu penses que ça va prendre combien de temps, cette fois ? demanda Jody doucement à Baker en se tournant pour rejoindre le groupe.

Ils avaient commencé à prendre des photos de groupe chaque fois qu'ils se voyaient. Jody ne savait plus qui avait suggéré l'idée, mais tout le monde était d'accord pour documenter l'évolution de leur *petite famille*.

— Bien trop longtemps, dit Baker dans sa barbe.

Jody ne put s'empêcher de rire. C'était presque impossible de faire en sorte que tout le monde reste immobile et regarde dans la même direction, mais c'était pour cette raison que les photos étaient si merveilleuses. Il y avait toujours un bébé qui pleurait ou quelqu'un qui regardait dans l'autre direction, ou qui faisait une grimace.

Pendant que tout le monde se rassemblait, Jody eut l'occasion de parler à Elodie. Elle la serra dans ses bras.

— Je suis tellement heureuse pour toi, lui dit-elle.

— Moi aussi. Mais si...

— Non. Pas de *si*. Il faut toujours avoir des pensées positives, la gronda Jody.

— Tu parles comme Scott, fit remarquer Elodie avec un sourire.

— J'ai toujours pensé que ton mari est quelqu'un d'intelligent, plaisanta Jody.

Elodie la serra encore dans ses bras, puis elle chuchota à son oreille :

— Ce sont des triplés.

Jody sourit.

— Je sais, chuchota-t-elle à son tour.

Elodie leva les yeux au ciel.

— J'aurais dû m'en douter. Baker sait *tout*.

Elle hocha la tête.

— Tout ira bien. Pour toi et les bébés. J'en suis certaine.

— Allez, tout le monde ! Souriez pour la caméra ! cria Kenna.

Jody se sentit coupable par rapport à Robert, qui avait enfin pris sa retraite du travail de concierge à Coral Springs, mais qui était toujours invité par Kenna à leurs rassemblements. Il se réjouissait d'être une sorte de grand-père pour les enfants de tout le monde et il n'hésitait jamais à proposer de prendre les photos de groupe. Theo était là également, sur le côté, dessinant comme à son habitude. Personne n'avait été surpris de voir qu'il s'entendait très bien avec les enfants. Il tolérait qu'ils utilisent ses crayons et son papier, mais les adultes essayaient généralement d'apporter leurs propres crayons et papiers afin que les enfants n'ennuient pas trop Theo.

Baker s'avança derrière Jody et il la reprit dans ses bras, soupirant dans son oreille quand le chaos habituel recommença et que Robert essaya de faire en sorte que tout le monde sourie dans sa direction en même temps.

Jody n'avait aucun mal à sourire. Elle aimait beaucoup sa vie. Elle aimait ses amis. De temps en temps, elle était triste parce que Kaimana n'était pas là pour rencontrer tout le monde, mais Baker semblait savoir quand elle était déprimée et il faisait de son mieux pour lui remonter le moral. Pour le moment, Jody était satisfaite. Elle leva les yeux vers Baker et il posa une main sur le côté de sa tête, puis il se pencha pour l'embrasser.

La photo de leur rassemblement fut prise à cet instant, alors que Jody et Baker s'embrassaient, que la moitié des enfants ne regardait pas la caméra, que le bébé de Carly hurlait à tue-tête, et qu'Elodie et Midas avaient tous les deux les yeux fermés. Kenna l'avait envoyée au groupe par mail le lendemain, et quand Jody la vit, elle fut prise d'un fou rire et elle l'imprima immédiatement pour l'accrocher au mur.

Dix ans plus tard

Baker était appuyé contre le mur de la salle de réception et il regardait Jodelle faire la danse de la mère et du marié. Les dix dernières années avaient été pleines de rires ainsi que de désaccords, quelques angoisses ici et là, et plus d'amour qu'il n'en avait ressenti avant de la rencontrer.

Comment pouvait-il avoir la soixantaine ? En général, il n'avait pas l'impression d'avoir plus de trente ans... d'accord, peut-être quarante. Mais pas soixante-deux. Il allait toujours surfer de temps en temps, mais il était aussi satisfait de rester assis sur la plage avec Jodelle en veillant sur leurs gamins. Bien sûr, les enfants changeaient au fil des années, mais il y avait toujours des adolescents à surveiller pendant qu'ils surfaient sur les eaux parfois dangereuses. Jodelle faisait toujours du graphisme et elle était très douée. Baker était constamment surpris par sa créativité et ses graphismes complexes et magnifiques pour ses clients.

Quant à lui, Baker ne pensait pas être un jour capable d'arrêter entièrement de chercher des informations sur les gens. La satisfaction qu'il avait en découvrant ce dont il avait besoin pour aider quelqu'un, ou pour faire tomber un sale type, ne s'estompait pas. Désormais, il faisait passer les informations qu'il trouvait à quelqu'un d'autre qui agissait à sa place, mais il lui restait encore de nombreux contacts dans le monde.

Ce soir, Jodelle était radieuse. Elle l'époustouflait toujours, qu'elle porte la robe longue et fluide de la mère du marié qu'elle avait en ce moment, ou un short et un débardeur, assise sur la table de pique-nique à la plage, ou bien rien du tout, satisfaite et allongée dans ses bras. Il l'aimait tellement que c'était presque effrayant. Baker n'aurait pas changé une seule chose dans sa vie pour finir exactement là où il était.

Les vœux du mariage de Ben et Tressa avaient été sincères et émouvants et la fête battait maintenant son plein. Jodelle avait rayonné toute la soirée et il ne pouvait pas lui en vouloir. Quand le couple avait été annoncé comme Ben et Tressa Spencer, Jodelle avait craqué, se tournant vers lui et pleurant sur son épaule.

Ben avait un très bon travail dans une entreprise de recherche en biologie marine et Tressa était assistante juridique pour un des nombreux cabinets d'avocats de la ville. Ils avaient emménagé ensemble deux ans auparavant, juste après qu'il la demande en mariage. Baker avait des informations privilégiées : Tressa était enceinte et il lui tardait que Jodelle l'apprenne. Elle allait être une grand-mère incroyable, à en juger par la façon dont elle dorlotait les triplés d'Elodie qui avaient trois ans et demi.

Baker n'avait aucune envie d'être sur la piste de danse, mais il adorait regarder sa femme rire et danser avec tous les amis plus jeunes de Ben. Le photographe que Ben avait engagé se lâchait un peu avec toutes les photos, mais Baker était certain que Jodelle allait précieusement conserver chacune d'entre elles.

Leur petite maison était pleine d'images. Chaque centimètre des murs était couvert de photos, et il y avait aussi de petits cadres photo posés sur toutes les surfaces disponibles. Des plus anciennes de Kaimana et Jodelle, des photos de leur propre mariage, les photos des enfants de leurs amis, et autant de photos de groupe que Jodelle avait réussi à caser. Il y avait aussi des portraits de Ben et Jodelle, Ben et Tressa, même Ben et Baker. Partout où il se tournait dans leur maison, Baker se retrouvait nez à nez avec de l'amour et de bons souvenirs.

Il ne se passait pas un jour sans qu'il regrette de ne pas avoir rencontré Jodelle plus tôt, mais il s'efforçait de profiter au maximum de chaque instant avec elle. Il ne pouvait pas revenir en arrière et changer quoi que ce soit dans sa vie, mais il pouvait faire en sorte que Jodelle sache sans l'ombre d'un doute qu'elle était aimée.

Pendant le reste de la soirée, Baker fit attention à ce que sa femme soit hydratée, lui apportant beaucoup d'eau tout en vérifiant que son verre de champagne ne soit jamais à sec. À la fin de la soirée, les talons hauts de Jodelle avaient été abandonnés sous leur table, ses cheveux étaient tombés de leur coiffure élaborée qu'elle avait eue ce matin, et elle avait les joues rouges à force de danser et de consommer de l'alcool.

Ben et Tressa étaient partis une heure auparavant, et Baker voulait maintenant ramener sa femme à leur chambre d'hôtel. Elle ne buvait pas beaucoup, mais quand elle buvait, elle avait tendance à perdre toutes ses inhibitions... et elle devenait absolument insatiable au lit. Baker était impatient d'entamer cette partie de la nuit.

Elle se blottit contre lui dans le taxi qui les ramenait à l'hôtel, s'appuya sur lui dans l'ascenseur qui montait jusqu'à leur chambre, et dès qu'ils furent seuls, elle tendit la main vers sa cravate.

Baker avait très envie d'agir en fonction des fantasmes qu'il avait eus toute la soirée de défaire la fermeture éclair de sa robe, mais il voulait lui offrir le cadeau que Ben lui avait demandé de lui donner. Ben connaissait bien Jodelle. Il ne voulait pas la faire pleurer à la fête... en tout cas, pas plus qu'elle l'avait déjà fait pendant le mariage.

— Écarte-toi une seconde, Clochette. Je dois te donner quelque chose, dit-il.

Elle eut un sourire en coin et sa main se faufila le long de son torse, en direction de sa verge.

— Je sais ce que tu peux me donner, dit-elle d'un ton suggestif.

Baker gloussa, lui prit la main, puis l'entraîna jusqu'au petit canapé de la chambre. Il la fit asseoir et attrapa le cadre que Ben lui avait donné plus tôt. Il savait ce qu'il y avait dedans et il était prêt pour les larmes de Jodelle quand elle allait le voir.

Elle sourit en voyant le cadeau et tendit impatiemment les mains. Sa femme adorait les cadeaux. Il faisait de son mieux pour lui en offrir autant que possible, simplement pour la joie de la regarder les ouvrir.

Elle déchira le papier d'emballage blanc et crème pendant que Baker parlait :

— Il vient de Ben. Il a donné une photo de notre mariage à Theo et il lui a demandé s'il acceptait de la refaire sous forme de dessin.

Theo Merkl était devenu l'un des artistes les plus prisés d'Honolulu. Plusieurs années auparavant, Lexie avait commencé à vendre certains de ses dessins pour qu'il ait un peu d'argent à dépenser. Elle avait commencé par en apporter dix à une foire... et elle les avait tous vendus en l'espace de trente minutes. À partir de là, sa popularité avait grandi de façon exponentielle. Cet homme avait la capacité incroyable de représenter les émotions extrêmes dans ses travaux.

Il ne dessinait pas pour l'argent, car il ne comprenait pas trop le concept de l'épargne et de ce que ça voulait dire d'être riche ou pauvre. Il était heureux de vivre sa vie comme avant. Lexie et Midas avaient ouvert un compte pour Theo et ils avaient investi son argent. Par conséquent, il n'allait plus jamais être sans-abri.

Il y avait une liste d'attente pour ses créations, mais Theo aimait dessiner pour ses amis plus que tout le reste. Baker savait donc que quand Ben était venu le trouver pour lui donner la photo de Mademoiselle Jody, debout avec son nouveau mari sous la pluie, le contemplant avec tout l'amour qu'elle avait pour lui dans les yeux, que Theo avait dû bondir sur l'occasion de recréer cet instant.

Baker regarda les yeux de Jodelle s'emplir de larmes pendant qu'elle étudiait l'image. Elle caressa le verre du cadre avec admiration avant de lever les yeux vers lui.

— C'est nous, dit-elle inutilement.

Baker hocha la tête et la tira contre lui en regardant le dessin. Il ne l'avait pas encore vu, et il était tout aussi émerveillé maintenant que chaque fois qu'il voyait une des œuvres de Theo. Cet homme était un génie. Il était peut-être mentalement déficient, mais son talent était incomparable.

— Mais regarde, il y a une tache, dit Jodelle en fronçant les sourcils.

Elle passa le pouce sur une tache visible dans l'œuvre d'art. C'était juste au-dessus de son épaule, et elle était facile à voir, même à travers les trombes d'eau dessinées par Theo.

Quelque chose attira son regard dans le papier d'emballage sur la table basse devant eux, là où Jodelle l'avait jeté dans son impatience pour ouvrir le cadeau.

Il ramassa la petite enveloppe et la tendit à Jodelle. Elle posa le cadre sur ses genoux et ouvrit enveloppe. Elle en sortit un morceau de papier et lut son contenu à voix haute.

— Mademoiselle Jody, je me suis dit que le jour de mon mariage, un souvenir du vôtre était approprié. J'espère que Tressa et moi nous nous aimerons autant que Baker et toi. Bises, Ben. PS J'ai demandé pourquoi il y avait cette tâche sur le dessin à Theo, et il m'a dit que chaque fois qu'il était en ta présence, il voyait une *petite boule de brouillard qui flotte* près de toi. Il dit qu'il les inclut dans tous les dessins qu'il fait de toi. Je ne l'avais jamais remarqué avant, mais si Theo dit que c'est là, je suis sûr que c'est le cas.

Jodelle leva les yeux vers Baker, perplexe.

— Tu l'as remarqué dans ses autres dessins ? demanda-t-elle.

Baker sortit son téléphone. Il avait pris une photo de chaque dessin que Theo leur avait offert. Ils étaient si beaux qu'il voulait pouvoir les regarder où qu'il soit, pas seulement chez lui. Il afficha celui de Jodelle tenant les triplés d'Elodie. Ses bras étaient pleins et elle avait la tête rejetée en arrière, riant aux éclats à cause de quelque chose qui avait été dit. En regardant de plus près, Baker vit une petite tache qu'il n'avait encore jamais remarquée près de son coude droit. Il la montra à Jodelle, puis il passa à la photo suivante.

C'était une image de Jodelle avec le bras autour de Ben. Ils étaient assis de dos sur sa table de pique-nique, à la plage. Effectivement, il y avait une petite tache près de sa cheville en bas de l'image.

Dans chaque dessin que Baker regarda, Theo avait inclus cette petite tache. Elles étaient toujours situées près de ses bras ou de ses jambes, ce qui expliquait sans doute pourquoi Baker ne l'avait pas vu. Il se concentrait toujours sur le bonheur et l'amour dans les yeux et sur le visage de Jodelle.

Il attrapa le dessin le plus récent que Theo leur avait donné et il observa cette tache pendant un long moment... soudain, ses yeux s'emplirent de larmes.

Jodelle le remarqua tout de suite.

— Baker ? demanda-t-elle, inquiète, en posant une main sur sa cuisse.

Baker se tourna vers sa femme et chuchota :

— C'est Kaimana.

— Quoi ? demanda Jodelle, sans comprendre.

Baker caressa encore la tache.

— Je sais que ça va paraître fou, mais je crois que c'est Mana. Il veille sur toi.

Jodelle le regarda, émerveillée.

— Ça ne me paraît pas fou, lui dit-elle. Je le perçois quelquefois. Mais je m'étais dit que tout le monde allait penser que c'était juste parce que j'étais la mère endeuillée.

Une larme tomba de l'œil de Baker et Jodelle l'essuya.

Ensuite, elle s'agenouilla sur le canapé et l'embrassa sur la joue.

— Ne pleure pas, Baker. Pas pour ça. J'ai toujours senti qu'il était près de moi. J'adore que Theo me le confirme.

Baker tenta de maîtriser ses émotions. Cette femme était la seule à pouvoir faire ressortir ce côté de lui. Il hocha la tête.

— Ça va ? demanda-t-elle.

Baker poussa un soupir et l'embrassa brièvement.

— Oui, Clochette. Ça va.

— Ça veut dire qu'on peut se mettre tout nus maintenant ?

Baker s'esclaffa. Il se leva et posa précautionneusement le dessin de Theo sur la table. Il prit le temps de toucher la tache et d'envoyer un message silencieux à Kaimana, lui promettant une fois de plus de toujours prendre soin de sa maman, avant de se retourner, de soulever Jodelle et de se diriger vers le lit.

Elle l'enlaça en riant. Il laissa tomber les jambes de Jodelle près du matelas et entoura sa nuque avec la main. Elle garda les mains sur son torse et le regarda d'en bas.

— Tu t'es bien amusée ce soir, Jodelle ?

Elle soupira.

— Oh, oui. Tressa était magnifique. Et Ben tellement beau avec son costume. Je suis si heureuse pour eux.

— Comment te sens-tu ?

Elle le regarda en fronçant le nez.

— À quel sujet ?

— Physiquement, Clochette, dit-il en souriant. Tu te sens malade ?

— Oh. Non. Un peu saoule, oui. Excitée, absolument. Malade ? Non.

— Parfait. J'ai une boîte de Pop-Tarts dans mon sac pour demain matin, lui apprit-il.

Jodelle lui sourit.

— On aurait pu croire que je m'en serais lassée.

Baker haussa les épaules.

— Si c'est le cas, tiens-moi au courant. Sinon, j'en apporterai toujours pour toi.

— Tu es toujours là pour moi, murmura Jodelle.

— Absolument, confirma Baker.

Ensuite, Jodelle le surprit lorsqu'elle pencha la tête en arrière et lança :

— Si tu es là, Mana, il est temps pour toi de partir un moment. Je vais faire l'amour avec mon mari, et je n'ai pas besoin de toi pour *ça.*

Baker rit, mais lorsqu'il croisa le regard de Jodelle, il redevint sérieux.

— Je t'aime, Jodelle Spencer. Tellement que tu ne peux pas l'imaginer.

— Je peux l'imaginer, rétorqua-t-elle. Parce que je t'aime de la même façon, Baker Rawlins.

Ensuite, elle passa la main dans son dos pour défaire sa fermeture éclair.

Baker l'arrêta immédiatement en lui attrapant la main et en baissant lui-même la fermeture.

— J'ai rêvé de faire ça toute la soirée, tu ne vas pas me priver de ce plaisir, dit-il sévèrement.

— Alors, dépêche-toi.

— Avec grand plaisir.

Alors Baker fit l'amour avec son épouse.

* * *

Merci à tous d'avoir lu la série *Hawaï, Soldats d'élite.* J'ai toujours eu un petit faible pour l'état d'Hawaï. Je suis sûre que vous continuerez à voir Baker apparaître dans d'autres livres à l'avenir. J'ai l'impression qu'il est comme Tex... toujours le nez dans les affaires des autres.

Et ne vous inquiétez pas... il reste d'autres Seals qui rôdent dans ma tête, attendant impatiemment que leurs histoires soient racontées.

Continuez à aimer. Continuez à lire. Et restez forts.

NOTES

Chapitre 20

1. Acronyme de Dad I'd Like to Fuck

DU MÊME AUTEUR

Un soutien pour Ryleigh

Silverstone

Pour la confiance de Skylar

Pour la confiance de Taylor (1 Septembre)

Pour la confiance de Molly (1 Décembre)

Pour la confiance de Cassidy (1 Mars 2024)

Delta Force Deux

Un refuge pour Gillian

Un refuge pour Kinley

Un refuge pour Aspen

Un refuge pour Jayme

Un refuge pour Riley

Un refuge pour Devyn

Un refuge pour Ember

Un refuge pour Sierra

Forces Très Spéciales : L'Héritage

Un Sanctuaire pour Caite

Un Sanctuaire pour Brenae

Un Sanctuaire pour Sidney

Un Sanctuaire pour Piper

Un Sanctuaire pour Zoey

Un Sanctuaire pour Avery

Un Sanctuaire pour Kalee

Un Sanctuaire pour Jane

Mercenaires Rebelles

Un Défenseur pour Allye

Un Défenseur pour Chloé

Un Défenseur pour Morgan

Un Défenseur pour Harlow

Un Défenseur pour Everly

Un Défenseur pour Zara

Un Défenseur pour Raven

Ace Sécurité

Au Secours de Grace

Au Secours d'Alexis

Au Secours de Bailey

Au Secours de Felicity

Au Secours de Sarah

Forces Très Spéciales Series

Un Protecteur Pour Caroline

Un Protecteur Pour Alabama

Un Protecteur Pour Fiona

Un Mari Pour Caroline

Un Protecteur Pour Summer

Un Protecteur Pour Cheyenne

Un Protecteur Pour Jessyka

Un Protecteur Pour Julie

Un Protecteur Pour Melody

Un Protecteur pour l'avenir

Un Protecteur Pour Les Enfants de Alabama

Un Protecteur Pour Kiera

Un Protecteur Pour Dakota

Delta Force Heroes Series

Un héros pour Rayne

Un héros pour Emily

Un héros pour Harley

Un mari pour Emily

Un héros pour Kassie

Un héros pour Bryn

Un héros pour Casey

Un héros pour Wendy

Un héros pour Mary

Un héros pour Macie

Un héros pour Sadie

Un héros pour Annie

Autre

Un moment suspendu : Recueil de nouvelles

AUDIO

Un paradis pour Élodie

À PROPOS DE L'AUTEUR

Susan Stoker est une auteure de best-sellers aux classements du New York Times, de USA Today et du Wall Street Journal. Elle a notamment écrit les séries Badge of Honor: Texas Heroes, SEAL of Protection et Delta Force Heroes. Mariée à un sous-officier de l'armée américaine à la retraite, Susan a vécu dans tous les États-Unis, du Missouri jusqu'en Californie en passant par le Colorado, et elle habite actuellement sous le vaste ciel du Tennessee. Fervente adepte des fins heureuses, Susan aime écrire des romans où les sentiments laissent place au grand amour.

http://www.StokerAces.com

 facebook.com/authorsusanstoker

 twitter.com/Susan_Stoker

 instagram.com/authorsusanstoker

goodreads.com/SusanStoker